张洁文集 ⑫

散文随笔

对于我，他没有『最后』

人民文学出版社

目 录

挖荠菜 …………………………………………… 001
哪里去了,放风筝的姑娘? ………………………… 004
捡麦穗 …………………………………………… 008
梦 ………………………………………………… 013
盯梢 ……………………………………………… 016
假如它能够说话 …………………………………… 024
那过去的,已然过去 ……………………………… 028
一只不抓耗子的猫 ………………………………… 033
何以解忧,唯有稀粥 ……………………………… 038
一扇又一扇关闭的门 ……………………………… 043
母亲的厨房 ……………………………………… 051
又挂新年历 ……………………………………… 057
大头 ……………………………………………… 061
太阳的启示 ……………………………………… 065
不忍舍弃 ………………………………………… 071
那一年,我二十三岁 ……………………………… 076
Give Away ………………………………………… 079

幸亏还有它	086
被小狗咬记	104
哭我的老儿子	116
帮助我写出第一篇小说的人	131
你是我灵魂上的朋友	140
始信万籁俱缘生	147
乘风好去	153
你不可改变她	158
清辉依旧照帘栊	164
黄昏时的记忆	167
我的四季	169
我的船	172
过不去的夏天	176
香港来风	178
"张洁"的苦恼	183
如果你娶个作家	186
不再清高	189
这时候,你才算长大	193
千万别当真	196
我为什么失去了你	199
没有一种颜色可以涂上时间的画板	202
我没有什么了不起	206
在马德里"讨乞"	214
一个中国女人在欧洲	217

"我最喜欢的是这张餐桌" ……………………… 263
想起五月那个下午 ……………………………… 269
对于我,他没有"最后" …………………………… 272
此生难再 ………………………………………… 314
你再也无法破碎的享受 …………………………… 318
有幸被音乐所爱 ………………………………… 323
最为著名的单相思 ……………………………… 326
与男人"说清楚"的某些记录 …………………… 331
也许该为"芝麻"正名 …………………………… 336
像从前那样,说:"不!" ………………………… 340
"我们这个时代肝肠寸断的表情" ……………… 345
去年,在 Peloponnesus ………………………… 350
多少人无缘再见 ………………………………… 379
"我很久没有喝过香槟了" ……………………… 387
我那风姿绰约的夜晚 …………………………… 392
别把艺术家当标杆 ……………………………… 399
对不起了,莫扎特 ……………………………… 405

从裕仁之死说到引导舆论 ……………………… 408
把退却变成胜利的行家 ………………………… 420
谁为我们养育了烈士 …………………………… 423
以一百一十八条命的名义 ……………………… 425
投降,行不行? ………………………………… 433
就此道别 ………………………………………… 436

小诗一束 ………………………………………… 439

003

本书以下照片为张洁摄：

哈里森送给我的披肩

壁炉前是我们流连、休息的场所

葡萄牙特有的瓷质小门牌和小壁画

"九女神"附近的小教堂

"九女神"旅馆

我的厨艺

希腊帅哥和他的破汽车

超市的特价商品广告

Schoeppingen 的树林（2 幅）

Schoeppingen 的落日

建于 1629 年的老房子

挖荠菜

小时候,我怎么那么馋呢?

只要我一出门,比我小的那些孩子,总是在我身后拍着手儿、跳着脚儿地喊:"馋丫头!馋丫头!"

我呢,整个后背就像袒露在光天化日之下,羞得头也不敢回,紧贴着墙边,赶紧跑开。

慢慢地,人们都忘记了我还有个名字叫"大雁"。

我满肚子羞恼,满肚子委屈。

七八岁的姑娘家,谁愿意落下这么个名声?

可是我饿啊,我真不记得那种饥饿的感觉,什么时候离开过我。就是现在,一回想起那时的情景,记忆里最鲜明的感觉,也是一片饥饿……

因为饿,我什么不吃啊。

养蜂人刚割下来的蜂蜜,我会连蜂房一起放进嘴巴里;

刚抽出嫩条、还没长出花蕊的蔷薇花梗,剥去梗上的外皮,一根"翡翠簪子"就亮在眼前,一口吞下,清香微甘,好像那蔷薇就在嘴里抽芽、开花;

还有刚灌满浆的麦穗,火上一烧,搓掉外皮,吃起来才香呢……

不管是青玉米棒子、青枣、青豌豆、青核桃、青柿子……凡是没收进主人仓房里的东西,我都能想办法吃进嘴里。

我还没有被人抓住过,倒不是我运气好,而是人们多半并不十分认真地惩罚一个饥饿的孩子。

当然,也并非人人如此。

好比那次在邻村的地里掰玉米棒子,被看青的人发现了。他不像别人,只是做做吓唬人的样子,把我们赶走就算完事,而是拿着一根又粗又长的木头棒子,不肯善罢甘休地、紧紧地追赶着我。

我没命地跑哇,跑哇。我想我一定跑得飞快,因为风在我的耳朵两旁,吹得呼呼直响。我那两只招风耳朵,一定被迅跑带起的旋风刮得紧贴脑壳,就像那些奔命的兔子,把两只长长的耳朵,紧紧地夹住脑壳。

也不知是我吓昏了头,还是平时很熟悉的田间小路在捉弄我,为什么偏偏横在面前一条小河?追赶我的人,越来越近了……

人要是害怕到了极点,就会干出不顾一切的事。我还没来得及多想,便纵身跳进那条小河。

河水并不很深,但足以淹过我那矮小的身子。河水不容喘息地压迫着我的呼吸,呛得我一口接一口地将它们吞咽。我吓得快要背过气去,一声不吭地挣扎着、扑腾着,而岸上那追赶人的笑声,却出奇清晰地在我耳边震荡。

我的身子失去了平衡,渐渐向斜里倒下,河水轻缓地拉扯着我,依旧无知无觉,不停地流着、流着……

我不知道我是怎样爬上对岸的,更使我丧气的是,脚上的鞋子,不知什么时候丢了一只。我实在没有勇气回头去找那只丢失的鞋子,可我也不敢回家。

我怕妈妈知道,不,我并不是怕她打我,我是怕看她那双被贫困折磨得失去了光彩的、哀愁的眼睛,因为我丢失了鞋子而更加黯淡。

我独自一人,游荡在田野上,孤苦伶仃。任凭野风胡乱扒拉着我的额发,翻弄着我的衣襟。

太阳落山了,琥珀色的晚霞,也渐渐从天边退去。

远处,庙寺里的钟声在薄暮中响起来了,那钟声缭绕耳际,久久久久不能淡去;羊儿咩咩地叫着,放羊的孩子赶着羊群回家去了;家家的茅屋顶上,升起了缕缕炊烟,飘飘袅袅,薄了,淡了,看不见了。就连一阵阵的乌鸦,也都呱呱地叫着回巢去了。

田野里升起一层薄雾,夜色越来越浓了。村落啦、树林子啦、坑洼啦、沟渠啦……好像一下子全掉进了深不可测的沉寂里。我听见妈妈在村口焦急地呼唤我的名字,可是我不敢答应。

我是那样的悲哀和凄凉,平生头一次感到,有一种比饥饿更可怕的东西,潜入了我那童稚的心。

可以想见,经过一个没有什么吃食可以寻觅,因而显得更加饥饿的冬天,当大地春回,万木复苏的日子重新来临时,会带给我多大的喜悦!田野里将会长满各种野菜:雪蒿、马齿苋、灰灰菜、野葱、荠菜……我最喜欢荠菜,把它下在玉米面的糊糊里,再放上点盐花花,别提有多好吃了。

更主要的是挖荠菜时的心情,那少有的坦然、理直气壮,简直可以称得上是享受。再也不必担心有谁会提溜着大棒子凶神恶煞地追赶,甚至可以不时抬起头来,看看天上吱吱喳喳飞过的小鸟,树上绽开的花朵,蓝天上白色的云朵……

我提着篮了,急急地向田野里跑去。荠菜,像一片片绿色的雪花,撒在田埂上、垄沟里、麦苗下。

荠菜,我亲爱的荠菜啊!

1978 年 5 月

哪里去了,放风筝的姑娘?

逢到春天,我就格外怀念家乡,这大概是因为它和我童年时代的许多回忆,交织在一起的缘故。

童年可不是童话,也许还和童话恰恰相反,但它还是让人怀恋。

在那乡野的游戏里,最使我神往的莫过于春天放风筝。

那时,太阳照在黄土岗子上,照在刚刚返青的树枝上,照在长着麦苗的田野上,也照在孩子们黑黝黝的脸蛋上……淡蓝的、几乎透明的天空中,悠悠地飘着孩子们的风筝。那些风筝,牵系着他们的欢乐、苦恼和幻想。偶尔,断了线的风筝,会使那小小的、本是欢乐的心,立时变得怅惘,仿佛自己的魂儿,也随着那断了线的风筝飘走了。

想到风筝,自然会想到兰英姐姐。

小时候,我是一个十分笨拙的孩子(现在又何尝不是一个笨拙的老太太),对我来说,不论什么事,都比别的孩子困难得多,自然也就常常成为其他孩子的笑柄。比如我扎的风筝,要么飞不起来,要么刚飞起来就像中了枪弹的鸟儿,一个倒栽葱跌落下来,便立刻引起其他孩子的哄笑。那些笑声,往往伴着我的眼泪。

兰英姐姐不但责备那些讪笑我的孩子,还为我扎我喜爱的、任何一种样式的风筝。我坐在她身旁的小凳子上,一边看她扎风筝,一边听她轻轻地唱着。她轻曼的歌声,像母亲轻柔的手,抚爱着我受了委屈的心。

她扎的风筝,比哪个孩子的风筝都好看,也比哪个孩子的风筝起得更高,更平稳……且不说放风筝的游戏有着多么大的乐趣,只看兰英姐姐挺着秀美的身条,在旷野里随着不大的风势,不时抖动着风筝上的绳索,一根长长的辫子,在柔韧的后腰上甩来甩去,就够让我心旷神怡的了。

后来,兰英姐姐出嫁了。

在乡下,嫁姑娘讲究卖了几担麦子。姑娘越好,卖的麦子越多。我记得,没有哪个姑娘超过兰英姐姐的麦价。

等到迎亲的那一天,做父亲的、做母亲的,大伯子、二姨子、亲戚朋友,那个高兴劲儿就别提了。就像到了年根儿,人们脱手了一头牲口,到手了一笔好价钱那么知足。

人们吃着、喝着,一直吃到、喝到连他们自己也忘了他们聚到这里吃喝的原因。他们谁也不会去想一想,兰英姐姐嫁的那个男人好不好,会不会疼她,她满意不满意自己的出嫁……

那个男人长了一脸的胡子,一双眼睛长得那么野。他也像参加婚礼的那些人一样,放肆地吃着、喝着、笑着。他的笑声又大又刺耳,逢到他笑的时候,就像放出一阵震耳欲聋的排炮,总是吓得我心惊肉跳。

兰英姐姐就要走了。她骑在那匹小毛驴儿上,毛驴儿的脖子上挂着的小铜铃擦得真亮,铜铃上还挂着红缨子,鞍子上还铺着红毡子。兰英姐姐的发辫梳成了髻子,插着满头的红绒花儿,耳朵上摇曳着长长的银耳环,穿着红袄、绿裤子。脸蛋儿是那么丰腴,嘴唇是那么鲜红,一个多么漂亮、多么新鲜的新媳妇啊。

我却伤心地想到,她再也不是我的兰英姐姐了,她已经变成那个男人的新媳妇了。我好嫉妒、好伤心哪!我巴不得那个男人一个失脚,跌到地狱里才好。

迎亲的唢呐吹起来了,好火热的唢呐啊。兰英姐姐却哀哀地哭了。我明明知道,村子里的姑娘出嫁时都要哭的,但兰英姐姐的啼哭,却让我分外气闷。

她哭的什么,是惋惜一去不复返的少女时代?是舍不得爹娘兄弟?是害怕以后就要陪着一个陌生的男人,过着的漫长岁月……那日子真长啊,长得让人看不到头。

这以后,我很少看到兰英姐姐了。偶尔她回娘家住上几天,也总是躲在屋子里不肯出来。人们渐渐忘记了,曾经有那么一个愉快而美丽的姑娘,在这里出生、长大、出嫁……更忘记了在那姑娘的婚礼上,吃过、喝过用卖她得到的麦子换来的美酒佳肴、换来的欢乐……

过了几年,我听说那男人得了一场暴病,死了。我暗暗为兰英姐姐松了一口气。

以后,兰英姐姐也就常常回娘家了。

可是,那曾经丰满的脸蛋,像是用刀一边削去了一块,又总是蜡黄蜡黄的。闪亮闪亮的眼睛,变得又黑、又暗、又深,让人想到村后那孔塌陷的、挂满蛛网、久已无人居住的废窑。她老是紧紧地抿着变得薄薄的嘴唇……那嘴唇曾那样鲜红。

她锄地、她割麦、她碾场、她推磨……逢到冬天农闲有太阳的时候,她就靠着场边的麦秸垛纳鞋底,一双又一双,没完没了。那鞋有西家铁蛋的,鞋面上做个老虎头;有东家黑妞的,鞋面上绣朵红牡丹……

可是,她再也不给我扎风筝了。我呢,也长大了,在镇上的中学念了书,我的生活有了更多的内容,放风筝的游戏也不再像从前那样吸引我了。而且不知道为什么,我有点害怕见她,她的眼神让我看了之后,总是觉得心口堵得慌,喘不上气。

而在那个年龄,我本能地逃避着阴暗。为了这个,我又觉得对不起她,倒好像我把她一个人,扔在那阴暗里了。

生活像一条湍急的河流,把我带到这里,又带到那里。

光阴似箭,日月如梭。三十多年的岁月,已在转眼间过去,我常常想起她,想起那个曾经快乐而美丽的姑娘。

1978 年 8 月

捡 麦 穗

在农村长大的姑娘,谁不熟悉捡麦穗这回事呢?

或许可以这样说,捡麦穗的时节,是最能引动姑娘们幻想的时节。

在那月残星稀的清晨,挎着一个空篮子,顺着田埂上的小路,走去捡麦穗的时候,她想的是什么呢?

等到田野上腾起一层薄雾,月亮,像是偷偷睡过一觉,重又悄悄回到天边。方才挎着装满麦穗的篮子,走回自家破窑的时候,她想的又是什么?

唉,她还能想什么。

假如你没在那种日子里生活过,你永远不能想象,从这一颗颗丢在地里的麦穗上,会生出什么样的幻想。

她拼命地捡哪,捡哪,一个麦收时节,能捡上一斗?她把这捡来的麦子换成钱,又一分一分地攒起来,等到赶集的时候,扯上花布、买上花线,然后她剪呀、缝呀、绣呀……也不见她穿,也不见她戴,谁也没和谁合计过,她们全会把这些东西,偷偷地装进新嫁娘的包裹里。

不过,真到了该把那些东西从包裹里掏出来的时候,她们会不会感到,曾经的幻想变了味?她们要嫁的那个男人,是她们在捡麦穗、扯花布、绣花鞋时幻想的那个男人吗……多少年来,她们捡呀、缝呀、绣呀,是不是有点傻?但她们还是依依顺顺地嫁了出去,只不过在穿戴那些衣物的时候,再也找不到做它、缝它时的心情了。

这算得了什么,谁也不会为她们叹一口气,谁也不会关心她们曾经的幻想。顶多不过像是丢失一个美丽的梦,有谁见过哪个人,会死乞白赖地寻找一个失去的梦?

当我刚能歪歪咧咧提着一个篮子跑路的时候,就跟在大姐姐身后捡麦穗了。

对我来说,那篮子太大,老是磕碰我的腿和地面,闹得我老是跌跤。我也很少捡满一篮子,因为我看不见田里的麦穗,却总是看见蚂蚱和蝴蝶,而当我追赶它们的时候,篮子里的麦穗,便重新掉进地里。

有一天,二姨看着我那盛着稀稀拉拉几个麦穗的篮子说:"看看,我家大雁也会捡麦穗了。"然后她又戏谑地问我,"大雁,告诉二姨,你捡麦穗做啥?"

我大言不惭地说:"我要备嫁妆哩!"

二姨贼眉贼眼地笑了,还向我们周围的姑娘、婆姨们,挤了挤她那双不大的眼睛:"你要嫁谁呀?"

是呀,我要嫁谁呢?我想起那个卖灶糖的老汉。我说:"我要嫁给那个卖灶糖的老汉。"

她们全都放声大笑,像一群鸭子嘎嘎地叫着。笑哈嘛!我生气了,难道做我的男人,他有什么不体面的吗?

卖灶糖的老汉有多大年纪了?我不知道。他额上的皱纹,一道挨着一道,顺着眉毛弯向两个太阳穴,又顺着腮帮弯向嘴角。那些皱纹,给他的脸增添了许多慈祥的笑意。

当他挑着担子赶路的时候,他那长长的白发,在他剃成半个葫芦样的后脑勺上,随着颤悠悠的扁担一同忽闪着……

我的话,很快就传进了他的耳朵。

那天,他挑着担子来到我们村,见到我就乐了。说:"娃呀,你要给我做媳妇吗?"

"对呀!"

他张着大嘴笑了,露出一嘴的黄牙。后脑勺上的白发,也随他的笑声一起抖动着。

"你为啥要给我做媳妇呢?"

"我要天天吃灶糖哩。"

他把旱烟锅子朝鞋底上磕了磕:"娃呀,你太小哩。"

"你等我长大嘛。"

他摸着我的头顶说:"不等你长大,我可该进土啦。"

听了他的话,我着急了。他要是死了,那可咋办?我那淡淡的眉毛,在满是金黄色绒毛的脑门儿上,拧成了疙瘩。我的脸,也皱巴得像是个核桃。

他赶紧拿块灶糖,塞进了我的手里。看着那块灶糖,我又咧开嘴笑了:"你莫死啊,等着我长大。"

他又乐了。答应着我:"莫愁,我等你长大。"

"你家住啊哒?"

"这担子就是我的家,走到啊哒,就歇在啊哒。"

我犯愁了:"等我长大,去啊哒寻你呀?"

"你莫愁,等你长大,我来接你。"

这以后,每逢经过我们村,他总是带些小礼物给我。一块灶糖、一个甜瓜、一把红枣……还乐呵呵地说:"来看看我的小媳妇呀！"

我呢，也学着大姑娘的样子——我偷见过——让我娘给我找块碎布，给我剪了个烟荷包，还让我娘在布上描了花。我缝呀，绣呀……烟荷包缝好了，我娘笑得个前仰后合，说那不是烟荷包，皱皱巴巴，倒像个猪肚子。我让我娘给我收了起来，我说了，等我出嫁的时候，我要送给我的男人。

我渐渐长大了，到了认真捡麦穗的年龄。懂得了我说过的那些个话，都是让人害臊的话。卖灶糖的老汉也不再开那玩笑，叫我是他的小媳妇了。不过他还是常常带些小礼物给我，我知道，他真的疼我呢。

我不明白为什么，我倒是越来越依恋他，每逢他经过我们村子，我都会送他好远。我站在土坎坎上，看着他的背影，渐渐消失在山坳坳里。

年复一年，我看得出来，他的背更弯了，步履也更加蹒跚。这时，我真有点担心了，担心他早晚有一天会死去。

有一年，过腊八的前一天，我估摸卖灶糖的老汉，那一天该会经过我们村。我站在村口一棵已经落尽叶子的柿子树下，朝沟底那条大路上望着，等着。

那棵柿子树的顶梢梢上，还挂着一个小火柿子，让冬日的太阳一照，更是红得透亮。那个柿子，多半是因为长在太高的树梢上，才没有让人摘下来。真怪，可它也没有被风刮下来、雨打下来、雪压下来。

路上来了一个挑担的人，走近一看，担子上挑的也是灶糖，人可不是那个卖灶糖的老汉。我向他打听卖灶糖的老汉，他告诉我，卖灶糖的老汉老去了。

我仍旧站在那棵柿子树下，望着树梢上那个孤零零的小火柿子。它那红得透亮的色泽,依然给人一种喜盈盈的感觉,可是我却哭了,哭得很伤心。哭那陌生的、但却疼爱我的、卖灶糖的老汉。

等我长大以后,我总感到除了母亲以外,再没有谁像他那样朴素地疼爱过我——没有任何希求,没有任何企望的疼爱。

真的,我常常想念他,也常常想要找到我那个皱皱巴巴、像猪肚子一样的烟荷包。可是,它早已不知被我丢到哪里去了。

1979 年 12 月

梦

小时候,常梦见自己在溜冰场上大显神通:陀螺般地旋转、流星般地飞驰、燕子掠水般地滑翔,也梦见在海浪里嬉戏:跃上浪尖、纵入海谷……其实那时,我既不会滑冰也不会游泳,甚至连海也没有见过,更买不起一双冰鞋。

我还梦见我既是自己,又不是自己。我是那样的端庄妩媚,仪态万方,完全不像现实中的那样委琐、灰暗……

在梦里,我扮演过多少醒时渴望的角色,做出过多少异想天开的事情。

前些日子,我梦见重又回到少年时生长过的地方。那山坳、那流水、那树林……宛如我曾爱过的一样。可是当我张开双臂,扑进那树林的时候,我发现,我已经不认识它了。

林木都已长大,再也找不到儿时的痕迹,而那一棵树呢?大概也早已被人砍伐。当然,谁也不会留心,我曾在那树上刻下自己的名字,除了我,那名字对谁也没有意义。

我怅然地在那树林里徘徊,用手掌抚摸着每一棵树丁,懊悔自己曾被那许多微不足道的理由羁绊,而在如此长久的时间里,丢失了我曾爱过的一切……我还能追回这许多年里流失的欢乐吗?

　　我喃喃地对那树林低语:看看我,还认得我吗,我是大雁啊,原谅我这么多年才飞回来看你,尽管我已经没有多少力气;尽管翅膀上那美丽的翎羽已所剩无几,可我毕竟带着一颗从未忘怀的心,回来了。

　　风儿刮起来了,树木摇曳着它们的枝丫,树叶儿也飒飒地响起来了……我听懂了它们的絮语:不,我们不认识你,你不是大雁,你不是她。她不是这样长满皱纹的,她心上也不是这样落满尘埃的。

　　岁月和生活就这样改变了它们和我,我们不再互相认识了。

　　我累极了。

　　我能不累吗? 真的,我早已经不是那只蹦蹦跳跳的小山羊……于是,长叹一声,我躺在长满野草的山坡上。

　　变幻的云朵,悠悠地从我头上飘过。我重又看见,在童年幻觉中出现过的神话:骏马拖着的彩车;飘飘欲仙的美女;富丽堂皇的宫殿……我的心突然变得润泽,在那云朵里,我好像看见了童年的自己,那曾是可爱的小姑娘,光着脚丫,吧嗒吧嗒地向我跑来,戴着用毛笔勾画的眼镜,还有毛笔勾画的皱纹和胡须,张开没有门牙的嘴巴,嘎嘎地笑着,并且对我说:"你这傻老太婆,为什么要找我呢? 我并没有离开你,我一直住在你的心里,不然,你何以有一颗儿童的心呢?"

　　她笑着,从我的身旁飞快地跑过,跳过小溪,跑进了树林。她浅蓝色的衣裙,在树干后面闪动着,留下一路天真的笑声。我紧紧地追赶着她,任凭树枝抽打我的脸颊;灌木丛剐破我的衣衫,可我无论如何也追不上她……笑声渐渐远去了,树林重又恢复了沉寂。久已不见的、温存的泪水,涌上了我那干枯的双眼。

我哭了,我以为那不过是梦,可是等我醒来,我的枕头却湿了一片。

我曾有过许多虚妄的梦,我追求的究竟是什么?也许我最想留住的,是那永远不会长大、变老的心。只有它,才能使我一次又一次地走出绝望,不只一千次地得到重生。

1979 年 12 月

盯　梢

　　人人都这么说，二姐姐是村里顶漂亮的美人。是不是这么回事，我可说不清楚。
　　比方我很爱看戏。吸引我的并不是那些公子落难、小姐赠金，山盟海誓、悲欢离合的戏文。我那时还小，根本不明白那些公子小姐，为什么、又有什么必要，费那些闲劲儿，瞎扯淡。我更多的兴趣是欣赏戏里的佳人，她们一个个拂着长袖，摇着莲步，双目流盼，长眉入鬓，实在美极了。可是回到家里，一看二姐姐，就觉得她们全不是那么回事。
　　没事儿的时候，我老爱看着二姐姐傻笑，她就会用手指头弹一下我的脑门儿。我呢，就像中了头彩，高兴得不知道怎么好，如果凑巧跟前有棵槐树，我准会像猴子那么麻利地爬上去，摘好些串槐花扔给她。
　　要是我的眼睛里进了沙粒，她就会用她长长的手指，轻轻翻开我的眼皮，嘴巴噘得圆圆的，往我眼睛里细细地吹气。那时，我就巴望着我眼睛里的那粒沙子，总也吹不出去才好。
　　我整天在她身后转悠，总是黏黏糊糊地缠着她。她上哪儿，我就上哪儿，她干啥，我就干啥。娘就会吼我："那点事还用得着两个人,还不喂你的猪去!"

我火急火燎地喂下猪,赶紧又跑回二姐姐身边。娘又该叫了:"你慌的个啥,赶死去吗?看把猪食撒了一地!"这时,二姐姐又会用手指头,弹一下我的脑门儿。

我爱听她笑。她笑起来的样子真爱死人了:歪着脑袋,垂着眼睛,还用手背挡着嘴角。那浅浅的笑声,让人想起小溪里的流水,山谷里回响的鸟鸣……逢到这时,我便像受了她的传染,咧开我的大嘴,莫名其妙地哈哈大笑,吓得鸡飞狗跳。一听见我那放纵的大笑,娘和二姨就会吼我:"快闭上你那大嘴!哪个女子像你那样笑,真像个大叫驴。"

二姨是最忙活的人,不管哪家婚丧嫁娶,几乎都离不开二姨。好比村里要是有谁死了,顶多人们叨念上十天半个月,也就渐渐地忘了。可要是二姨串亲戚,走开一两天,就会有人问:"咋不见你二姨了嘛?"

要是哪家聘姑娘、相女婿,不是二姨经的手,她就像丢了多大的面子,三天见人没好气。

不用说,二姐姐的婚事当然得由二姨操办。提了几家的小伙,二姐姐就是不应。别看二姨是个能人,对着二姐姐也没法施展。那会儿刚刚解放,正是宣传婚姻自主、自由对象的当口,二姨也不敢太过张狂。可是干了一辈子说媒拉纤的营生,要是不让她过问这件事,可不就跟宰了她一样地难耐。尤其二姐姐还是她的外甥女儿,这就让她脸上更加没有颜色。

初一那天,二姐姐说带我去赶集。临走前,二姨偷偷把我扯到一边,趴在我耳朵上说:"大雁,赶集的时候留个心眼儿,看看你二姐姐都和谁个搭话来。"

唾沫星子从她那厚厚的嘴唇里,不断喷射出来,弄得我一耳朵潮乎乎、热烘烘的,我什么也没听清楚,就大声问她:"你说的啥?"

她赶忙捂住我的嘴,把她的要求重又说了一遍,还叮咛我不要露出马脚。她那鬼鬼祟祟的样子,为她布置的任务增加了神秘感。那时候,凡是神秘的事情,都让我觉得好玩儿。所以我答应了她,记住了她说的一切要点。

出了我们这个沟底,翻上了临村的崖畔。我看见了人家竖在打麦场边上的秋千架。

二姐姐说:"歇歇脚吧。"

秋千架下热闹非凡,小女子们闪在一旁,想偷看蹬秋千的小伙儿,又扭扭捏捏不敢看。小伙儿们推推搡搡,摩拳擦掌,有意在那些标致的小女子面前,显露一手,一个个比着看谁蹬得高,恨不得把脚下踩着的那块木板,蹬飞了才好。

我一看就红了眼:"咋咱村就没人想着给安个秋千?"

二姐姐说:"还不够你疯的!"

我没顾上回她的嘴,秋千架那里的热闹,吸引了我全部的注意力,我张着大嘴,看得眼睛发直。

二姐姐用手捂上我的大嘴:"快闭上你那嘴,看人家的羊肚子手巾飞进去哩!"她是不乐意人家看见自己妹子,那副呆头呆脑的样子。

朝我们走来一个小伙儿,我见过他、知道他,他是乡里的识字模范,人家都叫他三哥哥。他问我:"大雁,你想打秋千吗?"

我双脚一跳老高地说:"打。"

二姐姐狠狠瞪了我一眼,说:"没羞,你见谁家女子打秋千?"

我看出，她并没有真正反对我，因为她那双使劲儿瞪着我的眼睛里，全是关不住的笑意。

我把脖子一拧，说："我打，我就是要打么！"

"人家要是笑话你，我可不管。"

"谁要你管呢！"我怕她揪住我不放，赶紧跟着三哥哥就要走，却又忽然想起，"咦，你咋知道我的名字叫大雁？"我问三哥哥。

二姐姐撇着嘴笑了："你是有名的馋丫头，谁个不知道么！"

唉，二姐姐说的有道理。

三哥哥刚把我领到秋千架跟前，小伙儿们立刻围上了我。都说："你莫怕，坐在脚蹬子上，让我们先带带你。"

怕？

我才不怕呢！

我往脚蹬子上一坐："来吧。"

先是三哥哥蹬着秋千带我，哎呀，我可真有点怕呢。秋千荡过来，摆过去，我的心忽悠忽悠的。我闭住眼睛，缩着脖子，不敢朝下看。两只手死死攥着秋千索，还担心它会不会断了，或是因为我抓得不牢，"吧嗒"一下掉下去，摔成肉饼子。

没有，一切都好好的。我的胆子渐渐大了起来，我的身体好像变成秋千的一部分，哪怕只用手轻轻地挨着秋千索，也绝不会忽闪下去。我从脚蹬子上站了起来，学着三哥哥的样子，腿往前一蹬，荡了过去，往后一撅，又摆了过来。哎呀，我简直变成了神仙，在天空中飘来飘去。我看见平原上，被山崖和大树遮挡着的那条河啦，也看见平原上，那条细得像带子一样的铁路啦，还有火车站上，那些像小盒子一样的房子啦……再往秋千下一看，二姐姐啦、小女子们啦、小伙儿们啦，他们的笑脸，全都连成了一片,分不清谁是谁了。我快乐得晕乎了,在晕晕乎乎之中,好像听见二姐姐叫我下来,不过我已经顾不上那许多了……

接着,又是张家哥哥、李家哥哥,一个接一个地陪我打下去。我张着大嘴,一边笑着,一边叫着(没错,准像个大叫驴)。汗水顺着脸蛋、顺着脖子淌下去,额发被汗水打湿了,一绺一绺地贴在脑门子上,后脑勺上的小辫,像赶牛蝇的牛尾巴一样甩来甩去。真的,真像二姐姐说的,再也找不到一个像我这样没羞的女子了。

直到笑得、叫得、玩儿得一点力气也没了,我才从秋千架上下来。脚底下轻飘飘的,人好像还在秋千架上,走起路来软绵绵的,活像村里那些醉汉、二流子。

二姐姐使劲弹着我的脑门儿,拽着我的胳膊,像是生了气:"看看你这个样子,哪里也不去了,回家!"

回就回,反正我也耍够了,谁还稀罕走去赶集。我回过头去,恋恋不舍地看着秋千架,还想寻着带我打秋千的三哥哥,对他说句知情的话,可却见不着他的影子啦。

二姐姐一句话也不说,只顾在前头低头走路。她真生我的气啦?我偷偷用眼睛瞄了瞄她,她眯着眼睛不知在想啥,嘴角上还挂着笑哩。

哼,美得她!

忽然我想起二姨交给的差事,立刻收住了脚,着急地说:"哎呀呀,净顾着耍了,还有大事没办呢,咱们还是到集上转一转吧?"

二姐姐幽幽地问我:"你有啥事?"那神情仿佛刚从梦中醒来。

"二姨让我到集上看看,你都和谁搭话来着。"一着急,我忘了二姨让我不要露出马脚的叮咛。

二姐姐脸儿绯红地笑了,像三月里绽开的一朵桃花:"你就说,我和谁也没有搭话。"

对么,我们连集上都没去,她能和谁搭话。

我很高兴,觉得这一天耍得好痛快,二姨交给的差事也没花我多大力气。于是,我尖着嗓子,唱起了小山调。

回到家里,二姨自然盘根问底,我也没说出个子丑寅卯,她有点失望。这事儿,就算过去了吧。

过了两天,二姨又揪住我:"你说她没和谁搭过话?"

"对呀!"

"不像,她那神气不对嘛!"

哼,她还是个相面先生呢。"咋不对嘛!"我替自己,也替二姐姐抱屈了。

"你懂个屁!"她从头到尾,重又把我审了一番,连细微末节也没放过。

然后她恍然大悟地追问一句:"你打秋千去了?"

"啊,打了。"

"你耍了多久?"

"好大一晌呢。"

二姨把她那双胖手一拍,说:"这就对咧!"

"咋对咧?"

"你这傻女子,啥也办不成,白费了我好些唾沫星子。"

这话不假,我立刻想起她交代任务那天,喷射在我耳朵上的唾沫星子,的确不少。于是那潮乎乎、热烘烘的感觉,再次袭击了我的耳朵。便不由得用手掌擦了擦我那干干净净的耳朵。

收罢秋,二姐姐出嫁了。新郎就是邻村的三哥哥,我真爱二姐姐,也喜欢三哥哥,如果不是他,而是别人娶走了二姐姐,我一定会张开嘴大哭一场的。现在,我心里只有高兴的份儿,就像把一件心爱的礼物,送给了一个心爱的人。

二姨当然也没有丢面子,新娘子是她送到婆家去的。当然,还有我。起先娘死活不肯让我去,说我不算个啥。我豁出去了,当着来贺喜的叔伯乡亲,大闹了一场,吓得他们谁也不敢再拦我,生怕我会胡来,败了大家的兴。

一到婆家,我便认出了好些陪我打秋千的哥哥。他们特别欢迎我,一个个向我伸出大拇指,说我立了大功,把核桃、枣子塞满了我的兜兜。

大家让二姐姐唱个歌,二姐姐噘着嘴,把身子一扭,就是不唱。她好像生气了,我真舍不得让她生气,也不忍心让那些陪我打秋千的哥哥们失望,自告奋勇地替二姐姐唱了个歌。我唱得很认真,很卖劲儿。唱的不是小调,而是正儿八经的新式秧歌:

$$\underline{5.6} \ \underline{5.6} \ \underline{1.6} \ 1 \ | \ 5 \ 1 \ 6 \ 5 \ 3 \ 2 \ 3 \ | \ \cdots\cdots$$

……我有点扫兴,因为谁也没有认真听。

然后他们又请二姐姐吃枣子和花生,二姐姐死活不肯吃。这怎么行,人家是诚心诚意的呀,总得吃点嘛。

我拿了个花生,塞进二姐姐的嘴里,她一扭头,立刻吐了出来,还偷偷掐我一下。好疼!别看我平时很冒失,这回我可没敢吭气儿,我怕人家知道了会不高兴。于是我从他们手里抓过枣子、花生,替二姐姐吃了,大家不知为什么全都哄笑起来。

二姨朝我的后脑勺使劲拍了一巴掌:"你这捣蛋鬼!"说着,就把我往炕下拉。

我恨死她了,当着众人这样对待我,让我多丢面子啊。眼泪来到我的眼睛里,我要哭了。但我知道这是二姐姐大喜的日子,我是不能哭的。我使劲儿撇着嘴,极力抑制着就要冲出喉咙的呜咽。

三哥哥搂住我说:"谁也不能欺负大雁,大雁是我们最尊贵的客哩!"

二姐姐羞答答地笑着瞟了瞟我,我得意了。意识到自己在三哥哥和二姐姐家,有一种特殊的地位,但我并不知道这是为了什么,我又是凭什么得到这个权利的。

那一夜,我在洞房里大显身手。在新人铺着新席、摞着新被褥的炕上,又是扭秧歌,又是翻跟头……最后,我都不知道客人是怎么散的,我又是怎么睡着的。只记得我先是靠在三哥哥宽厚的胸膛上,后来好像他抱起我,把我送到什么地方去了。

那一夜,我睡得可真香。

1979年岁末于福安

假如它能够说话……

九点。应该开始每晚一小时的散步了。

老房子里,已经找不到可以分散注意力的事物,而我的思绪又总是执着在某一点上,这让我感到窒息、头痛欲裂,还因为我经常散步的那条路上,有许多往事可以追忆。

二十四年前,当我还是一个女学生的时候,就时常和女友在这条路上行走。我们曾逃离晚自习,去展览馆剧场听贝多芬《第九交响乐》;观看波兰玛佐夫舍歌舞团的演出……还彼此鼓劲,强自镇定:"别怕,要是有人在剧场看到我们,他也不敢去告发,想必他也是逃学,不然怎么能在这个时候、这个地方和我们相遇?"

毕业晚会我们都没有参加,二十年前的那个晚上,好像就在眼前。天气已经有些凉了,我在灰色裙子的外面,加了一件黑色短袖毛衣。似有似无的乐声从远处飘来,那时的路灯,还不像现在这样明亮,我们在那昏暗的路上走了很久,为即将到来的别离黯然神伤,发誓永志不忘,将来还要设法调动到同一个城市工作,永远生活在一起。好像我们永远不会长大,不会出嫁,也不会有各自的家。

从那一别,十五年过去,当我们重新聚首,我已经找不到昔日那个秀丽窈窕的影子,她像是嫁给了彼埃尔的、罗斯托夫家的娜塔莎,眼睛里只有奶瓶、尿布、丈夫和孩子。像个小母鸭一样,挺着丰满的胸脯,身后跟着三个胖得走起路来,不得不一摇一摆的小鸭子……

她已经不再想到我,也不再想到我们在这条路上做过的誓约。

我还不死心地提议,让我们再到这条路上走一走。不知她忘记了我的提议,还是忙着招呼孩子没有听见,而我也似乎明白了,已经消失的东西,不可追回。我们终于没有回到这条路上来,虽然这条路,距我居住的地方,不过一箭之遥。

哦,难道我们注定,终会从自己所爱的人的生活中消失吗?

没想到后来我的女儿上学,竟也走这条路。通向南北的两条柏油小路,还像我读书的时候一样,弯弯曲曲。两条路中间,夹着稀疏的小树林、草地和漫坡。漫坡上长着丁香、榆叶梅和蔷薇。春天,榆叶梅浓重的粉色,把这条路点染得多么热闹。到了傍晚,紫丁香忧郁的香味会更加浓郁……只是这几年,马路才修得这样平直和宽阔,但却没有了漫坡、草地、小树林子、丁香、蔷薇和榆叶梅。

女儿开始走这条路的时候,只有十岁。平时在学校住宿,只有星期六才回家。每个星期天傍晚,我送她返回学校。她只管一个人在前面蹦蹦跳跳地跑着,或追赶一只蜻蜓,或采摘路旁的野花……什么也不懂得。但有时,也会说出令我流泪的话。八岁那年,她突然对我说:"妈妈,咱家什么也靠不上,只有靠我自己奋斗了。"

一个八岁的孩子!

是的,无可依靠。

那几年,就连日子也过得含辛茹苦,我从来舍不得花五分钱给自己买根冰棍,一条蓝布裤子,连着春、夏、秋、冬,夏天往瘦里缝一缝,冬天再拼接上两条蓝布,用来罩棉裤。几十岁的人了,却还像那些贪长的孩子,裤腿上总是接着两块颜色不同的裤脚……

现在,女儿已经成为十七岁的大姑娘,过了年该说十八了。每个周末我依旧送她,但已不复是保护她,倒好像是我在寻求她的庇护。

她那还没有被伤害人心的痛苦和消磨意志的幸福刻上皱纹的、宁静如圣母一样的面孔,像夏日正午的浓荫,覆盖着我。

我已经可以对她叙说这路上有过的往事。她对我说:"会过去的,一切都会过去,不论是快乐或是痛苦。"

我多么愿意相信她。

我也曾和我至今仍在爱着、但已弃我而去的恋人,在这条路上往复。多少年来,我像收藏宝石和珍珠那样,珍藏着他对我说过的那些可爱的假话。而且,我知道,我还会继续珍藏下去,无论如何,那些假话也曾给我欢乐。

我一面走,一面仰望天空。这是一个晴朗的、没有月亮的夜晚,只有满天的寒星。据说我们每个人都有一颗星在天上,但天空在摇,星星也在摇,我无从分辨,哪一颗属于他,哪一颗又属于我。但想必它们相距得十分遥远,是永远不可能相遇的。

李白的诗句,涌上我的心头:"弃我去者,昨日之日不可留,乱我心者,今日之日多烦忧……人生在世不称意,明朝散发弄扁舟。"

这路,如同一个沉默而宽厚的老朋友,它深知我的梦想;理解我大大的,也是渺小的悲哀;谅解我的愚蠢和傻气;宽恕我大大小小的过失……哦,如果它能够说话!

今晚,我又在这路上走着,老棉鞋底刷刷地蹭着路面,听这脚步声,便知道这双脚累了,抬不动腿了。

汽车从我身旁驶过。很远、很远,还看得见红色的尾灯在闪烁,让我记起这是除夕之夜,是团聚的夜,难怪路上行人寥落。

两只脚,仍然不停地向前迈着。每迈前一步,便离过去更远,离未来更近。

我久已没有祝愿,但在这除夕之夜,我终应有所祝愿。祝一个简单而又不至破灭的愿:人常叹息花朵不能久留,而在记忆中它永不凋落。对于既往的一切,我愿只记着好的,忘记不好的。当我离开人世时,我曾爱过的一切,将一如未曾离开我时,一样的新鲜。

1980年除夕于北京

那过去的，已然过去

应我的请求，汽车停在了抚顺火车站的站外广场。说好半小时之后，再去东公园附近那所中学接我。

"还是用车子送你去吧？"主人周到地说。

不，我要重新步行一次，从火车站到学校的路。二十七年前，我从这条路走到火车站，坐上火车走了，从那以后，再也没有回来过。

依稀辨得出当年的一些建筑，那些日本式的二层小楼。可它们也像人一样，老了，早已度过了自己金黄色的日子。

早先让绿木栅栏围着的那些小庭院、院内低矮的小松树、连接小楼和庭院的沙土小径，已为红砖砌成的多层公寓楼所代替。它们就像那些二层小楼的儿子或孙子，真像个人丁兴旺、子孙满堂的大家庭。可是呢，跟北京重新拆建过的东安市场一样，你叫它什么商场都行，反正，它不再是东安市场了。

我急步向前赶路。拐角的小树、路上的斜坡、公共汽车的站牌、路旁的岔口，已不复是记忆中那样伫立在原处。道路似是而非⋯⋯我不断向人打听去东公园或抚顺高中的路线，他们望着我那外乡人的打扮，一味地摇着自己的头。

凭着模糊的记忆,总算摸到了地方。

东公园已易名为胜利公园,围绕着公园的木栅栏和灌木丛,已经变为灰色的砖墙。往来行人,再也不能一面赶路,一面透过木栅栏和灌木丛去看那园中的山、山上的亭,以及园中的湖、湖上的桥、湖边的椅。只有鼎沸的人声,越过灰色的砖墙,向我抛掷下来,想来游人如织。

母校楼前的巨幅标语牌、标语牌下的花圃,以及"抚顺市第二中学"的牌子使我逡巡。幸好校门口有两位上了年纪的老师告诉我,抚顺市第二中学的前身,就是抚顺高中。同行的朋友向他们介绍了我的身份,我被允许进了校门。两位老师想必通报校长去了,我却等不及校长的接待,径直去看我住过的女生宿舍(现在它已经成了资料室);

吃饭的食堂(也改成了两间教室,大概没有了住校生);

上制图课的阶梯教室、物理实验室、化学实验室;

打过网球的网球场;

我的教室;

几乎每个晚自习后,都要在那里买一个九分钱面包的小卖部(为了这个面包,我每学期的品行鉴定上都有一条"好吃零食"的缺点);

还有那一处楼梯,当年我就是站在那里,拆看我的大学录取通知书……

只是那棵老树不见了,我曾坐在那树下,一面啃着面包,一面复习功课。

操场上有人在打篮球,很认真的样子。不像我,上体育课时不好好学习爬绳,而是模仿电影《钦差大臣》里的细节:教育局长在赫列斯塔阔夫"你喜欢蓝眼睛的女人,还是喜欢黑眼睛的女人"的挑逗下,在惶恐中把燃着的烟头当成烟尾巴叼进了嘴里……我学得惟妙惟肖,引得女同学们哈哈大笑,体育老师当场罚我爬绳。也怪,平时总也爬不上去,那次倒爬到了顶。

…………

张校长出来迎接我,然而我却不认识他,他请我到校长办公室坐。

依然是那间校长办公室,我入学的时候,在这里恭听过校长的训导。那时这间房子终日紧闭,现在人们随便进出。

我向校长一一打听老师们的消息,学校里竟没有一个旧人了。

"还有三位在抚顺。"张校长说。教地理的侯老师,教俄文的章老师,教历史的台老师。

张校长热情地为我打电话,请他们到学校会面。

除了章老师谢了顶,掉了牙,其他两位老师似乎仍是二十多年前的模样,并不见老,虽然也不年轻。反正我认识他们的时候就是这个样子,现在还是这个样子。大概见老的反倒是我。

"看过你的教室了吗?高一一班。"台老师问。

"看过了。"

"你还记得你坐过的座位吗?第三排中间。"

"记得。"

其实我早忘了,而他记得。在他被当作"历史反革命"一关三十多年的时候,那个教室、那些学生、那张课桌以及我,是他与世隔绝前的最后一组镜头。

他平静地告诉我,他的问题纯属子虚乌有,前年已经得到落实解决,他刚刚结婚……如果我没记错,他该是往六十上数的人了。

我抓起放在茶几上的太阳镜,赶紧戴上。我怕他们看见我眼睛里的泪光。

"你当作家不是偶然的,那时你就读了很多书,上课时总在桌子底下偷看书。"

我觉得有些扫兴,便转过头去问侯老师:"您记得吗?我画了一张地图,您给了我四分,另一个同学用橡皮擦去我的名字和分数,写上他的名字,您给了他五分?"

侯老师脸上略显尴尬之色。他多半误会我的意思了,遗憾!

"我们对你印象最深。"他说。

当然,那还用说。我是一个调皮捣蛋、常得二分,并且需要重点帮助的学生。

章老师像从前一样,经常闭不上半张的嘴。我一直记得他在俄语课上给我们朗读时的情景:"苹果啊,苹果啊,请你掉进我的嘴里来吧……"那时我古怪精灵地想,难怪他的嘴,老是半张着。

"太阳升起来了,鸟儿开始叫了,森林醒来了……"

他自得其乐地沉浸在俄国文学的诗意里……我不知道,我们当中有谁传承了他的教导,不论俄语还是俄国文学。现在想起来,真是可惜了他对俄语教学的一片痴情。

每每向学生提问,他像准备放出一发冷枪那样,显出居心叵测的笑容,好像我们答不出问题的窘态,将带给他极大的快乐。其实他的心肠顶软,经常下不了决心给学生打两分。

三位老师里最严厉的当属侯老师,他经常瞪着眼珠、直着脖子训人,好像他夜夜都睡落了枕。

"你到抚顺出差来吗?"侯老师问。

"不,我是专程回抚顺看看母校,看看老师。"

严厉的侯老师似乎很动感情。

"教三角的唐老师呢?"我差点没说成"糖三角",我们那时很喜欢给老师起外号,教三角的唐老师,顺理成章地就成了"糖三角"。

"去世了,教你们语文的黄老师也去世了。"

我黯然。

毕业时,黄老师因我未报考中文系而深表惋惜,也许我现在可以稍许回报他对我的期望了。

相逢毕竟是欢乐的,似有说不完的话,我们互相打断。

"你记得吗……"

"噢,对了,想起来了……"

他们问及我的母亲,我的家庭,以及我做学生时他们便知道的一些琐事,我一一认真地做了回答。虽然我已成人并进入中年,但在他们面前,我仍然怀有孩子对父亲般的敬意。

他们没有一个人提起我当年的"败行劣迹",全说我那时便有了当作家的苗头。然而我要找的并不是这些,我倒巴不得他们像当年那样,把我从座位上提溜起来,申斥我几句才好。

人们催我上路了,因为当天还要赶回沈阳。

我们在校门外合影,握手言别。

"谢谢,谢谢老师们对我的培育。"我说,然后返身快步走向汽车,再过一秒钟,我就会坚持不住,我不愿意流泪。

汽车开动了,我最后瞥了一眼他们的笑脸。

什么时候能再看到他们,再看到母校?我好像比这次见面之前更感到渺茫。

我像一个背着香袋进山还愿的人,又像从一个做了二十多年的老梦中醒来。

1983年7月

一只不抓耗子的猫

我常对人说,我们家的猫出身于书香门第。这不仅是因为它是宗璞同志送给我的,还因为它有书癖。只要书橱上的玻璃门没有拉严,它肯定会跳进去,挨着个儿把每本书嗅一遍,好像它能把书里写的事,嗅个一清二楚。那情景和人在图书馆浏览群书,或在新华书店选购图书没什么两样。

每当我伏案写作的时候,它不是在我的稿纸上走来走去,便是安静地蹲在我的稿纸旁,看我写作。两个眼珠子随着我的笔尖,移来移去,好像能看懂那些字……直到夜深,它困了,困得直冲盹儿,可还不肯回窝。

它是一只自觉性很差的猫,除了两次例外,没有一次按时就寝。一次是吃多了,胃里不舒服,一次是病了。

那次生病全怪我。因为关门不注意,夹了它的一只前爪,那只爪子肿得很厉害,还流黄水。看着它不停地舔、不停地咬那只爪子,想必非常难受,我便去买了一些高效磺胺消炎片。

在我印象里,动物的生命力比人类强,以为至少可以给它吃一片,谁知刚给它塞进嘴里些许,它便开始呕吐。白色的黏液,滴滴答答不停地从嘴里流出,拉着长长的黏丝,像是长了一大把白胡子,不叫了,也不闹了,静静地躲进床下,一副半死不活的样子。我心里难过极了,不知怎样才能把塞进它嘴里的药弄出来。

漱口或是灌肠?都不是切实可行的办法。又怎样才能减轻它的痛苦?

我在床上铺了一张报纸,让它躺在那报纸上养息。在这之前,是不允许它上床的。它很乖,一直恪守这条不成文的规定。

但从此便开了先例,上午九点到十一点之间,它总要上床睡一觉,我只得每天在床上铺一张报纸。它很有规矩,从不越过我给它规定的这一方报纸的界限。

应该说,它的记性和悟性都不差。第一次接来我家时,一进家门,就把它在一个装了煤灰的纸盒子里放了放,它便领悟那是给它准备的厕所,当即举行了开幕典礼。纸盒的边沿,齐着它的下巴,只露出小脑袋和竖着的尾巴,然后神色庄重地撒了第一泡尿。我们被它那专注、严肃而又认真的神情逗得哈哈大笑,它却不为所动,眼睛眨也不眨,依旧瞧着正前方。

以后我注意到,它每每上厕所,都是这副神态。

它还很有好奇心。

要是有人敲门,它总是第一个跳到门口去看个究竟。若是我们宰鸡,或钉个钉子,或安装个小玩意儿,它比谁都兴奋、忙活。

只要纸盒里换了新的煤灰,它准跳进去撒泡尿,哪怕刚刚上过厕所。

家里不论有了什么新东西,它总要上去试巴试巴。有一次我从橱柜里找出一个旧网篮,它立即跳进去,卧了一卧,立刻把它设为自己的第二公馆。

它喜欢把土豆、辣椒、枣子什么的叼进痰盂,或把我们大大小小的毛巾叼进马桶,然后蹲在马桶沿上或痰盂旁,脑袋歪来歪去地欣赏自己的杰作。

……………

要是大家都在忙活,没人注意它,或大家有事出了门,只丢下它自己在家,它便会站在走廊里,一声接一声凄凉地号叫。

它听得出家里每个人的脚步声,尽管我们脚步很轻,并且还在门外楼梯上踏步的时候,便早早守在门旁。它知道游戏的时候找谁,吃食的时候找谁,并且像玩杂耍的乞讨人,在你面前翻几个滚。

有时它显得心浮气躁,比方逮不着一只飞蛾或苍蝇的时候,就像那些意识到自己无能的人一样,神经质地在地上来回扭动,嗓子眼里发出一连串痛苦、无奈、带着颤音的怪叫。

它会一个小时一个小时地蹲在窗台上,看窗外的飞鸟,风中抖动的树叶,院子里嬉戏的孩子,邻家的一只猫……那时,它甚至显得忧郁和凄迷……

它的花样实在太多了,要是你仔细观察,说不定可以写出一部小说。

我们都很爱它,要是有人说它长得不好看,那真会伤我们的心。记得有位客人曾说:"这猫的脸怎么那么黑?"

客人走后,母亲翻来覆去地叨叨:"谁说我们猫的脸黑!它不过是在哪儿蹭脏了。"于是,给它洗澡洗得更勤了,并且更加用力洗它的脸。

逢到我写作累了,或是心绪不好的时候,就和它玩上一阵,那是我一心一意、死心塌地的休息。

但是它长大了,越来越淘气,过去我们认为万无一失的地方,现在都不安全了。而且它鬼得很,看上去睡得沉沉稳稳,可你前脚出门,它后脚就干坏事:咬断毛线,踹碎瓷器,把眼镜、笔、手表、钥匙,不知叼到什么地方去,害得你一通好找,或是在我那唯恐别人乱动的书桌上驰骋一番……然而,只要一听见我们的脚步声,它便立刻回到窝里,没事儿人儿似的假寐起来。

我们就说:"这猫太闹了,非把它给人不可。"

不过说说而已,并不当真。最后促使我下决心的原因,是它终于咬碎了一份我没留底稿的文章。再加上天气渐渐热了,一进我们家门,就能嗅到猫屎猫尿味儿。还有,猫鱼难买。于是我们决定把它送给邻居。

它像有第六感,知道大难临头,不知躲进哪个犄角旮旯,怎么找也找不到了。我把众人请出屋子,因为它平时最听我的招呼。费了好大劲,终于把它引了出来。

母亲说:"给它洗个澡再送走吧,它又蹭黑了。"那几天,母亲的血压又上去了,没事待着头都晕。

我说:"您歇会儿吧,这又不是聘闺女。"

它走了,连它的窝、它的厕所,一起搬走了。

屋里安静了,所有怕碰、怕磕、怕撕的东西,全都安全地待在它们该待的地方,然而我们都感到缺了点什么。

那一整天,我心里都很不是滋味。老在想,它相信我,超过了相信自己绝对可靠的直觉,由于感情用事放弃了警觉,以为我招呼它,是要和它玩耍。当它满心欢喜地扑向我时,我却把它送走了。

我尝到了一点"出卖"他人的滋味。

欺骗一只不知奸诈的动物,就跟欺负一个天真、轻信的儿童一样,让人感到罪过。

第二天一早,母亲终于耐不住了,去邻家看看情况如何。邻居抱怨说,一进他们家,它就不见了。一点儿动静也没有,已经二十四小时没吃没喝、没拉屎撒尿了。

可它听见母亲说话的声音,立刻从遁身之处钻了出来。母亲抱住了它,心疼地说:"我们不给了。"

邻居大概也看出来这是一只难对付的猫,巴不得快点卸下这个包袱。

母亲抱着它和它的窝、它的厕所又回来了。一进家门,它先拉了一泡屎,又撒了一泡尿,依旧神色庄重,依旧在我们众目睽睽之下。

然后在沙发上、床上、书桌上、柜橱上,跳上跳下,猛一通疯跑,显出久别重逢后的兴奋和喜悦。母亲一面给它煮猫鱼,一面叨叨说:"他们连人都喂不好,还能喂好猫?以后就是送人,也得找一家疼猫的。"

现在,七十多岁的母亲,依旧为买猫鱼而四处奔波,我们家里依旧有一股猫屎、猫尿的臊味儿和煮猫鱼的臭味儿。而且这次惩罚,并未对它起到什么教育作用,依旧不断惹我们生气,生气之后我们依旧会说:"这猫太闹了,非把它送人不可。"

可我知道,除非它自己不愿在我们家待下去,不然,它会老死在我们家了。

1983 年 6 月于鞍山

何以解忧，唯有稀粥

稀粥之于我，与童年时代诸如姥姥疼、奶奶爱之类的美好回忆，并没有什么关系。

妈的妈是后妈，我的姥姥自然是后姥姥。虽然和传说中的后妈不尽相同，可也没有什么根本的不同。天底下的女人，是实在不愿意做后妈的，可这也由不得她们自己。既然做了后妈，也只好按着后妈的路数去做，做好做坏都是一个后妈，和男人是一点关系也没有的。所以想得开的女人就想，不如索性做坏了它。

由于没有真实意义上的父亲，自然也就没了真实意思上的奶奶。

所以稀粥于我，就不是对被姥姥或奶奶惯坏了的胃口的调剂，更不是生病时的一种滋补。相反，我们生病的时候，就是拼命喝白开水，至今我也不知道是谁给母亲出的这个高招。在我的印象里，我们的病差不多都是喝白开水喝好的，也许我们生的都是贫贱人生的贫贱病，像我现在生的这种丙型肝炎，喝什么也好不了了。那时候没听说过这许多稀奇古怪的病，一个肺结核，就是惊天动地的病了。

所有与稀粥有关的回忆，只和各种各样的无奈有关系。

比如说,一般说来我应该叫作父亲,而又不尽一点父亲责任的那个人,一家伙把我和母亲丢下,一个大子儿不给的年月,我们全是靠稀粥度过艰难岁月。就是光光的棒子面粥,连点下粥的咸菜都买不起。可是母亲活下来了,我也长大了,长得比母亲还高,这是因为我到底有个亲妈的缘故。有一口粥她就给了我,有两口粥还是我的,除非有三口粥,才有一口是她的。虽然是喝粥,但母亲基本能让我喝饱肚子,不像她小的时候,永远饿肚子,没有吃饱的时候。

在我当作家之前,我们家和稀粥也有不解之缘,只不过由于"东方红,太阳升,中国出了个毛泽东"的原因,棒子面粥有时提高,改善为白米粥。

说"有时",是因为白米按每人每月口粮定量,有比例地供应。我们每人每月口粮定量为二十七斤,分配给我们的白米则为五斤。

不敢老煮白米干饭,也不敢老煮白米稀粥,议价米是这几年才有的,那时就算有,我们也吃不起。五十六块钱的工资我挣了十八年,母亲的退休工资每月三十多元,三口之家,我们不喝稀粥难道喝可口可乐?

全靠母亲在旧社会熬粥度日时练就的一身本领,把这不到一百块钱、口粮定量几十斤的日子,调节安排得月初月尾不漏底,还能吃上馒头、面条,有时还包饺子。要是没有母亲帮我这般筹划,我那点工资可如何是好?

不但有时可以喝白米粥,而且也买得起下粥的菜了。七分钱一斤的芥菜疙瘩,自制的雪里蕻,三毛八分钱一斤的小酱萝卜,四分钱一块的酱豆腐……而五毛钱一斤的大头菜,就是咸菜里的精品了。我独钟七分钱一斤的芥菜疙瘩,现在已经很难见到了,就是见到,已是身价倍增。我之所以能够熟记各种低档咸菜的价格,并不是因为我爱吃的缘故,实在是囊中羞涩而无更多的选择。

为此,我那知足的母亲,老是感谢共产党,感谢毛主席他老人家的恩情长。我要是对生活发出稍许不满,一定遭到母亲认真的批判。"咱们的日子比在旧社会好多了,至少能吃口安定饭。不像过去,今天还能凑合一顿饭,明天也许就失业上当铺,总是提心吊胆地过日子。"她说。

稀粥在"三年困难时期"的作用,更是功不可没。我到现在还心有余悸地想,中国人的食谱里,要是没有稀粥这个项目可怎么得了。恐怕在官方公布的人口统计数字里,不知去向的就不只两千万了。

历朝历代,很多时候是靠施粥度过荒年,或由官方、或由殷实人家、或由寺院出面设立粥棚,不知救活多少人。记不得在哪篇文章里看到,某一地方官为确保施粥的质量,要求筷子插进粥里不倒才行,那些只能照见人影的稀汤就不能算粥。

说实话,那不知去向的两千万以外的生灵,既不是靠社论,也不是靠红头文件,而是靠中国人开天辟地以来延绵至今、不管是官宦之家还是平民百姓都离不了的稀粥,乃至照得见人影的稀汤,才不致从人口统计表上消失。

记得一九六一年春节,母亲分配到一两鸡肉、一两猪肉、一两牛肉——我到现在也不明白,一两鸡肉、一两猪肉、一两牛肉,是怎么称下来的,真难为了操刀的师傅——母亲用一个小号的,边边角角磕掉了搪瓷、四边露着铁坯的搪瓷缸子,把那三两金贵的杂合肉,炖得我永生难忘。此后,我在任何大饭店也没有吃到过那么香的炖肉。

对那三两杂合肉来说,除了茶缸,还得是小号的,我相信再也没有更合适的容器了。就是用最小的锅,那三两集肉之大成的肉,也不够垫那个锅的锅底。

从记事起到一九六三年以前,我从不记得母亲用别的容器炖过肉。直到一九六三年以后,我们才用锅炖肉,是那种仅仅比奶锅大一点的钢精锅。除了这种比奶锅大一点的钢精锅,我们从未设想过用再大一点的锅的可能性——你有那么多肉往里搁吗?

到现在,那个搪瓷茶缸和那个材料稀软,又让我们长年累月的磕碰,弄得像个瓢镲的钢精锅,有时还会在依稀的梦中,与我纠缠不休。

母亲双手捧着这三两炖杂合肉,步行到火车站,又挤上塞满四面八方来又四面八方去的、赶着回家过春节的人的火车,来到我工作的城市。到了我这儿,那一茶缸肉居然连一滴汤也没洒。

那一茶缸一滴汤也没洒的肉和捧着那一茶缸肉,历经那样的旅途把它送到我嘴里的母亲,我什么时候想起来,就什么时候心里一咕涌。

我那可怜的、一辈子都在想方设法让我吃饱,但凡有一点可能还要让我吃好的母亲啊!

我们用这三两杂合肉,吃了除夕的年夜饭。这顿年夜饭,这三两杂合肉,还招待了一位不速之客——一位当时想和我在男婚女嫁上有所进展的男士。虽然我和母亲对这一发展前景毫无兴趣,但我们想都没想过,多 个人分享这三两杂合肉,对我们的损失有多大!母亲虽然穷了一辈了,却是宁可自己关起房门吃咸菜,也不能让客人回家再找补一顿的人。

好在我还有当月二两肉票,为了让老百姓欢度春节,党让二两肉票顶四两用。我们又在大年初一到馄饨馆，用那增值的二两肉票，吃了一次馄饨。

母亲的浮肿，就是那时扎下的根，后来有了经济条件，却怎么补也补不过来了，她这一辈子，亏得是太狠了。

母亲的脚后跟沾着满清帝国的一个尾巴，又跨越了中华民国从成立到偏安一隅的过程，并在三十八岁那一年，进入中华人民共和国的历史进程，历经三个朝代。各朝各代，不论出于什么原因，关键时刻，全靠稀粥撑了过来。

喝了一辈子稀粥的母亲，好不容易熬到我虎口拔牙地当了作家，有了几文稿费，可以不喝粥了。可这样的日子她没能享用多久，就去了。好像她就是为了喝粥，才到这世上来走一遭。

就是过上不必以粥度日的日子后，她还是离不了粥。她不甚明了小说里面的事，对小说外面的事，可是忧心忡忡。她老说我挣的是血汗钱，不忍花费。

稀粥，永远的、母亲的稀粥。

1992年7月北京

一扇又一扇关闭的门

一九九二年,八月三十一日。

出门前,我往四下支棱着的头发上,喷了一些"摩丝",先用手把头发往直里拔起,再向斜里按出类似理发店弄出的大波浪。

这一会儿,我觉得自己很像年轻时的母亲,当然也像后来的母亲。出门之前,总要在镜子前头,把自己收拾得整整齐齐。

我要去看望袁伯父。

也许从袁伯父那里,能得到我要找的那个人的线索。一九四四年底至一九四五年六月间,母亲曾在那人的麾下,有过一份勉强糊口的工作。

虽然袁伯父没有见过母亲,但他知道我是张珊枝的女儿,所以我得穿戴整齐。不但整齐,还要体面,因为我是张珊枝的女儿。

我父亲的朋友,大多知道他和他妻子张珊枝的故事,就是不详尽,也能知其大概。反正,我父亲的朋友就是那个圈子里的那些人。

全国解放不久,我父亲就从解放前那个落魄的境地,沦落至另一种落魄的境地。

人一旦处在落魄的境地,是没有多少朋友的,不论在新社会还是在旧社会,社会就是社会,在很多方面没有新旧之分。

他们在读我父亲和我母亲的故事时,有什么感想,我管不着,但作为张珊枝的女儿,我不能让她再为我感到丢脸。虽然一生不曾干过一件让人白眼的事的母亲,活着时为我那"辱没门风"的事,受尽了世人的白眼。

我连累了母亲。

虽然我一直是母亲的累赘,从生下那一天起。母亲要是没有我,她的命运就可能是另一个样子。

但累赘还算不了什么,主要是连累。这是我对母亲那数不清的愧疚里的一大心病。

好在我父亲的那些朋友,大多在我还不会制造自己的故事的时候,就和我父亲一样,从我和母亲的生活里消失了。

他们现在看到的,只是一个孤助无援的女人终于把孩子拉扯成人的现状,而不是那个打掉了牙也只能往肚子里咽的过程。

现在站在他们面前的,已经不是当年沦落为他们马弁的那个人所遗弃的我,而是一个和那个马弁完全不同的我。

就是把他们全摞在一起,也只能望我的项背而已。

我敢肯定,这让无论过去、而今——还谈什么而今——都不曾为自己争过一句什么的母亲,扬眉吐气了。

…………

不过袁伯父和那一堆人,大不相同。

认识袁伯父的人都会说:"这人真好。"

我和他有四十多年没见面,也没通信了,似乎也没有见面、通信的必要。解放初期,我趁当时乡下孩子千里寻父,或乡下女人千里寻夫的大潮,也到北京千里寻父时,就在袁伯父家暂住。

那时候,袁伯父还很有钱。我在他那里知道了,人在世上应该这样过日子：每天洗个澡；厕所里有抽水马桶；窗子上应该挂上窗帘，而窗帘的色调应该和室内的陈设相谐调；饭后也可以吃点水果；即便夫妻间也不能随便拆看对方的信件；应该会说"谢谢""对不起""请"；不应该随地吐痰、乱扔垃圾；以及不应该勉强，也就是尊重他人等等，并且很容易地接受了这种后来被说成是资产阶级的生活方式。

学习革命理论后，又知道人不应该过那样的日子，不但不应该过那样的日子，还应该反其道而行之。

一九九一年我得到了他的新地址，在团结湖中路的一栋统建楼里，据说是个两室一厅的单元。当时我想，比起四十多年前的那个四合院，一定是"鸟枪换炮"了。

虽然他的钱财在各种革命运动来到之前，就已如数贡献给了新政权，但他还是没能"破财免灾"。其实他既不是旧政权的党政要员，也不是中统、军统，不过是靠与西方人做猪鬃生意发了点财。按照老人家在《中国社会各阶层的分析》中钦定的杠杠，算是民族资产阶级。

我往团结湖中路写了一封信。

但是没有得到他的消息，以为他不一定想见我，加上那时我并没有什么明确的目的，心血来潮的成分比较大，就没再联系他。不像现在，是为了了解母亲当年如何为糊口而挣扎。

几个月前，我听说他一接到我的信，就给我打了电话，可是我不在家。后来他再没有来过电话。八十七岁的老人，再到街上去打公用电话，是很困难的。

想来家里也没有了电话。

…………

这样，八月三十一日，我就到团结湖中路去看望他。

按着地址找到他的居所。

门上是把锁。

我敲开对面单元的门:"请问,有位袁先生是住在这里吗?"

女邻居很不利索地说:"袁先生去世了。"

我看出,即便袁伯父真的不在了,她也不愿意说出这句话。

我呆呆地站在她的门前,立刻想到过世不久的母亲。那一瞬间,我才切实地感到,人到一定时候,真是过了今天,不知道还有没有明天。吃了早饭,还不知道能不能吃晚饭了。

母亲那一辈人,渐渐地走着,渐渐地没有了。这个道理,就在母亲去世的时候,我都不能明白:母亲怎么就丢下我去了?

晚了!

我再一次感到母亲去世时,那种纵有天大本事也无可挽回的"晚了"。

"晚了"是什么?

是悔恨;

是遗憾;

是惩罚;

是断绝你寻求弥补过错的后路的一刀;

是最后的判决;

是偈语;

是悟觉;

....

我想再问些什么,可又尴尬地问不出什么。

我还能问什么呢?

"是三月份去世的,心肌梗死,没受多少罪。不到两天就过去了,终年八十八岁。"她接着告诉我。

袁伯父,没受什么罪可能是人生最后的期盼了——我在心里对他说。

"你要是早来几个月就好了。"

我垂下我那荒草一般衰败的头。

这一年,我把很多东西都荒废了,尤其是我的头。

"袁老头可好了。"女邻居继续对我追思着他,她可能把我当作袁伯父家的熟人了。

然而什么是"好"?

"好"有什么用?

"好"的意思,也可能是无能、是软弱、是轻信、是容易被欺骗……

我谢过了她,转身离去。

想我去年和袁伯父联系未果,今年又给他写了一封信,却也总不见回音,这才打定主意找上门来,转眼却是阴阳阻隔,看来我们是无缘再见的了。

团结湖有302路公共汽车,直通西坝河,西坝河东里有我和母亲住过四年的房子。

我挤上302路公共汽车。

我走上前不久还走过的台阶,进二单元大门之前,回头向二层楼外的大阳台望去。

去年的这一天下午,母亲还在这阳台上锻炼行走呢。忘记那个下午,我为什么事情出门,从楼梯上下来,一走出单元大门,就看见母亲在这大阳台上走步,就在那一刻,我心疼地觉出,母亲是真的老了。

到了后来,母亲除了早上出小阿姨陪着,到河边快步行走一个小时,作为锻炼之外,下午还要加一次走步,在这个阳台上。不要小阿姨陪着,也不用手杖,她说,她要练练自己,什么依赖也没有时的胆量。

这时,她已是八十有加的人了。

我的眼前,又出现了母亲离家前的最后一天,在这阳台上最后一次走步的情景。

那老迈的,摇摇晃晃,奋力想要站直、站稳的身影……她的每一步迈进,其实都是不甘的挣扎,她要在自己还迈得动的脚步里,找到自己还行的证明;她要自己相信,这锻炼对延长她的生命有益……

而她这般苦苦挣扎,没有别的,实在是因为舍不下我们。

除此,她对这个操蛋的人生,还能有什么别的想头!

第二天,九月一日上午,母亲给对门邻居打了个电话,不知是否因为她身体弱得连走那几步路都感到吃力?她对邻居说,明天就要住院去了,这一去还不知道能不能再见,打个电话告别。

邻居赶忙过来看她,母亲又说她做的是小手术,没事。

手术的确没问题,可还是让母亲说着了,真是见不到了,不但母亲见不到这位邻居,我也见不到母亲了。

…………

我摩挲着楼梯上的每一根栏杆,每一寸都让我难忘、难舍、难分。因为母亲每次上下楼,都要拽着它们以助一臂之力。这一根根铁栏上,一定还残留着母亲的指痕、体液,因为这栋楼里,再没有像母亲那样年纪的老人,需要拽着它们上下楼了。也就是说,再没有别人的指痕、体液,会覆盖在母亲的指痕、体液上面。我估计就是全市卫生大检查,也不会有人想着擦擦这些铁栏杆。

我摩挲着那些栏杆,就像往日拉着母亲的手,带她出去看病或是镶牙。好像人一到了老年,就剩下看病这件事了。

自从搬到西坝河后,母亲虽然从家务劳动第一线退了下来,可还照旧给我熬药;当我和小阿姨都在先生那边照顾先生的时候,她还要给自己做饭;喂猫、煮猫食;应付居委会、派出所,和发放票证等机构的工作……

母亲在世时,我从没有领过粮票,我是一九九一年九月才第一次去领粮票,那是因为她已经住进了医院,再不能到粮店领粮票了。

除了每日出去锻炼身体,她不再出门为家里购物。早上锻炼回来,偶然会在楼下的副食店或菜站,顺便买点青菜、杂货,进了二单元大门,将要上楼的时候,她会站在楼梯下,大声呼喊我的名字,让我下楼接她。

从前住在二里沟的时候,她上街采购回来,也会在楼下这样地叫我,不过那都是在她肩挎手提过多的时候。

每每她大声呼喊我的时候,声音里老有一种久远的凛冽和凄厉。不论我已多么习惯这呼喊,还是会吃上说大不大、说小不小的一惊。十万火急地跑下楼去,见到她安然地提着很多东西,才放心地接过她手中大大小小的提袋。

她越来越频繁地这样呼喊我了。从她越来越频繁的呼喊我的声音里,我渐渐感到我已成人。尽管我也几十岁了,但凡有母亲在,就永远是她的孩子。

我为自己终于能够顶替母亲来支撑这个家而奋起,同时又为母亲最后总要交班,而感到无法对她言说的悲凉。

其实,母亲又何尝没有想到这些呢。

不过她不说就是了。

这真是苦不苦,两心知了。

我顺着楼梯往上走……慢慢地到了四楼。

每当我从外面回到家,母亲常常是一手扶着门框,站在401室的门口,迎我走进家门。

我不由地朝401室的门口望去,那里已是一扇紧闭着的、变做他人家的家门,我再也看不到站在那里,等着我叫她一声"妈",并迎我进家门的母亲了。

母亲去世前的几个月,只要听见我上楼的脚步声,或是她不知怎么算准我就要到家的时候,就会走出房门,站在401室的门口,迎我回家。

她那时对我的依恋,似乎比什么时候都深。

最后几个月,母亲几乎就是扶着那个门框,眼瞅着一天比一天衰老不堪的。

但那时我们都没想到,几个月后,就是永诀。

…………

我扒着窗子往厨房里看了看,不是为了看它如今变成了什么样,而是再看一眼,母亲偶尔在里面做饭时用过的炉子,踩过的地面,拧过的水龙头,以及她的眼睛掠过的每一方墙面,每一扇玻璃窗……

1992年8月31日

母亲的厨房

最后,日子还是得一日三餐地过下去,便只好走进母亲的厨房。虽然母亲一九八七年就从厨房退役,但当她在世和刚刚走开的日子里,我总觉得厨房还是母亲的。

我站在厨房里,为从老厨房带过来的一刀、一铲、一瓢、一碗、一筷、一勺而伤情。这些东西,没有一样不是母亲用过的。

也为母亲没能见到这新厨房和新厨房里的每一样新东西而嘴里发苦,心里发灰。

为新厨房置办这个带烤箱的、四个火眼的炉子时,母亲还健在,我曾夸下海口:"妈,等咱们搬进新家,我给您烤蛋糕、烤鸡吃。"

看看地面,也是怕母亲上了年纪,腿脚不便,铺了防滑地砖。可是,母亲根本就没能走进这个新家。

厨房里的每一件家什,都毫不留情地对我说:现在,终于到了你单独对付日子的时候了。

我觉得无从下手。

翻出母亲的菜谱,每一页都像被油炝过的葱花,四边焦黄。

让我依然能在那上面嗅出母亲调出的油、盐、酱、醋,人生百味。

也想起母亲穿着用我的劳动布旧大衣改制的又长又大、取其坚牢久远的围裙,戴着老花镜,俯身在厨房碗柜上看菜谱的情景。

那副老花镜,还真有一段故事。

记得母亲的"关系"还没有从她退休的小学转到北京来的时候,她必须经常到新街口邮局领取每月的退休工资;或给原单位寄信,请求帮助办理落户北京所需的,其实毫无必要,又是绝对遗失不起的表格和证明;或是邮寄同样毫无必要,又是绝对遗失不起的表格和证明。那些手续办起来,就像通俗小说那样节外生枝,于是这样的信件,就只好日复一日地往来下去。

那次,母亲又到新街口邮局寄这些玩意儿,回家以后,大事不好地发现老花镜丢了。马上返回新街口邮局,而且不惜牺牲地花五分钱坐了公共汽车。

平时她去新街口,都是以步代车,即便购物回来,也是背着、抱着,走一走、歇一歇,舍不得花五分钱坐一回公共汽车。

可以想见母亲找得多么仔细,大概就差没有把新街口邮局的地,刮下一层皮。

她茫然地对着突然变得非常之大的新街口邮局,弄不懂为什么找不到她的眼镜了。

用母亲的话说,我们那时可谓穷得叮当乱响,更何况配眼镜的时候,我坚持要最好的镜片。别的我不懂,只知道眼睛对人是非常重要的器官。一九六六年,那副十三块多钱的镜片,可以说是老花镜里最好的镜片了。谁知二十五年后,母亲还是面临或是失明、人体各器官功能衰竭而去,或是以她八十岁的高龄上手术台的抉择。

回家以后,她失魂落魄、反反复复对我念叨丢眼镜的事,丢了这么贵的眼镜,母亲觉得像是犯了万死之罪。

很长一段时间,就在花十几块钱又配了一副老花镜后,母亲还不死心地到新街口邮局探问:有没有人捡到一副老花镜?

没有!

老花镜不像近视镜,特别那时母亲的老花的度数还不很深,又仅仅是老花,大多数老人都可通用。尽管当时已大力开展学雷锋的运动,只怪母亲运气不佳,始终没有碰上一个活雷锋。

她仅仅是找那副眼镜吗?

每每想起生活给母亲的这份折磨,我就仇恨这个生活。

后配的这副眼镜,用了二十多年,直到一九九〇年,即便戴着它也看不清楚东西的时候。那时还以为度数不够了,并不知道是因为她的脑垂体瘤压迫视神经的缘故。再到眼镜店去配一副,配眼镜的技师无论如何测不出她的度数。我们哪里知道,她的眼睛几近失明,怎么还能测出度数?我央求验光的技师,好歹给算个度数……最后勉强配了一副,是纯粹的"摆设"了。

这个"摆设",已经带给她最爱的外孙女儿,留作最后的纪念。而那报废的眼镜,连同它破败的盒子,我将保存到我也不在了的时候。那不但是母亲的念物,也是我们那个时期生活的念物。

母亲的菜谱上,有些菜目用铅笔或钢笔画了钩,就像给学生判作业、判卷子时打的对钩。

那些用铅笔画的钩子,下笔处滑出一个起伏,又潇洒地扬起它们的长尾,直挥东北,带着当了一辈子教师的母亲的自如。

那些钢笔画的钩子,像是被吓得不轻,哆哆嗦嗦地走出把握不稳的笔尖,小心、拘谨、生怕打扰谁似的,缩在菜目的后面而不是前面,个个都是母亲这一辈子的注脚,就是用水刷,用火燎,用刀刮,也磨灭不了了。

我怎么也不能明白,为什么用铅笔画的钩子,和用钢笔画的钩子,会有这样的不同。

那些画了钩子的菜目,都是最普通不过的家常菜。如糖醋肉片、粉皮凉拌白肉、炒猪肝、西红柿焖牛肉等等。

鱼虾类的菜谱,档次最高的不过是豆瓣鲜鱼,剩下的不是煎蒸带鱼,就是香肥带鱼,虾、蟹、鳖等等是想都不想的。不是不敢想,而是我们早就坚决果断地切断了脑子里的这部分线路。

就是这本菜谱,还是我成了作家后,唐棣给母亲买的。

不过,我们家从切几片白菜帮子用盐腌腌就是一道菜到买菜谱,已是鸟枪换炮了。

其实像西红柿焖牛肉、葱花饼、家常饼、绿豆米粥、炸荷包蛋之类,母亲早已炉火纯青,其他勾画的各项,没有一项付诸实施。

我一次次、一页页地翻看着母亲的菜谱,看着那些画了钩、本打算给我们做、而又不知道为什么终于没有做的菜目。这样想过来,那样想过去,恐怕还会不停地想下去。

我终究没能照着母亲的菜谱,做出一份菜来。

一般是对付着过日子,面包、方便面、速冻饺子馄饨之类的半成品,再就是期待着到什么地方蹭一顿,换换口味,吃回来又可以对付几天。

有时也到菜市场转转,东看看、西瞅瞅地无从下手,便提溜着一点什么意思也没有的东西回家了。回到家来,面对着那点什么意思也没有的东西,只好天天青菜、豆腐、黄瓜地"老三样"。

今年春天,在市场上看到豌豆,也许是改良后的品种,颗粒很饱满。想起去年春天,母亲还给我们剥豌豆呢。我们常常买豌豆,一是我们爱吃,也是为了给母亲找点力所能及的事情做。

母亲是很寂寞的。

她的一生都很寂寞。

女儿在六月二十九日的信中还写道:

……我有时梦见姥姥,都是非常安详的、过得很平安的日子,觉得十分安慰。虽然醒了以后会难过,毕竟比做噩梦要让人感到安慰得多。我也常常后悔,没能同姥姥多在一起。我在家时,也总是跑来跑去,谁想到会有这一天呢?她这一辈子真正的是寂寞极了!而且是一种无私的寂寞,从来没有抱怨过我们没能和她在一起的时候。

我的眼前总是出现她坐在窗前,伸着头向外张望的情景:盼你回来,盼我回来,要不就是看大院里的人来人往。让我多伤心。可当时这情景看在眼里,却从来没往心里去,倒是现在记得越发清楚。不说了,又要让你伤心了……

也曾有过让母亲织织毛线的想法,家里有不少用不着的毛线,也只是说说而已,到了儿也没能把毛线给她。

…………

尽量回忆母亲在厨房里的劳作。

渐渐的,有一耳朵、没一耳朵听到的,有关厨房里的话,一一再现出来。

冬天又来了,大白菜上市了,想起母亲还能劳作的年头,到了头储存白菜的时节,就买"青口菜",她的经验是青口菜丌锅就烂,还略带甜味。

做米饭也是按照母亲的办法,手掌平按在米上,水要漫过手背;或指尖触米,水深至第一个指节,水量就算合适。不过好米和机米又有所不同……

渐渐的,除了能上台面的菜,一般的炒菜我也能凑合着做了。只是母亲却吃不上我做的菜了,我也再吃不到母亲做的"张老太太烙饼"了。

我敢说,母亲的烙饼,饭馆都赶不上。她在世的时候,我们老说,应该开一家"张老太太饼店",以发扬光大母亲的技艺。每当我们这样说的时候,就是好事临门也还是愁眉苦脸的母亲,脸上便难得地放了光。就连她脸上的褶子,似乎也展平了许多。对她来说,任何好事如果不是和我们的快乐乃至哪怕是一时的高兴连在一起的话,都没有什么实际意义。

还有母亲的炸酱面。

人说了,不就是烙饼、炸酱面吗!

倒不因为是自己母亲的手艺,不知母亲用的什么诀窍,她烙的饼、炸的酱,就是别具一格。也不是没有吃过烹调高手的烙饼和炸酱面,可就是做不出母亲的那个味儿。

心里明白,往日吃母亲做的烙饼、炸酱面的欢乐,是跟着母亲永远地去了。可是每每吃到烙饼和炸酱面,就忍不住想起母亲,和母亲的烙饼、炸酱面。

1992年11月22日北京

又挂新年历

有时候什么都不想干了,像一只没有了目的,也没有了桨的船,也横,也竖,横也罢竖也罢地漂泊在河里。这时,哪怕一阵玲珑的小风,也可能让它掉个头,或是漂行几里。

好比说,遇见一只比你还让人垂怜的小狗,或一个极尽调侃、却心意绵长的电话,或炉子上的鸡炖煳了,或有人建议你开个专栏,或有朋友自远方来……于是,为了那一点责任、一点回报、一点爱心、一点软弱、一点寄托什么的,你只得打起精神,日子也就继续过下去了。总而言之,容易死的人,大概也很容易活。

想想也对,东西南北,风云变幻,人情世故,苦辣酸甜,衣食住行,生老病死,儿女情长,英雄气短……哪一时、哪一刻不在纠缠人?

忘记了什么时候起就不再盼望过年。甚至看着别人过年也不觉得眼馋,也不觉得眼气,更何况还有不为置办年货操劳的、隔岸观火的洒脱。

午夜里突然被迎新辞旧的爆竹惊醒,也许因为躺在暖和的被窝里,那四方的祝福,听起来也暖暖的,就有一种自己的年让别人替着过了,很上算的感觉。便跟着一阵紧、一阵缓的爆竹,不着边际地漫想起来。那些随风飘逝的冷飕飕的日子,和冷飕飕的日子比起来没有多大差别的各个节令,竟也在回忆中似是而非地热闹起来。

要是我有时想点什么,肯定就是这个。

不过到了这个时候,还有什么别的可想?

其他于我,都是逢场作戏,捣蛋而已。从小就是如此,不喜欢和别人唱同一个调子,甚至偏偏唱惹人讨厌的调子。看着别人恨我,就像发现了自己别一番的才能。

……这些漫想,不过是路边供疲倦的旅人歇脚的石头,不过歇脚而已。

我还能企盼着一两毛压岁钱,去买一颗关东糖或是十个摔炮吗?我还能拥着期待了一年的、母亲手缝的花布衣衫或花布鞋,难以成眠地等着大年初一的太阳,以便美不滋滋地穿上它们去招摇过市吗?我还能守在炉灶旁,急不可待地等着一笼豆包出笼或一锅饺子出锅吗?

…………

我不能。

既然我不能,我还盼望什么过年。母亲去世后,我连那顿年夜饭都省了。

最致力于我们家庭年节气氛的人,是我的母亲。我在《何以解忧,唯有稀粥》一文中写过,哪怕是在"瓜菜代"的年代,母亲也会在政府配给的三两肉上,营造出年节的气氛。这也就是说,她将为政府在春节期间,特配给老百姓那几斤说是带鱼,可连现在的带鱼尾巴也顶不上的带鱼;一两斤在冷库里待了小十年的鸡蛋;以及和鸡化石差不多的鸡……站在刺骨的西北风里,排了这个队又排那个队。那些队伍的进展都很慢,一寸一寸地往前挪。肩负此项重任的,大多是各家的老人,对那些已届风烛残年的老人来说,这种考验恐怕不亚于立功入党的生死考验。

记得有一年她采购年货回家,说到一位老太太排队买带鱼,让人掏了腰包的惨剧。那位老太太立时瘫坐在又黑又腥的冻带鱼的冰碴子上,天塌地陷也不会那么惊心地嚎啕着。"那可是全家人用来过年的钱哪。"母亲怔怔地说。我至今记得母亲那受了极大刺激、神情恍惚的样子,倒好像被人掏了腰包的是她。

奇怪的是,人越穷,对这份难过的年就看得越重,也许是平日难得有一个吃喝之后心里不忐忑的机会。如果不是因为过年,这样的吃喝,对于大多数清贫如洗的人来说,可不就跟把家产输光荡尽的赌徒、败家子差不多?

我心疼母亲的劳苦,老是打击她置办年货的热情。"什么时候吃不行,干吗非得挤在这几天吃?就是晚两天,配给证也不会过期。"

我的建议,只是在母亲心有余而力不足地从家务劳动第一线退下来后,才不得不被采纳。母亲退役后,家里的事由我大拿,那顿年夜饭,干脆连北方人的饺子也不包了,不过炒两个细菜而已。于是乎,我们家的年节就更不像年节了。

在紧一阵、缓一阵的爆竹声中,我明白了办置年货,让难得好吃好喝的家里人,尤其是孩子,过上一个热腾腾的年,可能是每一个母亲究其一生也无穷尽的乐趣,我怎么就不懂呢?

忘记了从什么时候起,过年就变成换上一本新年历,就简化为对年历上那些数字的猜测:那后面有什么?

以为每一个数字里面都有宝藏,或藏着我的好运:数过一个号码或翻过一个月份,生活就会大不相同、大有改观,换成一句新潮的词儿,叫作心想事成。

一年年地翻下来,渐渐地就不再猜测里面是否藏着好运。故事也是有的,却不一定心想事成。懂得并接受了成不成都是天命的说法,于是心就慢慢地沉下来,又明白翻一年就少一年,只剩下安安静静地等着把它翻完。

只是看着人们热热闹闹地过年,还会感受一份温馨;只是见了朋友,还会忍不住凑趣,固然是为了朋友们的高兴,不也是尘缘未了?

1993 年 1 月 15 日

大　头

幼年时唱过一首儿歌,曰:"大头大头,下雨不愁,人家有伞,我有大头。"

过去用过一个小阿姨,叫作小朱。小朱在我们家干了两年,她工作得怎样,我不大清楚,那时母亲还在世,基本上是由母亲来分配她的工作。

我对聘用保姆的艰巨性、复杂性,是在母亲去世后,不得不由我来面对这一课题时,才有了深刻的认识。我这才明白,为什么有了小阿姨,妈还常常自己扫地、擦桌子、熬药……

不过母亲从来不说。她心疼我,觉得我已经够苦,不愿意让这种事情再给我增添烦恼。

小朱大面上的工作还过得去,后来因为爱情问题,才迫不得已离开我家。

她在我家工作时,常有一个叫小阮的小老乡来看她。小朱走后,有一天小阮又来到我家,我说:"你不知道小朱已经离开我家了吗?"

他说他是来找我的。

找我?我问他有什么事。他扭捏了一会儿,说,雇用他运菜的那家个体饭馆辞退了他,老家安徽又发了大水,他是无家可归、无处可去了,求我给他找个工作。

我为了难。他要是个女孩子倒好说,北京对保姆市场的需求很大,总能在哪个朋友家给他找份工作,可他偏偏不是。

看到他一身不说褴褛,也是潦倒的样子,我不由得进入了角色。我肯定有一种未曾化解的"英雄"情结,既然没有人给我一个充当英雄好汉的机会,只好自己制造。更何况还有小朱过去对我那种身在异乡为异客的信赖,我还挺珍惜的。

便对小阮说:"好吧,我试试。"可是怎么试?真是牛皮好吹,台难下。

把朋友们的情况在心里搜罗一番,选中了当时还在儿童电影制片厂当厂长的梁晓声,便如此如此、这般这般地给晓声打了电话。

他立即答应帮忙。几天之后,小阮就得到了北影厂木工组的一份工作,晓声还歉意沉沉地说:"可惜工资不太高,每月只有一百八十元。"

我大包大揽地说:"一百八十元还少!"我这个国家一级作家的月基本工资,才一百八十元,相当于一个小型国营商店售货员的工资,而且小阮还可以免费住在北影厂的临时工宿舍。

可是小阮说,虽然有了住处,他还没有被褥。我又在家里找了一套被褥、床单、枕头送给他。

可我不知他为什么没有显出像我一样的兴奋,倒好像我们俩倒了个个儿,是我在无家可归、无处可去的情况下,找到了一份工作。

过了几个月,我收到一封安徽来信,打开一看,原来是小阮写来的。他说,他在北影没干几天就离开了,原因是工资太少。他希望我再给他找个工作,还吓我一跳地认我为他的干妈。

我没有回信。对一个理所当然到这种地步的人,这种信怎么回?不论你说什么,他还不是一个理所当然。更何况他还要认我当干妈!

也没敢对晓声说,我心里有愧,好像这一家伙让我把晓声捉弄得不轻。

妈说:"你这个大学生作家,怎么老让保姆这些人耍得一愣一愣的?"说完以后,妈还调侃地一笑。

我只好顾左右而言他。我何止让保姆这些人耍得一愣一愣的!

今天有人敲门。开门一看,是小阮。时过两年,在那一档子事情后,他竟然好意思又找上门来。

我心想,这回我可知道怎么对付这种人了。便没请他进门,把他拦在门口就问:"你有什么事?"

他说他刚从安徽来,还没找到工作,也没找到住处……没等他说完,我就非常好意思地打断他:"我这里绝不可能让你住,我也不会再帮你找工作。我对你没有责任和义务,上次帮你找工作,不过是看小朱的面子。"

他把手里的提包往门里推了推,说:"那让我把提包放在你这儿吧。"

我说:"那也不行。"

他拉开提包上的拉链:"里面有给你的十斤大米。"

这时我才真生起气来。而刚才我还有点得意,不知怎么想起阿庆嫂和刁德一那段斗智,并且觉得自己旗开得胜呢。

难道我那时帮助他,是为了有朝一日他给我点什么?他简直连我自造的英雄——尽管也落得个一败涂地,但至少还是个失败的英雄——也让我当不成。

"你留着自己吃吧。"说罢,我就关上了门。

关上门后,想来想去,觉得自己还是不赖,终于学会了说"不"!

不但学会了说"不",显然还打了胜仗,便搓搓手,把自己的战绩写了下来。写完之后,又想起幼时的那个儿歌:"大头大头,下雨不愁,人家有伞,我有大头。"

1993 年 2 月 14 日

太阳的启示

对平民百姓来说,过日子也不是一桩简单的事,有时甚至相当复杂。完全不止开门七件事,油、盐、柴、米、酱、醋、茶。

我刚走出校门的时候,更是混沌,以为只要在机关食堂填饱肚子,就万事大吉了。在做了顶门撑户的一家之主后,也没有足够的长进。

一九六五年底,我已经是工作五年的"老干部"了。母亲那时退休到了北京,马上面临房子问题。幸好我就业在资金雄厚的大机关,没听说过哪位职工为住房问题发愁。再说那时还没有批判马寅初,人们还没有被"人多好办事"的政策鼓动起来,人口过剩的问题,也还没有成为影响国计民生的社会大问题,包括住房。

向机关反映了一下,机关很快就分给了一间房子。我连问都没问,这间房子有多大,朝南还是朝北,有无厨房、暖气、厕所、自来水……

按理说母亲比我的生活经验多些,应该想到这些过日子的起码需要,没想到也如我一样地傻宽心。

懵里懵懂就搬了进去,我甚至还相当满意。房间是新刷过的,散发着新鲜的石灰水味道。我把我们的一张大床,三个凳子,一个兼做碗柜、书桌、餐桌三项重任于一身的柜子放进去后,一点也不显得拥挤。

只是到了冬天,西北风一刮,我们才对那间房子的地理位置,有了明确的认识。它位于那个大杂院的西北角,坐西向东地窝在山墙和南墙后、两栋大楼的夹缝里。

只是到了冬天,我们才发现在这个没有暖气、自来水、厕所、煤气,而且终日不见阳光的房间里,过日子的诸般无奈。

那时候北京的冬天,要比现在冷得多。经常下雪,一下尺深。房檐上挂着晶莹的、长长的冰挂。风也比现在大,一刮就是漫天的黄沙,常常是一天接着一天地刮。街上的行人,睫毛上总是挂着呼气哈成的雾珠,潮红着两个让霜寒搓出来脸蛋。物美价廉的冻柿子五分钱一个,一咬一嘴橙红色的冰碴,现在的冬天,还能冻出这样的柿子吗?

这种时候,坐在暖和的屋子里观景是相当惬意的,可要是在室外的自来水管子下费时费工地洗涤被子床单,就另当别论了。好在我那时只有二十啷当岁,每当我的两只手让冷水拔得红紫发疼,只要手心对着手心、手背对着手背互相搓搓,也就宽慰了自己。

但经常在室外作业的是母亲,洗菜、洗衣、淘米……也许还要洗被子和床单。母亲不在之后,我才懂得心疼地想,她那两只经常泡在自来水里的手,在朔风凛冽、摄氏零下二十多度的室外,会冻成什么样子!

至于只有两床被褥的我们,在炉火熄灭后的深夜,是如何靠互相偎依来保持身上那点热气的事,就不再赘述了。

幸好我们那时没有闹过肚子,否则半夜起来上厕所,就要穿过相当广阔的院子。我始终觉得,那院子曾经是一个颇为壮观的操场。

即便如此,我们也没有太多的想法。

自小就跟着母亲住她乡村小学的教员宿舍,有那样的日子垫底,对那龟缩在京城一个大杂院西北角的屋子,还能有多少想法?

我又怎能知道,有些房子里是有暖气、有厕所、有厨房,还有自来水的……又怎能知道,暖气、厕所、厨房、自来水,不过是过日子的起码条件?这才叫作"没吃过梨子,就不知道梨子的滋味"。

也不能说不知道,而是知道了也不过心,或是说没心没肺。我有什么办法,母亲就是这样把我养大的,我既得益于此,也受害于此。

到了"文化大革命"后期,我在这方面有了一些长进,由于一个人物的一个命令,北京城几乎倒腾一空,走在北京街头,真有一种"空城计"的感觉。

从来我都是个没主见的人,不知那次为何那么果断,几个电报从干校发给母亲,让她坚守北京,无论怎样动员、无论谁说什么,也不能带着孩子来干校。那时的想法很简单,我这辈子完了,不能让孩子也跟着完。

母亲为此受尽"革命委员会"留守北京人员的万般刁难,而我更是死猪不怕开水烫,脑袋一扎,爱怎么批判就怎么批判。

人生能有几回搏!

正是因为这一搏,我、我们一家的命运,才会有所改变。再后提起这件事,每每沾沾自喜于自己大事不糊涂。

母亲说:"不过瞎猫碰见了死耗子。"

北京一演"空城计",房子自然空出许多,这为一些人的住房升级提供了条件,我也趁回家探亲之际,把我们那个"西北角",换成了有暖气、厕所、自来水的楼房,但我仍然不懂得房间的朝向,也就是太阳的重要性。

我虽然不懂,但是有人懂,而且很懂。正因为有人很懂,那不懂的人就不懂得很是恰当。试想,要是大家都懂,立刻就会面临分配不均的混战,那可怎么得了!

只是到了冬天——又是只是到了冬天——我才发现,我们那间房子的朝向有问题。仅有的一面朝东的窗户,像抽屉把手一样,安在那间窄长的屋子尽头,到了早上十点钟,"万物生长靠太阳"的太阳,就销声匿迹了。

没有太阳问题也不大,因为有些生物没有太阳的照耀照样活着,比如苔藓、黄绿豆芽、蘑菇,以及潮虫、耗子什么的。但是没有太阳,暖气又不烧足就惨了。那正是"宁要社会主义的草,不要资本主义的苗"的革命时代,谁抓生产谁就是资产阶级民主派。既然没人抓煤的生产,暖气怎么能烧足?

母亲就是把毛衣、毛裤、羽绒衣、羽绒裤、皮大衣都穿上,连口罩、围巾都戴上,还是冻得两腿抽筋、浑身哆嗦。有个朋友,每到我们家一次,就感冒一次。

开始还以为母亲两腿抽筋是缺钙所致,多维钙片吃了不少,还是照旧抽筋。

这间房子一住就是十七年,直住到母亲的风烛残年。人到了风烛残年,年富力强时可以忍耐的一切,这个时候就勉为其难了。更何况她的心脏越来越羸弱,温度过低很容易出问题。

有了稿费收入后,先后买过两台远红外线取暖炉,一左一右地烤着,也不解决问题,它们的供暖范围绝不超过一米。但我能做的不过如此,如此还不行,我就别无他法,更无他想。也不曾怀疑过机器的质量,因为早已久经锻炼,经验不凡地理解了任何事物在初级阶段的虚假性、不成熟性、过渡性。碰见这种初级阶段而又生活其中,就没处躲也没处藏,只好硬着头皮挺。如果运气好,时间上又熬得起,可能还有机会碰上"柳暗花明又一村"的景象,像红外线暖炉的供暖范围,现在肯定不止一米了。

本以为只要自己好好听话,努力工作,党会把一切为我安排妥当。很长一段时间,人们都把党来比母亲,母亲对子女的爱,当然是无与伦比、体贴至微。但我也不由得想,已经十七年过去,在我有生之年,我还能等到那份垂顾吗?而私人买房,不要说那时还没提到日程上来,就在可以自由买房的今天,又有几个知识分子买得起房?

我只好自己先疼自己了。

一九八五年前后,西方一些电视台准备拍摄我的个人专辑,更有一家刊物,准备出版一本北京十位名人的画册,我荣幸地与一些官员同入一册。便搜罗各种理由,趁机提请有关方面解决我的住房问题。我常使用的理由是:如果国外新闻媒介将我的生存环境和盘托出,西方人将如何看待中国知识分子的待遇?一个进了十大名人画册的知识分子尚且如此,其他人的情况是否更加令人怀疑?

也可以说我以此为由相当卑鄙,如果没有广大知识分子受到的不公正待遇垫底,我能拿出这个理由来谋我的私利吗?

在有关方面的关照下,一九八七年,我的住房得到了根本性的改善。母亲几乎对所有来访的朋友说过:"比起过去,真是天上地下。"她深情地抚摸着烧得很暖的暖气,就像抚摸着一段不堪回首、可又让人回味无穷的日子。此后,不但两腿抽筋的毛病不治而愈,连心脏的不适也减轻许多。

回顾为房子奋斗的历史,觉得自己真是"百炼成钢",也或许是"百炼成渣",反正就是那么回事,怎么说都行。

我不知道这是不是堕落。

有时我想,我要求过一栋消夏别墅或是一座宫殿吗?反过来说,那为什么不是对我,以及对人的无视?

难道上帝就是为了让我像潮虫一样在潮湿阴暗的角落里活一回,才把我送到这个世界上来的?

既然上帝把我送到这个世界上来,就应该给我一份不说至高无上,只说是起码的权利。想当初,马克思不正是为此,才提出一个比天赋人权更高明的共产理论吗?

1993 年 4 月 14 日

不忍舍弃

那天,请小阿姨将终日风吹日晒下的自行车,搬上我家外面的楼道。当她把自行车推进电梯时,一位太太说:"什么破车,值得这么娇贵!楼下那么多名贵的车,还没往楼上搬呢。"

我虽买不起汽车,一辆名贵的自行车还买得起,可天下有哪辆自行车,甚至名贵的自行车,能与我这辆自行车相比?

这的确是一辆洗尽铅华的旧车,且车座开裂(却是上好的牛皮)、多处生锈……

但因为一直注意保养,所以它离"破"还远,甚至还中看,特别还中骑,至今骑起来依然杂音全无,非常轻捷,腿上一点儿不感吃力。

这辆自行车购于一九七五年,本是我无力买车的年代。要不是母亲见我以步代车上班的辛苦,克扣家庭开销多年,还真买不起它。可以说这辆车是母亲给我买的,她才是这辆车真正的主人。

那时我连五分钱的车钱也舍不得花,好在机关不远,常常步行到机关,穿着由母亲一针针、一线线缝制的布鞋,鞋底上钉着经得起千锤百炼、长途跋涉的胶掌儿,直到母亲有一天对我说

"我纳不动鞋底,也绱不动鞋了"的时候为止,我才改穿塑料底鞋。

现在更是追求 Made in Italy。

当我光着脚丫,在关中峁子上蹚黄土的时候,真没想到会有这一天,母亲也没有想到。我稍感安慰的是,母亲在世时,终于让她从这"没想到"里得到些许生养、拉巴我的自豪。

母亲去世后,我在她的百纳包里发现一双她虽纳好,却没有绱的棉鞋底。但在她去世后的那段时间里,天昏地暗,等我稍稍清醒,想让人帮我做双鞋面绱上,再穿一双母亲给我做的鞋时,却找不见那双鞋底了,连母亲的那个百纳包也找不到了。

难道让小阿姨带走了?我怎么想也想不起来,可我仍然希望有一天,它又忽然出现在眼前。

想当年,我将这辆凤凰二八、黑色全链套女车的车座,拔得高高的,两条长腿蹬在上面的情景,是何等满足、风光。

苏州街还没有通公共汽车的时候,它就是每个周末我载女儿返校的二等车。它还驮过中了"状元"的女儿入住大学时的行李,后来又成为她的策骑,而今她已远隔重洋,改驾汽车。黄鹤渺然去,空留旧时骑。

还驮着我赴先生——那时是情人——的约会……

转眼十八年过去,世事苍茫,物是人非。

我现在还需要骑自行车吗?公事有机关派车,私事可以"打的"。

可我仍然保存着一些别人看来一钱不值的旧物,因为,那里面有母亲。

比如一九六七年买的那台红旗 582 电子管收音机。

那时我们家穷得连台收音机也没有,女儿又极爱音乐,哪家邻居开了收音机,女儿就蹲在人家窗下蹭听。每每看见丁点儿大的女儿,在人家窗下缩成一个小球的样子,妈就心疼得不行。心一横,就将八十多元以备急需的家底全部抛出,买了这台收音机。

如今它早已听不成声,灯也灭了,电子管也坏了,一个旋钮也掉了……可我为什么还留着它?不过是留着妈对我们的爱。

妈穿过的衣服,用过的家具、茶杯、眼镜,写过字的纸条,看过的书……特别是她亲手熨过还没来得及穿的几件衣服,我一直原样挂在衣橱里,每每打开衣橱,一件件抚摸起来的时候,还能真切地感应到妈的信息……

还有两个兼做电话、地址、记事用的旧杂记本,翻到一九九〇年十月十六日,可以看到:

领母亲工资。

翻到十月十七日可以看到:

母亲。牙。

说的是那天我应该带母亲去试她新镶的牙。我清楚地记得那天的情景,妈穿着什么样的衣服,怎样坐在牙科大夫的椅子上,我怎样小心翼翼地将她那副旧牙包进干净的手帕,免得弄脏了它,妈再戴的时候染上什么病……

一九九一年二月二十六日那一页上写着:

下午1:30,姥姥CT。

又在某页可以看到:

301,博爱康复中心(永定门外)

这是准备联系给妈做核磁共振的两家医院。

密鲁素瘤

伽马射线

天坛医院

下面是几个大夫的名字……

这里装着我和命运争夺妈的最后日子……

某一页上又写着：

北京铁路分局 丰台铁路中心医院

神经科主任马士程 3251127

100071 铁路总医院外四区 周东 3244047

这已经是妈的后事了……

看着这些破碎的、让我不忍释手的文字，谁还能像母亲那样，让我梦魂牵绕？

至于从妈垂体瘤上取下、准备为她做放射治疗参考的病理切片，我也没有还给医院。在母亲遗体火化后，这就是她那血肉之躯留下的最后一片活体了。

今年出访新加坡、马来西亚前，忘记向小阿姨交待好好保养这辆自行车。

小阿姨家境比较富裕，时常丢弃我家中的旧物，这样老的一辆自行车自然不在她眼里。出国两个多月期间，它便一直被丢在车棚里，这一来，所有镀镍部位，都被雨水弄得锈迹斑斑，看上去真像一辆名副其实的破车了，让我心疼不已。

可我怎能怪她，只能客气地暗示："去年你骑它的时候，还没生一点锈呢，是不是？"

经此一挫，我明白了，不会说"不"，是不行的；不好意思"要求",也是不行的。修炼到会说"不",只能算是修炼了一半,一定要修炼到好意思"要求"才行。

于是我让小阿姨买来润滑油,将自行车身仔细擦了一遍,并从楼下车棚搬至我的楼道。今天更对她说:"我们家保留一些破旧的东西你不要奇怪,也不要随便乱扔,我既然保留它们,一定有我的道理。"

1993年9月11日

那一年,我二十三岁

一九九三年十二月,竟有机会四过信阳。

三十多年前的信阳旧貌,已经无可追忆,如我的青春。

那时我刚从大学毕业,第一次出差,就是随同一位资深职员到信阳,了解一个有关农业生产的问题。

彼时的信阳老百姓,已在"信阳事件"中先期尝到人祸的厉害,哀鸿遍野,黄土地里是一座接一座、连青草也来不及长的新坟……可是善良的信阳人满面重生的喜悦,以为在中央的过问、处置下,"信阳事件"的噩梦已然过去。

他们还不知道,马上面临的是举国上下的大饥荒。

我同样不知道。尽管机关里的食堂已经开始"瓜菜代",我对局势的严重性,还是没有一点察觉。我那时懵懵懂懂,正像现在一位年轻的编辑,看到我在文稿中使用"瓜菜代"这一字眼,竟问我这是广东菜系还是山东菜系。

在信阳,我们整天吃的是掺了麦子秆的窝头,通过嗓子、食道的时候,有一种被利刃刮过的爽利,大概和现在男士们用"吉列"刀片刮胡子的感觉差不多,但这已是对上面下来的同志的优待了。

信阳的状况让我十分忧虑和迷茫。那时候,明明白白人民公社好,就像现在唱的"明明白白我的心",而我为什么却不明白了呢?

我一边啃着窝头,一边庆幸自己临时修改了毕业论文的选题,没有随邹鲁风校长赴信阳,做"人民公社好"的社会调查。可我不明白,后来校方为什么让随邹鲁风校长作调查的同学,在校整顿思想并延缓一年毕业?我也不明白,大学里唯一让我敬佩的邹鲁风校长,信阳调查后为什么被"换防"至北京大学,更不懂这个叱咤"一二·九"学生运动的人物,"换防"至北京大学不久后便自杀?

就在公社办公室里,我碰见一个父母、兄弟、姐妹全都饿死的男孩,头肿得斗大,皮下像是注满水分,闪着一种灰暗惨淡的光。全身皮肤,以极大的张力,承受着还在不断扩张的膨胀……几个月后,母亲身上也发出了这种晦暗的光。

不是没有挨饿的经验,可从来也没有这样直面饥饿与死亡毫无界限的严酷。我被饥饿那渐渐将生命吞噬的温柔而又无可匹敌的力量所震惊,当即说了些什么,不过也当即忘记了我说过的什么……

我们住在公社的首脑机关,按照级别待遇,资深职员自然住首脑机关的上房,我那时对级别毫无概念,由此而设置的待遇千差万别,更让我混沌一片。晚上,资深职员以享受到某种待遇的人对不能享受到这种待遇的人才有的那种关怀对我说,你的手提包就放在我这里吧。

其实我那个破帆布提包放在哪儿都行,里面什么贵重的物件也没有,我连锁都没加。可是手提包外侧的隔层里,却放着一封我没有写完的情书。

他人的关照,从来令我受宠若惊,这里面可能隐藏着很深的奴性。但既然如此,我又怎敢驳回人家的面子,辜负乃至败坏人家的好心?

　　我望着资深职员那一对清澈如水的眸子,真是"桃花潭水深千尺",何况我那封没有写完的情书,即无抬头也无落款,而且是放在手提包外侧的隔层里。我想,一般人只对事物的主要部分有兴趣,即便他翻动我的手提包,也不大会翻动外侧的隔层。即便看到这封无头无尾的信,又能看出什么所以然?在这样万无一失、全方位的考虑之后,就把我那个破帆布手提包放在了上房。

　　从信阳回机关后,我再也没有想过那个手提包,没想过那封无头无尾、没有写完的情书,以及我在信阳的一言一行。我和资深职员之间,甚至建立了忘年之交。

　　不久,我就被贬至一个远离母亲的荒凉所在。多年以后,有人告诉我,那正是"桃花潭水深千尺"的牛刀小试。

　　那一年,我二十三岁。

1994 年 3 月 8 日

Give Away

女儿的婚礼是一个西式婚礼。照规矩,应该由她父亲把她送上教堂的婚坛,并交给另一个男人,也就是日后作为她丈夫的那个人。英文这叫作 Give away。

可是她从小就和她的父亲分开了,或者说,她没有父亲。

谁来送她走上婚坛?我发了愁。

女儿不容置疑地说:"妈,当然是您。"

我想她的意思是,把她养育成人的是我。

其实,她能成长为今天这样一个不论从哪方面来说都相当出色的人,是她姥姥——也就是我的妈妈——养育的结果。挣钱养家靠我妈,遮风挡雨还是我妈……可惜她看不到这一天了。好在她老人家在一九九〇年,就见过这个未过门的外孙女婿,且印象良好。

我问唐棣:"这件事你和神父谈过没有?"

她说:"谈过了,他没意见。现在天主教也改革了,就是他不同意,我也要这么做。"

一位在美国落户几十年的女友却说,由我把女儿送上婚坛,真是破天荒。

我们家的女人,大多做过破天荒的事情。可是不这样,又怎么活下去?很多人并不一定喜欢冒险,或对"破天荒"有所偏爱。庸常是福。一般来说,人们更喜欢安安分分地过日子,我们又何尝不是这样?

按照西方的习俗,新郎在婚礼前,是不能看到新娘婚纱的。所以婚礼头一天,我们母女,还有她的伴娘,就带着她的婚纱前往 Vermont,住进了女儿预订好的旅馆。这就是全部的娘家人了。当然我还带了母亲的骨灰,让她也高兴高兴,她活着的时候,一直想要看到外孙女儿的结婚大典,可却没有看到。

那是一个讲究、温馨、浪漫的老英格兰风格的旅馆,坐落在起伏的丘陵之间,四周有广阔的园林和草地,室内所有的木质结构,如窗棂、护窗、门、护门、护墙、天花板的房椽上,都装饰着老式浮雕。

在教堂完婚后,他们将在这里举行喜庆和喜宴。

当我们走进女儿预订的房间,她说:"妈,咱们终于能理直气壮地住进这样的旅馆了。Jim 好意让咱们住到他家里去,说是可以为我们省点钱。可我觉得宁肯花点钱,也要住到这里来。"

我说:"这个钱,无论如何应该花。"我想,就是妈活着,也会这样说。女儿能做这样的决定,不就是按着姥姥一辈子待人处世的原则行事的吗?

早就想好,她出嫁的那天,我要给她洗个澡,算是当妈的最后给女儿洗的一个澡,也是人生的一种了结。多少不能忘记的日子,不就是从她出生后我给她洗的第一个澡开始的吗?

不想也罢。

为此,我还带了一条新毛巾,希望趁此机会,洗掉我们家上两代人的晦气。

可是第二天一起床,我们激动得什么都忘了。等她洗完澡,我才想起来,这个澡是我早就准备要亲自给她洗的。可又不能让她再跳进澡盆里去,还有好多事情要做,恐怕时间来不及了。好在她到现在为止,总是顺利,不像我和母亲。

然后我们和伴娘 Jeanie 一起去理发店做头发,女儿悄悄对我说:"妈,我觉得我应该给 Jeanie 付做头发的钱。"

我说:"当然。"这无疑又为她的婚礼增添了一点欣喜。

回到旅馆,我们开始穿礼服,给女儿穿好礼服、化好妆,眼前是那么漂亮的一个新娘!真没想到,我会有这么漂亮的一个女儿,那时,我觉得哪个男人也配不上她了。

我不是开玩笑地说:"妈真的舍不得把你嫁出去了。"

她说:"您昨天还说 Jim 是个好男人,把我嫁给他很放心呢。"

摄影师来到的时候,我还没换衣服,女儿很关心我的穿着,帮我穿好衣服,化好妆,说:"妈,您真好看。"

我想,她的意思是,在这个喜庆的日子里,我们都够体面。我们过去还说,要为母亲参加外孙女儿的婚礼,定做一套织锦缎的中式上衣和长裙,谁知如今梦已成空。

摄影师看到那么漂亮的一个小新娘,也很激动,给她拍了一张又一张。

天气好极了,女儿说:"一切事情通过努力都能办好,就是天气无法控制,现在总算放了心。"

万事顺遂,这是她的福气。

司机是个有经验的人,他说他会告诉我们,什么时候去教堂时间最为合适。

我永远不会忘记,女儿拥坐在婚纱中,去教堂参加婚礼那仪态万方的样子。

公元一九九四年九月三号这一天下午三点多钟,我把唐棣送上了婚坛,撩起她的面纱,在她面颊上亲过出嫁前母亲最后的一吻。在把她交给 Jim 之前,我又放心、又不放心地再次向他深望一眼。

那一眼直望 Jim 的心底。虽然我对自己的事情常常看走眼,可这次我知道,唐棣绝对不会遭算计。

周遭的一切对 Jim 已不复存在,只是怀着一份时刻准备奉献的期待,守候着向他越走越近的那份很重的责任。

我也永远不会忘记,唐棣站在婚坛上回答神父问话的样子,和她回答 Yes 时的声音。

回到旅馆,是婚宴前的小吃和拍照,摄影师很卖劲。

婚宴前的小吃和婚宴上的菜肴都很丰盛,也很可口。菜单是女儿亲自订的,她也没有忘记为两张主桌安排了特别的服务,让上了年纪的客人,更方便、更舒适一些……她像我的母亲一样,也是个要体面的人,什么事都做得让人挑不出毛病。

婚礼上的万般事体,都是她自己张罗的,她唯一的遗憾是,事前无法检查装饰蛋糕、教堂的鲜花,付了不少钱,但是不够丰满。

只恨我这个当妈的,在女儿这件人生大事上,一点劲也使不上,就连结婚礼服,也没能和她一起挑选,只在她最后试穿的时候看了看。不要说我是在她婚期已近的时候才来到美国,就是我在这里,也做不了什么。

惭愧得不得了。倒不完全是对她,更是对母亲的在天之灵。

不过我也有点害怕,女儿是太好强、太聪明了,太好强、太聪明的人,必定劳累自己。

参加婚礼的每一个人都对我说:"你的女儿真漂亮。"

我趁一个空当儿告诉她:"人人都说你漂亮极了。"

她说:"那是人家的客气话。"

我说:"人家也可以不说这个客气话。"

她笑了。

过了一会儿,她过来对我说:"妈,人家都说您年轻漂亮。"

我说:"人家能不对你那样说吗?"

她回我说:"人家也可以不这样说。"

拍过婚照,吃罢喜宴,又和 Jim 跳过头场舞后,我陪她上楼换中国礼服。为她脱去婚纱、换上旗袍时,她泪眼婆婆地搂着我说:"妈,咱们俩多好啊!"

那一会儿,我想到很多很多。女儿说这句话时,心里包含的内容,肯定和我心里一样多。就在那一刻,她和我,把我们三代人几十年走过的路,又都走了一遍。

当时我真想痛哭一场,可我不能,楼下还有应酬呢。

倒是她先止住了泪水,安慰我说:"妈,别哭了,咱们还得下去呢。"

我们擦干了眼泪。

她穿上红里泛金的旗袍,又是一番风韵。我又在她头上插上千里迢迢从中国带来的红绒花,看上去很喜兴。这花我没敢放在行李里托运,怕压坏了,一直提在手上。

人们又都惊叹女儿穿旗袍的美丽。

我坐在沙发上紧盯着她,不愿放过一眼。我有责任在身,我不是也要替母亲眼看着这个大喜的日子?

十点钟。喜庆结束,她和 Jim 走了,他们将到希腊去度蜜月。

第二天一早起来,我用摄像机拍下头天没有时间和机会拍下的一切。这里的一切对我可能比对女儿更有纪念意义,因为她还没有到需要纪念什么的年龄。

我拍下了这旅馆的里里外外,拍下她作为女孩儿时,和母亲度过最后一个夜晚的房间;还有我在女儿婚礼上戴过的花环;她出嫁前,我们俩最后一个早上,一同吃早饭的那个小餐厅和那张小餐桌……

天气很好,空气清新而爽冽,有点像她的性格。

等到伴娘去前台结账时,发现女儿已经替她付过房费。我听了以后很高兴,好像她又回来了,还和我、和母亲紧紧地靠在一起。

但事实上她已离开了我。我开始猜想到母亲晚年不曾表白过的失落,虽然她直到离开人世,也没有离开过我,我却不再像小时那样,须臾不可离地依赖着她,我已走出她的翅窝。虽然我还是她的唯一,但她已不是我的唯一。这真是一代又一代,无穷循环着的、无奈的伤感。

他们的小日子渐渐地过着。Jim 工作非常辛苦,不但晚上八九点才回家,就是星期天也常常加班,下得班来,再晚、再累也是先看各式账单,算账、签字、开支票、回答电话里朋友们的留言,做饭、家务、安排出门的日程、机票、准备旅行物品等等。他说,将来他还准备带孩子。

我问他:"你何必这样辛劳?"

他说:"我要努力工作多挣钱,这样,我太太就可以不工作,留在家里干她想干的事,比如写小说。"

Jim 对写小说这个行当很尊重,不知到了他太太真当作家那一天,他是不是还这样看。记得我曾说过,公众很尊重的那些知名人士,在他们家人眼里,基本上狗屁不是。

我对唐棣说:"我不过刚刚把你交给他,谁知道以后呢?"

她爱莫能助地看着我,说:"那要看你自己了。妈,您当了一辈子的大傻瓜。"

一个人的命运是没法改变的,你就是教会他做这件事,下一件事他还是不会做。谁也不能事事、时时守在你身边,替你过完这一世。

1995 年 6 月 12 日

幸亏还有它

母亲去世以后,倒霉的事情接二连三。

这并非说母亲是我们的吉星,她这一辈子都和吉祥如意不沾边。

我的意思是,母亲是我们这个家的屏障,所有我们该受的苦,母亲都替我们受了。她这一走,就再也没有人为我们遮风挡雨。

先是小阿姨辞职,说是家里来信,姨妈出了事。出了什么事?信上没写,无从得知。后来我才懂,这是小阿姨们另拣高枝的借口。

我忘了,过去她就来过这么一手,说是有个印名片的厂子,每月给她二百块钱工资。我说:"这机会不错,我不能挡你的财路,因为我目前还不可能每月给你二百块钱工资。"

可她走了几天又回来了,说是伙食费用自理,脂肪、蛋白当然不敢问津,何谈水果甜点。妇女卫生用品、洗衣粉、洗发精、肥皂、牙膏、一应日用物品,以及被褥,须得自购自备。由于没有卫生设施,洗澡也要自行付款到洗澡堂解决……这样算起来,每月二百块钱工资几乎不剩,更不要说几个人挤在一个房间上下铺、一应细软全得掖在身上的诸多不便。也曾试着自己开伙,可是一瓶油就是三块多,还要到处借用炉灶,借用一两次还行,长此以往如何是好……

回到我家后,她又把在名片厂用剩下的那瓶油和那袋洗衣粉,原价卖给了我……

这次可能又找到了高工资的去处。

一个多月后,我接到她的电话,说是刚从老家回来,姨妈的病已经痊愈云云。

我猜她可能又在那高工资的去处,遇到了入不敷出的麻烦,算来算去并不划算。不过有了上一次的经验,我知道这样的事以后还会接连不断,实在受够了频繁更换保姆的麻烦,连忙敬谢不敏。

然后就是猫咪的胃口越来越坏,终日昏睡,连早晚"喵呜喵呜"叫我陪它疯跑一通的必修课也免了。

因为市面上有不少偷猫的人,宰了之后卖它们的皮、吃它们的肉,所以我从不敢让它出门,自它来到我家,等于圈了大狱。而猫们需要上蹿下跳,撕咬追逐……想想这点,很不猫道,也很对它不起。

母亲年事已高,不可能在这方面对它有什么帮助,所以我虽然忙得四脚朝天,只要可能,总要陪它玩上一阵。

从前住的四间房子属于两个单元,为安心工作,将它和妈安排在一个单元,我和工作室在另一个单元,它和我接触的机会并不多。

搬进新家后,房子集中到一个单元,特别是母亲去世后,它也像没了娘的孩子,只剩下我这一个亲人,和我的关系便亲密起来。一早一晚都要"叫"我陪它玩一会儿,钟点很准。如果那时我还没有起床,它就会趴在我的脸上,喵喵地叫个不停。

母亲去世后我心力交瘁,但我还是在那两个时辰陪它跑一会儿。

我已没有力气跑动,不过双脚踏地做出跑和撵的样子。它也不像从前那样有力,跑两下就跑不动了,气喘吁吁地往地上一横,连跳上窗台,也要运上好一阵力气,显出勉为其难的样子。

猫最不喜欢挪窝。

起先我想,它的不适,也许是不习惯这个新家?

可是它的情况越来越糟,一天天地衰弱下去,小声小气地叫着,最后发展到不吃不喝,整天趴在阴暗的角落里,让刚刚失去母亲的我,伤心之上更加伤心。

好在现在有了兽医院,决定带它去看看。

当时我查出转氨酶过高,肝炎症状一应俱全,正在等待确诊为什么类型的肝炎,抱它去医院,对病中的我来说,无疑是很重的负担。便试探地询问先生,他的专车可否送我们去趟兽医院。

先生不说不行,只说猫咪没有病。

求人的话我决不说第二遍,哪怕是对自己丈夫,如此至关重要的角色。

猫咪非常害怕出门,因为平生第一次出门,就是为它做绝育手术。

当初本不打算给它去势,以为只要在它觅偶时期,给它吃些安眠药就可拖延过去。

安眠药没有少吃,用量几乎和人一样,吃得它摇摇晃晃,东倒西歪。即便如此,也没能断绝它的尘缘。它浮躁得甚至将我们刚刚买进的九英寸黑白电视机蹬落地下,摔得机壳开裂,更不要说其他方面的破坏,最后只好对它采取这种不猫道的办法。

十年前还没有为猫狗看病的兽医院,只好委屈一位人医给它"去势"。母亲要求说:"给它打针麻药吧。"

大夫说:"一个猫,打什么麻药!"

这个过程,妈不忍地重复过多次:"……也不给打麻药,噌噌两刀,就剌出来两条白线……"

以为猫找对象不会像人那样艰辛,有个能解决问题的异性就行,其实它们挑剔得相当厉害。

两家邻居各有猫一只,从我们家的窗户望过去,一只在北,一只在东。我家的猫只对北边一只情有独钟,它们常常痴情地对望着,默默地一望就是几个小时。即便在"去势"手术之后,它还不死心地蹲守在窗台上,痴痴地向北张望;就算邻家把猫给了人,它还要守一守那空落的窗台。

那次出门,给了它终生难忘的经验,以后再要出门,它就吓得四肢蜷缩,像蹲在起跑线上的运动员,随时准备后腿一蹬,飞遁而去。

猫绝对有第六感觉。我刚要去抱它,它就知道大事不好,连蹬带踹地挣扎,即便如此,它也不肯咬我一口。

它实在是只仁义的猫,我有时甚至觉得它仁义得过了头,不管我们做了什么让它痛苦不堪的事,它从未咬过我们或是抓过我们。只在玩得忘乎所以之时,它的爪了才忘记轻重,但只要我把自己的脸贴上它的脸,它立刻就会停止抓挠,绝不抓咬我的脸。而这种打闹,又都是以它的吃亏告终。

089

它声嘶力竭地嚷着,为了抓住它我累得满身虚汗,又费了好大力气才把它装进纸盒。

我抱着它先乘地铁到达军事博物馆,然后往南走,问了几个路人才找到那家兽医院极小的门脸。一看门上的告示,九点开始门诊。再看看我的表,不过七点十五分!

我们只好站在风地里,等候医院开诊的时间。

那天早晨偏偏刮着很大的风,是那个冬天少有的冷,凛冽的西北风眨眼就吹透了我的衣服,把我身上本来就不多的热气涤荡净尽。我这才感到自己病得确实不轻,身上的热气就是再少,从来也没少到这步田地。

想到生病的猫咪一定更冷,我解开大衣扣子,把装咪咪的盒子拥在胸前,可我怎能为它挡住无孔不入的风?

寻到附近一个单位的传达室,问可否让我们在这里避一避风。传达室的那位男士很尽人情,允许我们待到八点半,上班时间一到我们就得走人。

我和猫咪缩在房间一角的炉子旁,感受着被严寒拧紧的皮肉在温暖里渐渐松弛的过程。我想猫咪也是如此,就打开纸盒让它多沾些热气。它好像知道那不是自己的家,更知道这是寄坐在别人善施的地方,小心翼翼地探出脑袋,不闹也不跳。更让我心生凄凉地发现,它甚至有些讨好地看着屋里来来往往的人。

八点半到了。我又把咪咪装进盒子,走出那间温暖的传达室。

再次四下寻找可以避风的地方,见到附近有家招待所,便走了进去,奇怪的是没人阻拦。我在一楼通道里找个暖气片靠下,又把装猫咪的纸盒放在暖气片上面,这样它会更暖和一些。

幸运的是,到盥洗室洗漱或是灌开水的人们,不断从我们面前经过,却没有人干涉我们,或朝我们好奇地看上一眼。我满足地靠在暖气片上,突然想起住在巴黎的日子,也是这样的早晨,坐在文化气氛很浓的拉丁区小咖啡馆里,喝一小杯咖啡、看往来的行人……

谢天谢地,我们在这个温暖的角落里一直待到医院开门的时间。

医生先看它的牙,说:"它老了,牙齿差不多都掉光了。你看,仅剩的几颗上还长满了牙垢……而且它的牙齿没有保护好,还有牙周病……"

于是想起一年多前我就对母亲说过:"您瞧,它现在为什么老吐着半截舌头?"

可能就是因为牙疼,疼得它老是吐着舌头。可我那时不懂,也想不到它生了牙病,更没有经常查看它的全身,让它受了很长时间的苦,也损害了它的牙齿。要是那时能及时带它看医生,可能它不会丢失那么多牙。

"这些牙垢一定要清理掉。"医生最后说。

为了除去牙垢,给它进行了全身麻醉。除掉牙垢之后又发现它的两颗大牙上都是朽洞,露着神经,难怪它不能吃食。既然兽医学还没发展到可以为猫补牙的地步,只好拔掉。

后来才知道,全麻不但对老年人是危险的,对老猫也同样危险。

它在打过麻药,还没完全失去知觉的时候,就开始呕吐,而后全身渐渐松懈下来,只有眼睛一转不转地张着,像是没有了生命。

我扭过头去不忍再看。

医生问我拔几颗,我说两颗都拔。医生说两颗都拔可能它受不了。我说你既然给它打了麻药,拔一颗和拔两颗还有什么不同。如果现在只拔一颗,并不能彻底解决它的问题,过不了多久还得让它再遭一次罪。

妈在世的时候老担心,她有一天不在了,我不会善待她的宠物。那时不是有她管着,用得着我瞎使劲吗?

它是妈的宠物,又何尝不是我的宠物!特别在妈去世以后,我老觉得它身上附着妈的灵魂,为妈恪尽职守地护着我。

就看它身体朝前不动,只是将头后仰着看我的样子,和妈分毫不差。

妈去世不久的一天清晨,它突然提前时间喵喵叫着。那时我还不知道自己有病,更不知道是传染病,所以还在先生家里住着。我怕它的叫声惊醒先生的好梦,虽然没到喂它早饭的时间,还是起身去喂它。

我刚走出卧室就晕倒在地,由于事先没有一点征兆,所以是直挺挺地向后倒下。我的后脑勺磕在水泥地上,发出"咚"的一声巨响。事后小阿姨对我说,她只听见"咚"的一声响,就没有了声音,本想接着再睡,可是马上就听见猫咪声嘶力竭的嚎叫,一声接着一声,非常瘆人,有一种出了事的恐怖气氛。

她爬起来一看,果然见我人事不省地躺在地上,只有猫咪在我身边团团乱转着哀嚎。

然后先生也被它的哀嚎惊醒。

正是因为突然晕倒在地,我才想着到医院去检查身体,一查就查出丙型肝炎。

更不要说在妈走后的日子里,只有它忠诚地守在我的身旁。每当深夜,我在空荡荡的屋子里痛哭失声、忍不住大声呼唤"妈"的时候,它总是蹲在我的脚下,忧伤地望着我,好像它懂得我那永远无法医治的伤痛。我哭多久,它就直直地望着我多久。

有时我忍不住像小时躺在妈怀里那样,把头扎进它的怀里,而它就搂着我的头,我们一起睡上一个小觉。

有多少次我的头或我的腿,被窗户、椅子角磕疼,或是被火烫伤手指,禁不住喊疼的时候,不管它是睡得昏昏沉沉,或在饕餮小鱼,都会急煎煎地跑来,准准地看着我受伤的部位,焦急地叫个不休,和从前妈见我哪里有了伤痛的情况一模一样。

每每说起这些,先生总以为不过是我编造的小说情节。有一次他在我这里小坐,正巧我在书橱的玻璃门上磕疼了头,当时我并没有大声叫疼,只不过抱着脑袋蹲在地上哼哼,猫咪就跑了过来,两只眼睛紧盯着我的头,一脸紧张地叫着。好像在问:"你怎么了?伤在哪里?要不要紧?"

先生说从来没有见过这样的猫,真神了。

那次因为小腿抽筋,我疼得从床上滚到地下。它围着我团团乱转,还不断轻咬我那抽筋的地方,像是在抚摸我的痛处。

又一次我穿了新高跟鞋,在卧室门口险些滑倒,有意回头望望,想要再次验证猫咪确实在为妈恪尽职守,抑或是我的自作多情。只见原本熟睡中的猫咪果然已经扑向床脚,惊诧地望着我,全身弓成起跃之状,随时准备赴汤蹈火营救我于危难之中,后见我终于扶住门框没有摔倒,才又放下心来转回床头再睡。

但它绝对辨得真伪,对我历次故作危难之状的考验,从来不予理睬。

每每我做了噩梦,不论它在哪儿,瞬间就会跳上我的床,对着我的脸厉声呼叫,像要把我从噩梦中叫醒。

就在它拔牙后的第二天,我正在为先生洗手做羹汤,先生不断打开油烟滚滚的厨房门,我请他关上厨房门,先生却莫名地大发雷霆,我因肝炎不宜生气只好回避。可先生不让我避走他处,一拉一扯,就把我按倒在地。我仍不死心地往大门外挣扎,他拖着我的两条腿从大门一直拉回卧室。我当时没有别的感觉,只觉得家里的地板果然光滑。

那时猫咪刚从麻醉作用中醒来,摇摇晃晃路都走不稳,几乎是拖着身子走到先生面前,气愤至极却又力不从心、有气无力地对先生干嚎,像在质问:"你怎么能这样对待她?"

正像从前我和妈发生争执时,它也这样袒护着妈。

我不由得在心里暗暗叫了一声:"妈!"

妈不也是常常这样护着我?其实妈又何尝有力量保护我,只是她从不惜力,就像猫咪现在这样。

一九九二年十二月十八号晚上十二点左右,我突然在电脑里丢失了纪念妈的几万文字,一年血泪毁于一瞬。我心慌得满头冷汗、欲哭无泪。偶然回头,它却蹲在我的身后,默默地、爱莫能助地看着我。那本是它早已睡熟的时刻,我也没有大呼小叫,它又如何得以知晓?

就在我写这些文字的时候,它也常常蹲在我的身后,无声无息地看着我。好像知道我正在做的,是和它、和我、和妈有关的事,而它也有权参与一份。

自它步入中年,就不再像小时那样,每当我一铺开稿纸就蹲在一旁,眼珠不错地跟着我一笔一画地转动,或干脆蹲在我的稿纸上让我无从下笔。进入老年后,它也像人一样,对人间的万般风景日渐淡漠,更何况这苦熬苦打的写作。母亲去世以后,它却再度关心起我的创作,谁能说这不是母亲的嘱托?

从前它跟母亲最亲,我根本拢不住它,现在它非常依恋我。

每当我从外面回来,它就两只眼睛盯着我在地上翻来覆去地打滚,或是在屋子里猛一通疯跑,来表示见我回来的兴奋。

有时我在屋里干些什么,以为它在睡觉。可是一回头,就看见它卧在什么地方,半阖的眼睛随着我走来走去地移动。那时我觉得它真像妈,尤其妈最后在医院的日子,也总是这样半眯着眼睛,看着我在病房里走来走去,总也看不够,总也舍不得闭上眼睛休息。

可有时它又睁大眼睛,充满慈爱地望着我。

特别在冬天,它也像待妈那样与我偎依在一起取暖了,或是搂着我的胳膊,或是把它的头枕在我的枕头上。不过它不再像小时那样舔我的眼泪,就像人上了年纪,不再容易落泪一样。见了我常用的东西,好比说我的笔,特别是我的眼镜,它总是爱屋及乌充满感情地把玩不已。

其实猫最怕冷,可是为了和我厮守在一起,它冷揪揪地蹲在我工作间的木椅上,一动不动地守着我。特别在暖气没来或暖气刚撤的时节,它冷得全身毛都奓着,也不肯钻进暖和的被窝。目不转睛地看着我在电脑上工作,一看就是一两个小时。这时我就给它灌上暖水袋,再把它的小被子铺在木椅上,又把椅子拖到我的身边,为它盖好被子,它才在我身边安心地睡了。

…………

可不,现在就剩下我们两个相依为命了,我们都失去了世界上最疼我们的那个人。

妈在生命的最后两年,老是为我终究要面对的"孤苦伶仃"而忧心,天下虽大,她却无以托孤。也曾安排我"以后你就和胡容相依为命吧",可天下事,到了靠的还是一个"缘"。

她一定没有想到,竟是她的猫咪担起了这项重任,它也正是以此回报了妈生前对它的挚爱。

这可不就是它对妈最好的回报?

正是:何以解忧,唯有此猫。

完全可以这样说,妈去世后,我最不能求助于人、最无法与人沟通的痛苦时刻,都是在它的守护、抚慰下度过的。

它至今仍然充满好奇心,只要一放厕所的水箱,它就跑过去,两只前爪搭在马桶上,看马桶里的水流旋转而下。但它不喜欢溅起的水星,一旦水星溅起,它就会掉头而去。

如果深夜里我们被什么奇怪的响动惊醒,它比我更要去看个究竟。"噌"的一下跳下床,扬起脖子,瞪着一对惊诧的眼睛在屋子里东瞧西看。

有时遇到急事,我在屋子里跑来跑去忙着处理,它也跟在我的脚下跑前跑后,一副忙得不得了的样子。

空气里要是有什么异味,它就走来走去地寻觅,脖子一扬一扬、鼻孔一扇一扇地想要探出所以。

要是有人按门铃,它会比我更快地跑到门口,好像它会开门似的。它喜欢客人,一有客人来临,它就兴奋异常,或蹲坐在众人对面听大家谈话,或跳上柜子居高临下地纵览每一个人。

但对不同的人它有不同的态度。谁越是怕它,它就越是要一扑一跳地吓唬他;谁要是居心不善,它也就虎视眈眈;它要是喜欢谁,第一次见面就能让人家抱在怀里。

哪怕它远在阳台上享受猫们最爱享受的阳光,只要我一敲打电脑键盘,它马上就能听见,并立刻来到我的书房,跳上桌子,在键盘上走来走去,踩出一些奇奇怪怪的字符。有时就蹲在我的打印机上或显示屏前,抓挠显示屏上闪烁的光标,弄得我无法操作。我不忍拂走它,只好两手护住键盘,免得它的爪子在键盘上按出什么指令,将我以前的操作一笔勾销。

它对我用来清扫电脑的小刷子有着极为特殊的兴趣,一见到那小刷子,喉咙里就发出一种奇怪的咕噜,跳过来将刷子叼走,像玩足球一样在地板上腾挪闪跃,或叼进它的水碗,歪着脑袋蹲在一旁观其反应。

其实它也有它的语言,每当它颠儿颠儿地跑到我的面前,对我喵喵地叫着,一定是有求于我。如果我正忙着没有理它,它就会在我面前和它需要帮助才能如愿以偿的地方,来回穿梭地叫唤。好比它想进客厅,而客厅门又关着的时候。

不像在我们二里沟那个老家,那时它从不需要我们的帮助,只要两只爪子扒着门上的把手,身体往下一坠,后腿再一蹬地,门就开了。

又比如它想睡觉而又钻不进被窝。不过这样的时候不多,一般它自己都能做到。每每我从街上回来,哪儿哪儿都找不到它的时候,看看凌乱的床脚,就知道它已经撩开被罩钻了进去。再掀开被罩一看,它准在里面睡着。

又比如它想让我陪它玩一会儿,或我长时间不注意它的时候,它就会在我面前扑腾出各种花样,或抓挠各种不该抓挠的东西,以引起我的重视和注意。如果我正好躺在床上,它就会在我的胸口上一趟又一趟地跑过,很有劲地蹬着我的胸口……

从前不知道有猫食可买,每天三顿做给它吃。最有趣是早上给它做饭的时候,它总在我腿下绕来绕去,蹭来蹭去,等不及了还用牙齿轻咬我的小腿。

现在可以买到猫食,就改喂猫罐头和猫饼干了。对它我从不吝惜钱,因为它是妈的宠物。

它果然是妈调教出来的猫,我们吃饭的时候,它从不像别的猫那样,穷凶恶极地号叫,也不会跳上饭桌放肆地在盘子里抢食。只不过静静地蹲坐在饭桌一旁,耐心地等着你会不会给它一些,如果你终于不给它什么,它就会慢慢走开。有时你就是给它一些什么,还要看它有没有兴趣,并非来者不拒。

它不但不和我们抢食,也不和同类抢食。有位同志到上海出差,曾把她的猫寄养在我家,本以为有了这样一个伴侣,可以免除它的寂寞。没想到那位"小姐"对它的礼让不但眦目相对,还独揽它的食盆、水盆,不许它靠近。为此我们又单独为它准备了一套餐具,没想到那位"小姐"又来个统筹兼顾,我们的猫咪则像英国绅士一样,肃立一旁,尽着那位"小姐"在两套食盆、水盆前头紧忙。吃着这边碗里的,盯着那边碗里的,只要猫咪前迈一步,它就发出刁蛮的嘶叫……

从前妈对我说,它极有规律,要是早上她没及时醒来,到点准会把她叫醒,然后等在一旁看她早操,每当她开始做最后一节,它就摇摇摆摆走向厨房,等在那里。等妈做完最后一节,过厨房来给它做早饭。或每到晚上九十点钟,它就开始上厕所、吃最后一道晚餐,将一应事体处理完了才钻被窝睡觉,直到第二天起床之前,再不会出来吃食或上厕所,等等。

那时我还不信,觉得妈说的这些,很大成分带有一种"护犊子"情结,现在知道它果然是有灵性。

一九九二年七月起,我经常在地板上发现一撮撮猫毛,那肯定不是正常的脱毛。检查它的全身,发现它颈部一块指甲盖大小的皮上脱尽毛被,而且那一小块脱尽毛被的皮肤,疙疙瘩瘩很不平滑,马上怀疑它是不是长了皮癌,抱起它就往医院跑。

那是北京最热的日子,我又没有"打的"——对于靠工资和千字只有三十元稿费的我来说,实在担当不起那样的消费习惯和水准。

下了车,离医院还有好长一段路。我抱着它,一面哭,一面跌跌撞撞地跑。我想,是否上帝以为我已度过妈过世后的艰难时期,如今它已完成使命,也要把它召回?实际上,我再没了它,可如何是好?

我像淋了倾盆大雨,汗水从脑顶滴滴答答淌下,与我的泪水一齐在脸上恣意纵横。因为抱着它,我分不出手来擦汗,也分不出手来擦泪,只能不断侧过脸去,在T恤袖子上蹭蹭我的汗和泪。

不知街上的人会怎么想,这个穿了一条旧短裤、一件破T恤,赤脚一双便鞋、满脸是泪的老太太,发生了什么事?

等到医生宣布那是癣不是癌后,我才平静下来。我把它紧紧搂在怀里,带着满脸的汗和泪,笑了。

但医生的药却治不好它的癣,那块癣面积越来越大。还是我在天坛公园门口的地摊上,买了一个安徽小青年家祖传的"鲫鱼霜"给它涂抹,很快就治好了。

今年一月,它又拔了一颗牙,又是全麻。

紧接着它又不能吃饭了。给它什么好吃的它都不吃,我以为这次它是真的不行了。

伤心而又绝望地带它去医院做次最后的斗争,医生说它需要进一步检查,而一应检查器械都远在农业大学。

再远我也要去。带着它又到了颐和园北宫门农业大学的兽医院,应诊的还有一位洋大夫。可是他们说,CT机要到三月份才开始投入使用。

医生一看它的耳朵,就说它贫血得厉害。可不是,它已经快一个月不怎么吃食了。检查了心脏,又说心脏很弱,但肝脾不大。接着就要给它抽血,以验证它的肾功能是否正常。医生让我协助抓着猫咪的腿,我说我不能。他找了一条患狗的主人帮忙,我背过脸去不忍看它,然而声音是无法回避的,我听见它的惨叫,每一声都扯着我的心。

我背着脸说:"是不是抽一点就行了?"

医生说:"要做的项目很多。"

我说:"再抽,血就抽没了!"

医生说:"你再这样说我们就没法工作了,它的血本来就难抽。"

我只好闭嘴。

猫咪一声声地惨叫着,我缩着脖子,全身使劲,好像这就能帮助它尽快把血抽出去。

费了很多时间,想必猫咪也受了不少罪,后来连美国大夫也上了阵,才算把血抽出来了。可是不多,只够做一部分化验,更多的检查项目还是无法进行。

验血之后说是肾功能没有问题。既然肾功能没问题,又怀疑是否肾功能衰竭,因为它老了,各方面的功能自然都会衰减。我想大夫这样说也有道理。

除此其他部分没有异常。

给它打了好几针,又拿了不少药。

人说久病成良医,我慢慢品出——也可能是照料妈最后那些日子给予我的启示——猫咪的种种病状,很可能是全身麻醉后的副作用。

后来它渐渐恢复了体力,花了整整一年半的时间。我忽然悟到,可能它也是因为受不了妈去世的打击,需要时间来调整自己。

今年五月底,我又需要出去走一圈,费时两个多月。走前只好把它寄养到先生那里。

先生家里有个小院,我多次吁请先生,千万注意严紧门户,切不可放它独去小院,免得它跳到墙外而走失,外面的世界并不一定美好。

可有谁能像我那样精心待它?不论在谁那儿,它可不就是没娘的孩子。它也确实像没娘的孩子一样,知道不是自己的家,走起路来瞻前顾后、畏首畏尾、四腿蜷缩。

更有一只野猫经常光顾先生家的小院,尽管我家猫咪已经去势,到底雄性未泯,居然以它十一岁的高龄,不自量力地和那年富力强的野猫叫阵。不论从出身(它是宗璞同志送我的,可以说是书香门第),或是从母亲给它的教育来说,它都不是那只野猫的对手。果不其然,刚一交手就被人家撕咬得掉了几处皮毛。

又在一次激战中,先生的千金为了遏止战争进一步恶化,踢它一脚,以为一脚就能把它踢回家去。可能它咬架咬红了眼,居然回头一口将先生千金的脚背咬伤。在它温良恭俭让的一生中,头一次开了咬戒,也是唯一的一次,却又是咬了不该咬的人。

这一切显然给了它极大的刺激,并极端地违反了它憨厚的本性和为人处世的原则,便成天钻在床下不肯出来。我猜想,可能还有这样一个委屈烦恼着它:为什么先生的千金不帮衬它,反倒帮衬那只外来的猫?这更说明它是没娘的孩子对不对?

我回国将它接回家后,它还是一副寄人篱下、无家可归的样子,自虐地钻藏在阴暗的角落,足足一个多月,精神才恢复正常。

先生的千金很客气地对我说:"这猫老了,脾气变得特别怪。"

我只能连连地对不起,余则含糊其词地喏喏。我想,如果我再"有则改之,无则加勉"地表示同意,它就更委屈了。尽管它不在场,尽管它不懂人的语言。

再说,先生要是重视我的吁请,这一切也就不会发生了。

但我继而又想,这不是对先生的苛求吗?谁让我把它撒手一丢就远走高飞?我自己不尽责,又有什么权力要求他人为我尽责?

妈走以后我才知道,人是可以老的,不但人可以老,猫也是可以老的。我们的猫咪也老了,这场病后,它又老了许多。

今年,它已经十一岁了,过了十月,就该往十二岁上数了。

猫一到这个岁数,就是老猫了。

我真怕,怕它会走在我的前头。

谁都会离开这个世界,那日子说远也远,说近也近,不过一眨眼之间。想到这里,我就忍不住对它垂泪。

可它走在我后头也不行,谁能像我这样悉心照料它,更不要说给它安排一个长眠的地方。

让我操心的事还真不少……

它要是会说话,或也属于一个什么单位,自然就轮不到我来操心这些事了。

我常常站在窗前搜寻,终于看准路边草地上的一棵白蜡树,那棵树正对着我卧室的窗口。或许它将来可以睡在那里,等我老到走不动的时候,不用出门,一眼就能看见它在哪儿。不过那里经常浇灌,我想它一定会感到湿冷……最好是有人帮我寻着猫死后也能火化的地方,那它就不必睡在白蜡树底下,而是待在家里。

我也特意留下九月十九号的《北京晚报》,因为上面载有北京市殡仪馆推出的几个可供选择的陵园。我想,早晚有一天,妈的骨灰再不能和我一起住在我的卧室里,我都没有了,又何谈我的卧室?我得及早为她寻找一个好些的去处,等到我也归西的时候,连猫咪一起搬过去。

我们就齐了。

1993 年 10 月 18 日

  再过十天,就是妈逝世两周年的日子,权将此文作为我对她的悼念。

被小狗咬记

代蒙是一只狗的名字。

它是四十多年前别人送给母亲的一只叭儿狗。

这只狗肯定死了,死了几十年了。它在我们家只生活了很短的一段时间,因为母亲的工作调动,我们得从居住了很久的镇子,搬迁到另一个城市,不得不把它扔下。

与它同时我们还养了一只大柴狗,叫作小黑,在搬离那个小镇的时候,也一并扔下了。

当时的生活十分简陋,简陋的生活严重地影响了我们的想象力,竟想不到可以带着它们一起乘火车,一同搬迁到另一个城市去。

再说那个时代,也没有为动物准备的车船机票,不扔下又能如何?

代蒙在我们离开那个镇子前就给了人。它太弱小了,对于自己的命运,没有多少独立思考的精神,给了人也就给了人,只好安于那个新的、也许更好、也许更不好的生活。

小黑就没有那么安命,被给了人以后,还老是回到旧主人的家中,以为会感动我们,从而改变它的命运。它不明白,跟着我们又有什么好?也不明白,恋旧是一种落伍的古典情结,它将为此付出代价,也会让别人为此付出代价。

我们走的那一天,它更是痴情地追撵着我们搭乘的火车,可是火车越开越快,小黑也越落越远。眼睁睁地瞅着把一生忠诚相许、贫病相依的主人,最终消逝在目极的远方。

最后它不得不停下脚步,不得不放弃这力量悬殊的较量,垂头伫立在荒原上。黄土地上的小黑,会不会伤感呢?

直到现在,每当我想起那时的生活,往事在我心中氤氲般地聚散,而有关小黑的回忆,总会渐渐聚拢成一个剪影,衬托着空蒙的夜色,固执而突兀地站在暮色四合的荒原上。

母亲为此流了很多泪。多少年后,一旦提起这个话题,还是旧情难忘。

一九九一年,我也有了一只小狗,立刻为它命名"代蒙"。

它在我百无聊赖时来到,像是有谁特意安排它来治疗我陷入危机的心。

那年冬季的一天,我在新文化街某个汽车站等候朋友,一位先生抱着刚离娘胎的它走过。我见它的皮毛油光可鉴,色泽也好,更因为我恰好站在那里,不但无事可干也无事可想。

哪怕有一点心气儿,其实还有许多事情可想,可我什么也想不下去,而且面对这种状况束手无策……一个人要是到了连想点什么都不愿意想的地步,就快没救了。

这么说,我还得感谢那位路过的先生,哪怕只是那么一小会儿,让我有所旁顾——百无聊赖中,我多事地问那位先生:"请问您这只小狗,是在什么地方买的?"

那位先生好脾气地笑而不答。

要是他能痛快地告诉我,我也许就罢手了。但我接着问:"要下就肯定下了不止一只,而是一窝。您能告诉我是在哪儿买的吗?我也想买一只。"

也许见我盯得太紧,他成人之美地说:"你想要就给你吧,我正找不到商店给它买奶瓶、奶嘴儿呢。"

结果我们以四十元成交。

就像小说里的伏笔,他给我留了一张名片。

把这只眼睛还没睁开的小狗揣进怀里后,我就开始找商店。一转身,商店就在身后,且卖奶嘴儿和奶瓶。

它一定早就饿了,碰上奶嘴就迫不及待地吮吸。

本以为喂养小狗是件很容易的事,没想到它连这个本能也没有,一吸奶嘴就呛得咳喘不已,急得我满头是汗。

等它好不容易学会了吮吸奶嘴,立刻显出一副贪婪之相。没等这一嘴牛奶咽下,就吞进另一嘴,它就是再长一个大嘴巴,恐怕也难以盛下那许多牛奶。

过剩的牛奶只得另寻出路,如喷泉般地从它鼻孔里滋滋地往外冒。不一会儿,它的肚围就胀得横起来,真让我担心那肚子会不会爆炸。

我开始猜想,这大概是一条劣种狗,和母亲留下的猫真是没法相比,便对它有了最初的嫌恶。

此后,母亲留下的猫,和这只还没睁开眼睛的小狗,成了我最挂心的事,或者不如说是成全了我。我那什么也不愿意想的日子似乎过得容易多了,至少有了事情可想、可做,比如为代蒙焦急,怕它饿着,也怕它呛着等等。

自到我家,代蒙就没完没了地生病。

先生说,一切麻烦都是我"自找"。其实人世间的麻烦,有几件不是自找?

代蒙还不会走路,所以经常躺在窝里,我又没有养狗,特别是婴儿狗的经验,根本想不到经常为它替换铺垫,于是它的肚皮上长了湿疹。

长湿疹是很不舒服的事,也很难痊愈。

为保持它肚皮的干燥和清洁,每次大小解后我都为它清洗。由于它的饮食还是牛奶,所以排尿很勤,每天洗个没完没了,还得不停地为它涂抹各种药物,可是都不管用,最后还是一种民间小药治好了它的湿疹……

好不容易会走、会吃半流质的食物了,先生不但不再指责我"一切麻烦都是你自找",反倒对它有了兴趣,不知轻重地喂它烙饼,结果它又消化不良,拉起了肚子。

于是我又开始为它治疗消化不良的毛病,表飞鸣、酵母片吃了不少。它很爱吃酵母片,只要我拿起酵母片的盒子、一听到酵母片在盒子里滚动的声响,它就快速地摇动尾巴。

自它断奶,学会走路满地乱跑后,就开始随地大小便。

这种坏习惯一旦形成就很难改变。它为此也挨了不少揍,可就是改不过来。我只得每天跟在它后面,清理被它污秽的地面。

…………

怕它待在家里寂寞,清晨去公园时,顺便带它去看看外面的世界。

但它极懒,走儿步就让我抱着。如果不抱,它就蹲坐在原地尖声哀嚎,在幽深的公园里,那哀嚎腔调老练、长短起伏。

我奇怪,一只狗为什么不做狗吠而做哀嚎,也没想到,那么小的一只狗,会发出那样嘹亮、哀婉的尖嚎。

它一面尖嚎,一面斜着眼睛观察人们的动静。闹得在公园里练功的人,全都责怪地瞧着我,不知我怎样虐待了这样一只可怜而又可爱的小狗。他们都很喜欢它,我想,这大半是因为,它能吠出与自己身躯很不相称的、令人深感意外的尖嚎。

可是一到回程,它就在我前面跑得飞快。

突然它就安静下来。我正在猜想,为什不再演示它的尖声哀嚎?原来它在公园里开发了新的项目。

尽管出门前它在家里吃了个肚儿圆,到了公园,还是在地上拱来拱去地刨野食。

所谓干干净净的天坛公园,不过是在有目共睹的地方。尽南边的松林里,不但有游人遗弃的各种垃圾,角落里还有游人的"遗矢"。这恐怕就是代蒙对演示"尖声哀嚎"恋情别移,一到天坛公园南墙,就大为兴奋的原因。

直到有一次我发现它在大啖不知哪位先生或女士的"遗矢",才明白它不再热衷演示的原因,确信"狗改不了吃屎"果然是一句至理名言,更明白了不能像信赖一位绅士那样信赖它,尽管叫了"代蒙"也白搭。

后来有人对我说,人倒不一定讲出身,狗却要实打实地讲出身。出身名门的狗,绝对不会吃屎,也不会随地大小便。所以在西方,经营狗业的人,必须向买主出示有关狗的出身证明,上溯八代都是纯种,龙是八代真龙,凤是八代真凤。像赵高那样指鹿为马的事,也只能出在秦朝。

不久便出了大问题。

代蒙有了寄生虫,仅一天时间,就排出二十多条。很快它就蔫了,头也垂了,耳朵也耷拉了……这肯定是来自天坛公园的馈赠,除此,代蒙别无接触寄生虫的途径。

查了医书,知道代蒙在天坛公园染上的寄生虫是圆线虫,正是寄生虫里比较顽固的一种。马上买了中美史克"肠虫清",按照说明书上的用法,一日两粒,连服三天。

服药后的第二天,它就开始排虫,大约排了近一百条。简直让人无法想象,它那小小的肚子里,竟然装了那许多虫。

在天坛公园随地"遗矢"的先生、女士,如此扩散他们肚子里的虫子,是不是很无公德?

虫子是打下来了,代蒙也快死了,大概是服药过量。

不过两天时间,它就变得轻飘飘的,捧在手里就像捧了一片羽毛,和前几天的肥头大耳,判若两狗。心脏跳动很弱,四肢冰凉。

而且一改从前的贪吃,不要说贪吃,连水都不喝了。

赶紧抱它上医院。医生说,代蒙恐怕不行了。在我的请求下,医生给它打了四种针,又拿了不少内服药。

给它打针的时候,它连哼都不会哼了。不像在医院同时就诊的那些狗,每打一针就汪汪不止。

医生说,这些针剂,每天需要注射两次,每次四种。

我们家离兽医院很远,每天跑两次医院很不现实,只好把针剂带回家,由我给它注射。我会给自己打针,却不敢给别人或别狗打针,可是不打针代蒙就没救了,只好硬着头皮干。

就是这样,虫子照样拉,真是虫入膏肓。除了拉虫子还吐黄水,我猜想那是它的胆汁,它已经几天不吃不喝,除了胆汁还有什么可吐?

我把它包裹在一件旧毛衣里。毛衣上粘满了它的呕吐物,连它身上也粘满自己吐出的黏液。厕所里满是酸腐的臭气,可我不敢给它洗澡,怕再给它添病。

它了无生气,一动不动、奄奄一息地趴在地上。除非我叫它,才缓缓地摇摇尾巴,后来连尾巴也不摇了。眼睛里没有了一丝光亮,那是濒临死亡的状态。

有一天更是爬到马桶旁边,伸直四条腿,任凭我怎么叫它也不睁眼了。我一摸,全身没有了一点热气,便抱着它大哭起来,大声呼喊着:"代蒙!代蒙!"它这才醒了过来。

后来小阿姨说,全是我这一叫才把它的魂招回来了。就在那天晚上,它站了起来,向我摇了摇尾巴后,开始喝葡萄糖水。

小阿姨说,有救了。

从此果然渐渐好了起来。

从此再不敢带它去公园,即便出去,也给它带着套圈,死死掌控着它的一言一行。

为增强它病后的体质,我很注意它的营养。这一来把它惯坏了,除了肉骨头,从此什么都不吃。不但如此,还要挑选肉的种类,比如爱吃鸡肉,不爱吃牛肉,至于肉拌饭,简直不屑一顾。

我们家的猫也馋,极爱吃鱼,可是掺了饭的鱼也吃,不像这位代蒙,除了肉什么都不吃。

这一来,喂养代蒙就成了一件费心的事。就是我自己,也不是每天都有鸡吃。于是逢到有人赏饭,便将宴席上的剩菜收敛一空,带回家来分期分批地赏给代蒙。

经过这一通猛补,代蒙迅速地显出了原形。它根本不像卖主所说的玩赏狗,而是一条货真价实的柴狗。

本以为这样待它,它定会好好回报我,没想到一见肉骨头,它就翻脸不认人。

每当享用"大餐"时,只见它的两只前爪,死死环抱着装有肉骨头的食碗,此时谁只要经过那只碗,更不要说碰一碰那只碗,代蒙就龇出狼一般的牙齿,吠出极其凶恶的狗声。

那一天,它把骨头拱了满地。我用脚把骨头敛了敛,它上来就给我一口,我的脚马上见血。

我开始怀疑广为流传的"狗是忠臣,猫是奸臣"的说法。至少就我个人的经验来说,不是这么回事。

母亲留下的猫,简直像是代她忠守爱护我的职责,我在《幸亏还有它》的两万文字里,也没写尽它对我的关爱和它的儒雅。

真是旧梦难寻,此代蒙亦非彼代蒙也。

小阿姨说我必须快去注射狂犬疫苗。

马上给隔壁的急救中心打电话,他们说,急救中心没有这项服务,让我到×××防疫站去,并告诉了我××防疫站的电话号码。

接着给这个防疫站打电话,打听该防疫站的具体方位:"对不起,请问……"

电话里一位男士说:"有什么事快说,少废话,我这儿还有事呢……"

不过他最后还是把防疫站的地址告诉了我。

不敢耽搁地赶到防疫站。有位女士问道:"你有养狗证吗?"

正在托一位同志帮忙代办,一时还没有回音,本来就是托人办事,怎好频频催问。

她没说不给我注射狂犬疫苗,她只说:"先去办养狗证吧,等办来养狗证就给你打。"

办"养狗证"容易吗,如果容易我还托人走后门干吗?!

就算我是北京天字第一号的人物,这个手续没有一天也办不下来。如果等办下来再注射狂犬疫苗,N 个狂犬病也得上了。

我说:"这怎么可能,我哪有那么大本事今天办好这个手续？要是小狗真有狂犬病毒,今天注射不了狂犬疫苗,我不就完蛋了？"

又一位女士说:"今天不办公,你没看我们这儿发大水？"我一看,果然是暖气漏水,水漫金山的形势。

我低声下气地说:"我帮您收拾还不行吗？"

"你会修暖气？"

"我不会修,但我可以帮您扫水。"

"我们得对你进行教育。"

"我接受您的教育。教育完了您也得给我个出路,对不对,您总不能眼看着我得狂犬病吧？"

一位女士终于坐下给我开药了。

"姓名……"

"职业……"

我毕恭毕敬地做了回答。到了"职业"这里,她的口气更加严厉起来:"噢,你还算个斯文的人哪,怎么干出这种事来!"

"这种事"！我干了什么事？

她一面给我开药,一面说,就是打针也不一定免除狂犬病的可能。而且一反方才的不耐烦,绘声绘色地向我描绘起狂犬病的痛苦,以及无法救治的死亡后果。

"自己找地方打针去,我们今天没法工作。"她说。

"是,是。"我感恩戴德,鞠躬如仪。甚至动情地想,中国的事情就是这样,看起来很难办、很严重的事,三弄两弄就是柳暗花明又一村,让你绝处逢生。再怎么说,中国人还是很有人情味的。

五针疫苗五十多块,日后验血费三十块,共八十多块。时为一九九一年,这五针疫苗和验血费的价码,在当时可不算便宜。

但我没敢多问,有位女士说了,你养得起就花得起。我那代蒙并非名种,不过四十块钱买来的柴狗而已。而且我怎能得寸进尺再谈贵贱,人家卖给我疫苗已是极大恩惠。

我抱着那一盒针剂,回想着女士们对我的教育,没脸没皮、笑眯眯地走出了防疫站。

为我打针的医院说,这种针剂不过一块多钱一支,且这五针狂犬疫苗里,已有浑浊的悬浮物,问我还打不打。

我怎能将这来之不易的狂犬疫苗作废?再说,如果这些针剂果然问题严重,即便我赖皮赖脸,防疫站也是不能出售的,对不对?

咬咬牙说:"打!"

结果我的胳膊红肿化脓,不知这是狂犬病毒的反应,还是疫苗已经变质的缘故,只好停打。对照给我开药的那位女士关于狂犬病状的介绍,我还没有出现她所描述的异常。

给了我一口的代蒙,却像没事儿人一样,每天晚上洗过澡后,整个房间里一通疯跑。

它跑起来的样子很好玩,两只耳朵贴在脑袋两边,圆滚滚的身子,活像一个有灵性的肉球,在屋子里滚来滚去。

但我还是找出它旧主人的名片,按照上面的电话和地址,把它还了回去。我叮嘱他说,我已经给代蒙打过一次疫苗,请他严格按间隔时间继续。

倒不是嫌弃它贪婪、下作,狗性不好,无情又无义……我怎能这样过分地要求一只狗,就是人又怎样?

而是因为它太作践母亲留下的猫。

母亲留下的猫不但老了,且连连生病。代蒙却正值青春年少,风华正茂。每天撵着老猫撕咬(当然不是真咬)、戏耍,老猫开始还能逃避,后来病得跑都跑不动了,只好躺在地上,任代蒙随意作践。

再说老猫如厕也发生了困难,代蒙整天像个足球守门员守在厕所门口,只要老猫想进厕所,它就像守门员似的一个蹿跳,救球似的抓住老猫。开始老猫还能跃过代蒙的扑抓,后来就渐渐不支。

而猫是很有规矩的,不论病得多重,也不随地大小便,比那些"遗矢"天坛公园的先生、女士还有公德,可以想见老猫不能文明如厕的苦恼。

特别是老猫病重后经常呕吐,它不得不吐在厕外,我看出老猫为此多么的羞愧。

代蒙也破坏了我和老猫之间的那份温馨。以前,每当我回到家来,老猫听到我开门的声音,就等在门后迎接。待我进得门来,它总是一面深情地望着我,一面在地上打几个滚儿,表示见到我的喜悦。平时也会不时跳上我的膝头,温存一番。

自从代蒙来到我家,我每每回到家里,就让代蒙包了圆。它的包圆儿是垄断性的,水泄不通。快速摇动的尾巴,如功夫高手设的一道屏障。

老猫只能远远地蹲在一边,无法靠近。我看出老猫的悲哀,便对代蒙的垄断、包圆儿心生厌烦……

把代蒙送走后,我自作多情地以为它一定茶饭不思,到处找我,便打电话给它的旧主人打探情况。他说,代蒙过得很好,满地快乐地奔跑。

接着他又问我:"它好像喜欢吃鸡肉?"那正是春节前夕,家家不缺美食。

"是的。"我说。

"我要给它纠正过来。"他斩钉截铁而又自信地说。

我不大相信,又非常相信。反正在我这里很成问题的问题,到了别人那里都不成问题。

虽然旧梦难寻,此代蒙亦非彼代蒙,打完电话,我还是有些失意,好像这不是我所期待的。

难道我想听到代蒙在痛哭流涕?

可代蒙为什么要痛哭流涕,要是代蒙能够永远欢笑,不是更好?

1994年2月18日

哭我的老儿子

我又梦见了它。

那是什么地方？好像是，又好像不是我们在美国 Wesleyan 大学的家。

我坐在山坡上，它从山坡下一个"之"字形的弯道转上来，远远地，眼睛就定定地看着我，向我慢慢走来，并在我面前不远的地方蹲下。左边那只耳朵竖着，右边那只耳朵还像过去那样，好事地朝向斜下方，注意着来自那个方向的动静。可它的眼睛始终没有离开过我，里面充满着对我的担忧和思念，好像知道我想它想得不行。

今天，它离开我整整一个月了。这一个月里，我常常梦见它，更不要说我一直感到它还在这房子里走来走去，特别是从前厅走到书房，站在拐角那儿，歪着小脑袋瞅着我。不过不是老来的龙钟模样，而是青春年少，矫健清明。

梦里我老是搞不清，我们是在美国 Wesleyan 大学的那个家，还是在北京这个家。

它还像过去那样，用爪子扒开纱门，一下就蹿出去老远。外面正是芳草遍地、蜂蝶翻飞、鲜花盛开……只是屋外的树林不知为何移向远处。可惜在梦里,我看见的只是草木苍白、孱弱的绿,和泥土冷僻的灰褐。

或是我不经意间从卧室出来,却意外地发现它卧在客厅的地板上,安详地看着我,好像从未离开过我。我甚至觉得它不过刚刚睡了一个小觉,打完一个哈欠。

有时它也会回到北京这个家,像临死前的那天早上,艰难地向我那张矮床爬去……

五月九号那天一早,它又惨烈地号叫起来。我对小芹说:"咪咪又要吐了。"

果然,跟着就是喷射性的呕吐。它的小舌头长长地拖在嘴外,缺氧似的变得绛紫,全身的毛也奓了起来。

真不能想象它的小身子里还有那么多水分,距五号那次喷射性的呕吐不过四天,这两次呕吐,几乎把它身体里的水分都吐光了,何况它自回到北京后,基本上没吃没喝。

自它生病以来,吐的次数不少,但从没有这样的大吐。而五月九号的这次呕吐,更是把它的元气都泄光了。四天前那次喷射性的呕吐后,它还能走呢,虽然脚步飘浮歪斜,但毕竟还能走。这一次不要说走,就连站起来也是不能的了,只能用四条腿蹭着地面,离开它面前那堆呕吐物。

它蹲在地上,剧烈地喘息着,小肚子也随着它的喘息,剧烈地呼扇着,让我恨不能替它忍受这病痛的折磨。

病痛对我算不了什么,自小生活在极其艰难的环境中,感情也许脆弱,却训练出极强的承受皮肉之苦的耐力。除了紧闭眼睛、房门关死、一声不哼地躺着,没有特别的待遇。

曾经与我至亲至爱多年的人,何曾听我诉说过病痛之苦,要求过特殊的照顾？也就难怪除母亲之外，一生从未受过他人的疼爱娇宠。至于身手矫健的时日，更是冲锋在前，风来了我是树，雨来了我是伞，饿了我是面包，渴了我是水……整个一个包打天下的"贱"命！

等那阵喘息平息下来，它才摇摇晃晃地走到我的床前，想要钻进我的被窝——那使它最感安全的地方。可是它已经没有一点力气，带动它那已然轻如一叶的身体，它不得不放弃纵身腾跃，艰难地向床上爬去。

一个原是龙腾虎跃、兽中之王的后代，突然连一张矮床都跃不上去了，该是何等的悲惨。

我只好把它抱上床，给它盖好被子。

之后，我不时掀看被子，查看一下它的情况，可是它的喉咙里发出了低沉、痛苦、烦躁的咆哮，这是我们相处一世也未曾有过的。

当我呼唤"咪咪"的时候，它也不能像过去那样，摇着尾巴答应我了。

大概从二月开始，它就病了。带它去医院看眼疾的时候，我就对医生说，它没有食欲、没有玩兴、怕光……可是那位美丽的女大夫在听过它的心脏之后说，它的身体很健康。

心脏健康，不等于其他器官同样的健康，是不是？

可我总是那么相信医生。

进入老年以后，它很独立，像人老之后一样，越来越孤僻、越来越喜欢独处。可自从这些病症出现后，它非常依恋我，我走到哪里，它就跟到哪里，还常常跳上我的膝头，让我抱着它打个小盹儿。

三月中旬开始，它基本上不吃食了，但喝很多的水、排很多的尿,并开始少量的呕吐。起始它的呕吐很安静,我只是在它的便盆里发现过不像粪便的黏结物,后来才明白那是它的呕吐物。

随着病情的恶化,它的呕吐越来越严重。每次呕吐前,都会痛苦地号叫,即便如此,它也会跳进自己的便盆呕吐,而不是随便吐在地板上。只是在回到北京,买不到供猫便用的砂石后,才吐在地上。它是太好强、太自爱了,正是母亲调教出来的猫。

这时我才明白,它之所以那样号叫,是因为病痛,而不是因为我不让它到外面玩耍的缘故。

离开美国前的两三个月,我就不放它到树林里去玩了,我得让它适应回国后的生活。我知道这很残忍,可是不残忍怎么行?等它回到北京,就会懂得这一举措的实际意义。

我也以为它不吃东西是闹情绪,与不让它到树林子里玩耍有关,就给它吃它最爱的鱼和牛肉。开始它还能吃一些,到了后来连这些也不吃了,体重下降得厉害,于是四月一号再带它去医院。

这次我换了一个大夫,听过我的叙述后,Dr. Brothers 说,咪咪可能是肾功能衰竭。它不吃食只喝水并且多尿,就是在自行调理、清洗肾脏里的毒。但它需要留下做更详细的检查,以便确诊。

这时 Dr. Brothers 注意地看了我一眼,我想他一定看出了这番话对我的影响,在以后的接触中,我更体会到 Dr. Brothers 是个善解人意的好大夫。

只好把咪咪留下,满怀不祥之感独自回家。母亲过世后,我对生命而不是死亡充满了恐惧。

走过每日回家必经的树林子,这才发现树林子的荒芜。其实它从来就很荒芜,现在依旧荒芜,可那荒芜因了咪咪已经不同。

老而荒芜的树们,可能再也看不到那个在它们膝下恣意奔腾、雀跃的小白猫了。它们将从新归于沉寂,或在风中吟唱自己已然听腻的老歌。

老而荒芜的树们,能不能理解我的咪咪,活了十二年才初见大自然的那份非同寻常的狂喜?

而我也再不能一声轻唤,哪怕它在树林深处,也立刻像一匹小马那样,刷啦、刷啦地跃过树林里的灌木丛和落叶,不顾一切地向它的老妈妈扑奔过来,生怕我会从它眼前消失似的,老远老远,就盯牢了我。

我的脚步惊动了正在房屋周围觅食的松鼠和枝头上啁啾的小鸟。它们可能就要失去那个可爱而又憨朴的玩伴了,尤其是鸟们,还有谁能像咪咪那样,随它们任意调侃?当它匍匐在地想要伺机以捕,而又不能如愿以偿,只好沮丧地躺在地上,承认自己的无奈时,不正是它们得以在咪咪头上低低地掠来掠去,蹲在咪咪头顶的树枝上,吱吱乱叫地引逗它?

而我屋前的草地上,当太阳明媚照耀的时候,再也不会有只小白猫,在上面翻滚、舒展它的筋骨了。

也再不会有一只小白猫,守在房子周围的草丛里,耐心地等着抓一只耗子,然后不知如何是好地把逮着的耗子叼在嘴里跑来跑去,最后叼到我的面前让我处理。它真是一只奇怪的猫,从来不知耗子是猫的佳肴。

渐渐走近了家门。门前的小阳台上,已经没有等我归来的老儿子。每当我刚拐进通向家门的小路,远远地,它就听出我的脚步,早早地就从铺在阳台上的小毯子上站起来,一面看着越走越近的我,一面舒服地伸着懒腰,然后走到纱门前,两只前爪搭在纱门上,等我拿钥匙开锁。

我拿出钥匙,打开房门,门后已经没有无论何时都在等我归来的猫儿子从卧室里跑出来迎接我,歪着它的小脑袋。

屋子突然变得空旷、没了生气,样样物件像是尘封已久,甚至还有一种久已未沾活气的霉味儿。

颓然地在沙发上坐下,眼睛不由得落在地毯上。就是昨天晚上,咪咪还躺在上面,一面打滚儿,一面望着我,表示见我回到家里的喜悦。

…………

下午,再到医院去接咪咪。

Dr. Brothers说,咪咪太老了,它的两肾都已衰竭,有四分之三不能工作、无法起到解毒的作用,因此它血液里积累的毒素,高到仪器已经无法解读。又由于两周多不能好好进食,身体非常虚弱。他说,有些猫到了这种地步还能接受治疗,有些猫根本就不能接受治疗。不过就是能接受治疗,往好里说,顶多可以争取到一年的时间,也许更少。他不知咪咪的情况如何,但他可以试试,今天他们已经为它做了初步的治疗,希望咪咪的情况能有好转,如果咪咪属于那种不能接受治疗的猫,也就无计可施了。

当时我并没有哭泣,毕竟我是近六十岁的人了。我是在回家之后,才返老还童地放声嚎啕。

咪咪可不就是唯一能守在我跟前的亲人了?它要是没了,我还有谁呢?

回到家后,咪咪就趴在床上不能动了,小眼睛眯眯着,眼圈红红的,一副病入膏肓的样子。

它从来就怕上医院,更何况还有那么多检查项目,抽血、验血、输液等等,不论精神、体力,消耗都很大。

由于抽血、输液的需要,脖子上被医生剃去大片毛发,看上去像是缺了一块脖子,更显病残,身上的毛发也零乱一团,失去了原有的光泽。

这一天我并没有做什么,却精疲力竭,早早地上了床。咪咪像没有了呼吸似的躺在我的臂弯里,我轻轻摩挲着怀里那一团柔软的温暖……母亲去世后,正是这一小团柔软的温暖,伴我度过四年多孤苦伶仃的夜晚,耐心倾听我由着性儿的哭泣……有什么能像这一小团温暖,将我的伤痛消解,并将来自另一个世界的母亲的爱,传递、覆盖到我的全身?

四年半,差不多是一千五百多个日夜。

我把脸庞贴在它的小身子上,我的老泪湿润了它蓬乱的毛发,就着我的眼泪,我将它的毛发一一捋顺了。

此后,到了钟点,谁还能催我安睡?

一过晚上十点,咪咪就会颠颠地跑到我的身旁,叫个不停。如果我还在电脑上操作不已,它的小爪子就会搭到我的腿上,推推我,或是跳上桌子,在我的电脑上走来走去。就是现在,偶尔,电脑键盘里还会冒出一根它身上掉下的白毛……让我备感"物是人非"的惨伤。

我只好关机,去洗一天用过的碗盏。它蹲在厨房和卧室间的过道上,一动不动地看我刷碗。等我刷完最后一个碗,并在毛巾上擦手的时候,它就一扭一扭地走进卧室,跳上床。等我也上了床,它就蹲在我的胸口,在我的脸上嗅来嗅去,并细细查看我的面庞,似乎在确认这一天里,我是否安然无恙。然后找一个舒服的姿势,在我胸口上睡它的头觉,而后换到我的枕上或脚下,睡它剩下的觉。

到了清晨,谁还能在六点多钟,对着我的脸喵喵地叫?要是我还不醒来,它就会用小爪子不停地挠我的脸、我的鼻子,或扒拉我露在被子外面的胳膊,并细心地把爪尖藏在肉垫里,免得抓伤了我。

更让我不敢想的是,要是我再磕伤、碰伤,或是生了病,谁还能像它那样,焦急地在我身旁跑前跑后,嗷嗷地哀叫?

要是再有人欺负我、对我大吼大叫,谁还能像它那样,即便在病中也会奋勇地冲上前去,奓起全身的毛,对那人龇牙咧嘴地咆哮……

想不到母亲过世后,又开始了跑医院的日子。

每隔一天,就要到医院给咪咪输一大瓶生理盐水,用以清洗它的肾。

每每注射过生理盐水,它的小身子,肿得就像那个塑料充气的加菲猫,这陡然增加的重量,让它寸步难行。

以至它一听见小苗接送我们的汽车在屋外停下,听见她开关车门的声音,就开始发抖,连耳朵都抖得像是风中的四叶草。它的小身子紧紧地贴着我,使劲把脑袋扎进我的胳肢窝或脖子底下。

我只得狠下心,不管不顾往医院里去。边走边对它说,忍一忍,忍一忍,这是为你好啊。

可是它能懂吗?

它一定想,我太负心于它了。当我受到伤害时,它怎样待我?而今它病成这个样子,我却三天两头把它送到那样一个可怕的地方,折磨它、抓它、往它身上扎针、往它身体里打水、让它吸进令它昏迷的气体……

几天后,大夫说咪咪需要再查一次血,以便了解经过这些天的治疗,血液里的毒素是否有所下降。

从治疗室出来时,它的小舌头又紫了,并且长长地拖在嘴外。我心疼地抱起瘫软无力、任人摆布的咪咪……它仰着小脑袋靠在我的臂弯里,好像在问:这一切果真能救我吗?

我又怎么回答它?

每次医院之行,都是一次痛苦不堪、不知对我还是对它的"蒙骗",而我又不能不相信这"蒙骗"。我不容自己往深里想……现在,不就剩下这棵救命草了吗?

可是祸不单行,医院里的仪器坏了,他们不得不把咪咪的血,送到纽约去测试。

我怀着焦虑和不安,期望着这一次检查,能带给我一个好消息。等了两天没有动静,不得不打电话询问大夫,他非常抱歉地说,咪咪的血被纽约方面丢失了,需要再为它抽一次血。

我可怜的老儿子,我不知道该埋怨谁,就是有人可埋怨,我不是还得让病重的咪咪,再受一次不该受的罪?

突然护士叫我到治疗室去,我的脸色立刻大变。她对我说,放心,咪咪没什么问题,只不过我们需要你的帮助。原来咪咪几乎发了疯,尽管为它抽血时用了麻醉剂,可是抽完血后,大夫却不能再近其身,无法将它抱出治疗室交还给我。

咪咪簌簌地靠墙蹲着,并没有发出野性的咆哮,可是护士和大夫都不敢近前,只是站在远远的地方看着它。

我轻声叫道:"咪咪,咪咪。"

它不像过去那样,每每听见我的呼唤就向我奔来,但当我走去抱它的时候,它像走失的孩子终于找到妈妈,乖乖让我抱起了它。

我向医生建议,以后再给它注射生理盐水,可否由我抱着它?

医生接受了我的建议,再也没有把它弄到治疗室,五花大绑地捆着它。它躺在我的怀里,安静地接受注射,不再死命地挣扎,只在医生进针的时候不满地哼哼几声。

不幸的是,它血液里的毒素虽然下降到四点多,但并没有像大夫希望的那样降到三以下,大夫暗示我应该让它安乐死了。

我问他,如果是他的猫他将怎样做。他说,咪咪现在看上去还好,如果问它自己,它当然不愿意现在就死。

那时我还没有见过它临死前的痛苦,怎么也不能接受安乐死的建议。

每每看到它那可爱的小脸,想起它对我的种种呵护,我怎能不做最后的挣扎就让它去了?

何况还有母亲的嘱托,她临走的前一年,老是忧心地对我说,要是她去了,咪咪怎么办?

而且经过治疗,咪咪又能吃东西了,几乎恢复到病前的食量,也有了精气神儿,这难免不让我生出非分之想,以为咪咪又可渡过难关,再陪伴我几年。

我又多么不愿意我们这次美国之行,以这样伤心的结果告终:我们一起高高兴兴地来了,却剩下我一个人孤零零地回去。

我对医生说,请他尽量延长咪咪的生命。虽然我没有多少钱,更没有多少美金,但我愿意为它花掉最后一块美金。

为此我放弃了回国前和女儿的相聚,不得不滞留在大学直到最后一刻。女儿夫妇上班后,我又不会开车,谁带我们去医院呢?而大学同事、好友小苗上班时间比较机动,可以隔天带我们去一次医院。

我不知怎样才能报答小苗对我和咪咪的这份恩情,如果没有小苗,真不知如何度过因不会开车而诸多不便的日子。小苗不仅有求必应,而且早早就为我想到,我还没说出口,或不便说出口的所思所需。

我从来没有遇到过如此非亲非故、无微不至的关照。没有。

四月,正是阳光明媚的日子,每天抱着咪咪出去晒会儿太阳,让它再看看外面的景色。它是再不可能重返这个极爱之地了,就是眼前让它日日时时守着,又还有多少时日可守?但我不敢放它下地,它已经非常孱弱,失去了战斗力,如果放它下地,它再跑到树林对面或山后的人家去,非让别的猫咬死不可。

它自己却不干了。喉咙里总是滚动着低沉的咆哮,挣扎着要回到屋里去。可能它已经明白,它已失去了自信和自卫的能力。只是回到屋里,又不甘地扒着纱门,向外张望那给了它无法言喻的欢乐,现在已变得可望而不可即的去处……

不管咪咪还剩多少日子,我也决定带它回国。

买了一个四面透气,供猫儿旅行用的软包,旅途中可以一直挂在肩上,这样它就能够贴近我的身体,从而感到安全。

我从不用这软包带它上医院,免得它对软包产生排斥情绪或感到恐惧。

每天,我把它放在软包里,在屋子里走来走去,让对软包有个适应。它似乎很喜欢那个软包,有时还钻进去小睡一下。我在笼子里还装上了它喜欢的一个小铜铃,一只小毛刷。

回国前两周,它吃得更多一点,饮水量和尿量几近恢复正常。当我在电脑上操作时,它又像过去那样来到我的身旁,两个小爪子扒在我的膝上,两只小眼睛定定地望着我,或是跳上桌子,在电脑上走来走去,让我无法工作。我便关上电脑,抱着它在屋子里遛来遛去,它安静地待在我的怀里,好像危险已经离我们远去。

可是半夜醒来,我老看见它卧在我的枕边,目不转睛地看着我。或是被突然惊醒,原来它在万般亲昵地轻咬或轻舔我的手指。可能它也知道自己不久于世,才这样恋恋不舍吧。

这样惊醒后,如何还能入睡?只能揪心不舍地思量,这份温馨恐怕难再。

回国前两天,我们才到女儿家告别。临走的前一个晚上,它虽然又不吃食并呕吐起来,但似乎很高兴,在客厅的地毯上,给我们打了好几个滚,就像对它的老主人、我妈妈常做的那样。

五月一号,我们走上归程。它在软包里翻来覆去,不论怎么躺,也躺不舒服,看得出它非常不适。

可是在前十个小时的飞行中,即便再感不适它也没有出过一声。同座的旅客说,真没见过这样懂事的猫。到了后六个小时,它难受得再也无法坚持下去,不停地号叫,出来进去地折腾,即便我把它抱在怀里,也不能消减它的痛苦。

那六个小时,我也是数着分、数着秒熬过来的。明知手表的指针不会因为我的焦急走得快一点,可就是忍不住频频看表。

我不停地对咪咪说,快了,咱们快到家了。

好不容易到了北京。

飞机一着地,它立刻不叫了,一直到家。

一进家门,它就直奔我的卧室,离别近两年,它还认识自己的家。

一定是这次飞行耗尽了它最后的体力,自回到北京,它几乎就没吃过东西,连水也不喝了。因为无法排尿,它在卧室和厕所之间,频频地、焦躁地来回踱步。

因为它过于虚弱,再也经不起折腾,只好恳请兽医到家里出诊。兽医院从来没有出诊的惯例,能到家里出诊,是非同寻常的照顾。

大夫说,咪咪已经发展到尿中毒,不能再注射生理盐水为它洗肾,因为不能排尿,反倒使肾脏的负担更加沉重。为了利尿、解毒、补充营养,改为注射葡萄糖。

这种注射很疼,即便由我抱着,它也不像注射生理盐水那样听任治疗。

因为没有更大的针管,不得不注射三次才能凑够剂量。注射到第三针时,它从我的手里逃了出去,我狠狠心,又把它抓了回来。它疼得实在受不了,便回过头来,在我那只紧紧抓着它的手上咬了一口。我想这一嘴肯定会很重,因为它的眼睛里,满是对已然不能活下去的了然、崩溃和绝望。

不,我想错了,就是到了这个地步,它也只是轻轻叼了一下我的手背。

一辈子都是如此,不论我们干了什么让它不痛快的事,它也没下狠劲儿咬过我们。

我的老儿子,为了此时此刻,你该下狠劲却又不下狠劲咬下的这一口,我不知痛哭了多少次。

不好意思老请大夫出诊,就又开始抱着咪咪跑医院,好在现在有小芹相帮。可是谁能消解咪咪对跑医院的恐惧,以及由此造成体力、精神上的创伤?它已经到了最后关头,这不但不能挽救它,可能还更快地把它推向死亡。

最后的日子它老要我抱着它,在我的膝上小做将息,或整天躲在我的被窝里。

特别是在晚上,它常常一只小爪子扶着床沿,一只小爪子扒拉我,把我从梦中叫醒。

于是我就起身,满怀痛楚和歉疚地把它抱在怀里,在地上遛来遛去,除此我还能做什么?

它的小眼睛无助地望着我,可是没人能救它了。

自四月一日就医以来,咪咪没少受罪。我后悔地想,早知不能挽救它的生命,不如让它早早地去了,何必白受那么多罪呢。

眼看着生命一点点离它而去,我的心好疼啊!

我和它心里都一清二楚,我们到了不得不应对生离死别的时刻。

它也一定舍不得离开我,可它还是去了。我好像又一次失去了妈,这次,我是最后地失去她了。

我们在等黑夜的来临,以便在夜深人静、没人干涉的情况下,给它挖个小坟。

又搜罗了家里的碎木头,找木匠给它做了一个小棺材。我用母亲在世时给它缝制的两床小被,将它包裹严实,并在它的遗体前,烧了三炷香。

它总算死在自己家里,落叶归根地埋葬在我卧室窗外,二环路旁的一棵树下。而不是我在《幸亏还有它》那篇文章里写到的白蜡树下,因为白蜡树下经常有人刨来刨去,我担心它睡不安稳。

临走的时候我对它说:"请原谅妈妈没有办法救你,也谢谢你在姥姥走后对我的呵护。现在你去陪姥姥吧,姥姥等着你呢。"

相信它是受了母亲的嘱托。自一九九三年一月大夫怀疑它肾功能衰竭开始,它又坚持了三年才离开我,不是恪守母亲的嘱托又是什么?一旦知道我就要从蛊惑了二十七年的魔怵中解脱,便放心地走了。

母亲在世时没有白白疼它,它用这个最好的方式,报答了母亲的疼爱。

我不知怎样感谢咪咪的生命。

它很喜欢的、过世前几天还叼着玩的小铜铃,被我挂在了床头,和母亲留下的一个纪念物挂在了一起,只要我一抬头,就可以看见它们。

偶尔,深夜,听见游荡的猫难分难解的撕咬、号叫,让我想起我那老儿子在世的日子,可我再也不会喂养另一只猫了。

不过几天,掩埋咪咪的那片地上已经长出了青草。每每经过那里,我常常驻足,凝视着那片青草,好像重与咪咪相见;或半夜三更爬起来,站在卧室窗前,遥望那片已然将咪咪覆盖得无影无踪的青草。

我还要写一封信给 Dr. Brothers,告诉他咪咪已经睡在一片青草之下,并再次感谢他仁慈的帮助。

1996 年 6 月 9 日

帮助我写出第一篇小说的人
——记骆宾基叔叔

要是我在记忆里搜寻,他是除我父母的影像之外,第一个印入我记忆的家庭成员之外的人,我称他叔叔。可我那时并不知道他是作家,如同他不知道我长大以后,会成为什么样的人。

珍珠港事件后,在桂林,有很长一段时间,他住在我们家,由母亲做饭、洗衣,照顾他的生活。不过他并不喜欢勤换衣着,除非出门或上哪位太太家做客,才会换上一件我母亲为他洗烫平整干净的衬衣。也许他想尽量减少母亲的负担,更可能的是他根本不修边幅。因为几十年的岁月证明,就是在我有了妯子之后,他也依然如故:衬衣领子总像没有洗过,质地很好的毛呢大衣里,不知藏着多少尘土,被子、床单的情状,和衬衣领子差不了多少……好像仍然过着没人照料的、单身汉的潦倒日子。

他吸烟吸得很凶。清早起来,只要他一打开房门,便有浓浓的烟雾滚滚涌出,他那窄小的房门活像个大烟囱。好像他一夜没睡,挺辛劳地烧了一夜湿柴火。

长大以后才知道,《北望园的春天》那本集子里的好几篇小说,就是他穿着脏衬衣,在那冒着团团烟雾的房间里写就的。要是我想念儿时在桂林的生活,我会在那本集子里找到昔日的房间、竹围墙、冬青树、草地、鸡群、邻家的保姆和太太,以及我父亲、我母亲和我自己的影子。

我自认并非十分淘气的孩子,但我经常挨父亲的揍。或因为他的心情不好,或因为没钱买米,或因为前方战事吃紧,或因为他在哪里受了窝囊气……好像一揍我,他的心情就可以变好,就有钱买米,前方就可以打胜仗,他便不再受人欺凌……

因此,大概叔叔也认为我是一个不堪造就的孩子,不然为什么老是挨揍?也因此我想他是不喜欢我的,我也不记得他曾经和我玩耍。

虽然一九七九年第四次文代会期间,有人鼓励我的创作,他说:"那是不会错的,小时候就很聪明。我带她上街,每每经过糖果店,她总是说:'叔叔,我不吃糖。'"

"那么您给我买糖了吗?"

"当然是买了的。"

并非我要为自己小小的狡黠辩白,这件事我一点也不记得了。

我们的友谊是在以后。

一九五四年我们开始通信,那时我还在抚顺读中学。

我想我之所以写信给他,是因为不知哪本书或哪首诗引动了我对文学的兴趣。我像某些自视极高的文学青年一样,对文学其实一知半解,可不论对什么都敢妄加评论,以为文学是不论谁想干就能干的活计,是不费吹灰之力就可以随便进去胡说八道的清谈馆……

我对他的教训感到非常失望,觉得他对我板着作家的面孔,挑剔、难以对话,我这儿也不对、那儿也不对,有时我还使小性子……总而言之,我多半还是把他当叔叔,而没有当作家。

其实他对我的所谓创作看得极其认真,并不因为我是他的晚辈而对我有些许的不平等。他送给我的每一本书,都郑重其事地签上名字,端盖着印章。

一九五五年春天,他去黑龙江国营农场体验生活,特地绕道抚顺看我,住在车站附近一家二层楼的小旅馆里。那旅馆的名字我全然不记得了,只记得窄小的楼梯和昏暗的灯光,住在那里,一定很不舒服。

对一个珍惜时间的作家来说,绕道抚顺耗费的两天时间意味着什么!在这之前,他曾写信给我:"……明天是你的节日,我送一点什么礼物好呢?一时想不出来,钢笔一定是你需要的,又不好邮,是不是我路过沈阳的时候带给你呢?又不知抚顺离沈阳多远,坐几个小时的火车……"

从沈阳绕道抚顺显然难为了他,他可不是跑单帮的角色,但他还是来了。

他看到我很高兴,我一定使他想起青年时代许多美好的回忆,或不如说我就是他的青年时代。

那时我真不懂事,我甚至不记得他对我说了什么。而且他走的那天下午,因为学校开运动会,我竟也没有请假到车站为他送行。记得我后来写信向他表示歉意,虽然他在回信里说"……生活就是这样,有时如你心,有时不如意。因为环境究竟是决定人的意识的第一性……"但我感到,我还是伤了他的心。

我越是年长,越是后悔,那次运动会我就是不参加又算得了什么?什么时候我又变成了循规蹈矩的学生?

我常常让他失望。或因为任性,或学习不好,或政治不求上进,或没有考上留苏预备生(这是他多次写信寄希望于我的),

或我要看什么演出,等他给我买好了票,我又没去看等等,只有一样我如了他的愿,考上了北京的大学。

到北京读书后,若是我日久没有消息,他便会来信问我生活怎样,是否需要钱用,学习如何,有没有长进,又写了什么新诗,拿去给他看看……

大学一年级时,我忽然写起诗来,他却认真地当回事。劝我多读涅克拉索夫《谁在俄罗斯生活得自由?》那样的著作,而普希金的译文,以瞿秋白的《茨冈》为最好……

而我听了也就听了,写诗于我不过是一阵心血来潮的冲动。却耗费他许多时间,去审读我那既无才情、又未经过苦心推敲的诗句,之后还要对我认真地加以指点。

等我自己也开始写作,也碰上那种连认识也不认识的人,动辄拿来一本几万、十几万的文稿"恭请指正",我才知道厉害。

我把自己正在写的、编辑部急等用的文章丢在一边,一字字地给他看完,并给他联系好出版社,请他和出版社谈谈,听听出版社的意见,如何将文章改得更好……他却把这部稿子扔到一边,又拿来一部几万字的小说"恭请指正"。我真佩服他们的才思,敏捷得如同自来水龙头,只要一拧,就哗哗地往外流。

他们或是要求你给他介绍这位名人,或是要求你给他介绍那位影星,好像那些名人影星全在我兜里装着,随便一掏,就能掏出几个。可是,他究竟要不要写点什么?这样问题是不能问的,你若问了,他就会不高兴,说你傲慢,背地里还会把你骂得狗血喷头。

这景况真有点像鲁迅先生说的"谋财害命"。

同样,我那时也差不多是这样无偿地剥削了骆叔叔。说无偿,是因为我并未写出,也没有打算认真写出一行像样的诗句,来报答他对我的栽培和为我付出的辛劳。

写诗的冲动,终于像水一样地流过,我连那个写诗的笔记本也没有留下,他也不再提我写诗的事。

一九五五年三月,他写信告诉我,他正在写一个有关父亲和女儿的故事,那就是后来发表的《父女俩》。信中详细地写了故事的梗概和立意,而我却是在若干年后才去读它。

和我这样一个浑浑噩噩的毛孩子谈创作,一定是因为创作的激情在猛烈叩打他的心,他希望有人来分享那一份冲动。而我那时却不懂得这份愉悦,如果没记错的话,我回信时不但对这篇小说没有些许的反应,好像提都没提。

而现在,我会不时翻开他的小说。它们始终经得起琢磨,我敢说,他的小说在中国文坛上堪称一流。

能够认真听取他的指教,并和他进行认真的对话,是在我吃尽苦头,栽够了跟头之后。

一九七三年,我从干校回来后,常去地安门寓所看望他。那是一个已经不能写作的时期,以后还能不能写,谁也不知道,反正已经有好些人下决心洗手不干。我以为他被那样批斗之后,也早已死了舞文弄墨的心。谁知他从床底下,从抄家后仅剩的一个书柜里,从案头,捧过一摞摞手稿,像儿童一样得意地告诉我,他在研究钟鼎文,并在编著《金文新考》。

我环视他那间破败不堪、摇摇欲坠的房子,不知怎么想起曹雪芹的晚年。天棚上,几处裱纸,像北方小孩冬天用的屁帘儿一样耷拉着,穿堂风一过,它们就飘摇起来。

电灯是昏暗的,那几年电力不足,老是停电。

仅有的一张写字台上,不但堆放着书籍、稿纸、笔墨,也堆放着切菜板、大白菜、切面、菜刀、碗盏、煤油炉子……

由于没有厨房,一到做饭的时候,这间屋子里满地堆放着炒锅、砂锅、洗碗的盆、洗菜的盆、和面的盆……我只要找到一个能坐的地方,就再也不敢轻易起来走动,生怕一不小心踢翻什么盆子。而找到一个坐的地方也不容易,每个凳子上或放着米袋子,或放着报纸,或放着暂时不穿的衣服。

房间里真冷,煤球炉子经常灭火。我每次去看望他,几乎都要碰上生炉子这个节目。煤球炉子倒挺容易生着,可我们经常因为谈话忘记加煤球,然后不得不重新生炉子。有几次我冻得不得不穿着皮大衣坐在房间里,在这样冷的房间里伸出手指头握笔写作,一定很辛苦,再说,他可坐在什么地方写啊?

那个时期,大概难得有人和他、也难得有人和我谈论这类话题,我们常常谈得很兴奋,婶子就会心惊肉跳地阻止我们:"小声点,小声点!"

"文化大革命"初期,她让隔壁的邻居打怕了,我却恨不得找茬儿和那邻居打上一架才好。他们欺人太甚,一家子的自行车不放在自家门口,全放在叔叔家门口,弄得进出很不方便;一盆盆污水,有意往叔叔门口倒;逢到这边来个人,就假装晒被子、晾衣服,支着耳朵听这屋子里的动静,然后好去汇报……那个家里的人,怎么个个像是走私贩子,或旧社会在天桥卖大力丸的骗子。

自从萧军伯伯和他儿子出于义愤,在院子里来了一次"军事演习",让那邻居知道,与这屋子来往的人,并不都是手无缚鸡之力的儒生后,他们才有所收敛。

而且,谢天谢地,后来可搬了家。

他一面根据对金文的重新考证,给我重新翻译《诗经》里的诗句,如"关关雎鸠,在河之洲",一面在那吱吱嘎嘎响的小圆桌上,给我包馄饨。于是那馄饨许久才包完。

我很爱吃他包的馄饨,比我们家那没有多少油水的馄饨好吃多了。肉馅里不放葱花,也不放酱油,只放盐和味精。而我们家包饺子、馄饨,从来没有清一色地只放肉而不掺青菜的勇气。

还有好吃的家乡菜,野鸡末炒酱瓜、口蘑。

他对我说,脱稿之后,想请郭沫若同志看看,听听郭老的意见。

我说:"去找他吧。"好像说去商场买筒茶叶,或去北海遛个弯儿那么痛快。

他却狐疑地望着我,好像在问:"你说话负不负责任?"

这种神色我再熟悉不过。他与人谈话的时候,常常是这副将信将疑的样子,长久地盯着对方的脸,好像老也闹不明白你在讲什么。要想说服他才难呢,任你口沫飞溅地说上半天,他要么轻轻地问上一句"是哦?"要么一言不发,笑嘻嘻地看着你,小小的眼睛里闪着狡黠的光,好像在说"老弟,说破了天,我也不会上你的当!"那是一种源远流长的、农民的固执,哪怕他有一天得了诺贝尔文学奖也不会消解。

据我了解,他始终没去请郭老看看。照他的地位、他和郭老的关系,请郭老看看并不为过。

一九七八年初,时值中央音乐学院招考新生完毕,我们都为打倒"四人帮"后恢复的高考招生制度而高兴,他给我讲了音乐学院招生工作中一些感人的事情,那些事例当时在社会上流传极广。他鼓励我把这些事情写出来,并对我说,因为我对音乐的喜爱,这个题材对我很合适。

怀着忐忑的心情,我动笔写这篇小说。我写得很吃力,正当我非常为难的时候,他突然因脑溢血住进了医院,我当然不能再为这篇小说给他添乱。幸好曲波同志算是我的先后同事,小说请曲波同志看过两次,并听取了他许多宝贵的意见。

去医院看望骆叔叔的时候,他还不忘这篇小说,问我写完了没有。还说写完以后,要请丁宁同志过目,因为这些故事还是上年他宴请大家时,丁宁同志在饭桌上讲的,当时李凖同志对这个题材也很有兴趣。

听他的意见,小说又请丁宁同志看过。

但这篇小说不但被《人民文学》杂志社的王扶同志退稿,还被批评得一无是处。我以为这篇小说再不会有出头之日,便丢在一旁,从此也不再做写小说的梦。

他出院后去小汤山疗养之前,又问起这篇小说,并一定要我读给他听。我对这篇被枪毙的小说已然毫无兴趣,念得干干巴巴、有气无力,断句也不清楚,而且念得飞快,根本不打算让人听个明白。我不过是在应付差事:因为他要我读,我不得不读。我还想向他表示,我努力过了,但事情的成败由不得我。

可是,我看见他的眼圈儿红了。我的声音也不由得哽咽起来,我是为他的感动而感动了。

他说:"好,很好。"

我不相信。也许这是他对我的安慰、怜悯,或是偏爱。

他坚持让我再送另一家杂志。

可以吗?我仍然不相信小说有发表的水平,并且我对他说,小说的标题也不算好。我们推敲了几个,最后他说:"就叫《从森林里来的孩子》吧,它开阔,背景显得雄厚。"

…………

小说正式发表后,他似乎比我更高兴。立刻写了一封信给我,那些赞赏的话,我就不便说了。

我赶到小汤山去看他,他不止一次地说:"你爸爸一辈子想当作家也没当成。"口气里流露出深深的遗憾,眼睛也不看我,好像在看着很远很远的地方,好像在看他自己,看我父亲,以及他们同代人走过的那条路。

我说:"他一生为人处世,太过小聪明。"

他摇摇头,表示不满意我用这种口气说到我的父亲。我不再和他争辩,但我知道,我绝没有说错。父亲其实是个可怜的人,太过小聪明,却又大半辈子仰人鼻息。等到解放,可以重打鼓另开张的时候,却韶华已逝,已经养就的很多毛病,已很难改变,更何况不久又成为《人民日报》榜上有名的大右派……他虽活着,但他的一生似乎已经了结,翻开在他面前的那本大书,已经是另外一页,记载着另外一些人的故事。

想起小时候,常常听见锋芒外露、嘴不饶人的父亲,刻薄、抢白、看不起骆叔叔。结果谁成功了?如果父亲能像骆叔叔这样勤奋,相信他也会成功。这样一想,我又为父亲感到惋惜,虽然我并不爱他。

我对父亲的感情,还不如我对骆叔叔的深。在我成长的过程中,骆叔叔给予我的,远比生身父亲还多,就连他写给我的信,也比父亲给我的多,且不说他期望于我、教诲于我的。

1981 年 9 月 16 日

你是我灵魂上的朋友

"你有一个坚硬的外壳。"有人对我说。

什么意思?

是指我性格倔犟,还是说我仅有一个坚硬的外壳?

去年秋天冯骥才出访英国,临上飞机前的两小时,打电话给我,他为刚刚听到的、关于我的种种流言蜚语而焦灼。

他说好不容易才找到我的电话号码,说他立刻就要到飞机场去,然而放心不下我。"我和同昭早已商量好,要是你碰到什么不幸的事,我愿意为你承担一切……"

我安慰他:"没有什么,你放心。我做过什么没做过什么,自己还不清楚?"

"我不知道怎么保护你才好,张洁,我恨不得把你装进我的兜里。"

"是的,是这样。"我笑着说。

最后,他还是很不放心地放下了电话。

我呆呆地守在那部公用电话机旁,不知是该大哭一场,还是该大笑一场。

他为什么非要把我硬起心肠丢掉、再也不去巴望、早已撕成碎片且已一片片随风飘散的东西,再给我捡回来呢?

我哭不出来。

我听见我的心在哀号、在悲诉、在长啸,可我一滴眼泪也挤不出来。我是多么羡慕随时可以失声痛哭的人,那真是一种幸福。

他让我想起读过的狄更斯,想起他小说中的一些人物:辟果提、海穆、赫尔伯特、乔……

其实我们几乎没有更多的来往,仅有的几次交往,也是匆匆忙忙,很少长谈的机会。

一九七九年底全国第四次文代会期间,他到我家作过一次礼节性的拜访;一九八〇年春,全国优秀短篇小说奖发奖大会期间,我没住会而是迟到早退,他也来去匆匆,提前返津;一九八一年五月他来京参加中篇小说发奖大会,我去会上看望他;他访英回来,与泰昌、小林来看望我……如此而已。

但我相信他对我说过的那句话:"你是我灵魂上的朋友。"

一九八〇年初冬,十一月十六号。听说他病得厉害,曾晕倒在大街上,便约了谌容、郑万隆去天津看望他。

一出天津火车站,在那熙熙攘攘、万头攒动的人群之上,我看见冯骥才像一头大骆驼,站在一根电线杆旁,高高地举着手,左右晃动着向我们示意。标志很明显,因为食指上包裹着耀眼的白纱布。

他很兴奋,前言不搭后语,而且心脏又感不适。这让我们不安,然而他说,一会儿就会过去,这是因为他太高兴了。

我问他食指上的纱布何来,他说是因为给我们准备"家宴"的菜肴时,被刀切了一下。他们家,从头一天就开始张罗起来了。

长沙路。思治里。十二号。

我们顺着窄小的楼梯鱼贯而上。我看见一方红纸上,他手写的一个大大的"福"字,倒贴在楼梯拐角上,喜气洋洋地迎候着我们。这让我想起离现在已经很远的关中那个小镇上的生活。我不知道它是否确如它所表现的那样,肯将它的恩泽分一点点给我。我是怎样希冀着它,这从不肯敲我门的、其实并不公正的家伙。

楼梯尽头,权作厨房的地方,冯骥才那娇小可爱的妻,正为我们忙碌着。她个头儿只到冯骥才的肩膀,腰围只有他的三分之一。我真担心他一不小心,会把她碰碎。就在那里,他张口对我说:"我和同昭都喜欢你刚发表的那篇《雨中》,她看着看着都哭了。"

同昭真诚地点着头:"是的。"

"谢谢。"我说。我从不知道这个世界上,还有人肯同我一起伤心落泪,这让我微微地感到惊讶,我已经那么习惯于独自体味人生。

他那间屋子,可以称得上是真正的阁楼。一张床几乎占去四分之一的地方。床上的罩单,像"天方夜谭"里的那张飞毯。四壁挂满了绘画、照片、佩剑、火枪——好像《三剑客》里达达尼昂用过的那把——一类的玩意儿。

那屋子我虽只去过一次,但我几乎可以回忆起塞满房间的每一件东西的位置。对我这个常常心不在焉的人来说,实在少有。当然,这多半还是因为他房间里的每一个物件,都不能不给人留下深刻的印象。

比如悬挂在那把佩剑和火枪上方的同昭的彩色小照,纤丽、恬静。他对我诉说青梅竹马的往事:"我们家和她们家只隔着一道篱笆,我常钻过篱笆,到她们家偷吃苹果……"

那篱笆呢?那苹果呢?那男孩和女孩呢?

同昭的脸上浮起明丽的微笑,我知道了,他们相爱,一如当初。

对别人的婚姻和家庭,我一向抱着怜悯和将信将疑的态度。挑剔而苛刻的眼睛,总可以捉到他们家庭生活中每一个细小的罅隙和不足,以及让人失望、扫兴和琐碎得无法忍耐之处。可这一次,破天荒地,我感到满意。

"她本来可以学芭蕾,可惜因为肩膀太溜……"

"后来呢?"我不无遗憾地问。

"学了画画。"他拿出同昭画的一个彩蛋。真令我惊叹,一个小小的蛋壳上,竟画有一百多个神采风姿各异、栩栩如生的儿童。那需要多大的耐心,多高的技艺,多奇巧的构思!

"她画的彩蛋,在华沙赛会上得过奖呢。"

对的,当然是这样。

我分不清他那些宝贝里,哪一件最有价值。

是镜框里那已经断裂,又细心拼接起来的敦煌壁画,还是儿子为他画的那张画像……

可惜那天他儿子不在,说是带着什么吃食去看望他的保姆了。有什么好吃的,儿子总忘不了带他长大的保姆。

那幅画上题着儿童的字体:爸爸。

简单的线条,勾画出刺猬一般的头发,一管很大的鼻子,一副悲天悯人的眉毛,一双多愁善感的眼睛,一嘴粗得吓人的胡茬子,每根胡茬子有火柴头那么大。它和冯骥才绝对的不像,可又实在像极了。小画家一定抓住了冯骥才骨子里的东西,画里透着作画人的聪慧、幽默和诙谐,和那些出自名家的艺术品相比,那幅画自有它特别的动人之处。

看到我赞赏他儿子的画,他立刻拿出一幅画给我。那幅画镶在一个金粉剥落的旧框子里,仿佛不知是多少年的古董。他说:"这张画是我特地为你画的,别介意我用了一个旧框子,我有意选了这么一个框子,这才配得上这幅画的情调。我一直把它放在钢琴旁边,现在,乐声早已浸到画里去了。"

我的心,陡然缩紧了,却调转话锋:"你的琴弹到什么程度了?"

"弹到内行人没法听,外行人听不懂的程度。"

我笑了,心里感谢着他对我那无力的挣扎,所给予的援手。

我定睛去看那幅画——

萧瑟的秋日,沼泽、黄昏、低垂的乌云、雨幕、稀疏的小树林子、灌木、丛生的小草,以及在黄昏最后一点光线里,闪着白光的水洼……忽然,心头被猛然一击:天边,一只孤雁在低飞,奋力地往前伸着长长的脖子,被淋湿的翅膀紧贴着身体的两侧……唉,它为什么还要飞,它这是往哪儿去?在这种天气,这种天气!

仿佛一首悲怆的交响乐戛然而止,只剩下一把小提琴无尽地向上回旋,如诉如泣,撕人心肺。

他说得对,乐声已经浸到画里去了,我分明听见。

那幅画,那个镜框,别提有多凄清、多苍凉了。

他为什么非要画一只孤雁呢?

有人对我讲过捕雁的故事,非常残忍:

猎人们整夜守在河滩上,不时点起灯火去惊扰那只负责打更的雁——仿佛有一条不成文的规定,打更这样的苦差事,往往由那失去伴侣的孤雁担任,也许它也像人一样,由于孤苦而失眠,这种差事对它尤其合适——它便嘎嘎地频繁报警,惊起酣睡的雁群。然而猎人们并不马上行动,而是如此这般,反复再三地惊扰那只打更的雁,直至使它失去群雁的信任,它们纷纷用嘴啄它、用翅膀拍打它,以示不胜其烦,并且再也不以它的警告为然。猎人们这才出动,这时,只需拿了麻袋一只只地往里捡就是。

还有一个雁的故事,却是动人。

秋天,北雁南飞的时节,一户农家捡到一只受伤的雁,他们把它放在炕头上,为它养好了伤。来年春天天气转暖后,又在屋檐下给它造了个笼子,把它养在笼子里。一天夜里,从天边传来悠远的雁鸣,那正是北归的雁群飞过长空。继而屋檐下的那只雁也叫了起来,声音焦灼而急切,翅膀扑棱得像是挣命。

那为妻的说:"别是闹黄鼠狼吧?"

那为夫的说:"不会,笼子关得好好的。你没听出来吗,好像还有一只呢,该不是它的伴儿认它来了。"

"瞧你说的,有这样的事!"

可是,等到第二天清早出门一看,果然还有另外一只,和笼子里的那只,脖子紧紧地拧着脖子,就那么活活地勒死了,而且至死也不撒手。

想必是笼子里的那只要出去,笼子外的那只死命地往外拽,它们不懂得隔着笼子,就是可望而不可即。

日本拍过一部动物片《狐狸》,动人极了。为什么没有人拍一部关于大雁的影片?要是有人肯花时间观察雁群,一定会发现许多感人落泪的故事。

我不知如何感谢他,却冒出一句毫不相干的话:"我常常不能回你的信,请你不要怪我。"

"没什么。"他宽解地笑笑,不知是宽解自己,还是宽解我。但想了想又说:"计算着该有你回信的日子,一看信箱里没有,有时也失望得几乎落泪。"

"你得原谅我,给你写信得有一种美好的心境,而我久已寻找不到……"

很久了,我的笔再也回不到《捡麦穗》那样的情致和意境,而我又不能写那些"等因奉此"的信给他,我觉得那简直是对他友情的亵渎。

我想这世上一定有许多还不清的债,别人欠着我的,我又欠着别人的。正是如此,才演出许多感人的故事。

午餐是精美的,全是同昭的手艺,颜色好,味道也好。我吃得饱极了。饭后还有我爱吃的黄油点心和咖啡硬糖,可惜我吃不动了。

送我们离去的时候,我和同昭走在人群的最后。她挽着我的手臂,我的两只手插在风衣的口袋里。她的手伸进我的口袋,在我手心里悄悄塞进两块糖,并不说什么。我也没有说话,只是紧紧地攥着那两块糖。我一直攥在手里,却不曾拿出口袋摊开手掌看看,仿佛怕惊走什么。

晚餐由《新港》杂志做东,我已然不记得进餐过程中,大家客客气气地说过什么,只记得冯骥才对我说:"就写《雨中》那样的东西吧,那里面有你独特的美。"

我沉思默想。我想,我多半写不出那样的东西了。我的感觉已被磨砺得极其粗糙,失去了它的柔和细腻,他多半是枉寄希望于我了。

在只有一次机会的人生里,回去的路是没有的。有人寄托于来生,然而我不相信生命的轮回,我只知这是人生的必然,只有冷静地接受这个现实,虽然不免残忍。

那一瞬间,我想起斯托姆的《茵梦湖》——这样奇怪的跳跃,也想起人们一生中的第一次眼泪。

也许后来我们会以为,引起那一次眼泪的理由微不足道,然而当时,那对痛苦和磨难毫无准备的稚嫩的心,却疼痛难当。等到我们慢慢习惯磨难以后,眼泪就会越来越少。

1982 年 6 月 7 日

始信万籁俱缘生

没想到由我来为骆叔叔写这个"序"。

可现在不由我来写,又能由谁来写呢?

那些德高望重、了解骆叔叔的人,可能已经拿不动他们的如椽大笔。

再往下数,大概我就是和他关系最深,而且还写得动的人了。

但这算不得序,只不过是略述一个优秀的作家或者还有文学在当今社会中的地位,以及文学著作出版的艰难。

十二年前,我在《帮助我写出第一篇小说的人》那篇文章里,追溯了我们之间差不多半个世纪之久的关系。

但在我到了北京文联,我们在一个大锅里吃饭后,关系反倒疏远起来。除了在必不可免的会议上打个照面,已经难以找到昔日的亲密。

在很多事情上,他生了我的气,我也生了他的气。可以说,我们分道扬镳了。尽管我时不时地还会找出他的小说研读一番。

有时我想,我干吗要长大,干吗要有自己的看法,而不像小时那样,大人说什么就是什么?他们望子成龙、望女成凤地盼着我们长大,可随着我们的成长,却越来越让他们伤心。

《爱,是不能忘记的》那篇小说,让他十分不悦,他对那篇小说的看法,和当时《光明日报》上批判我的观点完全相同。不过他白生了我的气,因为他从未对我本人发泄一番,或把我大骂一顿,而是让别人——比如组织——把他的意见捎给了我。

像我这样冥顽不化的人,组织又能怎样造就我?人们把我从小到大、几十年地造就下来,不过如此。

而我对他在一九八六年整党中的某些做法非常不满,以至在会场上表示,如果这样整下去,我就要退出会场以示抗议。

最后,更因为我们对某个"政治事件"的根本分歧,彻底地失去了对话的兴趣。

母亲去世后,我想我最应该通知的人是他,无论如何,母亲在桂林照顾他有一年之久。而在一九七八年春天,他也在我们家住了一段时间,由母亲照料。

"文化大革命"期间,母亲每逢去地安门寓所看望他的时候,总能在政府配给的、无可选择的物资里,遴选出成色最佳的带上,隆重得像是走动一门非同小可的亲戚。

印象最深的是,母亲将政府配给的一寸多宽的带鱼,一一洗刷干净,在锅里慢火煎黄,又用酱油、葱、姜、糖烹好,从中挑出头尾部分,留给我们的心尖、我的女儿唐棣,而将中段(如果还称得起中段的话)仔细不要碰碎地装进饭盒。

母亲那生怕饭盒装得不够实在,用筷子按了又按,再按出一隙空间,再塞进一块带鱼的动作,在我们贫困线以下的生活里,真是一道亮丽的彩虹。

可是我要求探望骆叔叔的电话,被骆婶很不客气地阻断了。

即使我不再做什么努力,也无愧无悔了。

但母亲去世后,我悟到了"无常"对"正常"的摧毁,不管骆婶如何阻拦,我再次决定去看望骆叔叔。当然也希望从他那里得到有关母亲年轻时的点滴回忆。

出国前一天,我闯了去。算我运气好,骆婶刚从外面回来,正在开启非常复杂的门锁,这次她很和气地让我进了门。

进门我就一惊。简直比地安门的日子还不如。

我对他们的脏、乱,有着几十年的了解。可现在已经不是脏、乱,而是败落,而且是一种能嗅到强烈腐味的败落。

封尘的大书桌上,只有小泰在历次国际围棋比赛上的奖杯,明光锃亮地一字排开,与封尘的一切,形成了触目惊心的反差。

我敢说,北京城里,再也找不到这样凄惨的日子了。那是一种比贫穷更让人感到凄惨的日子:束手等待那一切消耗殆尽的时刻到来的无奈。

骆叔叔就躺在书橱和书堆的夹缝里。当然,我想他无论如何都会在哪堆书的缝隙里,看到书桌上陈列的奖杯。

见到我,他泣不成声。

我知道,那哭泣并不只是因为我的到来。

我想起乡亲——康天刚,而不是写出《乡亲——康天刚》的骆叔叔。

就在那时,我意识到,他已不在意我写了《爱,是不能忘记的》,我也不再在意他和我在政治立场上的分歧……我没有了母亲,而他已是只能躺在床上、不能行走的老人。

对于母亲,对于住在我们桂林那个家,并在那里写出《乡亲——康天刚》以及其他小说的往事,他只能语言不清地说:"你妈可真是个好女人。"接着又是不成声的哭泣。

之后,小欣又为我翻译了骆叔叔费了好大力气才发出的一串含糊不清的声音:"你妈妈交代过我两件大事,一件是给你找个好丈夫,一件是在创作上好好帮助你……"

这些话骆叔叔不说我也知道,那是母亲永恒的主题。

我不再谈那些反倒让他伤感的往事。可在这样的时候,谈什么才不是难题?

什么都不容易。

我说起当年读《混沌》的感受,奇怪的是我手里居然没有《混沌》。他说,他也没有了。

这部自传体小说,原打算写三部,第一部《混沌》——后来改为《少年》,第二部为《中年》,第三部为《老年》。可是第二部在一些刊物上发表后,却没有出版社愿意出版……而第三部,他已经写不动了。

我不知道为什么要将《混沌》,改为这样没有味道的《少年》,也不愿意多想为什么要做这样的改动。如此让人费解的事还有老舍先生《茶馆》的结尾,还有我最喜欢的、他再也没有往下写恐怕也无法写完的《正红旗下》……

我问骆叔叔,为什么不请个人来听写?

请了,但一个月要付人家二百块。

在骆叔叔瘫倒在床,无法伏案,没有稿费收入之后,这二百块钱简直和天文数字不相上下。加上骆叔叔现在的身体状况,第三部《老年》恐怕难以面世了。

我的心一时填满了灰暗。

我知道那是他酝酿了一生的题材,攒了一生的劲儿,充盈着一生的希望,干脆说,像康天刚一样,那上面押了他一生的赌注,临到跟前,却"咔叭"一声,如远山那样可望而不可即了。

他还说到手中的散文《往事堪回首》，和学术价值很高的《左传新解》，虽然在日本和韩国受到极大的重视，却无法在国内结集出版。

问及有无出版社感兴趣，答曰多年已无出版社登门。

那一会儿，我真的听见了麻雀的啁啾，以及它们在窗口啄食的声音。

回到家里，我立马给一些出版社打电话。愿意无条件出版他的书最好，若讲条件，我的条件是出版我的长篇小说，必得搭上骆叔叔的长篇小说，或必要时我愿出资赞助，虽然我的钱也不多，但万把块钱，还出得起。

反馈来的消息让我非常失望，甚至悲凉。行家们红火地"白话"了好几年"什么叫小说"这个大题目，一旦到了真可以叫作小说的小说面前，却变成了睁眼瞎。

这是不是有点滑稽？

可骆叔叔运不该绝，正在我沮丧得不知如何是好的当儿，北京出版社吴光华先生来了电话，他们不但愿意再版《少年》（还可能有新的标题，我希望，哪怕恢复《混沌》也好），也同意出版《中年》和《左传新解》，以及散文集《往事堪回首》。

吴光华先生，我对你长揖到地了。

你们出版的不只是两三本无愧于读者的好书。这个世界上好书多得很，甚至可以说，比这几本书还好的书也多得是。但你们是为我骆叔叔一生的创作，画上了一个完满的句号。

对一个作家来说，这是唯一可以使他安心闭上眼睛的事情。

我还想，母亲在天之灵，也会为我这样做而感到高兴。

1993年7月25日

后记：遗憾的是，《往事堪回首》和《左传新解》最终未能面世。这不是北京出版社的责任，而是出版社将《少年》制版完毕即将付印时，骆叔叔突然反悔，不再同意由我这篇文章作序。我倒不在意撤销我这个"序"，这序本也不该由我来写。但这样一来，出版社就得重新制版，所需费用五千块必得由骆叔叔承担。这一突发事件，使得出版另外两本书难以为继。

我很后悔，当时不该同意骆叔叔为他写这个序，如果换作他人来写，可能就不会发生反悔的事，而后两本书也许就可以顺利出版。

我想他之所以反悔，倒不是因为对我不满，恐怕另有隐情——多年遭遇造成的、无法言说的忧虑。如同他与我在政治立场上的分歧，我也不认为真是原则上的分歧，也是另有隐情——多年遭遇造成的、无法言说的忧虑。

而我始终是个不按规矩出牌的人，说不定什么时候，就干出让人左右为难的事。

可是骆叔叔，如果换作我，一生已经如此，在意如此，不在意也是如此，而且即将结束，还在乎它个毬！

2010年12月

乘风好去

听到冰心先生去世的消息,重又落入母亲过世后的那种追悔。

虽然我叫她"娘",然而我对这个"娘"就像对自己的亲娘一样,心中有过多少未曾实现的许诺!

这些年,我只顾沉溺于自己的伤痛,很少去看望这个疼我的人,说我自私也不为过。

最后一次见到冰心先生,可能是一九九三年,出国前到医院去看望她。她比从前见老了,有点像母亲去世前那几年的样子,我心中一阵不宁。可她的头脑还是非常清晰,我们谈了不少话,关于文学、关于人生,说到对辛弃疾、苏轼、李煜——"太伤感了",她说——的共同喜爱。

看到我头上的白发,她怜爱地说:"你太累了。"

"唉,心累。"

"心累比身体累更累。所以说'劳心者治人,劳力者治于人'。"

我说:"一九四九年以后,变成'劳力者治人,劳心者治于人'了。"

她说:"正是如此。所以我针对'没有工不行,没有农不行,没有兵不行',写了一篇'没有士怎么样?'"

后来问到我的丈夫:"你看上了他的哪一点?"

"'文化大革命'中不出卖他人。"

她说:"'文化大革命'就是大革文化的命……你结婚之前,还带他来先让我看过。"又问:"欧洲那些国家,你最喜欢的是哪一个?"

"意大利。"

"我也是。他们的女人即使不化妆也很漂亮,头发的颜色很深,像中国人。我现在还记得四句意大利语'早上好''多少钱''太贵了'……"

她接着问:"最不喜欢的呢?"

"德国,有点冷。"

"我最不喜欢伦敦。"

"啊,对,英国人太冷也太苛刻。"

"不过你要是和他们处的时间长了,就觉得他们不像美国人那么……"

"花里胡哨?"我说。

"对,花里胡哨。"

…………

后来她看看表,问我:"你吃晚饭了吗?"

我说:"回去再吃也不晚。"

她说:"走吧,该吃晚饭了。"

我的眼泪流了出来。自母亲去世后,再没有人关心过我是不是该吃晚饭这样的问题了。

她说:"我不是撵你走,我是怕你饿了。"

"我知道。"

"带手绢了吗?"见我转身从搭在椅背上的风衣口袋里拿纸巾,她问:"你怎么了?"

"没什么。"

七点钟,我准备走了,穿风衣的时候,她说:"你这件风衣很长。"等我穿好风衣,她又提醒我:"风衣上的带子拧了,也没套进右边那个环里去。"

当我快要走到病房门口的时候,她突然叫住我,说:"来,让我亲你一下。"

我走近她的病床,俯下身子,像以往我离开她时那样,她在我的右颊上亲了一下。

走出病房时,我又一次回头看了看她。她正目不转睛地看着我,并向我摇了摇手。我也向她摇了摇手。

谁能想到,这就是她给我的最后一个吻。

实在说,我并不值得她那样关爱,她对我那份特殊的关爱,只能说是一种缘分,而不是因为我有什么特殊的"表现",更不知她对别人是否也会如此。总之,我觉得她有很多话,是只对我一个人说的。有很多爱,只是给予我的。

一生坎坷多多,每当情绪低落得无以自处,就会不自觉地走到她那里去。她也并不劝慰,常常很简单的一句话,就有指点迷津的作用。

她曾在给我的一封信中说:"听孙女说,你又住院了,到底怎么回事?是不是心脏不好?这要小心,不要写太多东西,'留得青山在',要做的事情多着呢。匆匆。祝你安康 冰心 十一月十七"。

特别是她最后给我的那封信,更让我视若珍宝。那时我因母亲去世以及其他方面的打击,情绪十分低迷。她在信中说,你不要太过悲伤,你的母亲去世了,可是你还有我这个娘呢,你这个娘虽然不能常常伴在你的身边,但她始终关爱着你。

我本该引出这封信的全文,但是正像我一生难改的作派,越是珍爱的东西,越是东藏西藏,最后藏得连自己也找不到了。

丢是肯定丢不了的,只是要用的时候却找不到,可说不定哪一天又会不期然地冒出来了。

反倒是她给我的其他的信,就在抽屉里,一拉开抽屉就找个正着。

人们常常谈到她作品中的"大爱",却很少谈到她的"大智"。《关于女人》那个集子,她就对我说了很多故事中的故事,其中有早年出版时,因"男士"这一笔名引出的一段笑谈。出版社担心这一笔名可能不会引起读者的注意。她却答道,可以用一个引人注意的题目,因为"女"字总是引人注意的,集子便定名为《关于女人》。如此超前的剖析,即便到了本世纪末,仍然一语中的、一针入穴。

她对我的《爱,是不能忘记的》一文的看法,也是慧眼独具:"……我也看了,也感到不是一篇爱情故事,而是一篇不能忘记的心中矛盾。是吗……"

又比如她对龚自珍的偏爱。龚自珍可以说是中国有肝胆、有血性的知识分子的统爱。一九二五年在美国读书时,她就选了两句龚诗寄回国内,托堂兄请人书录。

  冰心女士集定庵句索书
   世事沧桑心事定
   胸中海岳梦中飞
    乙丑闰浴佛日 梁启超

至一九九九年,整整七十四年,这幅字一直挂在她的客厅里。

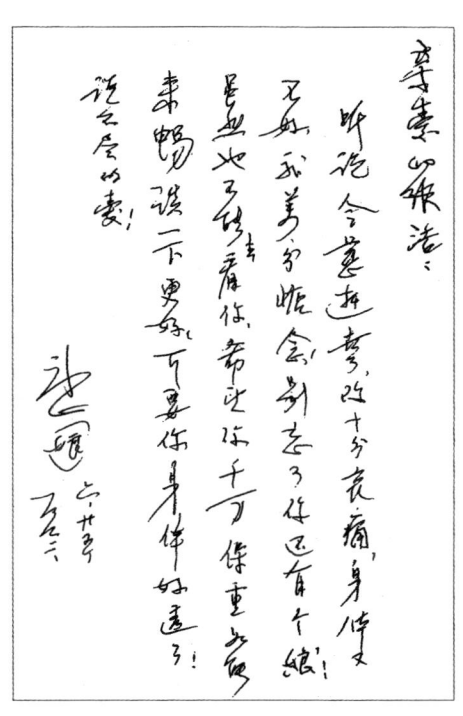

果然不出所料,终于找到"娘"给我的、备受我珍爱的那封信。

二十世纪这场大戏,她从头看到了尾,对这个世界的了解应该说是非常透彻。然而她坚守着一份原则,一辈子做人、做文都做得非常干净,是可以用"功德圆满"这四个很少人能称得起的字来概括的。

如我这样一个糟糕的人,永远达不到她那样的人格高度,但我毕竟知道世上还有那么一个高度,是我们应该仰视的高度。

早在一九八四年,我不得不应一家杂志社的邀请,写一篇关于她的文章。在那篇力不从心的文章里,关于她,我曾写过一句这样的话:"你能将大海装进一只瓶子里吗?"

时隔十五年,我仍然这样回答:我不能。

1999 年 3 月 8 日

你不可改变她

相信每个人都有过种种未曾实现的"打算",尤其像我这种一会儿冒出一个主意的人,好听一点叫作白日梦、富于幻想等等。但像我这种只是打算打算的人,可能不多,大部分人都能致力于"打算"的实现。

多少年前,曾打算为韦君宜先生写一部传记,尽管这不是我的专长。也说服了她的女儿团团做我的"眼线",在可能的情况下,将君宜先生那些值得后世记取的事记录下来……但被先生拒绝。也许她有自己的考虑,我不便勉强,而且她那时还能走动,甚至还可以动手写些什么。

待到她的脑血栓进一步恶化,我更不止一次地想起这个不曾实现的打算。

后来她的病情越发严重,甚至常年卧床不起,在几乎完全丧失自理能力的情况下,顽强地写出了《露沙的路》。与其说那是一部小说,不如说是一代人的反思。钦佩之余,禁不住为它的意犹未尽抱憾不已。

这当然不是作者的错。

时过境迁,我再不会生发为先生写一部传记的念头了,即便重新给我一次机会,也不会了。

就像自己曾经觉得欠了很多"债",偿还的念头,多年来让我耿耿于怀,如今也不了。

对于一个不惜以生命为代价的信仰的破灭,文字又有多少意义?!

团团在给我的一封信中曾经写道:"……我当努力延续她的生命,我懂,她不仅是我的母亲,也是一位非常非常值得尊敬的、人格高尚的人。"

再次大面积脑血栓后,君宜先生连喉咙都瘫痪了,她不甘心地奋力发声、叫喊,可是团团只听清楚了两句:"一生事业就此完了!"和"活着为了什么?"

有这两句足够了,还用我来写什么传记!而谈人格,又是多么的奢侈。

不如将过去的日记,摘引几段。

一九八一年:

五月二十八日　星期四

看望韦君宜同志。

谈起《沉重的翅膀》,她说:"这是一部难得的、向前看的作品,但同时也看到现在和过去,不看现在和过去,是无法向前看的。

"有人曾怀疑你能否写这种题材,能不能发挥你的特点,而且工业题材过去有一个套数,看了使人头疼,没兴趣。

"然而你写的每个人物都是人,把高级干部写活了,写得很好。过去很少有人把高级干部当作人来写,不是写得很好,就是写得很坏。看出你着力与了郑子云,他有思想,有主张,但不是完人。"

十月三日 星期五

看望韦君宜同志。她说:"明年要评选长篇小说'茅盾文学奖',我推荐了《沉重的翅膀》和《将军吟》,不过挑你作品毛病的还有一些人。"

十月二十九日 星期四

晚上与君宜同志通电话,她说:"中宣部一位副部长打电话给出版局,命令《沉重的翅膀》停止印刷,如已印刷则不准发行,它有严重错误:反对'四个坚持',矛头指向'若干历史问题决议'。比如书中写道:'三十年来的基本建设经验,基本是失败的……'我准备挽救局面,宁肯经济上受些损失,缓出、改版,把他们认为有问题的全部删掉,看他们还能如何。"

我说:"但愿你的良好愿望可以实现,但对方恐怕不会善罢甘休,某部已经将我状告中宣部干部局,此位部长一向极左……让他们批吧,我一个字的检查也不写。"

十月三十一日 星期六

…………

下午,君宜同志把我召去,问道:"你怎么在会上(中宣部文艺局召开的一个文学会议)说我对你说了什么,弄得人人打电话查询我。你再这样,我们大家都掉进酱缸里,可就没办法了……"

我请她向与会的同志核实,她立刻打电话给荒煤,荒煤说我在会上,连她的名字提都没提。

然后让我把《沉重的翅膀》上那些太尖锐的地方修改修改,我同意了。我说:"照我的脾气就不改,但现在这本书已经不是我个人的事,会影响一大批人,甚至我尊敬的一些领导。为了大我只好放弃小我。"

她又说:"这样就可以堵住他们的嘴:已发的是初稿,定稿时改了。这让中央替我们说话时,也好出来说话,不要使他们一点回旋的余地也没有……"

我对出版社因我而造成的经济损失(因纸型已经制好)、政治上受到的压力而深感不安。

十一月一日　星期日

一早接韦家电话,说我昨天刚离开他们家,就有人查问韦对我说了什么。她说,现在从各个角度关心这个问题的人很多,我又在会上"点了火",成为注意的焦点。叮嘱我说话一定谨慎,小心被人揪住小辫子。对方也很关心,那位部长一向极左,把不让出版书的责任,推给了另一位副部长,并在中宣部对他进行围攻,闹得周扬同志工作不下去。

一定要小心啊。

一九八二年:

十月三十一日　星期日

…………

从团团处得知,有人借口美国医生代表团中的那位胸外科专家级别低,仅是旧金山市心血管学会会长,不是全美心脏学会会长,向上海有关方面提出:"这样一位级别的干部,手术出了问题,你们负得了责任吗?"

实则是使S失去一个求生的机会。S知道这一点后,情绪非常低落。

君宜同志立刻派团团去找卫生部长。恰值部长外出,由副部长接待,但君宜同志与他不熟。据他说,有人打报告给卫生部,卫生部转呈国务院,国务院只好批准,不同意外国人给这样一位级别的干部手术。如果变更计划,还得由国务院重新批准。

君宜同志又打电话给姚依林副总理。她对我说:"解放以后,我从来没有和这位老同学有过联系,这是第一次。"

姚依林副总理,马上请姚办给上海有关部门和S本人打了电话。可以说,君宜同志救了S一命,希望他永远不要忘记这一家人的救命之恩。

…………

正是因为这一手术,为S抢到了十三年的时间。

我是一个疏懒的人,君宜同志为我做过的一切,并没有完全被我记载下来,仅就以上片断,人们便可对她的为人,有个大致的了解。

我并不认为这是她对我情有独钟,她不过认准"公正"是一个正常社会的应有标准,并为它的实现尽力而为。即便在大街上碰到一个素不相识、遭受不公正的人,她也会拔刀相助,不计回报。就我所知,这样八竿子打不着的事,就不止一次。当然,我(包括S)是否值得她那理想光辉的照耀,可以留待以后讨论。

对于这样一个施大恩于我的人,我的良心却让狗吃了似的没有丝毫回报。

当年与她同为清华大学学潮的风头人物、与国民党谈判小组的数名成员,一九四九年后,有人官至宰辅何论侍郎,而她的官是越做越小。但她志不在此,我从没见过像她这样对论资排辈的"排行榜"如此淡漠的人,而且是一门心思、绝无半点做戏的成分。

让她不断生出烦恼的一切,与这些是太不着边儿了。我常无奈地笑着,不知问谁地问道:她是当今这个世界上的人吗?

这个操蛋的生活,充满多少陷阱和诱惑!它改变了多少人的人生轨迹,即便英雄豪杰也难逃它的捉弄。眼见得一个个活生生的人最后面目全非,和眼看着一个人渐渐地死亡、腐烂有什么区别?她却让这个操蛋的生活,遭遇了"你不可改变我"!

无缘见到许多活生生的革命者,对革命者的理解也只能套用书本上的概念,如果能经得住我这种一板一眼的教条主义的检验,那肯定是个无法注水或缩水的革命者。

大学时代喜欢过一个文字游戏——马克思和女儿的对话。

诸如你喜欢什么颜色、你最喜欢的歌曲等等,我大都忘记,只记住了一句:你最喜欢的格言?马克思回答说:怀疑一切。

这句话,大概道出了革命者的本质。君宜同志从未停止过疑问,从延安起而至现今,哪怕被这样撂倒在病床上。前面说到她即便喉咙已经瘫痪,还在不甘心地发问:"活着为了什么?"

春节期间去医院看望她,虽然她已不能说话、不能听,但尚可认字。我在纸上写了"张洁感谢你",那不仅仅是对她的感谢,也是对一种精神——一种精神的坚持的感谢。

如今,对人、对事,她已没有多少反应,大多闭眼应对。但是看了我写的那几个字,她不停地眨着眼睛,喉咙里发出断续的音节,很久不能平静。

我想,她明白了我的意思。

2000 年 3 月 15 日

清辉依旧照帘栊

汪老哥过世大概三年多了,记得当时对他的悼念很是隆重,也有很多纪念的文字。转眼三年多过去,不知如今还有多少人会念起他。

汪老哥过世不久,他的女儿汪朝寄来一幅画卷,说是整理汪老哥旧物时,发现了这张为我所画,却又不曾送给我的画卷,同时寄来的还有他的画集,于是我就像收到了他的一部分"历史"。

这幅画和以前常见的大块留白不同,一派饱满热烈。

对照他的画集,果然越到后来越是饱满热烈,似乎豁然开朗。有时会默想这豁然的来龙去脉,又想自己能否有幸得到这样的通达?

感到窒息的时候,便会翻开他的文字,不紧不慢地读着,既不急于知道结局,也不曾想得到什么警人的启示,只是想找棵树靠一靠。大凡人走了太多的路,恰巧看到路边有棵树,多半就会在那树上靠一靠。

他的文字,果真是逃离浮躁、炒作、铜臭、紧锣密鼓的"伟人"制作工程等恶俗的一个去处。

云淡风轻的文字,带给我少有的宁静和浅淡的愉悦,不像有

汪曾祺老哥给我画的画

些文字,精彩是精彩的,夺人是夺人的,甚至让人忽而涕泪交流,忽而肠子梗阻,但很可能不会再读第二次。

间或听到有关汪老哥的小"花边",不过是小"花边"。不像我,总是十恶不赦,条条死后都得进油锅。

谁能说出汪老哥的大恶呢?也许有那么点圆熟,但绝对不是油滑或狡诈。

再有,无非喜欢女人而已。

喜欢女人算什么,男人不喜欢女人反倒奇怪了。

年轻时与女人的关系如何我无从得知,即便如何又怎样?我与他相识后,从未听说过他与哪位女人的关系过界。(过界又怎样!)

又所谓喜欢女人,无非是对哪个女人说点无伤大雅、皆大欢喜的恭维话。好比哪位像电影明星,或仁者见仁、智者见智地提携一下哪位女性后进,或为哪个女人的文章说点好话,还有那么点温暖——轻易就被恶意揣测的女人,在他那里总可以得到一些善待……而已,而已。正是这一点温暖,使他与那些目的明确的"好话"以及"好话"发言人,分了泾渭。

或有人说"文化大革命"期间,他遵毛夫人之命,写了《沙家浜》。

换了谁,有那样的胆子,不遵毛夫人之命?连一朝宰相周恩来不是也得对她退让三分?

别人怎样不敢说,如果她的命令下给我,我反正没有勇气说"不",说不定还会因为她的"宠幸"而沾沾自喜。

从古到今,为皇帝歌功颂德的文人还少吗,哪怕是已经退位的皇帝。为什么对皇帝歌功颂德,不言自明。所以先想想自己,再非议汪老哥也不迟。

作为新式京剧,《沙家浜》到底好不好?那样圆润的起承转合,那样精彩的唱词,那样不着痕迹的新旧融会……不说以后,目前有人比得过吗?因人废事,是毛夫人那种贵人的毛病。

放眼文坛,满眼繁华,真应了"人面不知何处去,桃花依旧笑春风"的诗句。只是,少了昂立枝头的一朵。

不管怎么说,相信有人会重读并珍爱他的文字。

这不是对他的悼念。

黄昏时的记忆

什么是"老"？看看旧时的群体照，一边站着的人，一个个地没了，不但人走了，连记忆中的许多事也跟着一起走了，甚至"片甲不留"。渐渐地，照片上只剩下了自己，而这个自己也被自己忘得差不多了。

偶尔，昙花一现地闪过一个记忆，很莫名其妙的——因为那个记忆，未必是由于特别而被牢记，比如秦兆阳先生。

我和秦兆阳先生不熟悉，很不熟悉，他过世时，我不在国内，连一纸悼念的文章也没有做过。可是那天，眼前突然闪过他的影子，毫无缘由地，在他过世十五年后。

在我们一生中，打过交道的人有多少？到了垂垂老年，能进入你回忆的又有多少？即便是你曾经为之寻死觅活的那些人和那些事。

去过他在五四大街的小四合院，不是因为文学，而是因为"人学"。我那时连走背字，四面楚歌，整治我的人无孔不入，他们连与世无争秦兆阳先生也不放过，以为可以从他那里找到些置我于死地的杀手锏。

事后他请我过去。什么事？也没有多说，只是提请我注意。

我和他真是没有"交情",他也完全不必为一个名声不好、文路难卜、默默无闻的小辈操心。

那个幽暗的小院,就像沉默不语的秦兆阳先生,缺乏"表演"的嗜好,虽然只去过一次,比起日后见识过的豪宅,却更让人难忘,因为它有一种与主人相得益彰的品位。

读过秦兆阳先生的文字。印象中,他的文字和学问很深,诗词很有功夫,让我心生倾慕。

不知他的背景,比如是否去过延安。后来才知道他去过。于是为自己的胡言乱语惭愧至深,比如:"写不出小说的所谓文人,只好去闹革命。"

如果想起秦兆阳先生,"沉默"是他留给我最深的印象。但他的沉默,不是因为无话可说,而是一种语言。

其实所有的"沉默"都是语言,有些是"噤若寒蝉",有些是"默认",有些是"老佛爷,您圣明"……

而秦兆阳先生的沉默,是"不同意",是"反抗"。

也许我理解错了。如果我错了,那就恳请秦兆阳先生的在天之灵原谅,如我这样的叛逆者,很容易把他人的心思,按照自己的路子一并思考。

我记得您,先生。

2008年6月

我的四季

生命如四季。

春天,在这片土地上,我用细瘦的胳膊,扶紧锈钝的犁。深埋在泥土里的树根、石块,磕绊着我的犁头,消耗着我成倍的力气。我汗流浃背、四肢颤抖,恨不得躺倒在那要我开垦的泥土地上。可我知道我没有权利逃避。上天在给予我生命的同时,也给予我责任。

无需问为什么,也无需想有没有结果。不必感慨生命的艰辛,也不必自艾自怜命运的不济:为什么偏偏给了我这样一块不毛之地。只能咬紧牙关,闷着脑袋,拼却全身的力气,压到我的犁头上去。也不必期待有谁来代替,每个人都有一块必得由他自己耕种的土地。

我怀着希望播种,绝不比任何一个智者的希望谦卑。

每天,我凝望那撒下种子的土地,想象着发芽、生长、开花、结果,如同一个孕育着生命的母亲,期待着将要出生的婴儿。

干旱的夏日,我站在地头上,焦灼地盼望过南来的风吹来载雨的云。那是怎样的望眼欲穿?盼着盼着,有风吹过来了。但那风强劲了一些,把载雨的那片云吹过去了,吹到另一片土地上。我恨不得跳到天上,死死揪住那片云,求它给我一滴雨——那是怎样的痴心妄想?我终于明白,这妄想如同想要揪着自己的头发离开大地。于是不再妄想,而是上路去寻找泉水。

路上的艰辛不必细说,要说的是找到了水源,却发现没有带上容器。过于简单和容易发热的头脑,造成过多少本可避免的过失——那并非不能,让人痛心的正在这里:并非不能。

我顿足、我懊恼、我哭泣,恨不得把自己撕成碎片……有什么用?只得重新开始,这样浅显的经验,却需要比别人付出加倍的努力来记取。

我也曾眼睁睁地看着,在冰雹无情的摧残下,我那刚刚灌浆、远远没有长成的谷穗,如何在细弱的黍秆上挣扎,却无力挣脱生它、养它,又牢牢锁住它的土地,还没有尝到过成熟的滋味,便夭折了。

我张开双臂,愿将全身的皮肉,碾成一张大幕,为我的青苗遮挡冰雹和狂风暴雨……但过分的善良,可能就是愚昧。厄运只能将弱者淘汰,即使我为它们挡过这次灾难,它们也会在另一次灾难里沉没。而强者却会留下,继续走完自己的人生。

秋天,我和别人一样收获。望着我那干瘪的谷粒,心里涌起又苦又甜的欢乐,并不因自己的谷粒比别人的干瘪而灰心丧气。我把它们捧在手里,贴近心窝,仿佛那是新诞生的一个我。

富有而善良的邻人,感叹我收获的微少。我却疯人一样地大笑,在这笑声里,我知道我已成熟。我已有了别一种量具,它不量谷物只量感受。我的邻人不知,和谷物同时收获的还有人生。

我已爱过、恨过、笑过、哭过、体味过、彻悟过……细想起来,便知晴日多于阴雨,收获多于劳作。只要认真地活过、无愧地付出过,谁也无权耻笑我是入不敷出的傻瓜,也不必用他的尺度,来衡量我值得或是不值得。

到了冬日,那生命的黄昏,难道就没有别的可做?只是隔着窗子,看飘落的雪花、落寞的田野,或点数枝丫上的寒鸦?

不,也许可以在炉子里加几块木柴,让屋子更加温暖,在那火炉旁,我将冷静地检点自己,为什么失败;做错过什么;是否还欠别人什么……但愿只是别人欠我。

1981年1月

我 的 船

时兴"思想改造小结"的年月,逢到挖掘我那冥顽不化、难以改造的阶级斗争观念不强,政治觉悟不高,自由散漫等等恶习之所以产生的阶级根源、社会根源时,人们总是宽宏大量、无可奈何地说:"张洁的问题,主要是中十八十九世纪小说的毒害太深了。"

我却暗自庆幸,要是我身上还有那么一点人性,要是我没做什么投机取巧、伤天害理、卖友求荣的事——这是我多少引以自豪的,和那些文学的陶冶是分不开的。

正是文学把我的某些理念唤醒,它们也许不那么科学、不那么完美,我甚至为此碰得头破血流,但我并不追悔。人在热爱某物或某人时,往往不那么客观、不那么理智,他总得为他的所爱付出些什么,牺牲些什么——假如这也算牺牲的话。

我欣喜它们把我造就成一个有缺陷的、然而具有体会一切直觉的人,不然我今天就写不出一行文字。记得托尔斯泰对他的弟弟说过:"你具备作为一个作家的全部优点,然而你缺少作为一个作家所必须具备的缺点,那就是偏激。"

而车尔尼雪夫斯基说:"艺术作品任何时候都不及现实美

或伟大。"

我以为他的立论过于偏颇,上帝按照自己的形象创造亚当,作家按照自己的灵魂塑造人物。人在艺术形象里,还可以看到创作的美。

艺术家是通过自己的音乐、文学、绘画、表演和世界进行对话的,我不知道自己是赞赏还是怀疑这种固执:他们为什么要用这种痛苦的形式,把自己的心掏出来,在磨盘里磨,把自己的胆汁吐出来,蘸着去写呢?

文学对我,从来不是一种消愁解闷的爱好,而是对种种尚未实现的理想的苛求:愿生活更加像人们向往的那个样子。

为什么它就不能?!

除了文学,没有一样事情可以长久地吸引我的兴趣。我曾以为我是一个毫无生活目的、不能执着追求、蜻蜓一样飞来飞去的人,但是在文学里,我发现了自己。花了近四十年的光阴,太晚了一点,因此我格外珍惜。不论成功或失败,却是那样锲而不舍、那样不顾一切、那样一往情深……不知他人如何,我却常常感慨,一个人能找到自己,是多么的不易。有时人活一世,也不一定知道自己是怎么回事,更不要说找到自己。

想不到我那并不高明的小说,却引起个别人的怀疑,或是说某篇小说就是张洁自身的经历,还有人自告奋勇佐证:某年、某月、某日、某人、某事……真像那么回事。

或有人对某篇小说对号入座,入座之后,不那么舒畅之后,便把我告上掌有生死簿的权力机构,然后就沉醉在从自己过长的舌头喷射出的唾液所映射出的彩虹中,以为那点唾液便是足以淹死我的汪洋大海。

文学的真实性和生活的真实性,是两个完全不同的概念,这是最普通的常识,难道仅仅是因为愚昧,才有人非要把它们混为一谈吗？不，它是一种武器。

福楼拜因写《包法利夫人》而被诉上法庭十多年之久；

徐骏因写"清风不识字，何必乱翻书"被迫害致死；

吴晗同志因写《海瑞罢官》被迫害致死……

还有因那不好说出口的原因而贬低你的——你反复写的不就是自己那点破事！

可我也没见着你写了什么超出自身经验的惊人之作，是不是？

承认别人一个"好"，或在文学这条大路上也允许别人有个插足之地，对你难道就是那么痛苦的一件事？

我不会像你一样，心怀什么目的，说你的创作照样有许多上不了台面之作，可是你很幸运，新老关系任你使用，不必像很多作家那样苦苦奋斗。我还是喜欢你待在文坛教父或文坛教母的位置上，我虽不是教徒，但我崇尚与人为善的品德。

…………

在即将发表的长篇小说《沉重的翅膀》里，我这样写道："真正使人感到疲惫不堪的，不一定是将要越过的高山大河，却是始于足下的这些琐事：你的鞋子夹脚。"

上个月回家的路上，心绞痛发作，眼瞅离家不远，我却走不到头了。只好蹲在一棵树下，吃下一片硝酸甘油，顶着一头头冷汗，淋着一阵阵急雨，看急骤的雨点扑打着水洼里的积水，不知怎么想起自己艰辛的、做过好事也做过错事的一生……

我喜欢船。

难道我的船已经搁浅，只能在深夜、在海的远处，倾听海的呼唤了？而当初，也曾有过怎样的不肯向命运低头的精神。

竟是这样的容易？

如果这样,我就不是我了。

于是我来到海边。畅怀地大笑,绕口令似的耍贫嘴,拼命地游泳,像一只船那样在海上任意地漂浮——不被控制、听任浮力的托举,是多么惬意的一种解脱。

我把大海拥进怀抱,让海浪一次又一次拍击我那孱弱的心脏。

太阳底下,我的皮肤铜似的闪光。

镜子里,我有了一张印第安人的面孔。我咧开嘴巴,一排白牙在闪烁,健康好像重又回来,我又有了力气。

我再次修补了我的船,该补的地方补好,该上漆的地方上漆,该加固的地方加固……对不起了,它肯定还能用上一些日子。

嗨,我又起锚了。岸,岸上的人、狗、鸡、房屋、树木……万般景物变得越来越小,它们全让我感到留恋,可是我的船却不能留在岸上,不下海,船又有什么用呢?

我看见,远远地,海浪迎过来了。滚滚地,不断地。我知道,最终,我会被海浪撞得粉碎,但这是每一条船的归宿,它不在这里又在哪里结束?

1981年7月

过不去的夏天

那一个夏天,对我来说是很飘忽的日子,有一段时间,我对人们的嘴,产生了一种奇怪的反应,虽然能听见别人说话的声音,却不知道那声音的内容。

我常常打断别人的谈话:"对不起,我不明白你在说什么,我现在不想谈话。"

要不我就翻着白眼儿,充满怀疑和恶意地看着说话人的嘴,我发现,所有的嘴似乎都有缺陷。起初我以为这不过是某种社会心理的反应,为此我经常对着镜子照看自己的嘴,但是那张嘴同样让我感到可疑。

那时我常常想嘴的问题,却怎么也想不明白,我觉得这里面一定暗藏玄机。

久而久之,我又发现了别的。

我记得我年轻的时候,有过一张美好的嘴——我说的是美好,而不是好看。当然我也不回避好看,如果它真是好看的话——两个嘴角微微上翘,总是一副笑眯眯的样子。好像我老是心满意足,好像我确信前面有万般好事在等着我,等等等等。

后来再看别人的嘴,就不再纠缠于那嘴的缺陷,而是极力想象他或她那张嘴原来的样子,这件事显然比较有趣,平白地就让自己有了很多事情可干。

每天早上,我匆匆地起床,赶到人群聚集的地方。在人群里钻来钻去,心怀鬼胎地偷看每一个人的嘴。我很得意,觉得自己像个侦探或阴谋家那样充实,那样对人类有意义。

后来我在一个夏天回到北京。我记不清那是哪一个夏天,这让我很是着急,要是你老想一件事又老是想不起来,你也会像我一样着急。

后来一个医生朋友对我说:"我觉得你有病。"

我说:"你觉得谁没病?"

我的长进就在这里,我随时都在长进。

她说:"你让我很担心。"她忧心忡忡地注视着我,"不过还好,你这个部位还是放松的。"

她的手指在我嘴唇四周画了一个圈儿,我抖了一下肩膀,看来不止我一个人注意别人的嘴。要是所有的人都去注意别人的嘴,我不知道这是好还是坏。就像过去全民抓粮食、全民抓耗子、全民抓钢铁、全民抓……一样。

"这说明你还能排遣。"

排遣什么?她不说,我也不说。我觉着现在人人都五迷三道,精精怪怪。

她往我的菜碟里加了几滴香油,却不许我再加辣椒酱。"辣椒吃多了不好。"她说。

我就知道,医生已经解决不了我的问题。我决定从今以后再也不去医院,特别在国家只给我报销五分之四医药费,而不像过去所说的实行免费医疗之后。

我在等,等一个夏天的过去。

1991 年 1 月 14 日

香港来风

这几天好像和香港有缘。

我的电视机不听遥控器的指挥了,找到西单百货商场二楼家电维修部,人问:"是在我们这里买的吗?"

"不是。"

"那就不能在我们这里修,我们只对在我们这里购买的电器进行免费保修业务。"

"我付钱。"

"付钱也不行,你可以到飞利浦维修服务中心去修。"

于是九月十九日一早,便到崇文门西大街六号飞利浦北京维修中心。进得门来,先看到墙上的一则广告:维修中心由香港某有限公司经营。心想,这回一定可以按照商品经济的办法,只要付钱就能解决问题了。

迎门的柜台后,坐着一位年轻的小姐和一位年轻的先生。

小姐正拿着皮鞋刷,刷她脚上的皮鞋,而先生正对着电话机慢慢地聊。因为得在柜台外等候小姐或是先生的接待,所以不想听也得听他那些软宽的话语,算是免费招待的一场小品了。先生看来是位好脾气的、很会讨女人欢喜的先生。

我没有久等,只有五分钟的样子。

小姐擦完皮鞋后,先生的电话还没打完,只好由小姐接待顾客。她朝里间屋喊道:"谁给她看看,她的遥控器出了什么问题?"

想来维修的行家就在里屋工作。

可是没有人回应。

我之所以在飞利浦维修服务中心一开门就赶来,而没有选在上午十点以后或是下午,就是预留了碰壁的种种可能。

十点,是小姐、先生们可能累了、困了,站起来活动筋骨的时候,就是不累、不困,也到了工间操的时刻。

而下午也可能提前下班,看什么演出、开会、盘点、分桃、分肉、分鸡,除了分田、分地、分一切地停止办公,也可能去洗澡等等。

没想到早来也不行,还是一个"没人"。

我怎么没想到,一开门就来,人家可能还没醒过梦来,也可能还没吃早点,也可能早上急着赶车,没来得及方便,签了到再去补这方便……

本以为这都是和姓"社"打交道打出来的经验,不一定适合这个由香港某有限公司经营的"中心"。

没想到这一套经验,拿到这个香港某有限公司经营中心也通行。

而且,我对自己的分析判断能力估计过高,只要他吃的还是姓"社"这口饭,这套经验你就是融会贯通也白搭,架不住人家不断发展、创新,你就是把两条胳膊也变成腿,也未必跟得上!

见我没有走的意思,小姐只好对我说:"你等 等,我先去洗洗手。"

洗完手回来,她把维修中心的电视机打开,说:"你自己一项一项试试你的遥控器。"她站在一旁指挥着我,一派权力下放顾客的民主作风。

我按了所有的按钮,按钮在这里都能正常发挥作用。

她说:"那就可能是你的电视机上,接受遥控器的部分出了问题。"

"你们能不能上门修理呢?"

"不能。你要修就自己拉来修吧。"

"墙上不是贴着上门服务项目吗?"

"那说的是大型家电。"

电视机不算大型家电?反正我知道电视机进不了轿车的门,除非雇用一辆迷你型卡车。

我不再和她理论,因为这种理论的结果,都以顾客的失败而告终。

关于姓"社"还是姓"资"的问题,国人已经争议了不少年月,最近在有关领导的疏导下,才不得不偃旗息鼓。根据我的经验,姓"资"的到了中国,其实也会改姓,姓起"社"来。

再就是十六号晚上,到友谊商店购物。在食品自选厅的进口食品部,我购买了一瓶由香港一家公司经营、商标上写着荷兰制作的低脂乳,包装上写着十一月十五日到期。

回家一开瓶,臭气熏天。我还不相信是变质了,说来说去,我有点迷信舶来品,资本积累初期的把戏,按照列宁的分段式,发展到腐朽、没落的帝国主义阶段,一般是不要的了。所以又尝了一尝,不但臭而且苦,才肯定是变质无疑。

要是国产货,我一定不去深究了,早知道深究不得,就是有食品法,也因为监督部门的种种问题,常常沦为一纸空文。

不是号称外国货质量、信誉可靠,并有食品法制约吗?

我平素没有什么爱好,就是有点喜欢研究一切号称没有问题、绝对可靠、绝对正确的事物。

便拿着这瓶低脂乳到友谊商店问个究竟。食品部的李经理很客气,连连道歉,并说正好经营这项商品的香港公司有人在此,她便带着我去反映这个问题。

香港驻友谊商店的一位小姐、一位先生都在。小姐听了我的叙述,一句道歉的话也没有,反倒一副假洋鬼子的腔调:"怎么会是坏的,以前从来没有发生过这样的事。"

以前从来没有发生过这样的事,不等于现在不会发生。而且谁知道以前是否真的没有发生过这样的事?谁能对自己经营的商品说:"这东西不大可靠,免不了有坏的。"

反正我这瓶就是坏的。

这事要是发生在洋人身上,她绝对不会这样有恃无恐地说话,她不过是藐视从来就不知道过期食品为何物的大陆人,姓"社"的中国人,有得吃就不错了,哪儿管它过期不过期、新鲜不新鲜,更不懂和羞于索赔。

她忘了自己也是黄皮肤、小鼻子的中国人了,似乎一旦姓"资",就立刻身价百倍。

"难道是我说谎吗?要不你自己尝尝。"

她说:"我从来不吃这种东西。"

"难道我就该吃这种东西吗?这肯定是生产或消毒过程中的问题,否则为什么会发苦?我认为剩下的这种商品应该销毁,不能再卖,而且你们应该赔偿订货单位。"

她走开了。

那位先生说:"不会是生产过程中的事,一定是运输中包装出了问题。"

根本不是包装问题,那瓶子没有一处漏洞,我拿来拿去,提包里没有一丝泄露的水渍,李经理也说,包装很严密。

小姐又返回来,傲然地问我:"你打算怎么办?是换一瓶还是退货?"

"当然退货,我和你一样,根本不吃这种东西。"

从她这两个方案可以看出,剩下那些还会照常出售,不要说在西方任何一个国家,就是在香港当地,我相信她也不敢再卖下去,顾客很可能就此进行起诉。

中国人你是怎么了?常常是该横的时候,横不起来,不该横的时候又贼横,老也踩不到点子上。

离开的时候我对李经理说,要多多抽查这个公司的进货,该索赔的要索赔,该罚款的就罚款,没什么客气好讲,有些商人,是很没有职业道德的。

我还想说,你要是客气,他还认为你软弱可欺。但是我打住了,我忽然想到,也许李经理根本做不了主。

我又想,姓"资"就一定比姓"社"好吗?

我更遗憾的是,这两件事都和出版过我六部书的荷兰有关。

啊!郁金香盛开的荷兰。

1992年9月23日

"张洁"的苦恼

十多年前初进文坛时,没想到我这个平庸的名字会带来什么麻烦,也不曾奢望将来有一天在文坛大红大紫,起个让人振聋发聩、过目难忘的笔名。

当然,我不用笔名恐怕还包含着我的一番痴情。那时,我正在热恋着一个人,希望不断在报刊上出现的这个名字,会给他一些刺激,要是换了名字,还有什么意思。

前几天,山西大学《语文报》七彩月末版,委托胡容女士向我约稿,每千字许以七十元的稿酬。对穷作家来说,是个很有吸引力的稿酬。

对于稿酬的高低,我很不清高。每月基本工资一百八十,加上政府各种名目的关照,小三百了。可是小保姆的月工资就是一百三十,电话费每月六十左右,房租、水电小一百(还不算全家的衣食住行),我的工资就全没了,我倒是愿意清高,可我清高得起吗?

后,某女士送来样报,确实办得生动,画面穿插严肃,选登稿件品位较高,看得出办报人的一番苦心。

便准备踊跃投稿。

不想翻到一月二十五日和二月七日两期,在"青春你我他"这一栏目上,赫赫然地印着张洁的名字。

我一下闷住了,想,自己并没有为《语文报》写过什么,怎么一下竟有两篇之多？再看下去,更觉蹊跷。自己何曾写过如此青春的文字？

傻了,愣了。

又想,这也许是报纸的经营,现在组织同名小说打擂台的报刊不少,莫不是《语文报》也在做这个题目？

又想,怎么糊涂到这个地步,那叫同名小说,而不是同名作者小说。

…………

我很尴尬,也很惭愧。

由于我先用这个名字写了几年文章,非常容易使人误解这两篇文章是我写的,那我岂不是吞占了别人的荣耀？

我埋怨起自己的父母,当初为什么给我起了这样一个通俗的名字？在中国,叫张洁的人可能成千上万,如果给我起名叫"癞皮狗"或"张坏蛋",也许就不会发生这样的事了。

既然给我起了这样一个通俗的名字,就应该为这名字申请一个专利,既然没有为这个名字申请专利,凭什么我叫张洁他人就不许叫？

这也并非独家新闻。王蒙兄和李国文兄都遭遇过这种情况。该王蒙甚至声称《组织部新来的年轻人》是他写的,该李国文也声称《月食》为他所作；被当时《人民文学》杂志社主编、文学前辈葛洛同志晓之以理,才算了结。甚至有人公然向陆文夫兄借名字一用,名作家李准也有过某人以李准之名四下投稿的经历……当时我真以为名作家李准又成了文艺理论家,十分吃惊于一个优秀的作家,何以写出那样的理论文章。后来才知道彼李准不是此李准,据说名作家李准几经交涉也没有达成协议,名作家李准只好将准字改为繁体,才算免除越来越多的误会。

当然我也可以开一个新闻发布会,声明今后改名为张坏蛋或是癞皮狗,可我担心,就是改成张坏蛋或是癞皮狗,也难保十几亿同胞中没有叫张坏蛋或是癞皮狗的。我不能老找新闻发布会的麻烦,明天再开个新闻发布会,说我从张坏蛋癞皮狗,又改成胃溃疡或是脚鸡眼。

我读了新人张洁的文章,料定她将来必然发扬光大,所以很希望有机会和她见面,对署名问题进行一下协商,免得在读者中造成混乱,给读者带来不必要的麻烦——或者我们一个叫张洁,一个叫张洁'也行,但要在这个问题上取得一致,免得单方行动后,又出现双份的局面。也许新人张洁会有更好的见解、建议,我期待着。

1993年3月23日

如果你娶个作家

十一月六号的《粤港信息报》上,一篇题为《如果你嫁给作家》的文章,道尽嫁为作家妇的苦衷。

反过来说,要是娶了个作家呢?除了潘大林先生(也许是女士)文中提到的种种不堪之外,恐怕还得加上:

你得容忍她不会烹饪可口的菜肴,说不定还得不时食用方便面;

她没有为你安排一个温馨的家,想买套家具重整山河吧,却懵里懵懂让家具厂坑个正着,结果是你们好不容易攒的那笔钱完全泡了汤;

别指望你从商战或是什么战的战场上回到家来,她会为你捶腿捏肩,齐眉举案,端茶送水,一边用小手抚着你的胸膛,一边软语款款地为你消闲解乏;

当你看到别人穿着妻子每年花样翻新的手织毛衣"潇洒走一回"的时候,你却不能享受这个古典的节目,只能穿百货商店卖的大路货;

你别指望下班回来,有人躲在门后,等你给她一个吻或她给你一个吻;

你也别指望她噘着小嘴,小鸟依人地让你皮夹子一掏,牡丹卡一亮,买件首饰或穿戴,一现你大丈夫的英雄气概;

也许是她带着你,而不是你带着她出席各种场合的招待会,她不是你这个姓氏的太太,你倒有可能成为她那个姓氏的"太太";

你这里突然想要"红雨随心翻作浪",她那里却还在和笔底人物纠缠不清;

…………

你婚前信誓旦旦、无数不打搅她创作的保证,以及种种对她体贴入微的计划,诸如夏天打扇子,冬天暖手心……撂下不谈,就连嘘寒问暖,也不过是纸上谈兵。更不要说打开冰箱看看,提醒她缺东少西让她速去购置,免得临到举炊或你的亲朋突然光临时缺油少盐,急得她在厨房里团团乱转……

虽然嘴里不这样说,到头来,你还会像要求一个以丈夫为中心、什么都不干、只知道服侍丈夫的女人那样,别无二致地要求她;并且因为她没有时间或做得不够好,而怨怒冲天,大呼上当受骗。

说到底女作家还是女人,连她自己也觉得不能恪尽妇道是她的大过,到时候还得忍痛撂下正写得顺手的文章,照顾你的吃喝拉撒睡。

…………

但愿你没有忘记,只要能挤出时间,他或她从不会忘记为博你一笑竭尽全力。

和艺术家恋爱,可能比与常人恋爱,享有更多的浪漫情怀,因为艺术家往往把恋爱也当作一种创作。对创作,他们是整个身心全力以赴,当这一创作完成,进入平实的日子,他们还要从事别的创作,不会一辈子留在这个故事里。他们的创作生命乃至他们的自然生命,不只属于你,也属于社会。如果他做得好,他还属于人类。

其实在你选择他或她的同时,你也就选择了一种活法。

也许你从前不知道,他们辉煌的另一面,是艰苦的、很少生活乐趣的寂寞和枯燥,但你现在应该了然。

他们的生活原就如此,明码实价,亲爱的,他没有欺骗你。

也许艺术家不应该结婚,反过来说,谁要是和艺术家结婚,只好抱定不惜牺牲的精神,大部分情况下,你这辈子得将许多人生情趣置之度外。但你有时也许会感到意外的惊喜,当它突然来临的时候,因为得之不易。

1993 年 11 月 20 日北京

不再清高

最近有朋友对我说,一些同行视我为斤斤计较的庸俗之辈。根据是:

一、我单刀直入地向约稿人询问稿酬标准;

二、我曾向《十月》杂志社预支稿费;

三、对不及时付给稿费,甚至不付稿费的报刊,要求实行一手交稿、一手交稿费的办法;

等等等等。

以上情况全部属实,的确都是我的所作所为。

如今,一些报刊发稿后不及时付稿费的情况越来越多,一压半年甚至一年也不算稀奇。等久了,难免问一问此中缘由。

大多数朋友也很为难,耐心解释不能按时寄出稿费的种种原因,或因财会部门的工作问题,或因邮局投递不利等等。

个别人也会一听索问稿费脸就变,本是好好的声音立时冷硬起来,与组稿时的和善判若两人,老大不情愿地说:"好吧,看在多年朋友的分上,我给你问问。"你这里还要对他赔尽笑脸,千谢万谢,倒好像不是他欠你的稿费,而是你欠他的稿费。

十年前没有这个情况,一般发稿半个月左右就能收到稿费。

一九四九年国民党溃逃台湾前夕,我记得母亲就职的那所小学,每到发工资的那天,校长从交通部领到教师的工资后,先在银行里存日折息,一天就能翻一番。存上三天,先给自己赚一笔才发给教师。上午发的,在街西头四十万金圆券换一个"袁大头",走到街东头这一会儿工夫,就变成四十四万金圆券换一个"袁大头"。

这样的事现在肯定没有了,但物价上涨也是不可否认的事实,月工资只够支付房租水电、电话、保姆的工资,日常生活全靠稿费收入。现在已然进入商品社会,没钱不能吃饭穿衣的道理越来越明白。我又没有不食人间烟火的特异功能,倒是想练出一身不吃不喝,也能长命百岁的气功,可是,有这种气功吗?

本来稿费就低,这样一波三折如何陪衬得起?作家没有别的外快,全靠一个字一个字爬点稿费出来。

所以在上了几次当以后,对那些只顾发稿、不及时付稿费甚至不付稿费的单位,不得不出此"一手交稿、一手交稿费"的下策。

自然也会比较稿费标准的高低,谁不想在付出辛劳的同时,争取更大的利益?我不明白,为什么在经济建设部门,招标就是天经地义、备受人们的赞美?

至于预付稿费,也不是我的独创,西方作家和出版社之间早就这样做了上百年。既然中国已然加入国际版权组织,实行了版权法,为什么中国作家就不能这样做?有人甚至鄙夷地说:"我不相信张洁就穷到要预支稿费的地步!"

我有必要向世人公布我的收支表吗?你怎能断定我有钱或是没钱,你怎能知道我不急需钱用?

就算我没钱,又有什么可耻?

就算我有钱,预付稿酬也是版权法上写得一清二楚的条款,是作家应有的权利,维护自己应有的权利又有什么可指责的?

再说了,我要你付的,是我自己的劳动所得,又没要你兜里的一分钱,你的钱就是白给我我也不要!如此,我有什么错?难道我把自己的劳动所得白扔了,才叫保持知识分子的清高?或你瞧着我的劳动所得,让人一卡就是半年甚至更久,任其日渐贬值才算我不庸俗?

更有选了你的文稿不但不给稿费,连征询你是否同意选载这道手续都没有的事。难道我不应该问一下,出版所得哪里去了?进了谁的腰包?奇怪的是,我要这样一问,就是我的庸俗,账目不清的出版人反倒清高得很。

起先我不明白,后来才懂得,现在一些出版社承包给个人,一承包给个人,就出现了出版人和作者之间的分成问题。我希望大家都有所得,尤其作者的创作价值,是在出版人付出了极大的辛劳之后才得以实现,他们本应得到好的报偿。可是,作者也不能听任出版人怎么说就怎么签订合同,连问一个为什么、讨论一下条款对甲乙双方是否都合理也不行。如果你问了、你讨论了,就是满脑子的孔方兄。反正孔方兄就那么多,你不孔方,肯定就有他人孔方,至今我也没见着哪位不像我这样庸俗,把孔方扔到垃圾堆里去的高人。

我手里就有几份合同,由于签定时太爱惜自己的清高,太向往知识分子的不庸俗,人家说什么就是什么,现在,经中华版权代理总公司的鉴定,那是非常不平等的条约。

从没见过谁为中国作家稿费之低说过半句公道话,反过来却指责穷嗖嗖的作家,不该发出这一丝微弱的、保护自己权益的声音,这是为什么?

我不禁想起《白毛女》里的杨白劳,从前他是到处躲账,现在他得学会低三下四、磕头作揖地要"账",也许还要为讨不回自己辛劳一年的所得,反倒被人指责他成了黄世仁而喝卤水。

还有那不按国家规定的个人所得税条款征收作家税收的部门,又是拦腰一刀,砍得作家好冤。条款上明明写着个人月收入超过八百元,应缴纳百分之二十的个人所得税(据说还要涨到百分之三十),可是除了香港的梁凤仪,哪位作家一个月能写一部书?一部书稿,往往是多年心血的结晶,只是在结算稿费的时候,没有按月创字数付酬,而是在全书完稿之后一次付清。

我们有点收入怎么就那样让人看着不顺气,非要卡一卡、整一整才行?

对这一不合理现象,作家们多少次吁请有关方面解决,可是他们的吁请,却如泥牛入海。

…………

总而言之,从今以后我决心不再清高,请别再高抬我,更别指望我将那知识分子的清高美德发扬光大了。

1994年2月12日狗年初四

这时候,你才算长大

到了后来,你总是要生病的。

不光头疼,浑身骨头都疼,翻过来掉过去怎么躺都不舒服,连满嘴的牙根儿也跟着一起疼。

舌苔白厚、不思茶饭,高烧得天昏地暗、眼冒金星,满嘴燎泡、浑身没劲儿……你甚至觉得,这样活着还不如死去好。

这时,你首先想起的是母亲。想起小时候生病,母亲的手掌,一下下摩挲着你滚烫的额头的光景。你浑身的不适、一切的病痛,似乎都顺着她一下下的摩挲排走了。

好像你那时不论生什么大病,也不像现在这样难熬,因为有母亲替你扛着病痛。不管你的病后来是怎么好的,你最后记住的,都是日日夜夜守护着你的母亲,和母亲那双生着老茧、在你额上一下下摩挲的手。

你也不由得想起母亲给你做的那碗热汤面。当你长大以后,有了出息,山珍海味成了餐桌上的家常,便很少再想起那碗热汤面。可是等到你重病在身,而又茕茕孑立、形影相吊的时候,你觉得母亲亲自擀的那碗不过放了一把菠菜、一把黄豆芽,打了一个蛋花的热汤面,才是你这辈子吃过的最美的美味。

于是你不觉地向上仰起额头,似乎母亲的手掌,即刻会像小时候那样,摩挲过你的额头。你费劲地往干疼的、急需沁润的喉咙里,咽下一口难成气候的唾液……此时此刻,你最想吃的,可不就是母亲做的那碗热汤面?

可是母亲已经不在了。

你转而思念情人,盼望此时此刻他能将你搂在怀里,让他的温存和爱抚,将你的病痛消解。

他曾如此地爱你,当你什么也不缺、什么也不需要的时候。指天画地、海誓山盟、柔情蜜意、难舍难分,要星星不给你摘月亮,可你真是病到再也无法为他制造欢爱的时候,不要说是摘星星或是摘月亮,即便设法为你换换口味也不能。

你当然舍不得让他为你洗手做羹汤,可他爱了你半天,总该记得一个你特别爱吃、价钱又不贵的小菜,在满大街的饭馆里,叫一个外卖似乎也不难,可是你的期盼落了空。不要说一个小菜,就是为你烧一壶白开水,也如《天方夜谭》里的"芝麻开门"。

你退求其次再其次:什么都不说了,打个电话安慰安慰也行。电话机或手机就在他的手边,真正的举手之劳,可连这个电话也没有。当初每天一个乃至几个、一打就是一个小时不止的电话,可不就是一场梦。

…………

最后你明白了,你其实没人可以指望。你一旦明白这一点,反倒不再流泪,而是豁达一笑。于是你不再空想母亲的热汤面,也不再期待情人的怀抱,并且死心塌地地关闭了电话。

你神闲气定地望着太阳投在被罩上的影子,从东往西地渐渐移动,在太阳的影子里,独自、慢慢消融着这份病痛。

你最终能够挣扎起来,摇摇晃晃地走到自来水龙头下接杯凉水,喝得咕咚咕咚,如在五星级饭店喝矿泉水。你惊奇地注视着这杯凉水,发现它一样可以解渴。

  饿急了眼,还会在冰箱里搜出一块干面包,没有果酱也没有黄油,照样堂堂皇皇地把它硬吃下去。

  在吃过这样一块面包,喝过这样一杯水后,你大概不会再沉湎于浮华,即便有时你还得沉浮其中,也只不过是难免而清醒的酬酢。

  自此以后,你再不怕面对自己上街、自己下馆子、自己乐、自己哭、自己应对天塌地陷……你会感到,"天马行空,独往独来",可能比和一个什么人摽在一起更好。

  这时候你才算真正地长大,虽然这一年,你可能已经七十岁了。

1994年2月18日

千万别当真

有位时尚女郎对我说,没想到你这个年龄还穿牛仔裤。

我不知道我为什么不能穿牛仔裤。从十多年前穿到如今,一年三百六十五天,可能有三百天都在穿牛仔裤,常年至少备有牛仔裤和牛仔短裤各十条。尤其在夏天,我觉得再没有什么装束能比短裤更凉快。

那天又去买短裤,卖裤子的小姐说:"阿姨,您真漂亮。"

我像打假英雄王海那样一副火眼金睛地看着她,说:"小姐,你就是不这样说,我也会买这条短裤。"

小姐真是会做生意的小姐,想了想说:"阿姨,应该说您长得很有个性。"

我说:"这还差不多。"

她又说:"漂亮会随着年龄老去,而个性却永远不会消失。"

一个卖衣服的小姐,竟说出这样的话,真叫我另眼看待。

我对他人的恭维总是抱着相当怀疑的态度,尽管我有很多弱点,但对自己到底算是什么等级,绝对自知。

他人的恭维很可能出于善意、怜悯、安慰,也或许像卖短裤的小姐,希望我买她的短裤。即便有人出于真心,那也不必当真,如果把他人随便一句恭维当真,天长日久非出毛病不可。这种毛病之大,不是三言两语就能说清楚的,至少会把自己放在一个非常可笑、忘乎所以的地位,《皇帝的新衣》也不仅仅是皇帝才有的富贵病。

相反,如果有人把我说得一无是处,甚或至于十恶不赦,我也不很当回事,不会沮丧到失魂落魄、上吊抹脖子的地步,你可以把这叫作没脸没皮,这是我积一生被人非议的经验之谈。

面对强力的"舆论"杀戮,脸皮只能使你陷入内外交加的双重打击。如果不对自己好一点,还想指望这个无情无义的人际社会吗?

冷静下来,想一想这种"舆论"的目的,之后你肯定可以释怀。再说,没有什么会让人永久记忆,不论是好还是坏,明天这个信息就会被别的信息覆盖;

即便恶意中伤,当回事又能怎样。何谓恶意中伤?就是一心一意想要伤害你,再顺着他的计谋气愤下去,可不正称了他的心,如了他的意;

或许是误会,既然误会至此,还谈什么情谊。更不能向这种误会投降,承认欲加之罪合法合理。岂不知委曲求全至此,未必就能换得一个"赦免";

如果真觉得冤比窦娥,意绪难平,那就不妨大哭一场,不过千万别让人看见你的眼泪,即便是你的朋友。再想一想人这一生一世,谁能不被冤屈?然后把眼泪擦干,哪怕是挣扎着,也要去干一件自己喜欢的事。慢慢地,挣扎就会变成不觉,不要小看了无痕迹的"不觉",它能改变一切。

…………

说来说去,都是毫无"出息"的应对,不过正是如此,才让自己熬过某些不那么容易熬的时刻。

人在某些方面的能力不是自己可以选择的,也不是通过后天学习可以得来的。有人长于某项功力有人不长于,不长于某项功力的人如果遇到具有这等功力的人发功,只好逃之夭夭。

以不变应万变,虽是一个无奈的选择,又何尝不是一个不会输得太惨的选择?

总之,说你好也罢、说你坏也罢,千万别当真,"活着"已经够难。

我为什么失去了你

十八岁的时候仇恨自己的脸蛋,为什么像奥尔珈[①]那样红得像个村妇,而不能拥有丹吉亚娜[②]的苍白和忧郁!不理解上两个世纪的英国女人,为什么在异性到来之前捏自己的脸蛋,使之现出些许的颜色。而现在对着自己阴沉而不是忧郁、不仅苍白而且涩青的脸色想,是否肝功能不正常。

十八岁的时候为买不起流行穿戴而烦恼,认为男人对我没有兴趣是因为我的不"流行"。而今却视"流行"为不入流之大忌,唯恐躲之不及地躲避着"流行"。

十八岁的时候为穷困而窘迫、害臊。如今常在晚上八点以后,穿着最上不得台面的衣服,去五星级的国贸大饭店,买打折的面包。那里有特别的师傅、特别的面粉、特别的做法、特别的香料,为求品质上乘、口味新鲜,二十点过后就半价销售,第二天上的货,绝对是刚从烤炉里出来的。一天晚上早到三十分钟,毫不尴尬地对售货小姐凯瑟琳说:"先放在这儿,等我到下面超市买些东西,回来就是八点了。"我们现在成了老交情,她远远看

[①][②] 普希金小说《欧根·奥涅金》中的人物。

见我,就对我发出明媚的微笑。

十八岁的时候,喜欢每一个 party,更希望自己是注意的中心。现在见了 party 尽量躲,更怕谁在"惦记"我。

十八岁的时候豪情满怀、义不容辞地为朋友两肋插刀。现在知道回问自己一句:人家拿你当过朋友吗?而后哑然一笑。

十八岁的时候为第一根白发惊慌失措,想到有一天会死去而害怕得睡不着觉。现在感谢满头白发替我说尽不能尽说的心情,想到死亡来临的那一天,就像想到一位可以信赖却姗姗来迟的朋友。

十八岁的时候铁锭吃下去都能消化,面对花花世界却囊中羞涩。现在却如华老栓那样,时不时按按口袋"硬硬的还在",眼瞅着花花世界却享受不动了,哪怕一只烧饼也得细嚼慢咽,稍有闪失就得满世界找三九胃泰。

十八岁的时候喜欢背诵普希金的诗句:"假如生活欺骗了你,不要忧伤,不要心急,阴暗的日子总会过去……"现在只要有人张嘴刚发出一声"啊——"就浑身发冷、起鸡皮疙瘩,除了为朋友捧场,从不去听诗歌朗诵会。

十八岁的时候渴望爱情,愿意爱人也愿意被人爱。现在知道"世上只有妈妈好",如果能够重活一遍,是不是会做周末情人不好说(如果合适的情人那么好找,也就不只"世上只有妈妈好"),但肯定会买个精子做单身妈妈。

十八岁的时候相信的事情很多。现在相信的事情已经屈指可数;

十八岁的时候非常怕鬼。现在知道鬼是没有的,就像没有钱,面包也不会有的一样千真万确。

十八岁的时候就怕看人家的白眼,讨好他人更是一份"生命中不能承受之轻"。现在,你以为你是谁?鄙人就是这个样儿,你的眼睛是黑是白,跟我有什么关系?善待某人仅仅因为那个人的可爱,而不是因为那个人对我有什么用。

十八岁的时候"君子一言,驷马难追"那样腐朽地对待每个许诺、每个约定,为说话不算数、出尔反尔的人之常情而伤心、苦恼、气愤、失眠、百思不得其解,宁可人负我,不可我负人地等到不能再等的时候……现在,轻蔑地笑笑,还你一个"看不起",下次不再跟你玩了行不行。

十八岁的时候明知被人盘剥你的青春、你的心智、你的肉体、你的钱财……却不好意思说"不",也就怪不得被人盘剥之后,又一脚踹入阴沟。而成名之后,连被你下岗的保姆都会对外宣称,她是你的妹妹、侄女、外甥女……更因为可以说出你不喜欢炒青菜里放酱油而证据确凿。有些男人,甚至像阿Q那样声称"当初我还睡过她呢",跟着也就不费吹灰之力,一夜蹿红。

对名人死后如雨后春笋般的文章《我与名人×××》,从来不甚恭敬。甚至对朋友说,我死之前应该开列一份清单,有过几个丈夫、几个情人、几个私生子、几个兄弟姐妹、几个朋友……特别是几个朋友,省得我死以后再冒出什么什么,拿我再赚点什么什么。朋友说,那也没用,人家该怎么赚还怎么赚,反正死无对证了。可也是,即便活着时,人家要是黑上了你,你又能对证什么。

十八岁的时候想象回光返照之时,身旁会簇拥着难舍难割的亲友。现在留下的遗嘱是不发丧、不遗体告别、不开追悼会……如有可能,顶好像只老猫那样,知道结尾将近,马上离家出走,找个人不知鬼不觉的地方,独自享用最后的安宁。老猫对我说,它之所以这样做,是因为有句话得留到那个时候自己说:"再也没有人可以打搅我了"。

…………

一个人竟有那许多说不完的、十八岁的不了情……

2000年11月

没有一种颜色可以涂上时间的画板

一直在路上狂奔,两眼狠盯前方,很少挤出时间回头。

《无字》完成之后,好像到了一个较大的驿站。这里总有一点儿清水可以解渴,有个火炉可以取暖,有块地界可以倒下歇脚或是打个盹儿也无妨。

在疲于奔命和短暂的停歇中,漫长的生命之旅就这样一站一站地丈量过去,今次猛然抬头,终点已然遥遥在望,更加一路跌撞过来,心中难免五味杂陈。

可人,总有开始了断的一天。

有计划地将书柜里的东西一点点取出,一天天地,最后自会取出所有。

一堆又一堆曾为之心心念念的文字,有些竟如此陌生,想不到要在回忆中费力地搜索;有些却如不意中撞击了尘封于暗处的琴弦,猛然间响起一个似是而非、不入调的音符……

突然翻到一九八三年女儿唐棣翻译、发表的几首诗,不过二十年时间,那些剪报已经发黄、一碰就碎,还不如我经得起折腾。

其中有墨西哥作家、诗人马努埃尔的一首诗,他在《那时

候》这首诗中写道:

> 我愿在黄昏的夕照中死去,
> 在无垠的大海上,仰面向着苍穹。
> 那里,离别前的挣扎将像一缕清梦,
> 我的精魂也会化作一只极乐鸟不断升腾。
> ……………

> 我愿在年轻时死去,
> 在可恶的时光毁掉那生命的美丽花环之前,
> 当生活还在对你说:
> "我是属于你的。"
> 虽然我深知,它常将我背叛。

如此动我心扉——却并非因为它隐喻了我的什么心绪。

诗好归诗好,但以何种方式或在何时离去,并不能取决于自己,这种事情往往让人措手不及。

清理旧物,只是因为喜欢有计划的生活——真没有白在人民大学计划统计系混了四年。

也算比较明智,知道这些东西日后不能留给他人收拾。

从来没有认为自己具有那样的价值,能够成为文学人的研究对象,这些东西只对我个人有意义。而文学的未来也未必灿烂,这种手艺与剃头挑子、吹糖人等等手艺一样,即将灭绝。

照片早就一批批地销毁。因为销毁一批,还会有新的一批来到。

人在江湖,难免轮到"上场"的时刻,一旦不可避免地"上场",大半会有好心人拍照,以便留住值得纪念的瞬间。

相对"时间"而言,又有什么瞬间值得永久纪念?

何况到了某个时刻,拍照人说不定也会像我一样,将旧物一一清理。

不要以为有人会将你的照片存之永久,除非你是维多利亚女王或秦始皇那类历史教科书上不得不留一笔的人物。

顶多你的第三代还会知道你是谁,到了第四代,就会有人发出疑问:这个怪模怪样的人是谁?

这就是我越来越不喜欢拍照的原因,因为之后还得把它销毁。

信件和书籍却拖延到现在,毕竟有些不舍。

尤其信件,销毁之前,总得再看一看,也算是个告别,或是重归故里,更像是在"读史"。

如果没有如此浓缩的阅读,世事变化也许不致如此触目惊心,但不易丢舍的过往,也就在这击一猛掌的"读史"中,一一交割。

许多书籍,自买来后就没有读过。比如《追忆似水年华》,比如《莎士比亚全集》。更不要说那些如果不备,就显得不像文化人的书籍。比如我并不喜欢的《三国演义》《水浒传》《西游记》……这些祖国的伟大文化遗产,没有一部不皇皇地立在我的书架上。又比如大观园的群芳排行榜,让我心仪的反倒是那自然天成的史湘云,而不是人见人爱、人怜的林黛玉;作为文学人物,我喜爱沙威胜过冉·阿让[①]……我曾将此一一隐讳,不愿人们知道,我的趣味与公众的趣味如此大相径庭……

可谁生下来就那样成熟,不曾误入追随时尚的歧路?更不

---

① 法国小说《悲惨世界》里的两个人物。

要说,时尚常常打着品位高尚的旗帜?

如今,我已经没有装扮生活的虚荣或欲望,一心一意想要做回自己。人生苦短,为他人的标价而活真不上算,何况自己的标价也不见得逊色。

又怎样渴望过一间书房。有多少缘由,是为了阅读的享受?有多少时刻,坐在书房里心静如水地读过书?

而有些书,又读不得了。因为再没有少年时读它的感动、仰慕……

这些书,我将一一整理,分别送给需要它们的人。只留下工具书、朋友的赠书和我真正喜爱的几本,够了,够了。

如此,我还需要一间书房吗?

其实有些书的书魂,已经与我融为一体,即便它们不留在身边的一间屋子里,也会铭记我心,与我同在同去。

…………

不过我累了,这些事,只能在写作之余渐渐做起来。

时间还来得及。

2003 年 3 月 4 日

我没有什么了不起

说起来是上个世纪的事了，一九八二年和一九八六年，因参加中美作家会议，几次过香港转机。

作为一个女人，免不了爱好虚荣，免不了在那红黄蓝白黑五彩缤纷之地，进出繁华的商业区，流连、采购，兼做几回刘姥姥。记得每进商场，后面立马跟上一位店员。初始不以为意，有过几次同样的经历后，便引起了我的好奇，再次进入购物天堂，就会留心观测。只见那些店员以货架为掩护紧随在后，可又并不打算真正隐蔽，总能让我知道有人在关注着我。

先是感叹毕竟是资本主义，比吃大锅饭的社会主义尽职尽责，店员们随时准备扑上来为顾客排忧解难，后来明白是防我偷窃。于是觉得香港其实不像一般人想象的那样，与大陆毫不相干，如此警觉的店员，难保没有受过大陆警方的训练。

最可笑是在鞋店买靴子，店员说是上好牛皮，回到北京一穿（还不是二穿、三穿），马上穿帮，原来是人造革的。作为一个自一九四九年至彼时，再也没见识过好皮鞋为何物的人，哪里分得清上好或是不上好、牛皮或是非牛皮？更不知道人造革竟可以用来造鞋，并以假乱真到这个地步。

从那以后,我对"上好"牛皮鞋有了误区。

后来遭遇意大利皮鞋"真身",与当年在香港见识过的"上好"皮鞋不分上下,于是把那双意大利靴子在手里搓来搓去,摁来摁去,最后还贴在鼻子上嗅了又嗅,以验明正身。意大利鞋店的店员奇怪地看着我,摊手、蹙眉、耸肩,不知鬼迷三道的中国人又在搞什么邪的。

即便如此,我也没有心生隔阂。那时,我是死心塌地的"香港拜物教"信徒——那里何等法制、何等文明、何等民主、何等高尚……谁要是对香港稍有不敬,我肯定会与之理论理论……

如果把我在香港的"购物"经历写成电视连续剧,肯定让人笑破肚皮。

不是我为自己"老土"辩护,长期生活在社会主义计划商业下,谁知道还有"假冒伪劣"一说?社会主义商品之单调、之匮乏,店员服务之不逮自不待言,但绝无坑蒙拐骗之虞。不像现在,大陆"假冒伪劣"的手艺,不但远远超过香港,也远远超过日本和台湾,堪称世界之最。香港称霸"假冒伪劣"世界的黄金时代,已如明日黄花不可追忆。

一九八六年那次过港,时运尤其不济。

先是受领队指派,与另外两名作家应香港某电台之邀,前去接受采访。电台的经济状况如何,不得而知,用来接送我们的是一辆拉货的"小面包"。置身其间,如同置身鱼市,我觉得自己似乎也变成了一条黄鱼。

临场时电台突然改变计划,将原来每人十分钟的采访改为二十分钟。我当即表示,领导只布置了十分钟的工作,恕我不能超额完成任务。正在研讨采访时间问题,巧遇严沁女士,要务在身,没有时间深谈,寒暄而已。虽然匆忙,对女人的美貌却不会放过偷眼的机会,所以对她印象颇深。

回京后校友寄来剪报,才得知严女士投书该报,将我骂得淋漓尽致,读后只好一笑。虽然并不知道自己何曾得罪于她,但仍然觉得她是一位漂亮的女人。而且,也许,那天我在电台的表现,确实令人生厌?

后来有机会看她的文字,才知道她是一位多产的作家,虽然与香港首席作家李碧华女士无法比肩。

尽管人们为寻找"张爱玲"的传人闹得沸沸扬扬,我却觉得唯李碧华女士得其神韵,文字的讲究与着眼点的独特着实耐人品味,并一直为我仰慕。也许李碧华女士不愿意我将她与张爱玲相提并论,那就恳请李碧华女士原谅。

严沁女士文字里的良善和纯情触动了我,便将她的书介绍给大陆读者,并为之作了序,希望人们喜欢她的书,从中得到收益。后来她的书是否得以出版,我就不得而知了。

继而有位女记者致电于我,要求采访,自然敬谢不敏。

平心而论,我的工作态度很不积极。比如领导布置十分钟的工作,我就掐好十分钟,不肯多加一点。对待该女记者的采访也是如此,既然领导没有交代我接受采访的任务,我为什么主动接受呢。

刚放下电话,电话铃又响了,没想到又是那位女记者,声严厉色地责问我为什么不接受采访?

换了谁,也不会不打自招地承认自己工作不积极,只能一味推托不喜好,并不断致歉请求谅解。但她没有听完我的道歉,便不耐烦地摔下电话。

我遗憾地想,她如何才能明白,我不接受采访并非是对她的不敬?

第三次电话铃又响了,我猜想还是她,果然不出所料。没等我解释说不接受采访绝无不敬之意,她就开始抖搂我的"隐私"。

这才知道,我原来还有那许多自己并不知道的"隐私"。

最后她总结说:"……你有什么了不起!"

诚如斯言,我从来没有认为自己了不起。

这就是我为什么宁愿与电梯工或清洁工交往,而不愿与某些"人物"交往的原因。有一次要去西单,恰遇电梯工人蹬着一辆三轮板车去西单运货,他说:"张阿姨,如果你不在乎的话,我愿意载你去西单。"我二话不说,"腾"的一下跳上他的三轮板车,一点不觉得有什么不妥。

去年春节,我收到的礼物中,就有两份来自电梯工和清洁工。他们的礼物不值什么钱,但我确信,在我们那栋宿舍楼里,再也没有人会收到这样两份礼物了。

于是我如实回答说:"是的,我没什么了不起,我唯一能做的就是不接受采访。"

后该女嫁作西人妇,恰巧该国某出版社出版过我的七八本书,于是她匿名投书该出版社,历数我为人为文之恶。致使天使般纯洁的出版社,以为出版我的书简直是为虎作伥,从此再无音信。后有了解内情的该国友人,将她的所作所为转达于我,还是一笑了之。

即便十几个西方国家翻译出版过我的作品,我也没有将此看作是"走向世界"的跳板。又不是我一个人有这样的"荣幸",业内许多作家的作品都被西方国家翻译出版,最后又怎样呢?

作品被西方国家翻译出版,最实际的好处是提供了旅行世界的可能。虽然文学作品从来不会畅销,没有多少版税可得,可我并不住五星级旅馆。

不再翻译出版我的书,不过让我失去一些旅行世界的可能,又能将我怎样呢?何况中国银行现在放宽外汇兑换金额,外出旅行已经不是很难的事了。

某个人,对工作不积极算不得稀奇,如果对自己可能得到一些什么的"机会",也不肯花费些许力气,就不大正常了。

一九八五年六月,在柏林"地平线艺术节"的某个晚宴上,工作人员来到我的餐桌,对我说:"君特·格拉斯先生想请您到他的餐桌上叙谈叙谈。"

君特·格拉斯何方神圣?德国作家中的 number one,诺贝尔文学奖的获得者。

多好的机会,还不赶快接上这条线!此后或是请他来华参观访问,或是通过他与什么机构结成姐妹关系……有几年敝人还曾是北京作家协会副主席,推出这样一个文化交流项目该是顺理成章……不但相关人马可到德国公费旅行,说不定哪天格拉斯先生还能推荐我为"那个"奖的候选人呢!

而我又是如何回答的?

"如果格拉斯先生想要与我叙谈,他应该到我的餐桌上来,不是说女士优先吗?"同桌的德国作家、编辑还有我的译者,煽风点火地鼓起掌来,闹得那位工作人员一时不知如何是好。

不过定定神,他就知道如何办理了。不论哪个地界,作家、艺术家都是神经病、怪物,和这些人长久相处,必然会训练出超强的办事能力。

如果让我在"逞能"和"机会"之间选择,百分之八九十我会选择"逞能",它几乎变成了我的一个嗜好。这个毛病如果在其他时刻发作也就罢了,偏偏在如此这般的一些"机会"面前发作,不是有病是什么?

如此这般,我错过了与格拉斯先生的连线,损失了造就自己"前程"的一个好机会。

Prisma

■ ■ Den kinesiska författarinnan Zhang Jie är just nu aktuell på svenska med sin roman *Tunga vingar*. I kommande vecka besöker Zhang Jie Sverige för att slå ett slag för sitt och övriga "dolda" kinesers författarskap.

■ ■ Zhang Jie är i dag 47 år gammal och den mest lästa författaren i Kina. Jean Bolinder rapporterar här från sin läsning av Zhang Jie och andra aktuella kineser på de svenska bokhandelsdiskarna.

Kina och Nobelpriset:
Zhang Jie är det starka namnet

Att Kina inom en tioårsperiod kommer att få sin första Nobelpristagare är säkert ingen djärv förutsägelse. Och nog är det egendomligt att Kina, som enligt senaste upplagan av *The Statesmen's Year-Book* har 1 008 175 288 invånare, ännu inte fått något pris, medan Sverige med enligt samma källa 8 320 000 personer har 6,5 litterära Nobelpristagare. (Ja, det är Nelly Sachs som vi räknar som halv svenska.)

Det är populärt att häckla Svenska akademien för Nobelpristagarvalen men det är i stort orättvist eftersom det är lätt att vara efterklok och pricka in missar. Det här är en sport där man inte räknar full-

Litteratur

träffar. Många viktiga författarskap har lyfts fram tack vare Nobelprisen och det är väsentligare än att man missat Tjechov, Strindberg, Gorkij och den store kinesiske epikern Lu Xun.

I somras beklagade sig dock med rätta Pekings Dagblad över att man givit Kinaskildraren Pearl Buck Nobelpriset men ingen av Kinas egna författare. Orsaken till att kineserna förbigåtts är främst att söka i svårigheten att hitta fram till en rättvis bedömning för en akademi som begäras kunna det heller. Översättningar är sällsynta, och som vi måste delvis vara hitkomna av en slump.

■ GAMLA DIKTER

Svenska litteraturvetares och lärares kunskap om Kinas litteratur har i bästa fall inskränkt sig till enstaka dikter före trädesvis mycket gamla – så är de kinesiska dikter Anders Österling valde i *All världens lyrik*, avsnittet Orienten, av någon anledning företrädesvis från 700-talet. Det är ungefär som om en svensk diktning i modern kinesisk bok skulle ta upp kapitlet Norden och representeras med Edda-dikter.

Den allestädes närvarande Alf Henrikson har också här gjort en viktig insats, bl a genom utgivande av *Kinesiska tänkare* (tillsammans med Hwang Tsu-Yü) i Forumbiblioteket. Men med den senare kinesiska litteraturen har det länge varit som angavs i Litteraturhandboken på 50-talet:

"Om den kinesiska litteraturen efter det andra världskriget vet man föga annat än att den, trots Mao Tse-tungs berömda ord om de tusen blommorna, är beroende av statliga föreskrifter angående social realism och frammanande."

Maos lilla röda blev i varje fall en vida spridd kinesisk bok och i Sverige har professor Göran Malmqvist gjort en pionjär-

gärning för modern kinesisk litteratur. Eftersom han sitter i Svenska akademien bör hans insats väl också leda till att Kina

Man kommer ibland att tänka på viss kinesisk musik och sång...tycker Jean Bolinder om Zhang Jies *Tunga vingar*

får sitt första Nobelpris inom en överskådlig framtid. Och glädjande nog har också det kinesiska börjat göra sig märkbart i den strida svenska bokfloden.

Den redan omnämnde, i Sverige bosatte, Hwang Tsu-Yü, utger nu en omarbetad och utökad version av sin *Det blommande granatäppelträdet* (Legenda). Första svenska upplagan kom 1948, nu följs berättelsen genom att författarens korrespondance med kineser, som dessutom besökt Kina efter kulturrevolutionen. Boken är ofta oreptendiöst och sympatiskt berättad skildring av Kina, en mycket bra introduktion för dem som vill lära känna Kina. Översättare är Alf Henrikson, Stig Henrikson och Björn Nilsson.

Att Kina i Kina är långt ifrån problemfritt. De kaotiska politiska omvälvningarna och myndigheternas känslighet för kritik och allt som kan tydas som kritik har varit ofta oöverstigliga murar för författarna. Zhao Zhenkai, eller för att använda hans pseudonym Bei Dao, född revolu-

tionsåret 1949, hörde till de unga rödgardisterna under kulturrevolutionen. Efter denna skrev han 1974 sin nu berömda roman *Vågor*, utgiven 1979. Det är betecknande för situationen att Bei Dao inte ens tordes skriva öppet. Han påstod att han skulle framkalla bilder om arbetarnas liv och låste in sig i ett veckor i ett mörkrum för att skriva. Och som genom ett underklarade *Vågor* sedan de razzior som förstörde andra manus av Bei Dao.

■ SKRÄMMANDE VACKER

Britta Kinnemark Lander har berättat historien och översatt *Vågor* till svenska från kinesiska. *Vågor* och några andra berättelser med samma översättarinna utgår i *Månen på papperet* (Norstedts). Bei Dao är mest känd som poet. Också som prosaförfattare har han ett lyriskt och rytmiskt språk. Romanen *Vågor* förs fram av flera röster, en ung flicka heter Xiao Ling som i kulturrevolutionens efterverkningar har ett tillfälligt jobb i en landsortsstad. När den unge mannen Yang Xun först träffar henne är det på järnvägsstationen. "Natten gled stilla bort i vindens riktning." Tågens puls driver sedan berättelsen mot det äventyrligt språnget utför bankvallen.

Det är en ödslig och skrämmande vacker historia och Britta Kinnemark Lander ska berömmas för sin förmåga att ge svensk dräkt åt det exotiska och främmande.

En annan översättare är litteratören Lars Hansson, som fört Zhang Jies *Tunga vingar* (Prisma) från tyska till svenska som är själv funktionellt att sträv rytmiska kinesiska språket. Man kommer ibland att tänka på viss kinesisk musik och sång där rytmen har ett slags precist inpräntade över sig och där melodi och lyrik vibrerar under ytan.

■ LIVFULLT OCH ROANDE

"Han har eldat upp sig men hur är inte det minsta berusad, alkoholen har bara i huvudpersonen, Zheng Zhujun. Han är gift med den okänsliga Xia Zhujun, och de har dottern, fotografen Zheng Yuyuan, på väg att bli självständig. En annan av de många huvudpersonerna är journalisten Ye Zhiqiu som också hand om den unge Mo Zheng, vars förälder, som var professorer, dödats i kulturrevolutionen.

Det hela artar sig till en livfull, roande och högst mänskligt panoramamålning över några högt uppsatta kinesers och deras bekantas liv. Kritiken mot ett samhälle, där traktorerna är odugliga och saknar reservdelar till traktorer och bilen. Men "så länge litteraturen är enbart litteratur kommer förmodligen mångas liv att återges i böcker som papperspass," skriver Zhang Jie drastiskt.

■ LIKNAR BALZAC

Detta är för Kina stor litteratur, det är också samhällsanalys.

"Vi har överbefolkning och överorganisering. För att avgöra om en liten ska kan visas måste saken ofta ända upp i politbyrån, en tidnings artikel kan väcka ansiktet på ministeriet för tung industri så att vi till och med måste dryfta det här inom partikommittén. Är det allt vi duger till?"

Nog ligger det mycket i bäckslutande likhet med Balzac och vissi är detta ett allvarligt slag mot världslitteraturen. Isaac Stern sade om kineserna att "det finns en miljard själar att älska i det här landet!" och huvudintrycket efter läsningen av *Tunga vingar* är att man fått vänner att älska – boken kanns inte exotisk och främmande utan mänskligt äkta.

När *Tunga vingar* kom 1981 i Kina, fick Zhang Jie mycket beröm. Hon författarskap och det blir kräkse så att när Kina äntligen får sin Nobelpris, kommer det inte att gläja de officiella Kina...

JEAN BOLINDER

有一个阶段,我在西方"红"得可以。一九八六年十一月八日,在斯德哥尔摩国家剧院观看舒伯特的歌剧《魔笛》,幕间休息时,导演克劳特上台介绍中国作家张洁在此观剧,竟赢得全场观众热烈掌声。

瑞典大报《每日新闻》的头条是"中国作家张洁是某某奖最有力的竞争者"。

…………

又能怎样呢?

不要以为那些即兴的东西,会有什么长远的影响,或当作既成事实而沾沾自喜,它们只是看上去像真的而已。

有一年与电影《阿拉伯的劳伦斯》男主角 Peter O'Toole 在某大使馆的 party 上相遇。他一时找不到纸张,从自己通讯本上匆匆撕下一页,写下他在伦敦的地址和电话,请我有机会去伦敦的时候,务必与他联系,情真意切得像是马上要送我一张去伦敦的飞机票……不久果然有了去伦敦的机会,可我从来没有给他打电话,更没有打算去探望他。

某些万众瞩目的人物,不可信的标志是那样明火执仗——你能相信一个对酒精的信仰已经渗入骨髓的人、一个被成千上万条"粉丝"围得水泄不通的人的话吗?即便是誓言。

只是有点遗憾自己被男人调教得如此刀枪不入,如果时光倒流几十年,当夜会不会失眠?说不定啊。谁能说为这种理由失眠不是一种快乐?为这种理由,而不是为一张没有皱纹的脸,回光返照一次,又该是怎样的经验?

但我一直保留着他的墨迹,毕竟我也是他的"粉丝"之一。

的确,我没有什么了不起。

但我知道,不能把好像是真的的东西,当作真的。

我还知道,哪怕、甚至,已经穿上新娘的礼服,只要没有得到那枚婚戒的确认,都不能说那句话——"新娘就是我"。

2004 年 7 月 13 日

在马德里"讨乞"

如今我已年逾古稀,但是比起曾经的青春的十七岁,甚至懵懂的七岁,并没有多少长进。

为了新长篇的创作,我得到印加人那里去一趟。对我来说,那是非常陌生的地方,且独自一人,一路上闹了不少笑话。

没有直达的航班,只能在马德里转机,并停留一夜。

从马德里机场,到我在穷游网上订的"便宜货"旅店(其实用不着穷游网,我后来有了不少寻找"便宜货"旅店的经验,且条件不错),"打的"整整花了五十四欧元。尽管有人报销,我还是觉得不值。于是到了旅店,放下行李,就出去了解情况。

一打听,从我下榻的旅店到机场,地铁仅需一欧元。这是何等的差距!

"打的"与乘地铁的费用差距,绝对不是我改乘地铁的动力。既然可以报销,何必多此一举?

可是直到如今,哪怕年逾古稀,不论干什么,我仍然喜欢试一试,看看自己是否有胜任的能力。

我决定第二天乘地铁前往机场。地铁售票员告诉我,因为直通机场的路段正在整修,如果前往机场必须换乘几次线路。

这也吓不住我。

第二天,我背着大肩包,拉着"巨"大的箱子,勇往直前地出了旅店,直奔地铁。

之所以拉着"巨"箱,是因为季节的差异。当地正好是冬天,在那里停留的时间又长,我不得不带着防寒的衣物,再说我还得上山呢。

买票时,我的零钱包怎么找也找不到了,只好用信用卡在自动售票机上买票,可我试来试去,怎么也不能让它吐出一张车票。眼看时间不多,只得求助一位绅士。这位绅士用我的信用卡试来试去,也试不出一张车票。于是他掏出一欧元送给我,说:"请!"

我非常不好意思去接他手里那一欧元,他还是说:"请!"

怎奈我穷途末路,最后只好接受这一"舍施"。在我长长的一生中,从一个陌生人手里接钱,哪怕是一分钱,也是前所未有的经验。

然后就是不停地转乘。马德里地铁转乘站的台阶多而长,且少有电梯,可我并不怵头,根据我在欧洲多次旅行的经验,人们都很愿意帮助他人。这次也不例外,有几次我还没有说出求助的话,仅仅一个准备开口说话的微笑,人们就主动上来帮忙了。

人丛里突然见到一位很阳光的、青春的亚裔男子,于是我又犯了"试一试"的毛病,放过那些可以帮助我的欧洲人,走过去向那位亚裔男子搭讪:"请问,您是中国人吗?"

他皱着眉头上上下下地看了看我。我那身行头,自然与家政公司名下的女工不相上下,然后不耐烦地点点头。不过那皱着的眉头,真有点儿败坏他那身名牌衣着。

我又问:"请问,您能帮我把箱子提上去吗?"自然我的箱子

215

也是地摊货。

他理所当然地摇摇头,没有因自己的拒绝而生些许的不安,更没有费心设计一丝推诿。

我也没有一丝尴尬,反倒莞尔一笑。反正就是试一试,而试的结果与我的预测八九不离十,我有什么可尴尬的?

我知道,我这"试一试"的毛病,十分讨人嫌,也让自己平白无故地多出许多麻烦。而且我在非正式场合的穿着,也多次遭受大店的白眼,有一次购物刷卡,人家竟问:"这是你本人的卡吗?"

可我禀性难移,改起来实在不易。

2007 年

一个中国女人在欧洲

他们也是我研究的对象

因第二次世界大战而变成的一道滋味难辨的杂和菜:柏林,确切地说,是西柏林到了。

我走出机舱,迎面碰到的是史宾格朗架在肩上的摄影机,一挺重机枪似的瞄着我。在他身旁,还有一位助手,举着中国作家代表团一行人的照片,以"验明正身"。

我很不自在,差点用手把面孔遮起来。因为那场景很像克格勃被驱逐出境,或一大宗海洛因走私案破获,或策动某起政变的嫌疑犯被法院提审……

除了我们本人,他还拍摄了我们在传送带上的人造革手提箱。

根据我的经验,一个人只有在成为至圣贤哲后,他用过的一个勺子或坐过的一张椅子等,才会被花那么多胶片拍摄下来,供后人膜拜和追念。如此这般,只能说明联邦德国的大众传播媒介对中国作家前来参加西柏林"地平线艺术节"的重视。

除艺术节的工作人员外,三月份在北京会见过的诺瓦克、彼得·施奈德,以及我的小说《沉重的翅膀》的译者阿克曼,也来机场迎接。

我乘施奈德的汽车前往下榻的旅馆。汽车由阿克曼驾驶,施奈德因酒后驾车,刚刚被吊销驾驶执照。

阿克曼开车,如理发师剃头用了一把不太好使的推子,理出来的头发就像狗啃的一样。他的刹车频繁而突然,每次刹车,众人都得猛然往前一栽。对此他解释道,他在上海工作两年,很久没开车了。

阿克曼前我们一天,乘其他航班到达西柏林,他不敢与我们同乘CAAC航班,据说这次发给他的翻译奖,奖金只有五百马克,而CAAC航班的往返机票,不但比其他航空公司贵出许多,还很难买到。

红灯,我们大家又往前一栽。在等待绿灯的时间里,我浏览街景。西柏林夜生活的时间,可能比联邦德国任何一个城市都长,大约持续到午夜后的一两点。此时只有十一点多,街上自然灯火通明,人们游兴正浓。

这时,有个男青年探头弓身,往我们车里左右张望,我以为他认识我们车中的某人,谁知他张望后便转身离去,在一棵树下,以一泻千里之势,撒了一泡尿。我记得在美国随地大小便是要罚款的,西柏林不么?既然他能如此痛快淋漓,又何必往汽车里张望?噢,也许他在瞧车里有没有警察。车上的人,个个安之若素,我也噤声不语,否则是我的教养不够。

很快到了旅馆。大厅及酒吧都很富丽,住房却比不上北京的建国饭店,价钱可不含糊。所以阿克曼说,他只能在这个旅馆住两个晚上,房租太贵,明天就搬到朋友家去。阿克曼一点也不小气,可以说比我见到的好些洋人,都大方慷慨。

安顿好之后,和诺瓦克、施奈德、阿克曼、史宾格朗,在旅馆的酒吧聊天。

"我们离开北京后,你们在背地议论过我们吧?"施奈德问。他有一张农民般结实的脸。

"没有。不过我说过,这种会见,只能使我们彼此的了解,停留在一个非常表浅的层次上,倒不如有机会,多做个人接触,也许还能就我们的创作,进行深入一些的讨论。"我又反问,"难道你们背地议论过我们?"

只见诺瓦克和施奈德激烈地交谈了几句。阿克曼说:"倒是他们之间,背地里互相议论很多。"

我理解。天底下的文人,大多如此。

施奈德对我说:"不过我和你吵过一架。"

"是吗?我没有这样的印象。"或许他把辩论当作了吵架,总之我一点不记得有过这样的事情。

"那好,我希望永远不要和你吵架。"

怎么会呢,朴实而诚挚的施奈德!

将近二十个小时的飞行,使我精疲力竭,可我们还是谈到午夜一点。和外国朋友相识,能有再次见面的机会,似乎就有老朋友的意思了。

本以为在西柏林期间,可以和在北京相聚过的德国朋友多一些接触。但是第二天一睁开眼,我便身不由己,被各式各样的记者"切"成碎块了。

我至今仍感遗憾,给我和诺瓦克、施奈德、阿诺尔德、库宾接触的机会太少了。

就是在不多的几次相聚中,也因白天过度疲劳,或东西方习惯的不同,未能畅谈。

联邦德国著名评论家阿诺尔德、作家施奈德,以及阿克曼请我等人在饭店共进晚餐,刚刚谈到大家有兴趣的问题,如稿费、读者来信(其中有无求爱者)、性文学(他们也认为没什么意思)、作家当官后的苦恼等等,我却在席间睡着了。这显然败了大家的兴,阿诺尔德见我困得实在可怜,便建议聚会到此结束。迷迷瞪瞪回到旅馆,被旅馆旋转门狠狠夹了一下还不觉。第二天早上才发现,脚背上一大块青斑。

还有一次,施耐德在家中举办晚宴招待中国作家代表团,同时还请了不少西柏林文艺界的名人。刚刚吃完甜点,中国人就起身告辞了,而有些客人则刚刚来到,他们是为了饭后的交流而来。虽然施奈德极力挽留,大多数人还是离去了。事后施奈德以为这煞费苦心张罗的晚宴有什么不妥之处,我解释道,在中国,宴会到了上甜点的时候,就表示到此结束了。

记者们会不会知道,当我成为他们笔下人物的同时,他们也将成为我笔下的人物?

记得在西柏林接待两位从奥地利电台赶来的记者时,我稍稍透露了这样的意思。他们惶然问道:"你会把我们写得很坏吗?"

怎么可能!他们把我当成什么人了。

六月十二号晚上,联邦德国驻华文化参赞海顿先生,为中国作家代表团赴西柏林之行,举行了招待会。

客厅不大,来宾约有四十余人。人多,每个人又都在说话,听得就很吃力。还有人扬声大笑,其声嘹亮如母鸡下蛋后的欢唱。于是人们说话的声音越来越大,以致把耳朵塞到说话人的嘴巴底下,也难以听清楚对方的话。

我的后背和后腰,不时被他人的胳膊肘或服务员手上的托盘,杵上一家伙。

通向阳台的门窗全都关着,冷气也没开,客厅成了一个闷罐车厢,四十多个人,就是四十多个散发着热量的小火炉。

客厅中间,一块被汗水濡湿、又高又大、蓝白条相间的后背很是醒目。

我在犄角找了张椅子坐下,不一会儿,那个湿后背,也满脸是汗地在我身旁坐下。

问过我的姓名后,他用中文说:"噢,我知道。"

"贵姓?"我问。

"瓦格纳。"

"好记。"我想到了作曲家瓦格纳。

"不过,我和那个瓦格纳没什么关系。"他的脑子转得很快,一下就跟上了我的思路。

我注意到,他领带上的那个结子,已经不在喉结下老老实实待着,而如项链坠般,悬在胸口。他用食指挑了挑胸前的"坠儿",说:"这个东西,没什么意思。"

"你何不取下它呢?"

"可以吗?"

"有什么不可以?"

我还没看清楚怎么来怎么去,他脖子上的领带,瞬间就没了影儿。

"我不喜欢这种招待会,站着,吃一点儿吃一点儿,没什么意思。我喜欢消消停停地坐着,正正规规地吃。"他停了一下,又补充说,"我的中文不行了,我刚从日本回来,在那里待了十年,只说日本话。"

"在日本有何公干?"

"记者。我是《法兰克福汇报》的记者。"

"你喜欢日本还是中国?"

"我喜欢中国,不喜欢日本。"

有了前面的对话,便知他这样说,并不是因为面前坐了一个中国人。

"为什么?"

"日本人很有礼貌,可是很难和他们交朋友。在中国却可以交到朋友。"

"你在中国有朋友吗?"

"当然,我在北京大学念书的时候,同宿舍的'杨'就是我的好朋友,他常常批评我。"这时,他挥了挥粗大的拳头,做了一个出击状,"……还这样。他是一个非常幽默的人,我正在找他。"停了一会儿,他又说,"等你从德国回来了,咱们谈谈文学好吗?"

在我回答别人一句问话的当儿,他像他的领带那样,迅速地消失了。

从西柏林回来后,我又见到了瓦格纳,但是他没有和我谈文学,而是大谈外交公寓的耗子。

"我刚搬来的第一天,房间里除了一部电话机,什么家具也没有。那天晚上,我正在打电话,房间里也没开灯,只见一团黑东西,极快地向我蹿来,我猛地一跳,让过了它,它钻进墙角就不见了。"上面的每句话,都像演活报剧那样,用形体动作表现出来。"后来才知道,那是一只老鼠。每天晚上,它都在我的书房里,啃我的稿子。"他侧过头,用右侧的虎牙做啃噬状,并发出"咔哧咔哧"的声音。

可以想见,那是一只对新闻业充满兴趣的耗子。

"有一天,我看见它跑进了厕所,立刻把厕所的门锁了起来。我在门外,一会儿开灯、一会儿关灯;又拿了一个闹钟放在门外,让闹钟时时大响。过一段时间,便用力敲一会儿门……"这些,无一不用形体动作加以说明。"三天以后,它死了。"瓦格纳胜利地大笑。

"不,我想这是因为它喝了我的一瓶香水,它把香水瓶也打碎了。"瓦格纳太太说。

瓦格纳说话时,表情、手势、动作都很丰富,嗓门儿也很大,我觉得他更像一个美国人,而不像德国人。

他信口抨击我们提到的每一个人,或每一桩事,当然都与中国无关。我不知他如何进行采访,倒好像他时时在接受他人的采访,非常乐意地、滔滔不绝地表示着自己的意见。

瓦格纳真是个非常有趣的记者。

该报的一位女大腕可就不善了。

二〇〇三年九月,我在柏林参加第三届世界文学节。这位大腕采访我两个多小时后,我问她,你一定知道我的身份是作家,但你提的这些问题,似乎属于采访胡锦涛或是温家宝的范畴,我们能不能谈谈文学呢?

她很不高兴,也似乎毫无准备,随便提了几个所谓文学问题,便草草结束。但是,这个让我付出近三个小时的采访,居然没有见报。显然是大腕发威了。

然后就从德国某些媒体,传出了有关我的负面新闻。诸如:不好对付,刁钻古怪等等。

有例为证:二〇〇九年七月,德国记者托马斯·维特曼先生代表瑞士、德国、奥地利三国电视台3Sat对我进行采访。

维特曼先生在决定采访我之前,有人出于关心,提醒他说:"你好好想想,你真的要采访张洁吗?这个人……"

他回答说:"我考虑好了,我要采访张洁,我喜欢她的书。"

从他的提问可以看出,他为这次采访做了很好的准备,不像有些记者,根本就是"赶时髦"。

他的提问也有一定深度,所以我很认真地回答了他的提问,此外我还同意他拍摄了我所有的绘画。因为在此之前,他听瑞士一位出版人说,我的绘画很不错。

他的采访,更像拍摄一部"小电影",我得在镜头前重新表现日常生活的许多场景,包括在电脑上的写作"表演",本来还要拍摄我画画的场面,被我婉拒……

采访期间,我曾对维特曼先生说:"你这个节目只有五分钟的时间,关于文学我就不必说得那么深入了,因为文学是个太大的话题。"

他说,"除了这个电视节目,我还要撰写关于你的文章,所以我特别珍惜这次采访你的机会,也想尽量使用这次来之不易的机会。"

然后他说:"可不可以问你的经济收入?"

我说:"当然可以。我每月工资四千多人民币,加上稿费,不多,够用了。没有人不喜欢钱,但钱对我不是最重要的,对我最重要的是文学的品位和对文学的追求。"

采访结束后,请他们吃烤鸭。

我去结账时,维特曼先生对随他而来的翻译说,她一个月的工资,还不如你一天的翻译挣得多,这一顿饭,会花去她多少钱呢?

他能这样想,看来是个善良的人。

拍过"内景"之后第二天又去一个四合院拍"外景"。

拍完四合院内的镜头,又拍在小胡同里溜达的镜头,加上天气太热,非常辛苦。可是维特曼先生比我更辛苦,因为他还要安抚我、请求我做好节目……过后想想,我的不够配合,真有点难为他,对不起他。

我可谓遭到过多国联军的封杀。

一九八五年夏天,汉瑟出版社的塔吉雅娜帮我在联邦德国申请赴法签证,她说,法国领事馆强调,即便公务签证也需九天才能办妥,而且把她堵在门外,连门也不让进。

到奥地利后继续申请法国签证,也是很费周折,即便有法国外交部梦龙飞先生的电话通知也不行。

那天,奥中友好协会的燕珊女士陪我前往法国驻维也纳领事馆,我们按了门铃,倒是有人出来应对,却把我们堵在门外。我对他提到法国外交部的电话,他看看我身上那件蓝布裙和脚上的蓝布鞋,说:"外交部?这是绝对不可能的。"

"绝对如此,请你去查一查。"

他极不情愿地转过身去,"砰",大门发出自视甚高的一响。

过了一会儿,他又开门出来,说是有那么回事。一向淑女风度的燕珊女士,对他把我们堵在门外的做法,提出了强烈的抗议,他只好让我们进入领事馆。

我把两张快照给了他,他说要三张才行。我说:"我办理奥地利、瑞士签证,只需一张照片,我已经给了你两张,如果你们还有特殊用途,尽可自己复印,愿意复印多少就复印多少。"

反正我已经打定主意,顶多不去巴黎。

他嘟嘟囔囔地审查我们填写的表格,不时在表格上作些小修改,诸如画个叉或是打个钩,最后说:"好吧,明天上午九点来拿护照吧。"

…………

同年八月，法国对外关系部部长罗朗·迪马来北京访问期间，曾在北海"仿膳"设宴，我的座位正好在他们亚洲司司长一旁，没话找话，顺便提起办理法国签证手续的不易。"这是真的吗？"他不安地问。

"当然。"

"我感到非常抱歉。"

见他面露尴尬之色，不忍再说什么，赶紧宽慰他说："对一个作家来说，这样的经历很有意思，作家应该经历各种生活，接触各样的人。再说我又不是法国的客人，不过是个旅游者，当然不能和在联邦德国以及奥地利的待遇相提并论。"

"他们为什么不让你进门呢？"

"也许因为我是黄皮肤吧，我已经把这段经历，写进我的《旅欧散记》。"

"不能改变了吗？"

"不，不能，这是历史。"

"我们一定要改正我们的错误。"他诚心诚意地说。

"祝你成功。"我相信了他的诚意，真心地相信了。

说到底，签证之难，不是什么了不起的大难，成则行，不成则不行。意想不到的是这次聊天的后续。

不久，就从法国使馆传出有关我的流言，说我傲慢、刁钻、对人戒备、难以对付、不好接近，并且在中国文化界中广为流传。但是我觉得我不傲慢，不刁钻，不难对付，对人不够戒备……我还没说别的呢，如果再多说些什么，后果恐怕更不堪设想。

如果在倡导自由、平等、博爱的西方国家，都能如此这般对待不同意见者（还不是不同"政见"者），那么，我在社会主义祖国遭遇的封杀，更是没什么可奇怪的了。

我始终尊敬记者这一职业。

记者的工作和现实生活贴得太近,职业要求他们比作家具有更直接的献身精神,不论他们的肉体,抑或是他们的人格。

美联社曼谷九月九日电,美国记者尼尔·戴维斯在泰国政变激战中被打死。虽然电文进一步解释了戴维斯被打死的原因和过程,但对于这样一个差不多可以说是悲壮的事件,美联社却用了"被打死"这样一个口语化的词语。如果使用我们的新闻语言,我们至少会说"他牺牲在自己的岗位上"。

在中央电视台国际新闻节目中,我看见他在生命的最后一刻,显然已是躺倒在血泊中拍下的泰国未遂政变的一些镜头:许多模糊的、摇晃的,却又在狂奔的腿和脚……戴维斯不但给这个动乱的世界又留下一份难得的实地资料,同时也留下了自己。

戴维斯用生命换来的那些资料,随着时间的推移,时局的变幻,很快就会失去它的价值。新闻,新闻,新的时候方才可闻,时过境迁便成了老闻,谁还稀罕呢?但是戴维斯的职业献身精神,不仅会为他的同行追忆,也会让严肃的人,沉思默想许久。

尼尔·戴维斯让我想起在联邦德国采访过我的北德电视台记者采尔科先生。不过他还好好地活着,我回国时,他已去他的"别墅"休假。

他的"别墅"来之不易。全部经费来自他的一笔稿费。这笔稿费,是他在阿富汗拍摄"重大题材"——苏军入侵阿富汗——的报酬。算他走运,没有遇到戴维斯那样的不幸。

世界总不太平,每天都可以在中央电视台国际新闻节目中,听到枪炮的轰鸣,看到流血和死人。这些实况谁人拍摄?还不是各地的记者。

采尔科先生的"别墅",在爱尔兰附近的一个小岛上,岛上包括采尔科先生共有两户人家,八个人,逢到涨潮的时候,海水就将他们与陆地隔绝。"但是保证有土豆吃。"他说,"平时我们就捉鱼,或是海蟹、龙虾吃。如果你有机会访问爱尔兰,一定告诉我,我请你到我的别墅去写作,绝对安静。"

到达西柏林第二天早上,我还没下餐桌,他就来了。瘦高的个子,一副近视眼镜架在同样瘦长的鼻子上。蓝色毛衣外,套着灰褐二色交织的西服上衣。

我们沿着AVOS高速公路,去万塞湖畔"拍戏"。二三十年代,这条公路是赛车用的跑道,现在却是一片被废黜的荒凉。我们的后面,还跟着一辆面包车,载着他的助手和摄像器材。

高大的橡树,巨人般地环抱着万塞湖,壮美的树冠,在风中摇曳出浑厚而低沉的吟唱。德国人常以橡树作为德国民族的象征,正是因为它的身躯,经得起狂风暴雨的袭击。

湖畔的"沼泽"饭店,是仿巴伐利亚风格的建筑。木顶白墙,窗前、阳台排满了红色的小绣球花,房檐的一头,装饰着一只鹿头。一劈两半的木桩子挖空后,架在房前空地上,里面栽满各色艳丽的花朵。

太阳时隐时现,捉弄着我们的摄影师,他较真儿得厉害,所以时时停机,我们不得不一次次重来。采尔科先生怕我厌烦,便介绍起当地的风土人情。"从前,凡是悬有鹿头的地方,就是猎人聚会的场所,现在鹿头已经成为纯粹的装饰,还有人开玩笑说,这是戴了绿帽子的丈夫们聚会的场所。"

"万塞湖附近发生过一件可怕的事。"我以为他要讲一个神怪故事给我解闷。"二次世界大战期间,纳粹们在这里召开过一个会议,就在那次会议上,他们决定消灭犹太人。"

橡树林在云的暗影下依然安详地摇曳着,连它的绿色,也显出难以看透的幽深,我无法把这样一件可怕的事,和这样一个美丽的地方联系起来。

太阳终于出来了。采尔科先生高兴地说:"我们这里一直下雨,是你带来了太阳。"

阿克曼则说:"你是巫婆,把太阳叫来了。"

可是我们依旧时拍时停,或是因为风太大,橡树不肯安静,从低吟变成激越高昂的喧哗。录音师说,如此这般,录音效果就会很差;或是因为摄影师要等待湖面上有帆船驶过,使我们的录像背景,更漂亮一些。难怪他们这样认真,后来看到这个节目的人对我说,景色和效果都好极了。

因为忙,我却错过了播放的时间。

我在风中冷得瑟瑟发抖,采尔科先生脱下他的西服外套给我。那天我的衣服穿得真是不伦不类,长袖衬衣外是件短袖毛衣,毛衣外是借来的灰绒夹克,夹克外是采尔科先生的西服,下面是一条蓝布裙。长长短短,一截又一截,还要做湖边观景、林间漫步的风雅状。

在北京上飞机的时候,地面温度为摄氏三十四度,因此携带的都是单薄的夏装,西柏林终日风风雨雨,温度经常在摄氏十六度左右,冻得我从来没有挺直过腰板。

"反正我们不是在拍摄时装广告。"采尔科先生安慰我。

有时我并不在乎自己的着装,只是摄像机镜头使我拘谨尴尬,如果世界上有最差演员奖,我肯定是头一名。

采尔科先生一再为耗时之久,以及来回折腾而抱歉、而不安。我说:"别这样不安,这是我们共同的事情,你是为了两国的文化交流,我也有同样的责任,不是吗?"

可惜以后再也没有见过他,他当夜就赶回汉堡制片去了。后来我进出汉堡多次,他或是另有任务外出,或是到爱尔兰附近那个小岛上休假去了。

太阳好像是按钟点租来的,刚拍完万塞湖畔的"戏",它就走了,大雨又开始哗哗落下。

幸好,下午全德第一电视台吕德斯先生的采访,是在室内进行。

因为只有一台摄像机,拍摄时只能始终对着我,等采访结束,再补拍吕德斯先生的镜头。他有些紧张,就着镜头上的玻璃片,拢了拢头发,照了照面容。

吕德斯先生是学德国文学的。学人文科学的人,在联邦德国很难找到工作,他是在失业两年后,才找到现在这个位子。我想他一定须做各方面的努力,来保住现在这个工作。

"一般记者在采访时,总要做出一副傲慢的样子,哪怕他采访的对象是某国总统,不过我不打算这么做。"摄像机开动之前,他这样对我说。这大概是西方记者普遍的创作心态,就连《明镜》周刊的大记者也不例外。吕德斯先生作为一个不甚著名,而又必须努力站住脚的记者,能做出这样的决定,足见他对职业的诚实态度。

"故作傲慢,恰恰是缺乏自信的表现。"我说。

摄影师要求我配合他的工作,仍旧坐在吕德斯先生的对面,这可以使吕德斯先生更容易进入角色。

摄像机沙沙地响了起来,吕德斯先生由于过分紧张,严峻得像要和谁决一死战。我觉得十分滑稽,忍不住笑了起来,这在舞台上叫作"笑场",它有奇异的感染力,最终会导致全台演员的大笑。

吕德斯先生果然笑了起来,我们不得不停下来,让"笑场"的情绪过去。

工作结束时,吕德斯先生迷惑不解地对我说:"你在回答我的问题时,那么友好、温和地微笑着,可是你的回答,没有一句是同意我的。"

我愣住了,并不记得自己成心和他捣乱,这,算不算他的工作能力差,会不会影响他的"饭碗"?

我的情绪不那么好了。

你为"卢沟桥事变"争气了

为促进中国和联邦德国之间的文化交流,联邦德国设立了"理查德·威廉汉德翻译奖",首次发奖仪式作为"地平线艺术节"的序幕,先一天于西柏林艺术学院举行。我的《沉重的翅膀》一书的译者,米歇尔·阿克曼获得了一等奖。

我认识他两年多,头一次看见他穿上西装,还打了领带。据我所知,这条领带占他领带总数的百分之五十。他对待领带的态度,和《法兰克福汇报》记者瓦格纳一样:"这个东西,没什么意思。"他们这代人,对繁文缛节相当不屑,布赫瓦尔特好像连一条领带也没有。

西装的料子为带有黑色麻点的灰色布料,上海私人小裁缝的手艺,但看上去很唬人。我听见好几个德国人赞美他的西装。米歇尔·阿克曼比我这个中国人还行,我都不知道上哪儿去找个手艺好,工钱又不吓人的私人裁缝。

授奖仪式之后,由波鸿大学教授马丁、汉瑟出版社编辑布赫瓦尔特、译者阿克曼、Passau 大学教师马乃莉,还有我,上台介绍《沉重的翅膀》一书的出版发行情况。

布赫瓦尔特介绍说,第一版印了六千册,三天之内卖得精光,他们不得不赶快再印第二版。他们还收到不少读者来信,这在德国出版界是很少有的事情。最后他说:"《沉重的翅膀》在对社会缺陷进行批评的同时,也表现了作者对祖国强烈的爱,这种奇妙的统一,正是此书的魅力所在。"

作为一个从未到过中国,可以说对当今中国社会所知不多的外国人,能对《沉重的翅膀》做如此中肯的理解和概括,算是一位很有眼力的编辑。

记得一九八一年十二月二十九日,美国《基督教科学箴言报》在《沉重的翅膀》发表的当年年底,便对它进行了较为详细的报道,该文的正标题是:"一部政治小说在中国出现",副标题是:"新作家写务实的邓小平与老一套极左分子之间的较量"。我照片下的提示是:"作家张洁,她为祖国而献身。"

汉堡海涅书店的老板对我说:"这是一部真正的共产主义者写的书。"

我说:"真正的共产主义者不敢当,但可以说是坚定地信仰马克思主义的人。"

他说:"总之,全书贯彻了这种概念,但却在这里获得成功,这是很微妙的。"

我想这没有什么微妙,德国是马克思的故乡,对卡尔·马克思,以及对他理论的理解,资本主义德国并不比社会主义中国逊色。

马克思的著作,随时可在德国的书店买到。我不知这个现象,是否会让我们某些"私塾先生"感到意外,以致无法解释。因为马克思没有说过,公元一九八五年,他的著作也可以在联邦德国的书店买到。

摘引以上洋人对《沉重的翅膀》的评价,是因为我对这一现象始终不解:为什么有时老外比自己的某些同胞更公正、更客观?

给我罗织的罪名何其多也,我这个人没心没肺,这等至关重要的大事,却记不周全了。只捡得其中几条,如:反对"四个坚持"，声称马列主义过时，不和中央保持一致，制造涉外事件等等等等。条条都是欲加之罪。

找个整治你的理由，实在太容易了，容易得就像吐口唾沫。

时过境迁，历史已经为我做了最好的辩护。

我的思绪，已经远远飞离西柏林艺术学院，飞向我处于逆境时，给我以保护、支持、鼓励的许许多多的人，没有他们，但凭我一个人，再有天大的本事，也闯不过这一关。

…………

马乃莉提醒我，该我发言了。

"首先，我要感谢阿克曼把我的小说翻译成德语，使德国读者认识了我。阿克曼可能是第一个把一部中国当代长篇小说翻译成德文的人，我们知道，第一、第一个，总会让人长久地想着、记着。

"然后，我要向阿克曼表示衷心的祝贺。这个一等奖，阿克曼是当之无愧的。他对中国语言的结构，有着比较准确、深刻的理解，对中国文字的魅力，有着奇妙的感应。虽然他说的中国话，带有很重的山东口音，（阿克曼插话：山东口音有什么不好？）但是他在翻译中国文学方面所表现的才华，几乎可以和德国人把麦芽变成啤酒这件事相媲美。（长时间的、热烈的掌声和笑声。）

"最后，我希望有更多的中国小说翻译成德文，也有更多的德国小说翻译成中文，那样，我们彼此就会更加了解，更加相爱，这将会比任何一种武器都强大。

"谢谢！"

散会后，有人把文化部长、阿克曼、马丁和我拉到一起拍照，以及不断在读者购买的书上签名。

宗英大姐介绍一位上了年纪、雍容大方的夫人与我相识，看得出是炎黄子孙。

老人家问我:"你是哪一年出生的?"

"一九三七年。"

"卢沟桥事变那一年。"老人沉思了一会儿,然后又握住我的手,郑重其事地对我说,"好,你为卢沟桥争气了。"

眼泪一下涌上了我的眼睛,哪怕只为这一句话,不论遭受什么磨难,都值了。

夏季,欧洲的太阳是辛劳的。晚上九点,夕阳还铺满在街道上,早上四点多钟,它又得抖擞精神上班了,所以老是下雨,不然它怎么受得了呢?

听音乐会的那个晚上,却是少有的好天气。音乐厅的建筑很有特色,休息厅内的装饰、楼梯、圆柱,无一对称,一块块池座或厢座,错落地伸缩于舞台四周,通向各层厢座的小楼梯,可以说是神出鬼没。

休息后的节目,是无调、无旋律、不和谐的现代交响乐,古老的对位、和声,被肢解得体无完肤,但演奏及演唱的方法,却遵循了学院派的严格。

尽管几十名合唱队员、二重唱的男女演员,以及几十种乐器的庞大乐队"各唱各的调、各吹各的号",效果却奇妙无比,让听众的心激烈搏动——而不是颤动,这和音乐厅的结构极为协调。

音乐会后,又去了一个地下室听摇滚乐。收过入场券后,收票人便会在入场者的手臂上,盖一枚蓝色印章。就像美国西部农场主,在新买来的牛身上,用烙铁烙个号码。

我的神经从里到外让摇滚乐敲打了一遍,当我如同洗了桑拿浴似的走出地下室时,那洒着细雨的夜晚,显得格外温柔动人。

无论如何,这个夜晚,是我在西柏林度过的唯一闲散的夜晚。

六月十七日是艺术节的开幕式。东南亚各国代表和文学爱好者聚首一堂,联邦德国研究日本、韩国、印度尼西亚、中国古典及现代文学的学者,作了学术发言。

开幕式后,全体代表在万塞湖上游船。"我们要穿过西柏林的肚子。"艺术节总监西格荣先生说。即便工作再忙、再累,西格荣先生还是彬彬有礼,说话严谨,衣冠楚楚。艺术家们个个都是个性、随意性极强的人,这样一个艺术节能够不出岔子地开下来,西格荣先生肯定付出了极大的心力,也可以想见他出色的组织能力。

在欢送中国作家代表团的宴会上,他困得几乎说不出话,我们恰巧同桌,生怕我有所误会,他一再向我解释。

游船上,巧逢日本作家小田实,大家热情握手,竟有故友重逢之感,忘记了前年在北京的争议。那次会见,从头到尾,他不停地宣讲日本是第二次世界大战的最大受害者,因为落在广岛上的那颗原子弹。最后我实在忍不住说:"我反对原子战争,也同情受原子弹之害的日本人民,可是中国人在抗战八年中的损失更为惨重,日本军队的'三光政策'不比原子弹的危害小……要是日本军队老老实实待在自己的岛子上,不侵略中国,不偷袭珍珠港、重创美国的太平洋舰队,恐怕广岛也不会挨那颗原子弹。"

后来还是美丽的小田实夫人出来解围:"其实我丈夫从来反对非正义战争,这在他的很多小说里都有所反映。"

小田实夫人一定非常崇敬自己的丈夫,小田实先生每说一句话,美丽的夫人都颔首赞同,每一句都如此。而那次会见,从午宴一直谈到下午四点多钟,这期间,又是小田实先生说得最多。

他夫人会不会很辛苦呢?

临别时,小田实先生还向每人赠书一册,他特地选了一本描写战争的书给我。说:"因为你那么喜欢讨论战争。"——反倒变成我喜欢了,我才不过说了那么一句。

游船在晚上九点多钟靠岸,众人在湖畔的一栋老房子里吃冷餐。这时,才见到汉斯·布赫,他仍然一副匆匆忙忙,好像丢了什么贵重东西的样子。

我对他说:"因为你对中国古典文学的爱好,我带了一盘中国古典音乐的磁带给你。"

"太感谢你了。"他说。

"你牙缝里的沙尘是否洗干净了?"(他在记述北京之行的文章中,对北京的风沙表示了深刻的印象。)

他大笑,却有歉意:"你看到那篇文章了?"

"我原想再带两把牙刷给你。"

"我不够冷静。"我不过是开玩笑,他却那么认真,"但是我在那篇文章里,说了你和北岛的好话。你的书在德国获得了很大的成功,我真高兴,你们中国女作家太了不起了。"

"中国的男作家也很了不起,比如诗人北岛,还有阿城,他的小说使我倾倒,如果问中国文坛去年发生了什么大事,那就是升起了阿城这颗星。我已经把他的作品和他本人介绍给了阿克曼,他们二人一见倾心,阿克曼准备翻译他的小说。"

西格荣先生找到了我,说是西柏林一位文化部长想要认识我。

文化部长?在昨天颁发翻译奖的大会上,不是已经见过一位?在我后来的旅行中,又见过几位,联邦德国的文化部长似乎很多,我都闹懵了,分不清谁是谁,因此就一个没记住。

在人群中遇到一位绅士,西格荣先生介绍说,他是法兰克福一家大出版社的小老板。这位先生说:"本来我们想出版你的书,可是汉瑟出版社抢了先。"

(阿克曼后来说:"没有的事,这不过是现成的客气话。")

我回答说:"噢,我还是喜欢让'汉瑟'出。"汉瑟出版社的布赫瓦尔特听到后,神采飞扬地说:"好极了。"

"你是否游览了西柏林?希望你对它有所印象。"

"没有,我还没有机会参观西柏林,这几天我从作家变成了'演员',一天到晚生活在电视台的照明灯下,眼睛发红,还很疼,我怀疑这是照明灯刺激的结果。而且我考虑,回国后是否改行当演员?"

这位先生、布赫瓦尔特、西格荣先生一齐大叫:"不,不,你还是要当作家!"

西格荣先生领着我继续前行,我们似乎来到一间内室,这从房间里的人物便可推断出来。然后,西格荣先生把文化部长从一堆有身份的人物中掏了出来。

部长先生开门见山:"我知道你的书在德国出版的情况,第一版三天之内就卖完了,这是了不起的成功。你不要拿我们的数字和你们的数字相比,六千册在我们这里,已经是很了不起的数字。希望以后多做这方面的交流,而不仅仅是经济、政治、技术方面的合作交流。"

好像我是有权决定文化交流项目的文化部长。

"在某些情况下,作家的作用,可能比政治家还大……"

"是的。"他不停地讲着类似两国公报上的那些话……我瞥见已有几位女士、先生,列队等着觐见部长,其中包括在开幕式上作"印尼文学研究报告"的老夫人,便急忙告退。

一个人,有多好!

六月二十六日上午,应从汉堡乘车前往律贝克,在德语中,律贝克意为"可爱的"。

头天,欧燕对我说,上午九点,陪我去瑞士驻汉堡领事馆办理瑞士签证。

"来得及吗?"我很怀疑。

"来得及。"欧燕的笑靥让我安心。虽然刚刚接触一天,我便感到她是个办事认真的姑娘。一般来说,德国人办事都比较认真,计划性也很强,哪怕我在某地停留一两天,也会预先给我一个活动日程。实行下来,凡日程表上列出的事项、时间、地点、会见的人物,包括飞机火车几时起飞、开动,几时到达,几乎分毫不差。

除了由于会议主持人没有经验,在不来梅作品朗读会后的答读者问由三十至四十分钟的时间延长为一小时半之外,再没有发生过意外的事。其实按照我们的习惯,这叫超额完成生产计划,是应该受到嘉奖的。可他却一再道歉,因为那天晚上,十一点半我才吃上晚饭。

欧燕还是学生,学生办起事来尤其认真,对老师吩咐下来的事情,几乎奉若圣旨。

九点,欧燕准时带我出发。

出租车把我们带到一家小饭馆前。"楼上就是了。"她说。

找遍那个小饭馆的外墙,也没有看到瑞士领事馆的标记。到附近一家药店打听,说瑞士领事馆确实在这栋楼上,不过最近刚刚搬迁。

等我们打探到新址,刚才的出租车正巧兜了回来,我们原班人马又向新址出发。

果然在一栋浅灰色的新楼里找到了瑞士领事馆。没有门卫,自由进出。两张表格很快填写完毕,只是要我交一张照片,我立时傻眼。

领事馆的工作人员说,附近就有拍快照的,几分钟即可拿到。

自动快照就在附近的地铁站,五个马克两张,而且是彩色的。

五马克硬币塞进投币孔后,哗啦啦一声响,马上漏了下来。再塞,再漏。我们反复研究使用说明,认为我们在程序上并无差错,但收款机无论如何不肯吃进那五个马克。最后终于明白,自动收款机坏了。

我们赶紧跑出地铁,打听附近哪里还有快照,人们都回答不出。这时欧燕有些紧张,面呈愧色,连连"对不起"。我说:"这不是你的问题,而是我没有把应该准备的东西准备好。"

时间一分一秒过去,眼看十点钟了。突然发现一家卖照相器材的小店,他们一定知道哪里有快照。进门一问,该店就经营这个项目。我们喜出望外,大松一口气,而且小店距领事馆很近。

我跟着拍快照的小伙计来到地下室,很窄,两米见方的一块地方即为摄影室。

四张,黑白,八个马克。我们想尽快付钱,小伙计说:"别急,再等两分钟,看看显像后效果如何。如果效果不好,现在收了钱,入了账就不好退款了。"

两分钟过去,相纸上只显出极黑的八个黑点,其余部分则灰茫茫的一片,隐约可以辨出一个脑袋的轮廓,是真正的云山雾罩。那八个黑点,想来便是我的眼珠了,作为签证肯定是不行的,作为摄影艺术,倒也不失为一种新的尝试——顺便说一下,我从不知道我的眼珠,黑得如此漂亮。

"你们还照吗?"

到了现在,只有"在一棵树上吊死"了,于是跟着小伙计又钻进了地下室。

这回怎么样,我们紧盯着小伙计手里甩来甩去的相纸,跟等待公布中彩号码差不多。

有了,有了。

相纸上的人物,和公安局通缉令上的在逃犯或不良青年难分上下,令我乐不可支。

小伙计的服务态度特好,还要重拍一次,我谢过他,时间来不及了。虽说这照片更适用于公安局的通缉令,但你总不能说它不是我,这就行了。

付款时,小伙计只收了四马克,来了个"残次商品,减价处理"。难怪他不急于收费,堪称遵守职业道德的模范。

陪同的奥斯特先生说:"我看你这张照片拍得不错,你还没见过我拍的快照呢,活像一个纵火犯。"说着,他从皮夹中抽出那张快照,确实可怖。"送给你吧。"他说。

从血统上说,他是恩格斯的侄孙,真正的革命后代,在北德电视台做着一份一般的工作,想必收入也不属于高薪阶层。后来我在他家留宿一夜,对他的生活水准稍有了解,这是后话。

要是在中国,他还不定享有怎样的荣华富贵!

奥斯特先生已经为我做了安排,六月二十八号晚上,在胡苏姆一位牙科医生家的聚会后,可搭乘他朋友的汽车返回汉堡,还在我前天住过的旅馆过夜。二十九日早上七点半,奥斯特先生的太太海迪,将我送到飞机场,从汉堡飞苏黎世。

牙科医生家的聚会热闹非凡。

胡苏姆是个小城,很少这样的聚会,更不要说还有十几位来自中国的作家和一位中国钢琴家出席,他将演奏中国音乐。

当地知名人士可以说是倾城出动,如联邦德国著名作家西格尔里特·伦茨,诗人乌威,安娜·王等等,老老少少,将近一百口子。

后院有个烤烧饼炉似的大铁炉,上面架着油锅,不停地炸着拳头般大小的肉丸子,加上草莓、饮料,便是客人们的晚餐了。西格尔里特·伦茨夫妇举着油炸丸子和我边吃边聊。

大客厅里的讨论很是热烈,关于文学、关于友谊、关于外面正落着的雨……我缩在楼梯下的一张床(或是沙发)上喝热茶。天冷、草莓冷、饮料冷,炸出来的肉丸子也很快变冷,我饿极了,但是没有胃口,只好一杯接一杯地喝热茶,红茶。看着几位妇女在那边忙活,不停地清洗杯盏、备好粮、茶、咖啡、草莓等等。

也有和我同在后室躲清静的人,也就免不了开"小会"。

"你什么时候写作?"

"不定时,要看有没有时间和灵感。我太忙了。"

"你用什么笔写?"

"顺手抓到什么笔,就用什么笔写。"

在联邦德国期间,至少有十次被问到这个问题。用什么笔写,难道与小说的成败很有关系吗?竟然有那么多人问到。

当然也有人问我的写作习惯,以及用什么纸写等等。

我自小爱惜纸张,也许那时家里穷,不得不如此。直到现在,白光光的稿纸仍然使我感到拘束,没考虑成熟的句子,不敢轻易落笔。最初的草稿,常常写在宣传材料、会议通知、文件、废旧信封的背面,然后誊写到稿纸上去,所以我的稿纸用得很省。

看到别人哗哗地撕稿纸,总觉得心疼,好不小家子气!

我的草稿也是随誊随撕,那些不规整的纸张,是无法保存的,所以稿子一旦寄出就担心丢失,要是丢了,我可再也恢复不了原状啦。

"你觉得德国人和中国人有没有相同的地方?"

"当然有。"

"比如?"

"比如刚才主人向公众介绍我们的时候,德国作家和中国作家都很拘谨,连伦茨也不例外。我们不像演员那样习惯于众人的眼睛。"

他们笑了。"还有呢?"

"还有?我发现你们的官员在发表演说时,也是又长又没有内容……"

爆发了不可遏止的大笑。

"别笑,别笑。他们的内容,正在于这个没有内容。"

他们还是笑个不停,我想他们未必能从更深刻的层次,理解我这句话,一定把它当成了绕口令。

从某种意义上说,西方人比东方人单纯、轻信。相比之下,我显得虚伪、圆滑,这使我在心理上得到一定的平衡,多少补偿了我在某些方面的自卑。要是什么时候有人提起我来,能够这样说——"张洁这个人太圆滑,太工于心计",我准会高兴得跳起来,因为那意味着我进步了,也就不再受苦了。

晚上十点半左右,告别了众人,我搭兰德特先生的汽车向汉堡出发,从此开始了我一个人的旅行。

半夜过后,我们到达汉堡,兰德特先生将我的行李和我送至三楼。我们按了许久的门铃,却无人接应。

小旅馆的老板睡沉了。我想,我只得在走廊的楼梯上坐一夜,等奥斯特先生的太太,明早七点半来接我。

真是出师不利,以后的旅途,还会遇到什么意外?不管遇到什么,都得我一个人应对了。

兰德特先生提起我的行李就走,他这是把我带到哪里去呢?

汽车在公用电话间外停下,他打了一个电话,不知是打给谁,但肯定是为了安排我。于是我把钱包里所有的硬币掏给他,我已经给他添了不少麻烦,更不应该再让他搭钱。不少硬币,掉在电话间的地板上,我听见它们滚动的声音,但没有情绪去找。

打完电话,他告诉我,他将把我送到奥斯特太太那里过夜。

汽车倒头,向郊区驶去。

路灯昏暗,只能照见马路及两侧沿街而立的景物。纵深地带的情况,则隐蔽在夜和雨幕之后。豪雨在挡风玻璃外又加了一道水屏,马路及路旁的房舍、林木、电线杆在雨刷卖力的刷动下,来回直扭。我们像是在一个环形布景中兜圈子,总也走不到了。我开玩笑说:"我们在回胡苏姆去。"

"对,在回胡苏姆。"兰德特先生说。

半夜两点,我们终于到了奥斯特先生的家,奥斯特先生的太太海迪,已经为我准备好了房间和干净的被褥,洗完澡躺下睡的时候,都快三点了。但我睡不着,想着这位素不相识,又极尽责任的兰德特先生。

很早,我就听见海迪轻手轻脚地起床了,我也赶忙爬了起来。她年轻的脸,在柔和的晨光下,发着细瓷般的光泽,眼睛、眉毛、额头、嘴巴、鼻子、面庞……你只能说你喜欢或是不喜欢这种类型,却挑不出一处缺陷。她可以说是我在联邦德国期间,接触过的女人中最漂亮的一位。我真为那位恩格斯的后代高兴。

海迪不仅漂亮,还有大家风范,在送我去机场的路上,我们多次被红灯拦截。斑马线内侧,一字排列着等待绿灯的各色车辆,我不止一次看到,从邻车驾驶座上,投向海迪的倾慕。而海迪只是至尊至贵地转过她飘着金色长发的头颅,既不显出鄙夷,也不故作姿态。

过了关检,在十数个快速滚动的字盘上,找到了我的登机口,无意间朝汉堡作最后一瞥,海迪竟还站在玻璃门外。那宝蓝色毛衣和深蓝牛仔裤的身影,在机场一片橘黄的色调中,非常醒目。那时,我还不知我将第三次返回汉堡,并与海迪、奥斯特先生再次相见。只觉得像是坐在疾驶的列车上,一瞥车窗外,令人动情的一丛野花、一泓池塘、一棵老树或一架水车……那是我们一生中多次体会过的,转瞬即逝、一去不再的遗憾。

马乃莉已先我而到。她与苏黎世市政厅秘书海斯先生,以及苏黎世大学汉语系学生克里斯蒂娜小姐,在机场接我。

克里斯蒂娜一口流利的汉语,她曾在北京大学就读。北京大学真是"桃李满天下"了。我在欧洲碰到许多汉学家,如联邦德国的米歇尔·阿克曼,马乃莉,瓦格纳(《法兰克福汇报》驻北京记者),巴黎《解放报》记者曼丽,法中友好协会主席米歇尔·孕赫介,奥中友好协会副主席燕珊,瑞士苏黎世大学讲师科拉……无一不是北京大学的高足。

我们乘市政厅专车前往下榻的住所,这部车子在我停留苏黎世期间,供我们尽情使用。

欧洲是怀旧的,很多城市还保留着有轨电车。在苏黎世,十七、十八世纪,甚至文艺复兴时期的建筑,随处可寻。老行会附近的小广场,就像芭蕾舞剧《唐·吉诃德》中的布景。

我喜欢在苏黎世的小胡同里穿行,胡同之窄,甚至可以让对面阳台上的两个人握手言欢。我仔细辨认每栋小楼兴建的日子：一四某某年、一三某某年……好像在寻找一个失落多年的朋友,他就住在这镌有一四某某年或一三某某年的房子里。

在一条小胡同里,我们找到了列宁曾居住过的地方。简朴的灰白小楼,矮窗上装置着浅蓝的百叶拉帘,楼下是一家小书店。一层与二层之间的墙壁上,嵌着一块石板,上面刻着几行简单的文字：俄国革命的领导人列宁,一九一六年二月二十一日至一九一七年四月二日曾在此居住。

房前的空地上,有一块不大的玫瑰花圃,一色的血红,在夕阳的映照下,红得更加热烈。马乃莉、克里斯蒂娜和我,在花圃旁的长椅上坐下,静享这热情的、革命的黄昏。

不知从哪里钻出一只小狗,左右巡视一番后,忽然跳进玫瑰花圃,我正在猜想它去这美丽的地方有何勾当,便嗅到大煞风景的狗屎味儿。但无论如何,你不能不说它是一只文明的、有教养的狗,用不着"禁止随地大小便"或罚款五毛的条令规范。

我还找到列宁一九一六年至一九一七年,天天早上喝咖啡、看报纸的咖啡店,并在店前留影。这个咖啡店同时又是达达主义者的聚会场所,苏黎世是达达主义的发源地,奥地利最后一位皇帝弗兰西斯·约瑟夫一世的皇后,美丽的伊丽莎白（又称"茜茜"）,便是在苏黎世湖畔被达达主义者暗杀的。

六月三十日上午,是我的作品朗读会,由苏黎世大学东亚研究所麦恩贝克教授主持,还从联邦德国请来一位著名女演员,朗读《沉重的翅膀》。

我 向怕听朗读,只要 看朗读者的脸,一听那凡人嗓了眼儿里绝对发不出来的腔调,我就害臊、脸红,立马一身鸡皮疙瘩。

这位女演员真是仪态万方,举止端庄,一套线条简洁的灰黄色麻质连衣裙,套在她修长的身上。

她就用常人的嗓音读着,两只手一动不动、交叉地放在桌子上,而听众居然听得那么入迷。

后来在奥地利维也纳举行我的作品朗读会时,也是由奥地利一位著名的女演员朗读,基本上也是这个阵势。那位演员极其认真,就在朗读会前的深夜,还打电话再次核对,书中人名的正确发音。

朗读后,由我回答听众的提问。而后,是长长的、等候我在《沉重的翅膀》和《方舟》上签名的队伍。

最后是苏黎世市政厅的宴请。

我请马乃莉在我身旁就座。这时突然杀出一位不明国籍、黄皮肤、操华语的女士,纠正我在等级界限上的模糊观念:"这是正式宴会,不能随便乱坐。"

我说:"恐怕不那么正式,座位前并无各人名卡,前厅里也没有放着客人的座位表。再说马乃莉女士不是普通的翻译,我作为这个宴会的主要客人,愿意请谁坐在我身边,就请谁坐在我身边。"

宴会非常讲究,侍者送菜前必请客人过目,进餐过程也非常安静,因而华语女士的高谈阔论,如不太锋利的锉刀,锉动着人们的神经,又因为急于取得进展,锉动的频率极高。

她继续向我追问:"你看过某某写的小说吗?"

我深知,不明就里,万万不可随意表态,忙说:"没有。"

于是,她开始猛烈攻击那位远在千里之外的某某,情绪激烈、挥手顿足地强调某某为人为文之恶劣,以致她的假发套子歪斜,露出了疏朗的白发,眼膏也洇了开来,刚才还好端端的眼睛,突然间就像得了一种莫名的眼疾。

我赶紧避开这个话题,与麦恩贝克教授谈话。操华语的女士,一旦弄清与我对话者的身份,立刻英勇地扑了上来,连珠炮似的、一发又一发地介绍着自己。

我一直以为海斯先生是市政厅出席宴会的代表,后来才知道,我右手那位市长秘书,是代表市政厅的东道主,便举杯向他致谢。此时,他才算是暴露了身份,于是华语女士立刻又把市长秘书包了圆。

正好,我乐得安安静静享受那顿美餐。

不知怎么提起我喜欢船。市长秘书问道:"你想乘船吗?"

"如果方便的话,当然很好。"

"在这里你一定不要客气,有什么要求尽管说,我们将尽力而为。请你等一等,我去联系一下。"

几分钟后他就转来,告诉我,他已与警察局联系好,饭后我将乘警察的摩托艇游苏黎世湖。

饭后,由海斯先生陪同我们游湖。开摩托艇的警察,是两个十分英俊的小伙,他们拘谨地把我们扶上摇摆不定的摩托艇,小艇好像受了他们的感染,拘谨地开动起来,摩托艇的那股帅劲儿,不知哪里去了。

"请开得快些好吗?"我们要求。

他们犹豫了一会儿,然后警告我们:"小心,我们加速了。"

小艇在湖面上潇洒地画着圈,低眉垂目的苏黎世湖,终于被挑动起来,紧随在船尾,疯疯癫癫地跳跃着、奔跑着。

瑞士人克里斯蒂娜,一半德国、一半中国血统的马乃莉,和一个中国人张洁,开怀地笑着。哦,我从不曾有过这样快乐的游戏,我的童年、我的青年、我的大半辈子了!

不要低估两个警察和这艘摩托艇的威慑力,当我们向一处码头靠近,准备登陆时,裸泳的姑娘纷纷穿上了泳衣,她们可能把克里斯蒂娜、马乃莉和我,当成了维持社会治安的女探警,而

247

这里不是裸泳区。可我不愿意扮演这种煞风景的角色,我宁肯欣赏她们的胴体。

…………

作品朗读会后,再没有任何公干,便一身轻松地旅游:皮拉杜斯山区,卢采恩小城……

七月二日,马乃莉先我返回慕尼黑,因为她在大学还有课。十一点她必须赶到飞机场,而我上午还有两个采访。

两位采访者,一位是《波尔尼报》和《祖国报》的记者乌赫斯·米勒,一位是妇女杂志的记者。

乌赫斯·米勒先生和我需要马乃莉的帮助才能对话。事先说好,采访时间为一个小时,但米勒先生常常跑题,我闹不明白他是采访我,还是想和我聊天。

"我到中国后学会的第一句话是'没有'。在饭店吃饭点菜、点饮料,服务员常说的是'没有';在商店购物,经常得到的回答是'没有'。"

这事对他可能很新鲜,对我一点也不新鲜,《参考消息》上经常刊登老外这方面的反映,相信在今后不短的时间内,还会不断地刊登下去。

"在中国旅行时,我的相机丢了,就买了一个海鸥牌的中国照相机。在新疆天池拍照时,很多中国人说,'奇怪,一个外国人,为什么要用中国的海鸥牌相机?'而我认为,海鸥牌相机很好。"

他没有按照约定时间结束,而下一位记者已经来到,打乱了我想在马乃莉离开前,与她单独待一会儿的安排,只好和妇女杂志社的记者谈下去。一面心不在焉地回答她的问题,一面侧着耳朵辨听马乃莉的动静。终于到她启程的时候了,我甚至不能送她。

马乃莉走了,我知道。但我仍然到她房间里转了一圈,然后将门锁上。

我挂在门后的裙子,已经平整如新,准是我在答对那位女记者时,马乃莉替我熨烫的。

马乃莉虽有一半德国血统,却是地地道道的东方女性,在家是好儿女、好妻子、好母亲,在外是好朋友、好干部,永远不好意思对人说"不",带着典型的、书香门第温良恭俭让的印记。我在瑞士、联邦德国得以愉快的旅行、访问,和她无微不至的关照、竭尽全力的帮助分不开。尤其在应对数十名记者的采访中,我们配合默契,几乎到了浑然一体的地步,有时我只要说了上半句,下面要说的意思,她早已心领神会。

有位德国朋友对我说:"人们在电视上看到你们二人答记者问,都说这是两个多么聪明而漂亮的妇女。"

我说:"嗯,是这样的。"

我不能客气,因为否定了我自己,便等于否定了马乃莉,无论在《方舟》德译本的再创作中,或是在瑞士、联邦德国的出访工作中,她都是我的一半。

克里斯蒂娜是个快言快语的姑娘。她拿了一九八五年六月二十九日苏黎世《瑞士报》给我看,指着上面的一条消息问我:"这是什么意思?"

消息说,中国人星期四(即一九八五年五月二十七日——笔者)从美国卡迪拉克汽车公司得到二十辆卡迪拉克牌高级轿车,其中十五辆做了特殊的改装,车上随时可观电视、录像以及供应冷热饮料。汽车公司的发言人说,不知谁人可以享用这十五辆汽车。

我不能回答克里斯蒂娜"这是什么意思"。

回到联邦德国后,在慕尼黑,《星》杂志的记者,也问起这个问题:"谁能享用这十五辆汽车?"

我怎么知道。对于中国发生的事,有时候外国人比中国人知道得还清楚。

总而言之,购买这种汽车的中国人,让卡迪拉克汽车公司给卖啦。

有了独往瑞士的经验,我要求退掉返回慕尼黑的机票,改乘火车。

列车即将到达奥地利边境时,列车员走来告别,他要换班了。

过境手续很简单,边检人员上车看看护照,盖个印章就算完事。

中午到达慕尼黑,看见布赫瓦尔特的身影时,我高兴得大叫。布赫瓦尔特给人安全感,不论什么事,只要说一次,就不必担心不落实。

七月以后,我便开始了从萨尔茨堡到巴黎,从巴黎到慕尼黑,从慕尼黑到不来梅,又从不来梅返回慕尼黑,从慕尼黑三进汉堡的频繁旅行。

除了从慕尼黑到汉堡,以及后来回国乘的是飞机外,一律乘火车。

我从来也没享受过这么多独来独往的快乐,总是人、人、人,不能一刻放松自己的神经。比方说,那会儿你的亲人生命垂危,正在医院抢救,忽然有个人闯上门来,东拉西扯,说点儿着三不着两的闲话;或是有个说是认识你的人,带上一大帮你不认识的人,在你那拥挤而寒碜的小屋里高视阔步,恨不得拉开你的每一个抽屉,看看里面是否有香艳的日记或情书;或者某人介绍一位目的不明的男士来访,我甚至怀疑自己是否在哪家报刊上登过征婚启事……诸如此类,不胜枚举。你都得掩盖起自己的焦虑、烦躁,耐着性儿、赔着笑脸小心应酬。但是,因为你没有那么多闲话可说,你没有打开每个抽屉任人参观,更没有香艳的日记或情书供人飞短流长,你让那位目的不明的男士大失所望……得,转眼之间,你就会变成混蛋,你骄傲,你臭不要脸,你伤风败俗,你写的东西是狗屁,你倒卖过黄金,你劳改过三年,你爹是疯子,你妈长了条尾巴……等着吧,他会开动所有的机器,把你挤压得出不来气。凡是这样的人,都是一副铁石心肠,全然不念旧情,你伺候过他一百次,第一百零一次没伺候到,那就前功尽弃。总之,不管在哪儿,只要有上三个中国人,事情就会变得非常复杂。

我好累啊,巴不得跪下来向四方磕头,求求您哪,行行好吧,饶了我吧。

一个人,多好啊。没有人和我讲话,没人挑我的不是,像个不好伺候的婆婆。

火车每从一站发出,列车员便来检票,他们记得很准,决不会让你第二次掏出车票,你尽可以安心睡去,或任意遐想,再不会有人打扰。

人生有多少时候能不被人打扰?我愿那列火车,一生一世也不到站才好。

可它们终于到站,一站又一站,我不得不背起自己的行囊,汇入人流。

我把目光的焦点,对准车窗外远处的山冈。

灰色的古堡依然像几百年前那样,掩映在森林后的山冈上,只露出它圆锥形的尖顶。号声也许会即刻响起,林荫道上将驶过一辆马车,车上坐着一位公主,或是白马上骑着一个穿白色猎装的王子,前后簇拥着打猎的侍从和猎狗……凡是一个智能低下的脑袋所拥有的想象,一个我都没落下。

说来惭愧,我在文学上的启蒙读物,竟不是《千家诗》,更不是四书五经。

我的阅读,是从格林童话、克雷洛夫寓言、安徒生童话开始的,就连我的恋爱观,也是从《白雪公主》之类的文字里得来的,说实话,我上了《白雪公主》的当。

我就读的那所小学,虽然深窝在关中平原的一个峁子里,执教的先生,可都是从沦陷区跑出来的有才之士。学校的图书馆里,少不了这样的读物。破风琴上演奏的,免不了这样的曲子,填着不知是先生创作的,还是翻译过来的歌词。歌词文白夹杂,十岁左右的孩子,既不知这歌词是哪几个字,更不知歌词的含义,只是觉得中听,便照葫芦画瓢地跟着乱吼。长大以后,才知道先生教的,都是西洋音乐中的名曲,这才一字字地"对号入座"。

比如《念故乡》那首歌,填着这样的歌词:

> 林外钟声起,飘摇沉暮中。
> 樵夫岭上过,归担夕阳中。
> 步随山景转,心与晚霞涌。
> 长箫寄愁意,漫和林外钟。
> 年华似剪水,本是不停纵。
> 老境行将及,悲欢幽梦中。

还有《故家归人》那首歌:

> 哀游子茕茕其无依兮,在天之涯。
> 唯长夜漫漫而独寐兮……

月落乌啼,梦影依稀,往事知不知?

……………

不行,记不全了,时间隔得太久,虽然旋律不曾忘记。

从不来梅返慕尼黑的时候,我没有在汉诺威换车,而是在波恩做了几个小时的停留,因为波恩是贝多芬的出生地。

罗曼·罗兰《约翰·克利斯朵夫》第一部的第一句是:"江声浩荡……"

而今,面对如此旖旎的莱茵河,实在想象不出,它如何发出"浩荡"之声。也许一七七〇年贝多芬降生时,它曾经"浩荡"过。知道吗?沧海还能变桑田呢!

我到这里来过吗?

斯坦贝克在睡。

斯坦贝克湖也在睡。

湖边,苦栗树下,青草地上的白色长椅,诱惑着我进入一幅风景画——如果长椅上再添一个穿着睡袍,披一条小毛毯,睡意蒙眬,线条模糊的女人——一幅任哪个不出名的画家,都能画出来的通俗风景画。

然而,我舍不得放弃光着脚板,走在清晨草地上的快意。

露水沾湿了我的脚掌,苜蓿草、车前草的细茎,轻轻地刺着我的脚心,紫色的苜蓿草亭亭玉立,我垂下头,在它面前伫立。"你好吗?"我说,"我终于可以在这里暂时停息,和你做个伴。"

我还是个旅游者吗?

早晨的脚步,越来越快地走过阿尔卑斯山脚那舒展的漫坡。

阳光越来越明亮了,渐渐地,却又异常迅速地从婴儿变为成熟的少女。

但她也会很快地从一个含情少女变成泼辣的妇人。我想等,等到她的离去,那时我才会坐在苦栗树下冥想,一直想到天也黑了,湖也黑了。

这里的地皮很贵,我问史宾格朗:"你是资产阶级吗?"因为我在这里住的房子,是他名下的产业。

马乃莉笑曰:"他是资产阶级左派。"

史宾格朗身兼数职:电视台记者、评论家、杂志主编,还写小说。总之,他是一个忙得谁也找不着的人,一个少见的、忙到不守时的德国人。

昨天,他突然从慕尼黑来,在院子里转了几圈,又在房间里晃了几圈。问我:"你独自住在这里,有什么困难吗?"

"没有,好极了。"我说。

然后他就开车走了。等他走后我才明白,他是为了看看,我在没有翻译的情况下,生活有没有困难。真是难为他了,因为他完完全全没有一点点可以称得上是"细致"的优点。

从慕尼黑到斯坦贝克湖,虽有高速公路,往返也需一个半小时。

他还总是带姜给我,一大块一大块的。联邦德国不生产姜,他肯定是在中国商店里买的。

后来我问贝蒂娜,史宾格朗为什么总是给我姜。"是不是他以为我每天都要炒一盘姜吃?"

贝蒂娜大笑,说:"是我告诉他,你喜欢吃姜和橘子制作的果酱,他大概听错了。"

我想他更可能是只听了一半,那一半恰巧是"姜";也或许因为那种果酱是英国货,不太容易找到?

二楼的夫妇游泳回来了,他们每天起床便去游泳。

丈夫是位剧作家。太太定时为他供应冷热饮料,以及高热量的食物,此外,她或是躺在树下的躺椅上,或是躺在湖心的橡皮筏子上看书。

女房东沙洛特是英德语翻译家,喜欢奥茨的小说,也极其喜欢我写的《山楂树下》(这篇小说已由马乃莉译为德文),说它具有契诃夫的风格。

我干吗要像契诃夫啊,我就是我。

斯坦贝克的居民,有不少文化界名流。

邻居们很快就从报纸上看到了有关《沉重的翅膀》《方舟》以及我的评介,他们兴奋地把报纸拿给我看,可惜我一句德文也不懂。慢慢地,斯坦贝克人知道,我就住在当地,便来造访。他们用惊诧的眼睛看着我,好像怎么也不相信,此人就是张洁。

…………

在这样一个美丽的地方,要想把自己按在桌子前写字,实在太难了。

我常常停下笔来,什么也不想地瞧着水光潋滟的湖面或是湖上的彩帆发呆。那是帆吗,分明是一只只色彩斑斓的大蝴蝶,正在吮吸如露水般甘甜的湖水。

终于忍不住跳上独人橡皮筏,划至湖心,仰面朝天一躺,任筏子随波逐流。

或是坐在院子里的遮阳伞下。周遭的气氛如刚熬出来的果酱,又暖又甜,我不由得闭上懒惰的眼睛,似睡非睡,任蝇子在我的耳边哼哼。

太阳跑得那么快,已经转到湖对岸去了,湖这边的景色,此时正如交响乐中"如歌的行板"。

回到房间,放下窗帘,强迫自己趴向桌子。可是,听,牛铃在响。

便又禁不住掀起窗帘向外望去,那是一个没有眼睛的夜,只有风在吹。

漫撒在坡地上的牛群还没睡吗?牛铃时断时续,想必它们也会不时歇下脚来,倾听一会儿天籁的神韵。

我坐上窗台,期待着牛铃的声响,滞闷的、忧伤的、无可诉说的,一声又一声,领着我走向夜的深处。

唉,写吧,写吧!

多明戈的歌剧要不要听?谁让我恰巧赶上慕尼黑的歌剧节。巴伐利亚州歌剧院请来了世界著名歌唱家,如多明戈和当今演唱《茶花女》的第一把交椅,捷克女高音歌唱家 Ediea Gruberova。

我怎能经得住这样的诱惑?不但看了,还连看两场。

对于女人,听歌剧不仅是艺术上的享受,还是一次难得的展示自己的机会。听歌剧比听音乐会的服饰还要讲究,而听哪一部歌剧就更有讲究。像《茶花女》这样的剧目,以及多明戈这样的歌唱家领衔主演,可谓歌剧演出中的盛典。幕间休息时,休息厅里如万国博览会上的服装大赛,令我眼花缭乱,赞叹不已。绅士们则黑色礼服,连领带都换成了领结,这是几百年沿袭下来的礼仪,并没有什么成文的规定,但人人遵守,还没见有谁敢惊世骇俗地穿条牛仔裤和一件 T 恤出场。

在苏黎世访问期间,正值世界著名钢琴家,十六岁的希腊神童演出。苏黎世市政厅招待我和马乃莉出席音乐会,没想到多出一张票,我们请陪同克里斯蒂娜小姐一同前往。起初她坚持不肯,因为没有准备,一身短打如何进剧场?我们说反正谁也不认识谁,再说这么好的机会,放弃实在可惜,她才在我们两人的挟持下进了场,但是"没有教养"的不安,始终没有离开过她。

对我当然也是一次难得"臭美"的机会。年轻时那么喜欢漂亮的衣服,可是买不起,即使买得起也不敢穿,一件衣服惹来的麻烦,远在人们的想象之外。

从来喜欢曳地长裙,可哪有机会穿它?所以在慕尼黑、维也纳听歌剧时,我从不放过穿长裙的机会。

中国有句老话,叫作"女为悦己者容",我看也不尽然。漂亮的服饰对自己也是一种愉悦,它还会带给自己一个好心情。我毫不隐讳这方面的爱好,反正我也成不了令人景仰的楷模,更当不了"马列主义老太太",何不自得其乐?

在慕尼黑的日子,是少有的惬意的日子,在其中而又没有渗入其中的生活,是最松心的生活。更多的时候是,不管你愿意还是不愿意,都得被纠缠到某个旋涡里去。

写吧,写吧!

该不该去看望米歇尔·阿克曼的父母?

他们也住在斯坦贝克,何况他们邀请我吃晚饭。

…………

米歇尔的姐姐、妹妹,以及他本人,都出生在这栋建于一九二〇年的房子里。

"他们小时睡过的床都在,苏珊娜回来时,还睡那张床。"米歇尔的母亲说。不过我想,米歇尔无论如何是睡不进他小时睡过的那张床了。

我的盘子里,放着一个用红丝绒带扎着的纸盒,这是给我的礼物——一套木制的、穿巴伐利亚民族服装的小乐队在演奏:一个黑管,一个小号,一个长号,一个手风琴手。不过他们面前的小桌上,只摆了三杯啤酒。

盘子旁边,特意为我放了一双筷子,日本筷子。"我可以用刀叉。"我说。

席间,天花板上不时响起滞重的脚步声,从这脚步声判断,此人定有二百公斤的块头。

"这是我们的两只狗,我把它们关在屋顶的阳台上了,否则它们会打扰我们的谈话。它们小的时候,常常坐在人的怀里,现在它们长大了,还想坐在人的怀里,它们不懂,这是不可能的事了。"米歇尔的父亲说。

饭后,当我们坐在院子里谈话时,我看见两只牛犊般大小的黑狗,急得在阳台上转磨,并从栏栅的缝隙中,探出它们潮湿的鼻子,恨不能从那里钻出来参加我们的谈话。

而后我们又翻看家庭相册。小时的米歇尔,总是一副愁眉苦脸的样子。

"他小的时候,很爱坐在门外的台阶上哭,还不时停下来看看是否有人经过,如果有人经过,接着再哭。"米歇尔的母亲说。

"米歇尔是一个非常善良的人。"我说。

"做母亲的听到这种话,都是高兴的,不过米歇尔确实很善良。"

我渐渐为米歇尔母亲的照片所吸引,她年轻的时候真漂亮,像四十年代好莱坞明星,即使做了三个孩子的母亲,身段还是那么窈窕。相册里,还有米歇尔的妹妹在母亲节写给妈妈的祝词。"妈妈,你对我真好……"如今已年近三十的妹妹,继续念着,"我以后一定听你的话。希望你快乐。"

没有人说话,只听见夜走近的声音。

直到告辞的时候,米歇尔的母亲也没能明白,我们怎么一会儿在上海见面,一会儿又在南巴伐利亚州的一个镇上见面。

我说:"这种事如果不去多想,好像便没有什么可想,也没什么可奇怪的,要是越想便越觉得奇怪。"

老人们一直把我们送出院子,送上汽车。此时,只听见汽车发出一片令人惜别的启动声。孩子们也各自回自己的家了,这样整齐的聚会并不多。

我回头望去,老房子的灯温暖地亮着,依稀辨得出院子里晾着的衣服;伫立在大门外,不知是寂寞还是不寂寞的两位老人;还有阳台上的两只狗,一只六岁,一只四岁,卫士样地守在那里,一动不动,也许动着它们的耳朵、尾巴……不过我看不见了。

写吧,写吧……

米歇尔姐姐的那个出版社,特地为我组织了一次游船活动,去不去呢?他们出版了我的小说《方舟》,出版社工作人员为清一色妇女,前些年是激进的女权主义者,听说最近观念上有了分歧,而且她们当中,有人不同意我对女权运动的看法,希望有机会与我辩论。

…………

没有人和我辩论女权问题,斯坦贝克湖亘古不变的美景,显然比那些没有结果的争论更有魅力。

中途我们下船,参观为路德维希二世而建的小教堂,一八八六年,路德维希二世在此溺水而亡,更多的说法是宫廷权力斗争而致的谋杀。他生性浪漫,喜欢幻想,只想做一个童话式的国王,也修建了一所童话式的宫殿——水仙宫,还没来得及入住,便成为权力斗争的牺牲品。

传说至今还保存着一个盒子,里面装有一张纸,上面写有路德维希真正的死因。按照当时的规定,盒子在他死后一百年,也就是明年才可以开启。人们寄希望于这个盒子,认为它可以解开这个死亡之谜。而我想,更大的可能是盒子里什么也没有,因此我也在等待明年,以证实我的推断。

他一生不得志,爱上巴伐利亚州一位贵族的女儿伊丽莎白——人们都叫她茜茜,据说她的头发很多、很美——但茜茜嫁给了奥地利国王弗兰西斯·约瑟夫一世。

在王室的指定下,他娶了一个自己不爱的皇族女人,一生真是事事不顺。巴伐利亚的老百姓却很爱他,叫他"童话国王",这个小教堂即老百姓为他而建,并在他溺水之处竖立起一个巨大的十字架。十字架远离湖岸,突兀在湖水中,孤零零地站了一百年……但这也许正是他生前无法得到的、最好的去处。

下午四点左右上岸时,码头上的红色信号灯急迫地明灭着,警告风雨将至。霎时间,湖上的船只和游泳的人便消失得无影无踪,继而湖水也从碧蓝变为灰黄,并且不甘落后地喧闹起来。我们到离码头最近的路易莎家避雨。刚进门,大雨便泼了下来。

路易莎那栋楼的住户,大多是影业人士,演员、导演、摄影师……路易莎就是导演,希望有朝一日,与中国合拍一部影片。

谈话之间,进来一位姓阿赫特布什的先生。"听说你来了,特地来看望。"他有点儿羞涩地靠门站着,右手不知为什么一直夹在左胳肢窝里。

正当我这样想的时候,他的右手从左胳肢窝里抽了出来,我看到,那只手里握着一只用木头削制的小黄鸟。"这是我祖父做的,现在我把它送给你。"小黄鸟做工虽然粗糙,却是我应该仔细保存的。随后他又拿出一张海报,上面是五个中国孩子的背影,还有竖写的四个中国字:"蓝色之花"。他说,这是他拍摄的一部关于中国的电影,而后就羞涩地告辞了。

我们坐在路易莎的廊子里聊天,喝她用四种草或树叶自制的香茶,那是她在巴伐利亚森林里采摘的,有薄荷似的清香。

路易莎喜欢爬山,桌上堆满各种形状、颜色的石头。我拿起一块浑圆透明的石头细瞧,她说:"这是水晶石,巴伐利亚人多用它来占卜。这块水晶石是一位女巫送给我的,从前没有这么圆润,是她长年摩挲的结果。"随后她拿出几块水晶石,都是她在阿尔卑斯山上找到的。

"你怎么知道哪里有水晶石呢?"我问。

"有向导,他们知道。"

"它们就这样亮晶晶地躺在山上吗?"

"不,都夹在岩石里,要小心敲开外面的岩层才能得到。"说着她又拿出一块三角形水晶石,"这块是我自己在河里找到的,送给你吧。"

一旁有人说,路易莎还会用水晶石占卜。

"你能为我预言什么呢?"

"你想问什么?"

"随便。"

"总得说个方向。"

"事业。"

她转过脸去,对着窗子,把那块水晶石看了很久,然后把她看到的一切告诉我。我不知应该相信还是不相信,但那以后我不由得去留心在某月出生的人,路易莎说,这样的人将对我产生莫大的影响。

…………

雨中,我送她们上了回城的汽车。然后回到自己的住处,关了灯在窗前坐下。这是我在斯坦贝克的最后一夜,明天又要重新开始那穿梭似的旅行。

什么都看不见了,只有湖对岸码头上的红色信号灯在明明灭灭,丈量着我心里的空阔。

我不记得那一夜我是否睡过。

早上八点多,我从窗口看见布赫瓦尔特把汽车开进院子,他来接我回慕尼黑。九点,我将在汉瑟出版社与各地来的书店老板会面。

我向斯坦贝克看了最后一眼。不,我不说再见,虽然我知道,今生今世再也不会重来斯坦贝克。

……既然我把你带走了,我又何须忧伤呢?

1985 年 7 月至 12 月
斯坦贝克—慕尼黑—北京

"我最喜欢的是这张餐桌"

在威斯林大学任教期间,经常接到英格的电话,约我们到他们那里去度周末。从威斯林大学到阿瑟·米勒的庄园,开车不到一个小时,算是很近的了。

而在我们相识的初期,来往并不密切。一九八四年九月号香港《The Asiaweek Literary Review》杂志,曾发表过一段阿瑟关于我的谈话:"张洁的书如同其人,正直不阿。她的目光始终在洞察阴暗的角落。我很喜欢她,但是很难和她接近。"

这样的评语,随着我们的日渐熟悉,更新了很多。而后来的我,对洞察阴暗的角落越来越没有兴趣,没有改变的,依然是"很难接近"——对许多人来说。而且愈演愈烈,几乎到了"不可接近"的地步。

阿瑟的庄园没有围栏,四通八达,无论从哪一个方向,都可自由出入。问题是一旦进入这个"领地",主人立刻就会知道。不论阿瑟是在山坡上的小屋里写作,还是在木工房里干木工活,或英格在她那尊炮楼一样的房子里洗印她的作品。原来各处都设有监听装置。

英格是摄影艺术家,颇具语言天才,能操多种语言,除母语之外(英格是奥地利人),西班牙语、法语、俄语等等全都在行,竟然还会说些汉语。阿瑟瞪着两只眼睛,迷迷瞪瞪地说:"和她到各个国家旅行,不论什么语言她都能说,简直像变魔术。"

自二〇〇二年英格去世后,我不再拜访他们,因为不论多么小心,都会是伤心之旅。从来不觉空旷的那处庄园、树林之外,平添了一个无边无际、顶天立地到无法弥补的空洞。而我们也越来越老,这样一个空洞对老去的人来说,是相当恐怖的。

我们径直走进客厅。

首先出来迎接我们的是感情过剩的劳拉。它把两只前爪搭在我们肩上,一面激动地喘息,一面凑上它的腥嘴,用满是唾液的舌头,在我们脸上一通猛舔。我老担心它会不会兴奋过头,不由自主地在我们脸上咬一口。最后终于明白我们造访的不是它,它便躺在我们的身边,发出呜呜的埋怨。

不过它的失落并不长久。劳拉是个没心没肺的姑娘,很快就会忘掉我们的冷落,被屋外的一只鸟或一只蝴蝶吸引,而且镇子里那只爱串门的狗,一会儿就会准时来到。

劳拉对它的欢迎,自然要比对我们的欢迎更加疯狂。对劳拉来说,它虽然老了一点,但毕竟是异性。"放之四海而皆准"的真理,可能是多数理论家的追求,可惜能达到目标的不多,弗洛伊德却是无心插柳柳成荫。

它和劳拉面对面地蹲着,就跟人们坐在沙发上聊天一样。不过劳拉对聊天的兴趣不大,一会儿就会跳起来,撩逗对方跟它到林子里去疯跑。人家毕竟是位绅士,头脑非常冷静,也许会和劳拉到树林子里跑上一会儿,但不多留,待够半个小时一定告辞。阿瑟认为它有一种非常自觉的责任感,每天一定要把镇上发生的事传达落实到每一只狗头。

随后才是阿瑟·米勒或英格的迎接。

一九八六年以后,我们再也没有见过面,如果不是在威斯林大学任教,还不知要等到何时才能再见。

当阿瑟从山坡上那栋写作小屋走下来的时候,我看见他的腿脚更不好使了,这并不使我感到意外,早知道他的腿有毛病。可当他先拍拍唐棣的头顶,又转过来拍拍我的头顶时,我心上就像掠过一片云似的一暗。

在周末,阿瑟·米勒什么也不写,只是"侃"。他不像哈里森·索尔兹伯里,一坐下来就谈国际形势,老在为人类的前途担忧,而是漫无目的地瞎聊,心理咨询、驯马、绘画、哲学、天人感应、天南地北、趣闻怪谈……偶尔才会谈及政治以及某位作家和她(他)的作品,包括对几位中国作家的印象。

也许他对人类前途的忧虑以及有关文学的思考,暂时放在山坡上的小屋里了。

庄园里有很多树,其中有个苹果树桩子,在他绘声绘色的描述中显得十分神秘。

因为他喜欢调侃,所以我习惯性地问道:"是真的吗?"

"真的,这是真的。"

"你写不写这个苹果树桩子?你要是不写,我可就要写了。"

他说:"好吧,我把这个题材计给你了。"

可我又想,何不让那树桩子继续神秘下去?那样,凡是米这里做客的人,都有机会到那树桩子上亲身感受一番,苹果树桩就会继续它的创作,用它千奇百怪的故事愉悦我们,如果我破了这个咒,苹果树桩也许就会走上才思枯竭的绝路。

否则阿瑟·米勒为什么对此只是津津乐道,而不把这个苹果树桩子放进他的戏剧里?

最惬意的时光,是在晚餐桌上。

餐桌上烛光摇曳,蜡烛就插在毕加索捏咕出来的烛台里。"侃"到高兴的时候,阿瑟·米勒会来段即兴表演,比如在想象的提琴上拉出任人想象的曲子。他的头、身子和手腕,随着那些旋律,比演奏家更演奏家地抖动着、摇摆着,脸上的每一根神经让那些音符牵动得很是繁忙。那时,我就会忘记他先拍拍唐棣的头顶,又转过来拍拍我的头顶,让我心头像掠过一片云似的一暗。

记得有天晚上,从荷兰来了一个国际长途电话。开始阿瑟·米勒什么也不说,只是握着话筒一味在听,过了很久才听见他说:"那你干吗不写个新的?"

我猜想大概是个新手,希望得到阿瑟的指点。

而后阿瑟·米勒便放下话筒,拿起咖啡壶煮咖啡去了。

我们都认为电话已经结束,接着刚才的话题继续聊。

咖啡煮好之后,阿瑟·米勒给自己倒了一杯,一边慢慢地啜着,一边慢慢对我们说:"这是一位导演,正在排演《推销员之死》,打电话是为了说服我把第一场换到最后一场,把最后一场换到第一场去。"

喝完那杯咖啡,阿瑟接着去听电话,原来电话并没有结束。

他还是什么也不说,只一味地听。直听到不但那头,就连我们也都以为阿瑟·米勒接受了那位导演的意见,把第一场换到最后一场去了。这时只听阿瑟开口说道:"等我死了以后,你爱怎么着再怎么着吧。"

有时阿瑟·米勒为我们播放录像带,比如达斯汀·霍夫曼主演的《推销员之死》,并向我们介绍达斯汀·霍夫曼拍摄此片的一些情况。我坐在地毯上,一面看一面想,这位霍夫曼要是不得奥斯卡最佳男演员奖才叫怪。

可能世界上的顶级演员都扮演过这个角色吧?不过比来比去,我还是最喜欢达斯汀·霍夫曼主演的《推销员之死》,可惜那部电影没在中国放映。

一般说来,聊到十点,阿瑟就会说:"好了,咖啡店关门了。"

客人们就会回到各自下榻的屋子里去。

凡事有得必有失,在餐桌上,我们不得不领教英格并不高明的厨艺。与阿瑟·米勒结婚初期,英格曾从欧洲带来一个法国厨子。可是那位厨子声称受不了美国人对美食的亵渎,把英格下岗之后便回法国去了,从此英格只好亲自下厨。

烹饪过程中,她总是不甘寂寞地从厨房里跳出来参加客厅里的谈话,常常是一只脚踩在厨房里,一只脚踩在客厅里。我们吃到焦煳的,或是夹生的饭,也就不足为怪。我想,厨房连着客厅,对英格来说无疑是个陷阱。

难得那次为宴请我的母亲,她成功地做了一只烤鸡。

那一次英格拒绝了客厅里的诱惑,只见她不断打开烤箱,把烤盘里的汁水浇到烤鸡上去。那只鸡被烤得嫩黄流油、香脆可口,可以说是饭店级的水平,在她的厨艺中实属意外。可惜母亲那天突然头晕,不能乘车旅行,未能赴约。不完全是为了报答英格的盛情,那天我吃了两个人以上的分量,减肥计划再次告吹。

吃甜食的时候,英格会问谁要咖啡,谁要茶。我自然要茶,咖啡只在早上饮用。"什么茶?"她问。

接着就会和我异口同声地说:"薄荷茶。"

然后跑到院子里,揪几把薄荷泡在开水里。茶水浅浅地染

267

着薄荷的雅绿,沁着新鲜薄荷的清凉,可谓色香俱全。

有一次的饭后甜食让我嫉妒不已。那是一大盒装在松木盒子里的巧克力,每一方巧克力上,都镌刻着阿瑟·米勒一部剧作的名字。

猜一猜这礼物是谁送的?林肯艺术中心!这样的礼物,哪怕你做二十年作家协会主席或党组书记,也是无法得到的。

我小心翼翼地咬着那些巧克力,先从边缘地带咬起,然后渐渐进入纵深,最后还是把阿瑟·米勒的那些剧作吃了下去。

我对阿瑟·米勒说:"我咬一口巧克力,就像咬了一口你。"

阿瑟·米勒却抚摸着他亲手做的、足足可以坐下十二个人的餐桌说:"我最喜欢的是这张餐桌,在这张桌子上,我接待过很多喜爱的朋友。"

1991 年 4 月 7 日于北京

二〇〇五年,我在德国 Schoeppingen 住了几个月。二月十日那天早上,办公室的 Mr. Kock 突然从电脑中调出一份资料,其中有我和阿瑟·米勒的一张合影,记得那张照片拍于一九八六年。随后 Mr. Kock 与我谈起阿瑟和他的创作……几个小时后,我就接到唐棣的 e-mail,说阿瑟·米勒因心力衰竭去世。

很快,Mr. Kock 也得知了这个消息。他一脸惊诧地说:这真有点儿怪,我们早上刚刚谈到他。

阿瑟·米勒,也许我不该那样问,关于那个神秘的苹果树桩子,看来果真不是你的调侃。

2005 年 10 月又及

与阿瑟·米勒

张洁文集

与阿瑟和英格

张洁文集

夏日与阿瑟和英格

秋日与阿瑟和英格以及朋友们

与小狗劳拉

张洁文集

想起五月那个下午……

没想到有一天终于如愿以偿,来到意大利。一九八九年,五月,本该是明媚的日子。

当我按照传统,背向特莱维喷泉(即少女喷泉)投进一枚银币的时候,我都不愿意相信那个传说:如果向喷泉里投掷一枚银币,它将偿你重返意大利之愿。我之所以那样做,不过是为了向自己证明,我果真到了意大利。

那"童真之水",在海神尼普顿脚下,渐行渐远地汇成四级梯池。我往后仰着身子,使足力气,以图将银币扔进离海神尼普顿最近的那一汪浅池,据说这可能给我带来更多的好运。

太阳晃着我的脸也晃着我的双眼,只觉得眼前是一片掺了金调了银的蔚蓝,好像意大利到处都是太阳,或意大利只有太阳。

四个月后,我重返意大利。从罗马驶往拿波里的路上,维苏威火山遥遥在望。它吉凶难卜地匍匐在灰紫色的云絮里,死守着一个我想猜透,又无法猜透的谜底。

我想起五月的那个下午,想起我扔进特莱维喷泉里的那枚银币,觉得古怪、蹊跷、是焉非焉不可思议。

曾以为中国是世界上最老的国家,到了意大利才觉得中国并不那么老。

明知意大利已不复是古罗马,我却是为古罗马而来。当然还有帕瓦罗蒂歌唱过的一切:海洋、太阳、桑塔露西亚……以及,他也许还没来得及歌唱的一切:比萨饼、米开朗基罗、时装、梵蒂冈、皮货、索菲亚·罗兰、地火焚烧过的庞贝、西班牙广场上任游客歇息的台阶,甚至还有《西西里的柠檬》……

我伫立在古罗马不朽的废墟中,抚摸一块砖、揉搓一把土、踩一块石头,都觉得是在抚摸、揉搓、踩着历史……却没有一丝豪迈。唯一的、赤裸的太阳,重重地捶击着我的头顶,把我死死地钉在地上。我直立在太阳底下,在它的灼烤中慢慢知道,再不会有这样的辉煌。

元老院宫后的一截断墙,高低不平地硌着我的屁股,我气定神闲地摇晃着疲倦的双腿,任我的眼睛随着倾斜的罗马古道卡皮托利诺山大道一路而去。沉默的铺路石,封盖了古罗马历朝历代的兴衰,只留下往昔空落的足迹,任人凭吊,寄托着不可追寻的惆怅。

从提图拱门向外望去,浓郁的意大利半岛在蒸腾的地气里起起伏伏,有一种遥远的、恍惚的哀伤。似有一匹坐骑从远处驰来,它的红鬃在阳光下流火一般地飞扬,它的铁蹄叩击着卡皮托利诺山大道衰老的胸膛,我似乎感到,卡皮托利诺山大道黏稠的黑血,渐渐地汹涌沸腾。

那坐骑猛然在一处刹住,扬起它的前蹄,向天而立,并发出急迫而迷茫的嘶鸣……那可不正是当年临时搭起柴堆,火化恺撒遗体的地方?

残壁下、墙角里,一朵火红的罂粟花在轻颤。

在意大利,我时常想起一九八七年在奥地利斯图里亚州的一次旅行。一个暮春天气,乘车翻越积雪的阿尔卑斯山顶。一条乱石翻滚、苍凉残败的古道,像一张破了相的脸,忽而贴近我的车窗,忽而隐没在陡峭的山峰之后,最终消失在阿尔卑斯山的山谷里。

我感到压抑、困惑和冷。

人们对我说,那是罗马时代的古道。

我木木地转过自己的眼睛,不知记忆里可曾有过如是的烦恼——它一定有什么话要对我说,而又没有说出,我一定错过了什么。

…………

这次的意大利之行,残破而迷茫。

回国之后,巧遇江苏教育出版社邀请部分作家编写历史人物故事,我不但应承下来,并且选择了恺撒,耗时耗力之多可谓空前,只因我和意大利尚有未解之缘。现在是否可以画个句号,还很难说。

当一张张史料从我眼前翻过,我知道我不能写出恺撒的故事,任何人都不能胜任这件事。我们连自己的故事都说不清楚,又如何可以说清楚他人——且不说是那样磅礴地左右过历史的人物——的故事。

这样一个驰骋风雨的人物,顶好还是交给史料?

然而,史料又有多少是真实、多少是虚妄?

1991 年 4 月

对于我,他没有"最后"

美国文学艺术院寄来一张照片,是我和哈里森·索尔兹伯里(Harrison E. Salisbury)的合影,摄于一九九三年六月二十二日该院为我补办的、欢迎新院士的招待会上。附信上写道:据哈里森·索尔兹伯里的夫人莎洛特说,这是他一生中的最后一张照片。

事实上,他一生中的最后一天、最后一件事,也是和莎洛特一起为我买一条手工制作的披肩。

可惜他没能亲自把这条披肩送给我,买完披肩从罗德岛回家的路上,他就去了。

我一直不敢写下哈里森过世那些日子的感觉,那些感觉太过尖锐。我在等,等它们变得迟钝——所有的疼痛都会过去,人生就是这样无情无义。

如今见到这张照片我已不再哭泣,知道终于可以记录那时的种种。

没有用的文字已经太多太多,面对汹涌的思绪,或无章可循、无可解释的人生,文字又是那样的乏力……但对我生命中遇到过的这个人,即便没有力量的文字,也应该用来试一试。

哈里森·索尔兹伯里:

美国极负盛名的记者和作家,《纽约时报》前副总编辑、客座社论撰稿人。

一九八四年春,将当年中国工农红军的长征之路,从头到尾走了一遍,之后写出《长征——前所未闻的故事》,那大概是上个世纪八十年代中国出版界一个标志性的事件。中国有那么多坚定的共产主义者,算我孤陋寡闻,不知道有哪位将中国工农红军的长征之路,如此这般地重新走过一遍。

初任见习记者,即因曝光经济萧条几被革职。

二战期间任《纽约时报》驻苏联记者,斯大林、莫洛托夫非常不满意他从莫斯科发出的报道,几乎将他驱逐出境。《纽约时报》的老总,也不中意他总是发出自己声音的稿子,准备炒他鱿鱼。

在报纸上公然预警,阿拉巴马州伯明翰市即将闹出一场种族大乱。为此,该市不惜重金妄图置他于诽谤之罪,结果不幸被他言中。

越战期间深入河内,披露美军轰击的不仅是军事目标,和平居民同样遭到了"外科手术"式的轰炸以及有关平民伤亡的实况。报道轰动了美国和世界,约翰逊及五角大楼立即陷入欺骗公众舆论的尴尬境地。为此,他不但遭受同行的严苛责问、讥讽以及对他职业道德的怀疑,约翰逊也几乎要派一架飞机,让《纽约时报》领教一下何谓真正的"外科手术"轰炸。

几乎走遍世界,经历、报道过诸多重大历史事件,与世界诸多风云人物关系颇深。

在长达几十年的记者生涯中,从未懈怠地恪守了一个记者的职业道德。

……………

每当我与他今生最后一张照片相对时,禁不住发出这样的疑问:还有谁会记得他为这个世界所做的贡献?

一九九三年七月六号,星期二。下午,唐棣下班回家之后对我说:"妈,我们出去走走吧。"

我们慢慢走到大都会博物馆,无言地坐在黄昏的暗影里。那时我仍然精神恍惚,不大爱讲话,虽然母亲过世差不多两年了。

唐棣突然小心翼翼地对我说:"妈,告诉你一件事。你可要挺住,不要太伤心……"

母亲去世后我变得特别胆小,唐棣的话让我不由得缩紧了肩膀,转过张皇的脸,等待着那件需要我"挺住"才能承担的事情。

"下午莎洛特打电话给我,她在电话里对我说,'……我不愿意你们从报纸上而不是从我这里得知这个消息。昨天,从罗德岛回康州的路上,哈里森去了……如果你们不觉得太困难,我们还是按原计划见面。'"

这里说的是我们和哈里森、莎洛特六月二十三号星期三,在纽约六十二街妇女俱乐部晚餐时定下的计划,七月十三号他们再到纽约来的时候,我们还要到妇女俱乐部晚餐。

唐棣问:"你行吗?"

莎洛特说:"我喜欢这样。"

唐棣说:"不过我妈会哭的。"

之前,我刚刚对唐棣说过:"姥姥去世前一天,她从沙发出溜到地上的时候,我的眼前一黑。不是昏厥之前的那种黑,而是一块无际的黑幕,在眼前急骤无声地落下,你对它无能为力,只能无奈地被它覆盖……"然后烦恼地转过脸去,看着远处驶来的M1公共汽车,使劲盯着它闪烁的头灯,为的是止住眼里的泪水。我希望自己不再哭泣,唐棣已经为我操了很久的心。

对于莎洛特的电话,我这些话可不就像一个前奏?

可我还是哀哀地哭了。

面对我们所爱的人的离去,除了逆来顺受、无可反抗地哭泣,还能怎样?

从大都会博物馆南边的上空,急速地沉降下一片令人窒息的热雾……

有个黑人妇女在我椅子背后说些什么。我转过脸去,原来是讨乞的。她看了我一眼,说:"噢,对不起。"赶忙转身走开。

唐棣说:"妈,我之所以带您出来,而不是在家里告诉您这个消息,是因为外面凉快一点,您也许不会觉得那么难过。"

十三天以前,我们还在一起晚餐呢。

六月二十二号,他还参加了美国文学艺术院为欢迎我入院而补办的庆典呢(一九九二年我因丧母之痛没能到美国接受荣誉院士的颁赠)。

庆典上,文学艺术院主席还请他发表了关于我的评介。

就像在国内很少参加文坛活动那样,自他们为欢迎我入院举行的这次庆典之后,我几乎没有参加过文学艺术院的其他活动。今年他们得知我在美国,特地为我组织了一个party,现任主席在向到场嘉宾介绍我的时候,许多话语,竟是十一年前哈里森评介我的话语。我顿然失色,悲从中来,马上丢下一干客人逃离而去。

我站在老窗子前,他走过来对我说:"你倒是会找凉快的地方……"

那天哈里森显得过分安静,很少说话,只是倾听……我和他也没有太多的交谈,心想反正第二天我们要在一起吃饭,不必着忙,有的是谈话的时间。

第二天哈里森夫妇请我和唐棣在六十二街的妇女俱乐部晚餐,我送莎洛特一条游弋于深浅银灰间的丝质头巾,哈里森安静地揉了揉那条头巾,说:"很雅致的色调。"

他的安静里有一种渐行渐远、让人无法留住的绝望,不,不是安静,而是力不从心,像母亲去世前的那些天一样,万事提不起一点兴致。

一种不祥之感,慢慢地将我攥进了它的手心。

我也看出莎洛特为鼓动哈里森的兴致所做的努力,想必她早就看出这些。

她问我:"给哈里森什么?"

我说:"鲜花。"那是两束或白瓣绿心或绿瓣嫩黄心的小菊花。

莎洛特没怎么吃饭,而是一味在椅子上转来转去。刚结束一个故事,又说她看见青年时代的男朋友了,她得过去寒暄几句。在她过去寒暄的时候,哈里森一直注意着她的动向。

回到座位上,她又笑着说那其实并不是她青年时代的男友,她不过是在开玩笑。可哈里森还是不时回过头去,对那男人望了又望。这可能正是莎洛特的期望?

不知不觉,我也开始找些轻描淡写的话题:"哈里森,记得你从前写给我的信吗?你写到童年在宾夕法尼亚的生活,真是很美的散文,为什么不写下去呢?"

他说:"我正在整理。"我听出他的勉强。心想,哈里森,我

1993年6月22日,与哈里森·索尔兹伯里。这是他一生中的最后一张照片。

美国文学艺术院的附信

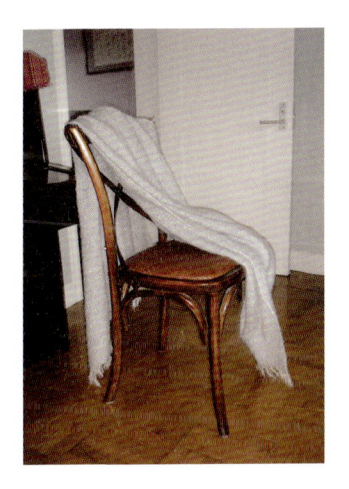

哈里森送给我的披肩

1992年5月，在美国驻华使馆接受美国文学艺术院颁赠荣誉院士证书。

ZHANG JIE

AMERICAN ACADEMY AND INSTITUTE
OF ARTS AND LETTERS
IN RECOGNITION OF
CREATIVE ACHIEVEMENT IN THE ARTS

ZHANG JIE

WAS ELECTED TO HONORARY MEMBERSHIP

NEW YORK   MCMXCII

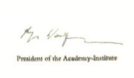

President of the Academy-Institute   *Secretary of the Institute*

美国文学艺术院荣誉院士证书

张洁文集

在美国文学艺术院为我补办的欢迎新院士庆典上,与贝聿铭先生(左)和吴健雄、袁家骝夫妇(右二、右一)。

张洁文集

能为你做些什么呢?

我又说:"你用的还是那台老雷明顿打字机吗?"

这时他才提起一点兴致。"噢,你还记得它……"

接着我就弄巧成拙:"那条老狗还好吗?"

莎洛特说:"去年死了,它生下来就有问题,老跑医院。"

我懊悔不已,生怕这个话题使哈里森伤感。

分别的时候,莎洛特在我脸上吻得很重、很深。我也深深地吻了她,多少心事,都在我们彼此的深吻中作了交流。

我不舍地望着他们在风中远去的背影,心里有莫名的忧伤,不由得对唐棣说:"希望明年再来美国的时候,我还能见到哈里森。"可心里悬悬地想,可能说不定哪个刹那,我就看不见他了。在母亲过世的那场大难之后,我似乎能听到别人无法听到的死亡的脚步声。

没想到十三天后,我的预感果然成真!

七月七号,哈里森去世的消息见报。报上发表了他的两幅照片。我想报纸老编很会选,这两张照片可以说是概括了他一生的主要经历。一张是三十年代在克里姆林宫前,一张是一九八九年"六四"期间在天安门广场。面对他那份不变的共运情结,我为他深感难以名状的尴尬。

回国后,我辗转请求哈里森的一位"生前好友",在他担纲的一个为团结"国际友好人士"设置的组织里,给哈里森一个纪念性的位置,了他的共运情结。可我遭到了拒绝。原因是哈里森最后那本有关"六四"的书,将他对中国的全部热爱一笔勾销。看来,那不过是哈里森一厢情愿的好友。

我把这张报纸留了起来,准备和他送我的、在天安门广场拍摄的那张照片,并镶在一个镜框里。

277

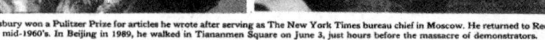

《纽约时报》关于哈里森·索尔兹伯里逝世的报道

莎洛特的信

(信上说:亲爱的张洁,哈里森和我一起在 Martha's Vineyard 给你选了这个毯子。我们就是在那里度过了上个周末。哈里森觉得这个颜色对你合适,而且你既可以拿它当毯子,也可以叠成双层围在肩上做披风。我希望下个星期二,十三号能去纽约,带你去吃晚饭。我这个周末会往 Miller 家给你打电话的。爱 莎洛特)

七月十一号晚上,唐棣正好到客厅里去,电话铃响了,是莎洛特的电话。她说:"我刚刚寄出了我和哈里森给你妈妈买的小毯子,可以盖在腿上,也可以当披肩,因为北京的冬天很冷……小毯子的颜色是哈里森选的,他认为那个颜色对张洁很合适……他说,那是我的眼睛的颜色,也是他的眼睛的颜色……如天边的远云。"

而我正在卧室回想一九八四年美国作家代表团到达北京那一天,我到机场去接他们的情景,历历在目地看见哈里森向我走来。这与莎洛特的电话如此巧合,真是奇怪。

七月十三号,我们按十三天前哈里森在世时的计划,一同去吃晚饭,但不能再在六十二街的妇女俱乐部了。

　　莎洛特不哭,她说:"本来是说和哈里森一起来的,可是没有他了,不过今天也不错……"

　　"哈里森去得很快。当时,我一面开车一面对他说:'咱们家的冰箱里不知道还有没有吃的?还有鸡蛋吧?'只听见哈里森含糊地说了一句什么,我的听力不好,以为自己没听清楚,又问了一句:'什么?'可是没有听见他的回答。我侧过头去看看坐在一旁的他,只见他的眼睛望着天空,头仰靠在车座的靠背上,然后往我的肩上一栽……我知道他去了。然后我把车开下高速公路,给警方打了电话……

　　"这两年哈里森的记忆力显见的不行了,演讲时常常突然停顿下来,接不上下面的话,过去他可不是这样。还有一次我梦见到森林里去,他突然不见了,我到处找他。后来来到一片空地,可是我只能听见他喊我的声音,却看不见他的人,那个梦可怕极了。"

　　怪不得有一段时间没收到哈里森的信,我还有些奇怪呢。一九九二年他知道母亲去世后,特地给我打了几个国际长途电话。在得知我患丙型肝炎后,连续写了三封信来安慰我。

　　"哈里森已经火化,当我们把他的骨灰撒在我们家后面那座小山上的时候,正好来了一阵风,风把他的骨灰吹了回来。孙子们说:'噢,他不愿意离开我们!'我们在后山上为哈里森立了一个碑,明年春天,我们还要在碑前种些树……"

　　我们谁也无法说话,只听她一个人在说。是啊,她得讲话!

　　"我还得活下去……"她看上去足够坚强地说。可是饭后,当她茫然地站在饭店过道上寻找一束花的时候,我看出她的挣扎。

　　直到最近,我才翻出他生前给我的那些信件,带着深深的愧疚,一再重读这些自收到后潦潦草草读了一遍,就在抽屉里睡了一二十年的信。

这才明白他对我有多么珍爱,这是血缘关系之外再也不会有第二个人给予我的。又有那样多的心的交流,那样多创作上的探讨,可以说,我了解他那部《长征——前所未闻的故事》从构思到落笔的全过程……他甚至提出与我合作一部小说的建议,不是即兴之谈,而是具体到有了选题,那是一个关于郑和下西洋的故事,可是没有得到我的热烈响应。

为什么当我已经无法回报他的珍爱时,才能像呼吸那样安静地重读他的信?难道是在提醒我,他今生最后一张照片是与我的合影,他停止呼吸前所做的最后一件事是为我购买一条披肩?当他从所有的人,包括关系最为密切的人的记忆中淡出,而我还一心一意地怀念他……不是没有缘由。

发表这些信,不仅仅是对他的纪念,不仅仅是希望除我之外他人还能记起世界上有过这样一个人,而是一种补偿(对他还是对我?),一种提醒,又是一种惩罚——为了再也没有机会弥补我的不经意。

这并不是他给我的全部信件。因为随手乱放,我甚至丢失了他的一些信,而有些信又是不便发表的。

他为我选的那条都柏林手工制作的毯子,到现在我也舍不得用。

哈里森·索尔兹伯里的来信(至于我给他的信,都随着他的著作、文字,存入了他的纪念馆)——

亲爱的张洁:

很久以来,我就想写这封信,自我在熊猫丛书中国女作家那一卷中,读到你的小说《爱,是不能忘记的》之后就打算写了。

那是一个非常动人的故事,也是没有用一个虚假的文字写下来的故事。它的译文使我非常感动,就像中文本使你的读者感动一样。这篇小说翻译得那么好,使人难以相信它不是用英文写就的。这是格拉的斯的一个贡献,我在感谢你写出这样一个完美小说的同时,也要向她祝贺。

可以看出,契诃夫一定是你心目中的大师,这篇小说也是他可能写出的小说。契诃夫也是我心目中的大师,所以我对他的作品有一种巨大的同情感。我在长长的斯大林时代,在莫斯科生活的日子里,经常一晚上一晚上地在剧院里欣赏契诃夫的戏剧。因为读过契诃夫著作的英译本,我可以在艺术剧院的舞台上理解它们。那些日子里,我读了契诃夫的大部分著作,对他以及他的生活有了不少的了解,所以很自然的,我会喜欢你的这篇作品。

你在这篇作品里不仅描写了一个人的悲剧,一个很深刻的人生悲剧,同时也隐喻地表达了在可怖的"文化大革命"里发生的事情,使我对那些日子有了更多的理解,比别人告诉我的、那段时间里发生的一百个故事还多。

我对即将在中国举行的中美作家会议给予极大的期望,同时我希望别拖得太久,还希望今冬或明春能见到你。

最热切的问候。

哈里森·索尔兹伯里
1983年8月9日

我亲爱的张洁:

我这样匆忙地写信给你,一定会有很多差错的地方,但我非常高兴收到你新近的来信,你寄来一张使人愉快的照片,我将珍藏着它。

在洛杉矶是一次多么美好的会议,我见到了你,并同你谈了话。目前我正在阅读你作品的一小部分译本,我打算阅读你所有的著作,虽然它们还未全部翻译,但我相信将来

Box 70
Taconic Conn 06079

August 9 1983.

Dear Zhang Jie:

I have been meaning to write this letter for a long time--ever since I read your story Love Must Not Be Forgotten which was translated into English and published in that volume of Chinese Women Writers by Panda.

It is a remarkably moving story and one which is written without a single false word and it moves me in the English version as it must move your readers in Chinese. In fact it has been translated so well it is difficult to believe it was not written in English-- a tribute to your translator Gladys Yang and I offer her my congratulations as well as my thanks to you for having written so perfect a piece of prose.

I can easily see that Chekhov must be one of your masters. It is such a story as he might have written. Since he is my great master I have a great feeling of sympathy. In the long years I spent in Moscow, especially as I was learning to read and understand Russian --in the long, long end of Stalin years-- I used to go to the theater night after night especially to Chekhov plays because I could read them in English and understand them as they were presented at the Art Theater and in the years since I guess I have read most of what he has written and a great deal about him and his life which, as is natural, is so much like this work.

What you have done in this story, it seems to me, is to capture not only the essence of a personal tragedy, a very high human tragedy, and at the same time captured a metaphor of what was happening in your country in those dreadful years of the Cultural Revolution. I find in your tale more to move me, more to make me understand those days, than in a 100 stories I have been told by those who went through the period.

I am looking forward with enormous anticipation to our Chinese-American Writers meeting in China which I hope will be not too long delayed. I had hoped we would meet in winter, then in spring. Now I hope it doesn't get delayed too much past that time!

With warmest regards,

Harrison Salisbury.

Zhang Jie
Chinese Writers Association
Beijing,
China.

1983年8月9日信

总会有的。我殷切地期待着,并非常非常渴望在北京的会议上再见到你。我听说有些需要参加会议的作家明春有事不能脱身,因而会议将延至明秋举行。但我不知他们协商的结果究竟如何。无论怎样,我个人由于其他事项将于明春或今冬末前往北京,我准备对长征进行考察和写一本重要的书,因此我殷切地期望能尽快地见到你。

我认为对美国人来说,研究中国问题、试图了解中国当代著作和像你这样的当代作家是如此重要,因为它关系到伟大的人类问题,包括我们全体在内。

当然,我们每个作家来到人间,都带有我们各自的经历和背景,但令人惊讶的是当我们开始阅读和了解我们每个人所写的东西时,我们的观点竟是如此近似。我认为这是人类的爱、人类的忧虑、人类渴望的普遍性,还有那些消极的东西,都没有国界的界限。

我们美国人能够从中国学习而且必须学习的东西,就是你们卓越的持续性,丰富渊博的经验,因为生活在一个古老国家而修养出来的智慧。你们的社会肯定会不断发展变化,但在许多方面也保持着稳定。相比之下,美国人还非常年轻,好像刚生下来不久,我们一直到死都是为了求知和了解一切。

谢谢你的来信,我仍然期待着今冬或明春在北京见到你。

最热切的问候。

哈里森·索尔兹伯里
1983 年 11 月 12 日

亲爱的,亲爱的张洁:

正像你所知道的那样,由于我到了东边,而没能在你走

Box 70 Taconic Conn 06079
Nov 12 1983.

My dear Zhang Jie:
    Something must have gone amiss with my letter to you as I wrote immediately. But I am so happy to have your new letter! I love hearing from you. And, of course, I think it is a most pleasant photo and I treasure it. It was so very good meeting and seeing and talking with you in Los Angeles and now beginning to read you a little in translation. I want to read everything you have written. I know it is not all translated yet. But it will be. And I look forward very very eagerly to seeing you at the Writers meeting in Beijing. I have heard that the Americans have asked to delay the meeting until autumn because some of our writers whom we so much want to come are not free this spring. But I dont know exactly what the outcome of the negotiations have been. In any event I myself will be coming to Beijing in the spring or late winter on another project, about the Long March which I hope to retrace and write an important book about. So I shall look forward to seeing you very soon one way or the other. I think it is so important for Americans to learn about China, to try to understand China's writing and her writers like yourself who in these contemporary times are dealing with the great human issues which must embrace us all. Of course, each of us comes to them with our own background but it is astonishing how similar these approaches are when we begin to read and understand what each of us has written. I think the universality of human love, human fear, human aspiration--and also all of the negative qualities which we find in people have no bondaries. What we Americans can learn and must learn from China is your remarkable continuity, the breadth of your experience, the wisdom that comes from millenia of living as a people in a society which, to be sure changes and changes, but also remains so stable in many ways. We Americans are very very young and so much that you know at birth we are still struggling to understand on our death bed!

    Thank you for writing and I shall look forward to meeting you in Beinjing in late winter or early spring.

    With warmest regards,

Harrison Salisbury

Zhang Jie,
Chinese Writers Association
Beijing China.

1983 年 11 月 12 日信

之前赶回美国——这真让我十分后悔。在苏联,我比原来预想的多耽搁了几天,当我回来的时候,你已经走了。我又被告知,唐棣也走了。每个人现在都在中国,而我却在这里,我真希望我也在那里。

我不知怎样告诉你,当我在洛杉矶看到你的时候有多么高兴,而当我在纽约错过你时又有多么伤心。这好像是这个世纪的烦恼:我们旅行得很快、很远,而我们所希望见到的人也走得很快、很远,也许有时是向着不同的方向!我们确实像夜晚航行的船一样,互相只看到对方的掠影,然后便从对方的视线中消失了,听到的不过是只言片语。而且,到目前为止,困扰我们的一个问题是——无法对话。我觉得我像一个戴着铁面罩子的人,我想你小的时候没有读过托马斯吧?我读过,我读过我所能找到的每一本他的书,而且我被那个戴着铁面罩的男人深深地吸引住了。我现在也正是这样,话在我的嘴里挣扎着跑出去,可出来的全是英文,我听到了你的中文,却全然不知它的意思。我所能做到的,只是运用我的眼睛和想象力。

从洛杉矶回来,我想了很久,怎样不用文字来讲话,怎样沟通。当然这是可以做到的,而且我认为我们仅仅看到对方就已经可以沟通了,这使我想起当年我还非常年轻的时候,我很腼腆,不善于讲话。对我来说,思想和感觉是能够跨越声音的天然屏障的。这里有一种力量使我们懂得我们彼此很近,至少理解一点我们所想到和感到的。

我知道我们还会不断地相聚,我可以看到我们生命这样延续下去,尽管有陆地和海洋隔在我们中间,但没有什么能真正把我们分开,永远也不会。可我仍想确切地知道你的所想,你的世界。当然我还是有机会的,因为你写作,而

Box 70 Tconic Conn 06079
June 6th 1986.

Dear, dear Zhang Jie:

As you have known since coming East I did not make it beack to the USA before your departure--to my enormous regret. I has held up for some days longer than I expected in Russia and when I got back I found you gone. And also Tang Di, so I am informed, and also Nieh Lingliu, so I'm told. Everyone is in China; and I am here. I wish I was there!

I cannot tell you how happy I was to see you in Los Angeles and how sad I was to miss you in New York. That is the trouble with this age; we travel very far and we travel very fast but the person whom we hope to see has been travelling very far and very fast and perhaps in a different direction ! We are indeed like ships in the night, just catching a glimpse of one another, and then disappearing from view with only a whisper instead of a word. And so far as some of us are concrned--not able to ospeak. I feel like the man in the iron mask. I dont suppose you read Dumas as a child. I did. Evry one of his volumes that I could get my h nads on. And I was fascinated by the Man in the Iron Mask who could wee but not be seen; who could listen but could not speak. And so it is with me, the words struggling and bursting out but they are English words and I hear your Chinese words and dont know what they are saying. All I can do is use my eyes amd imagination.

I have thought so much about this since Los Angeles. How to speak, how to communicate, without words. Well, of course, it can be done and I think we do communicate just by being in each others presence. And I think of the days when I was very young and too shy, very often, to speak and yet it seems to me that thought and feeling can cross the crude bounds of voice and there are some powers that we ha e that enable us to know that we are close and know something at least of what we think and feel.

And I know that we will come together g a n andagain. I can see how our lives will stretch out like this and even though continents and oceans spparate us nothing really does or will. But still I do want to know <u>exactly</u> what you are thinking of; and about your wopld. Of course I do have a good chance because you write and your work is translated and I can read your stories and can k ow so much about you and of you. But it is not so easy to go on beyond that! And not being a writer in the ral sense, being just a historian and a reporter , I can't manage to get my thoughts to you. To be sure I have written a novel or two but small chance of their ever being translated into Chinese and they do not have the intimacy and feeling of your beautiful and wensitive prose.

Well, what to do? Just go on, I guess. I do hope that I'll be in China in the autumn and if that happens we can meet again and I'll have the deep, deep pleasure of seeing you, even though bound by iron chains of frustration.

(OVER) As ever

I've not forgotten the oil rig workers; will write as soon as I have any information.

1986年6月6日信

且你的作品已经被翻译。我可以读你的小说来了解你和关于你的一切。不过这也不是容易的事,从真正的意义上讲,我不是作家而是记者和历史学家,我不知怎样向你展示我的思想。更确切地说,我写过一两本小说,但它们被译成中文的可能性很小,况且,它们也不像你所写的那些易感、美丽的散文那样,能表达我内心深处的感觉。

好啦,怎么办呢?只有这样下去,我猜。我十分希望秋天我能去中国,如果成行,那么我们又可以见面了。我将会非常非常高兴再次见到你,尽管我仍然被那让人沮丧的铁链锁羁绊。

你永远的哈里森
1986年6月6日

我并没有忘记写石油船的事,一旦得到所需的材料,便会马上写。

最亲爱的张洁:

在这个世界上,你是我最希望与之通信(或交谈)的人。可是近六个月,你的两封信——一封是唐棣六月七日翻译的,另一封是七月十九日的信——仍旧躺在我这架旧打字机旁,等着我回信。这听起来很奇怪,是不是?

我为什么一直没有写信?因为每次我都对自己说:不,我现在不能写,这是严肃的信,我有那么多话要说,我应该先想好再写,而且要有整块时间,我不希望半途中断或是头脑被其他事情纠缠——干这干那,一会儿走到这儿,一会儿走到那儿,接电话,赶去见什么人,写文章或是进行调查。噢,这么多的事情!我的书桌这么拥挤,到处都是东西。每次当我坐下的时候,我的眼睛总是转来转去,不知应该从哪儿开始。很快地,我便困惑起来。

不,我不要这样给你写信。当我给你写信的时候,我要头脑清醒,想着你并回忆着你曾给我写的信,设想着如果我们在一起,我应该说些什么,尤其是如果我们用同一种语言来交谈,应该说些什么。

多么矛盾!

我并不十分了解我自己,也许只了解一点点。当一个人有着十分珍贵的想法在他脑子里的时候,他不愿意把它轻易地拿出来同那些乱七八糟的屋子混在一起,同那些进进出出的人混在一起,同那时阴时晴的天气混在一起。不!

就这样半年过去了,我像契诃夫笔下的人物一样,一直坐等着完美时刻。但完美的时刻是不存在的,而且也永远不会来。我必须坐下来,像每天那样,给张洁写信,不是给张三或李四,而是张洁。

这样,我花去整整一个季节试图集中起我的思想,想着那些不在眼前的人,直到开始动手做我早就应该做的事情——把你的名字写在纸上,并开始写信,虽然仍不太清楚该说些什么。

我是多么愚蠢的人,这样的犹豫不定(我是指我总是做着一件事情,而同时又想着做另一件)。但是你很聪明,并且远远比我知道得更好。

我常常觉得我虽已活了多年,有过多种生活,但直到我闭上眼睛被送到墓地去的那一天,还在学习关于生活的最基本的东西。

当我写着这封信的时候,我也想着唐棣得翻译这一大堆无头绪的、论说性的并且毫无逻辑的想法。唐棣,十分抱歉,我那愚蠢的头脑就是这样工作的。

Box 70 Taconic Conn 06079

December 16th 1986.

Dearest Zhang Jie:

    Isn't this curious. There is no one in the world to whom I would rather write a letter(or speak) and yet for nearly six months (!) your two letters, One that Tang Di sent on June 77 and the later one which she translated July 19 have sat on my desk, beside this old typewriter, waiting for me to respond.

    And why have I not written? Because each time I said: No, I cannot write now. This is a serious letter. I have so much to say. I must think. And I must have time. I don't want to interupt myself and I don't want my mind all swirling with other things--do this, do that, go there, pick up the telephone, rush to see someone, talk to someone else, write an article, do some research. Oh, my how many things. And my desk so crowded with things that each time I sit down my eye darts here and there and soon I am all confused.

    No. That is not the way I want to write you. I want to write with my mind clear and simply filled with you and my thoughts of you and what you have written and what we would speak of if we we5e together and--most ofall--if we had a language to use to speak to each other with.

    What a paradox!

    I dont really understand myself. But perhaps I do. When one has something preciuosin one's mind one does not want to take it out in a messy room, in a osbstinate day, with a lot of strangers pushing and shoving and the weather now cloudy, now windy, now stormy now cldar. No.

    So a half year goes by and like some character out of Chekhov I sit and wait for the perfect time. But the perfect time does not exist. It will never come. I must sit down as I do every day at my desk and write to Zhang Jie. Not to A or B or X or Y. "ust do it!

    And it has taken this season of the year when I always trie to collect my mind and think of those who are absent and really do what I should have done so long agao--to get me to put your name on this letter and start writing it, not knowing where it will go and what I will say.

    What a foolish, foolish person I really am. So cross-patchy (I mean doing one thing and wanting to do another). But you are wise and you know all of this far far better than I. I feel often that I have lived many years andmany lives but that the basic things in life I willstillbe learning zas they close my eyes and haul me off to the cemetery.

    And when I write I think of Tang Di and her having to translate all of this rambling, discoursive not very logical thoughts. Well, Tang Di I am sorry about that. So my silly mind works.

1986 年 12 月 16 日信第 1 页

-2-

No, dearest Zhang Jie, I did not come to China this autumn. So
I did not miss you there. I simply missed you everywhere. I hope
and know that your travels in Europe must have been good, that
you met many interesting and lively people and that your mind is
spinning with thoughts and impressions. I think perhaps you
are only just back a little while now and longing to get to
your desk, or perhaps already there, writing once again. I know
that when I am away for a while, no matter how exciting and
vital the other things may be that I feel I am short-changing
this old typewriter and that I must sit down and get to work
again. So many many things to write. Every day it seems that new
thoughts come up.

I think, now, that I will come to China in the spring. I have
indications that my project of doing The New Long March is going
forward. It is an ambitions, maybe impossible dtask. But I
want to do it. I want to sketch out the whole picture--the
depths that China reached in the Culutral Revolution and Gang
period, then the sudden upward whirl with the new leaders--
whee they hadbeen, who they were, how they got their ideas, the
hardpatches, the difculties, thefalures, the brilliat successes
and where in the world it is taking China--will she be the
great new technological state of the 21st Century. I think she
may well be, dis lacing not only the USA and Europe but
Japan and thd Pacific rim. Well, that is a gradiose thought.

I must come to China and see what China thinks about that, what
all the leaders think, what the ordinary people think and,
above all what the people of imagination and will, the people
like you--what do you think???

It will be hard to write and take time. As I now expect I
will come to China perhaps in April or May for a month or so,
scout out the ground, come back here, then return in summer,
possibly making four or five or six trips, whatev r it takes,
working to put it all together. Harder than the Long March.
So much of that was physical. This is intellectual, understanding
of people andideas and politcs and economics. It makes me
dizzy to talk of it.

I'll talk no more now. I hope you are well. I wish you everything.
I shall see you before too long. I am certain of that.

                      Until then
                      Withall my heart
                      Harrison.

1986年12月16日信第2页

亲爱的张洁,这个秋天我没去中国,所以我并没有在那儿错过你。我总是在各处错过你。我希望你的欧洲之行是愉快的,想你一定认识了许多有趣的、可爱的人,并且脑子里又有了许多想法和印象。我想你一定刚刚回去不久,并且急于坐在桌子前(也许已经坐在那儿了)重新写起来。我知道当我离开家一段时间后,不管其他的事情有多么激动人心,或是至关重要,我都觉得我欺骗了这架老打字机,我得马上坐下来重新开始工作。我有那么多要写的,每天好像都有新的想法出现。

我现在想,也许我这个春天去中国。我有这个感觉——我的"新长征"会非常展开,这是很大的野心,也许是不可能的工作,但我要做。我想描绘出全图——中国在"文革"和"四人帮"时期所达到的顶点,然后是新的领导人领导下的快速转变。他们从前在哪里,原来是什么样的人,他们从哪里得来的想法,他们的困难、失败、辉煌的成功,并且这一切将把中国带到世界的哪里——她将成为二十一世纪的新技术强国。我相信,她不但将取代美国、欧洲,而且将取代日本及环太平洋带。当然这一切是非常宏大的想法。

我必须到中国去,看看中国是怎样想的;所有的领导人是怎样想的;普通的老百姓是怎样想的;像你这样的人是怎样想的——真的,你是怎么想的?

要慢慢地写是不可能的。我目前的想法是四月或五月去中国待一个月左右,积累一些材料,回到这里,然后夏天再回去。这样也需要跑四五次或六次。不管多少次,我要把一切弄齐。这也许比长征还难,长征是体力的,这是智力的。去了解人民的思想、政治、经济,一想到这些我就有些眼花缭乱。我不再多写了,希望你一切都好,我很快就会见到你的,我十分肯定这一点。

再见。

一心一意的

哈里森

1986 年 12 月 16 日

最亲爱的张洁:

我们两个月前才见过面,可却像是已经过了一年。这个星期唐棣打电话给我时,我十分兴奋,因为我们又可以联系了。

我永远也不会忘记我们在北京的雪天的会面,虽然开始有些关于地点上的混乱。但多谢你的耐心,我们终于还是见到了,甚至谈了一小会儿。当然,对你丈夫来说,翻译是不容易的。但我想我们几乎不太用得着翻译,我好像能够明白你在讲什么,不管你说的是什么。

那是十月三十一日,这么说是两个月零三天前。

我十分喜欢雪中的会面,你知道我很敏感,尤其是对于雪,我来自雪国——明尼苏达州,并且又在雪国——俄国住了多年。所以我觉得雪天的会面是有特别意义的。

我于四月一日再到中国,参加中美作家会议,这次莎洛特同我一起来,我希望并且祈求上帝你会是中国代表之一。但不管怎样,我们一定会见面的,我想我们从四月一日起的第一周会在北京,然后去旅行,然后再回到北京,继续为我的"新长征"进行调查、采访。我想这会是在四月的第三周。不管日程安排是怎样的,我都会有足够的时间预先通知你,而且如果你是中国代表之一,我们会见面许多次,如果你不是代表之一,我们也同样会见到。你知道我在离开中国的前一天晚上见到了赵紫阳,我们一起吃了晚饭并进行了交谈,他所说的和在中国已经发生的变化,大体上令我十分高兴。

还有什么要说的呢?我在打字机前工作得十分辛苦,有那么多要写的。可是在我今春完成所有采访前,我还无法放开去写。

现在唐棣从西班牙回来了,我又可以十分经常地给你写信了,只要她有时间翻译。

四月见!

哈里森
1987年1月3日

最亲爱的张洁:

你好,我真高兴昨天收到了你的来信,唐棣把你的信翻译了。你知道每当我收到你的信是有多么高兴,不管你的信是快乐的还是悲伤的,是好消息还是坏消息,这都不要紧。

最重要的是还有六个星期我们就又在北京见面了,我们可以交谈一切。你知道我非常愿意同你合作一起写一个题目,什么都行。我们曾经说过关于那艘石油船的事,我想我们没能在这个题目上走得很远,可是有整个世界我们可以写。

我同时也收到了作家协会的信,我将是美方代表团长,诺曼·卡森斯来不了。我已经写信要求在北京多待一些时间,多见一些作家,在北京举行晚宴,你会出席,他们告诉我。当然晚些时候我们会有更多的时间见面,在我从成都回来之后,我会十分高兴地再见到你。

Box 70 Taconic Conn 06079
January 3 1987

Dearest Zhang Jie!

It was only a couple of months ago that we met--but it seems like a year! I was so excited this past week when Tang Di called and once again I am in touch with you.

I will never forget our meeting in the snow in Beijing! Full of my blunders but we overcame them thanks to your patience and we even had an evening--a short evening of talk. Of course it was hard for your husband to interpret but somehow I thought we hardly needed an interpreter . I seemed to understand what you were saying whatever the words!

That was the evening of October 31st. So it was two months and three days ago.

I liked the meeting in the snow so much. You know I am very sentimental, especially about snow. I come from the snow country of Minnesota and I lived for years in the snow country, Russia. So it seemed to me it fell specially to mark our meeting.

Now I shall be coming back to China April 1 for the meeting of US-China writers. Charlotte willbe coming along this time. I hope and pray that you will be on the China delegation. But surely we will meet anyway. I expect we will be in Beijing the week of April 1st, then off for a bit of a tour and then I willpick up again on my research and interviews for my book, the new Long March, probably returning to Beijing in the third week of April. But whatever time it is I will have ample time to tell you and if you are among the China writers we will have many occasions to meet. And if you are not we will anyway!

As you know I had a chance to talk with Zhao Ziyang before I left, evening before I left, actually, we talked and had dinner together and I was very pleased at the general tone of things, what he said and then what has been happening since.

What more to say? I have been working at this typewriter very hard as I have so much to write but I can't really get going on my new Long March until I complete the interviews this spring.

Now that Tang Di is back from Spain I will write you as often as she can translate!

                Looking forward to seeing you inApril
                              Harrison Salisbury

1987年1月3日信

暂时不多写了，我不想再写长信来打搅唐棣，既然我们很快又会见面。

永远的哈里森·索尔兹伯里
1988年2月17日

噢，我看到了日期，二月十七日：新年快乐！龙年快乐！这说明好事情在等待你。

最亲爱的张洁：

这是一封拖了很久很久的信。没有托辞，只是因为惰性或是对无关紧要的小事的操心，而把要紧的事耽误了，我的生活总是被无尽的琐事填满。

唐棣刚刚来过我们这里，我们都很高兴。她是多么好的一个孩子（我知道她翻到这里会脸红的——但这是事实），她从Wesleyan来帮我和邓友梅做翻译，因为我请了邓友梅来我家小住两天。可是仅仅有她在这儿，就给了我们很大的快乐。她就像一束阳光一样，我能想象你会多么想她。

我可以不停地说下去，可那恐怕得另找一个翻译，不然她会更不好意思。我们都希望很快再见到她。

唐棣告诉我你又完成了一部长篇小说，而且《沉重的翅膀》明年春天会由Grove出版社出版，也许你会因此来这里，我希望会如此。

我现在忙于写那本关于中国的书，除此以外什么都不干。而中国不停地变来变去，大家都说中国正在经历很多困难和危机，我猜大概确实如此，尽管我去年六月离开北京时一点没有预感到会这样。我现在甚至觉得也许有人有政治目的地故意夸张——当然，我知道是有问题的，但因我远离北京，因而感觉不到它们会那么严重。也许我的感觉是错的，但这是我的印象。

Box 70 Taconic Conn 06079

February 17 1988

Dearest Zhang JIE!

I was so happy yesterday to hear from you. Tang Di translated your letter. You know how happy I am to hear from you whenever you write, happy or unhappy, good or bad. It doesnt matter.

What does matter is that is six weeks now-- so short a time we willbe in Beijing and will see you and we can talk about everything. You know how much I would like to work with you one some project, anything. We talked about that oil rig scandal. I guess we never got far on that. But there is a whole world to write about.

I had a letter in the same mail from the Writers Association. I will be head of the US delegation. Norman Cousins can't come, I had written hoping for more time in Beijing and more meetings with writers there. There will be a dinner in Beijing anyway and you will be there, so they say. But of course we willhave much time in Beijing a bit later, afte the meetinginChendu and that makes me veryhappy.

No more for the moment. I dont want to burden Tang Di with a long letter when I'll seeyou so soon!

as always

Harrison Salisbury

Oh! I see the date Feb 17 -- Happy YERR OF THE DRAGON! I Know GOOD THINGS LIE AHEAD!

1988年2月17日信

我但愿这次交往是我们两人之间的,而不是同邓友梅的——并不是因为我们在一起过得不愉快。去年春天我们在他老家山东的小村庄里玩儿得很愉快。只是我们之间没有进行关于艺术或政治的严肃讨论,或是任何值得用大写字母的东西,只是愉快而已。

我还没有放弃对《哥伦布-张》一书的思考。现在这两者被放一起与《河殇》对比,可是我还一直没有看到这部电视片,尽管听说录像带在纽约一带流传。我想我必须在写完我的书之前看到它,因为听说它试图揭示一些未触及过的问题。你是怎么想的?中国会走向哪里?我多么希望你在这里。我们可以不停地谈下去,谈下去。我们一定要设法。

我想这已足够唐棣翻译的了,我发誓从现在起多写信,写短信。

我们这次糟透了的总统竞选就要结束了,而糟透了的宣传机构却为我们空虚的民主制做宣传。电视一统天下,为假面人做宣传。

祝你一切都好!

哈里森
1988年10月31日

最亲爱的张洁:

你只走了几个星期,我想大概七八个星期吧,可却像是很久了。这么长的时间我只从唐棣那里听到一点关于你的消息。一想到你在那里,我从不开心。我知道你认为你应当回去,可是在目前的情况下,那里不是去处。

我希望你已经想着回来了,使我不放心的是那儿不是作家应该待的地方,我知道不论地方艰苦与否作家应该永远写作,而且有时候最优秀的作品是用血写成的,就像鲁迅常说的。可我还是认为有可行的中间办法,也许没有。

Box 70 Taconic Conn 06079

October 31st 1988

Dearest Zhang Jie:

This is a long, long delayed letter. No excuses. Just indolence.
Or preoccupation with small unimportant things instead of those
which matter. I manage to clutter my life up with endless trifles.

Now we had a splendid visit with Tang Di. What a wonderful girl! (I
hope she blushes when she translates this--but it is true). She
came over from Wesleyan when we had Deng Youmei over for a couple of
days and helped us out translating. But it was just a joy to have
her here, like a ray of sunshine. I can imagine how you miss her.

I could go on and on but I'll have to get another translator or
it willbe too embarrassing. We are hoping to see her again very soon

She tells me your new novel is finished and that Leaden Wings
will be published in the spring by Grove. Perhaps you willcome
over for that event? I hope so

I am so busy with my book about China I am doing nothing for the
moment But that. And China keeps hhanging and changing and, so
they say, is going thru big troubles and crises. I guess it must be
true altho I certainly did not feel that this was coming up when
I left last June and stilltend to think that it is being blown up
politically--of course Iknow there are problems but away from
Beijing I did not get the feeling they were that_ big. Probably
I am wrong but that was myimpression.

I wish it had been you we were entertwining rather than Deng Youmei
--not that it wasnt good fun. I had agood time with him last
spring at his village down inShandong. I am afraid we had no
serious talk of Art or Politics or anything with capital letters.
Just pleasantry.

I have not given up thinking about the Columbus-Zhang book. Now,
so Igather, the two have been compared and contrastedin the
Yellow River TV series which, alas, I have not yet seen altho
I have been told a tape is floating zround New York somewhere. I
thinkI must see it before I finish my book since it tries, I
gather, to get to some of the underlying issues in China. What do
you think of it? And where is_ China going? How I wish you were
here and we could talk, talk, talk. We must_.

Thats enough for Tang Di to translate now. I'll promise to write
oftener now and in short takes. We have a terrible presidential
election coming to an end. A bad advertisement for our vaunted
democracy, I'm afraid. Nothing but TV advertsing plastic.

Everything good to you!

Harrison

1988年10月31日信

我不像你那样是个有创造性的作家,我是一个工匠,带着我的工具,走到哪儿就在哪儿搭起工棚。有一次是在一个猪圈里——不是中国式的猪圈,而是爱荷华一个又干净又无味儿的很现代化的猪圈,可我还是不主张那样。

我并不认为我喜欢象牙塔,如果一个人的眼睛总是看着人民的,这里也不会有象牙塔。现在伊拉克是众所关注的问题,最初的震动过后,使我现在担心的不是伊拉克,而是美国。我们在这样短的时间里调动了那么多的军事力量,整个世界都行动起来了。这确实是好事,可是我总是忘不了肯尼迪的原则:应该给敌人留下后退的余地,这样当他准备投降的时候,他还不至于尊严扫地,他还有借口向他的人民解释,他并没有被击退。可我们却不经常这样想。

我不知在北京人们是否谈论这场令人担心的战争,这证实了虽然冷战已彻底结束,但这个世界还并不安全。

我要去朝鲜几天,然后回来待几天再同莎洛特去意大利。意大利那儿给了我一个什么奖,这是个很好的借口去我喜欢的国家。

我也许十月中会去中国,正在争取。我的书已基本完工,但我还是希望在最后定稿之前去。如果一切如愿,我又可以见到你了,那会令人多么高兴。

一切多保重,有时间来信。

爱

哈里森

1990 年 9 月 7 日

最爱的张洁:

从阿克曼先生给美国文学艺术院的信中知道你生病的事以及你五月份不能来参加文学艺术院庆典的消息。我简

Box 70 Taconic Con 06079

Sept 7 1990

Dearest Zhang Jie:

I think you have been gone only a few weeks, perhaps seven or
eight--but it seems forever. Such a long time. I have heard
just a bit about you in Beijing from Tang Di. I am not
happy about you being there. Iknow you felt that you should
go but it is not a place to lift so its these days. Not at all.

I hope you are thinking already about coming back. What
worries me most is that it is such a difficult place for a writer.
I know that writers must write whether the place is difficult
or not--and sometimes their best work is rwritten in blood as Lu Xun
suggests. But I think there is a happy medium. Or maybe there isnt.

I am not a creative writer like you. I am a workman and I bring
by carpenters tools with me and set up shop wherever it may be.
)Once in a pig sty--not the Chinese kind a wonderfully clean
and non-smelling one in Iowa. But still I dont recommend
that at all.

I dont thinkI like an ivory tower either.But maybe one can go from
one to another. Not that there is an ivory tower here. Not if
one keeps an eye on the people. And now we have Irag to worry
about. But now tha the initial impact is passed I wrorry more about
the USA than Irag. We have put so much strength there so quickly.
And the whole world lined up. That is good,yes. But I always
remember Jack Kennedy's law--you always leave an escape hole for
your enemy so that when he is ready to quit he can wuit with
some pride, something that he can tellhis people, something that shws
he was not just wiped out. We dont seem to think of that very
often.

I dont knw if people in Beijing talk and worry about the war. It
is worrying tho. It shows the kind of things that can happen.The
cold war is over.Really over. But the world is not safe.

I am going out to Korea this Sunday--Just for a few days. Back
here in a week. Then an interval and Charlotte andI will go
to Italy.The Italians have given me some kind of award. A great
3excuse to go to a country I have gotten to love.

Thrn, maybe, Beijing in mid- October. That is what I am asking for.
My book is in fine shape whether or whenever Igot. But I would
loveto get there before I finish it. And if so I'll see you and that
will be heaven.

       Do take care and write if you can.

I m sending this to Tang Di to translate and forward.

                                      love

                           Harrison

1990年9月7日信

直无法向你形容我心里的焦虑和遗憾，但庆幸的是明年还有补救的机会，你可以明年来参加艺术院的庆典活动，同时希望明年秋天我们能在纽约举行中美作家会议上见面，我会及时通知你这方面的消息并把此事告诉唐棣（我想唐棣办事是很牢靠的）。

你生肝病的事简直令人遗憾到愤慨。我完全理解生病的苦恼，我将把努力工作当作是对你的安慰。

我把我一部分新作的影印本寄给了唐棣，她会转寄给你的。

今天就写到这里，希望你接到这封信的时候，身体已经大大好转了。

你忠诚的
哈里森
1992年3月10日

最亲爱的张洁：

我今天见到了唐棣，她告诉我你得的病是丙型肝炎，她又说你已经用了 inferon 这种药进行治疗。我想这一定是种神奇的药，我毫不怀疑，你用了这种药一定会恢复得很快。

唯一的问题是，我知道肝炎病人的情绪总是很低落。我要试一试鼓励你，总会有法子的。

星期二我要去美国文学艺术院，我已经同 Jidani 小姐谈过，我想她已经同美国大使谈过授予你院士证书的事。我想你不久就会从美国使馆听到消息，对那些不能到美国来参加庆典的新成员，我们都是通过这种方式。如果你能来参加庆典的话，就不用这么做了。

Harrison E. Salisbury
Box 70
Taconic, Connecticut 06079

March 10th 1992

Dearest Zhang Zie:

Thanks to Michael Kahn-Ackerman's letter to the American Academy I have the stunning news of your illness and the sad word that you cannot be with us for the May ceremonial at which your membership will be celebrated. I cannot tell you how sorry I am. But be of good cheer. There will be other occasions. You can come to the ceremonial next year and in the autumn I hope we shall have another meeting of Chinese and American writers in New York. I will keep you advised and tell Tang Di (who I think is doing very well).

It is just a shame that jaudice has hit you. I know how depressing that illness is. I will do my best to be better at writing.

I have sent ######## Tang Di a copy of my new book which she will send on to you.

Engouh now. I hope that this finds you in a bit better health.

Faithfully

Harrison

1992年3月10日信

每年五月在艺术院高雅的、古典主义的大楼里(有九十年历史,对美国来说是很久了),举行庆典。

这所大楼在百老汇附近的 155 号街上,离你熟悉的中区很远,要是你还能记起哥伦比亚大学的话,那楼距大学约三十个街区。

我希望你能原谅我这么晚才给你回信。我为我的新书《新独裁者》做巡回介绍,在全美国旅行了五个州,昨天才回来。

唐棣有这本书的复印件,事实上那是给你的。我不知道唐棣将如何把这本书带给你,我想她自己要先看一看。不管怎么说,这本书对一个躺在病床上的人来说,是太厚、太沉了。一开始我想写短一点,但越写越长。开始只想写邓,但毛占的部分越来越多,甚至超过了他应得的部分,有意思。

我们对北京最近的政治变化很感兴趣,并祝愿邓小平能贯彻他的纲领,并能使那些反对这一纲领的人退居二线。

爱和良好的祝愿

哈里森
1992 年 4 月 4 日

最亲爱的张洁:

我想我们终于做好了授予你美国文学艺术院院士证书的准备。

证书已经托人在今后十天内带往美国大使馆,然后会举行颁赠仪式,所有这一切将由负责文化事宜的美国新闻处办理。

他们会在对你合适的时间举行仪式。我从唐棣那儿知道,你已经能离开医院一个下午或一天,这样你也不会太累。

Harrison E. Salisbury
Box 70
Taconic, Connecticut 06079

April 4 1992

Dearest Zhang Jie

I talked with Tang Di today and she told me that they had diagnosed your illness as hepitatis Type C. I guess I dont know anything about that time but she says you are being treated with inferon. That I think is kind of a miracle drug and I have no doubt that you will soon be improving if you are not already.

The only problem is that I know that with hepetitis the patient is always very low in spirits. So I will try and improve your spirits ! Somehow !

I will be going up to the American Aacademy on Tyeaday an and I have already talked with Ms Midani(sp!) and I think she has arranged with the US ambassador to present you with the dcrtificate of membership. If you have not heard from the Embassy I know you will very soon. This is what we do when it is not possible for the newly elected member to be present for the ceremonial. Then we celebrate you personally at a later ceremonial when you are able to come. They hold these every year in May at the Academy building which has a very fine classical structure put up about 90 years ago(very old for the USA) in New York up on 155th street just off Broadway. Probably not a neighborhood you know as it is very far up from midtown. About 30 blocks north of Columbia University if you remember where that is.

I must apologize for neglecting you so badly. I have been out in the country on a very extended promotion tour for my book The New Emperors and got back only yesterday after five weeks of almost continuous travel !

Tang Di has a copy of the book --your copy ,in fact fac. I dontknow what she will do about getting it to you but I think she will read it first ! Anyway it is much too heavy for a person you is in hospital to try to hold. I tried to make it shorter. But it grew and grew. It was only going to be about Deng but Mao kept crowding in and now he occupies rather more than his fair share ! Interesting tho !

We are all fascinated by the political developments in Beijing and wish Deng Xiaoping the very best fortuune in his campaign to get his program back on first priority and to compell the people who have been balking at it to stand aside.

Love and good wishes,

Harrison

1992年4月4日信

HARRISON SALISBURY

                    Box 70 Taconic
                    Conn 06079
                    April 26 1992

Dearest Zhang Jie:
I think at long last we have got all
the arrangements made to present to
you the certificate of Honorary
Membership in the American Academy of
Arts and Letters.
The actual certificate is being taken
to Beijing in the next 10 days by
some one attached to the U.S. Embassy.
Once it has arrived there an
arrangement willbe made for the
formal presentation at the Embassy.
All of this is in the hands of the
United States Information Service
which is in charge of such cultural
events.
It willbe arranged at a time which is
convenient to you. I understand from
Tang Di that you are able to leave
the hospital for an afternoon or a
day so that this will not be too
tiring.
I wish only that Icouldbe there in
Beijing when allthis happens. But
I comfort myself with the knowledge
that you should be able to come
next year for the formal induction
ceremony here in New York.
                With every good wish,
                Harrison Salisbury

1992 年 4 月 26 日信

我真希望我能参加这一仪式,但是我感到安慰的是明年你会来美参加庆典。
致以最美好的祝福

哈里森·索尔兹伯里
1992 年 4 月 26 日

最亲爱的张洁:

我在信里附上了《纽约时报》登载的有关美国文学艺术院举行庆典的消息,你已经是这个艺术院的成员之一,从那条消息中你可以得知,你已经加入了一个很好的集体。

我很高兴告诉你,我从 Vera Schwartz 那儿得知,美国驻华大使馆已经为你举行了庆祝仪式。艺术院的全体成员都很高兴你已经成为他们中的一员,并希望今后每年五月你能来此地参加愉快而又正式的庆典。在中国,你和巴金是仅有的两个成员。其他的成员有你认识的来自罗马的 Rafael Alperti,英格兰的 Sir Isaidh Berlin,法国的 Pierre Boulez,墨西哥的 Carlos Fuentes,南非的 Nadine Gordimer,捷克斯洛伐克的 Vaclav Havel,巴黎的 Milan Kundera,Claude Levi-Strauss,Gian Carlo Aenotti,Iris Murdoch,V. S. Naipaul,R. K. Narayan,Octavio Paz,Harold Pinter,Victor Prichett,Alexander Solzhenitsyn,Murial Spark,Stephen Spender,Andrei Voznezenkg,Veronica Wedgwood。总的说来,是不错的。

我今年秋天也许会去中国旅行,可能在开十四大的时候,如果有机会的话。

我希望此行可以实现,这样我又可以见到你了。
美好的祝愿

哈里森·索尔兹伯里
1992 年 5 月 30 日

Harrison E. Salisbury
Box 70
Taconic, Connecticut 06079

May 30th 1992

Dear Mr. Kahn-Ackerman:

Once again I am going to take advantage of your kindness to convey a brief message to Zhang Jie:

Dearest Zhang Jie: I enclose a notice from the New York Times of the ceremnial at the American Academy in which you were formally inducted as an Honorary Member. You can see from this that you are in good company! I was so happy to talk to you the other evening with Vera Schwartz and learn that the membership plaque had been delivered at the Embassy at a little ceremony there. Everyone in the Acauemy is delighted that you are now an Academician and we all are hoping that one year from now you can be present and join us in the May ceremonies which are very gay and also formal! With the death of Ba Jin you are our only Chinese member and we are very happy that we can have so distinguished a representative from China. Among the other honorary members at the moment are Rafael Alberti of Rome whom you may know, Sir Isaiah Berlin of England, Pierre Boulez of France, Carlos Fuentes of Mexico, Nadine Gordimer of South Africa, Vaclav Havel of Czechoslovakia, Milan Kundera of Paris, Claude Levi-Strauss

-2-

Gian Carlo Menotti, Iris Murdoch, V.S.Naipaul, R.K.Narayan, Octavio Paz, Harold Pinter, Victor Prichett. Alexander Solzhenitsyn, Murial Spark, Stephen Spender, Andrei Voznexenko and Veronica Wedgwood. Not a bad company, all in all.

I am trying to put together a trip to China this autumn., probably at the time of the 14th Party Congress, if that is possible.

I hope I can do it. It would give me a fine opportunity to see you again.

I hope progress continues with your hepatitis.

Best regards

Harrison Salisbury

1992 年 5 月 30 日信

American Academy and Institute of Arts and Letters

NEW MEMBERS AND 1992 AWARD RECIPIENTS

New Academy Members
LOUIS AUCHINCLOSS SAUL STEINBERG
CZESLAW MILOSZ KURT VONNEGUT
HUGO WEISGALL

New American Honorary Members
AGNES DE MILLE MAX ROACH

New Foreign Honorary Members
KOBO ABE ALICE MUNRO
ANITA DESAI CONLON NANCARROW
NAGUIB MAHFOUZ ZHANG JIE

New Institute Members
ANN BEATTIE DONALD JUSTICE
CHUCK CLOSE ELIZABETH MURRAY
FRANCINE DU PLESSIX GRAY MARTIN PURYEAR
JOHN HARBISON WILLIAM WEAVER
ELLEN TAAFFE ZWILICH

The Gold Medal for Drama
SAM SHEPARD

The Gold Medal for Graphic Art
DAVID LEVINE

Award for Distinguished Service to the Arts
W. McNEIL LOWRY

Award of Merit for Poetry
CHARLES WRIGHT

Arnold W. Brunner Memorial Prize in Architecture
SIR NORMAN FOSTER

Academy-Institute Awards
Art
ROBERT BERLIND FRED DALKEY
JAKE BERTHOT LEATRICE ROSE

最亲爱的张洁：

我收到了你七月八日的信，只一个星期就到了，真是挺快的。我真高兴收到你的信，并且了解了你的感情。如果是通过唐棣转来的，就不会感到这么直接地同你交流。你直接寄来更好！我至少可以感到你的呼吸。

你得的这种病同别的病很不同，不容易治好。这种病是在血液里，对药物不做任何反应，等待时机，窥视，等你最不提防时跳出来。你真是不幸。

我想也许一部分原因是由于你母亲的过世，我认为你对死亡的解释是正确的。我想你们曾经而且仍然是连在一起的，当一个去了的时候，另一个会受到很大影响，即使最现代的医生也不能解释，而你却能感到那种联系。

我肯定那是准确的，我能感觉到这种感觉是准确的，而最准确的感觉是人的感觉。

但我也认为渐渐地会好起来或是淡泊下去。会有一天，当你转过身来，看到它确实走了，我是这样认为和感觉的。

希望我来中国的时候能见到你，但现在还不知道我什么时候会去，也许要等一些时候。我必须先去俄国，这意味着我在冬天以前到不了中国，也许最早是在晚秋的时候。我知道这在北京不是最好的时候，可是我得看安排。

同时，我的心飞向你，而且我时时想念你，不仅仅是在唐棣打电话时，她常常给我打电话，而且总是那么快乐。

最最好的祝愿

哈里森·索尔兹伯里
1992年8月12日

Harrison E. Salisbury
Box 70
Taconic, Connecticut 06079

August 12th 1992

Dearest ~~Tang~~ ZHANG Jie:

I have your letter of July 8th. It came a week since, which is pretty good time I think! And I am so glad to have it and to know how you are feeling. It gets so spread out when it comes to me through Tang Di! It is so much better to have it from yourself! I can at least feel you breathing. It is a hard thing to follow. A disease which is not like other diseases. Which doesnt respond to usual cures (or unusual ones either) Which lurks in the blood (thatis how it seems to me) not responding, waiting there, lookking out with shy glances, waiting to tell you what it really is doing but waiting until it can catch you with your guard down! Not a very happy time for you.

I think it is in part at least a reaction from your mother's death. I think you explanation of that death is correct. I think you were, are, connected and when one dies the other is affected, even tho modern doctors are not able to put together the parts. But yu feel the connection.

I am sure that is right. It feels right to me. And that is what counts. The feeling.

But I think, too, that it will gradually go away. Or simmer down. And you will turn around one dy and see that it has left you. That is the way it seems to me it will be.

I look forward to seeing you when I come to China. Just when that will be I cant not say at the moment. It may be a while before I get there. I have a problem. I must go to Russia as wel as China in the coming months and it seems to me that I will get to Russia first. That may mean that I'll not get to China until winter. Or sometime in late fall. Not the best time for Beijing I know. But we will have to see how it works out!

Meantime, my heart goes to you and I think of you very often and not just when Tang Di calls--which she does so often and with such joy.

Al the very very best to you.

Harrison Salisbury

1992 年 8 月 12 日信

所有与我有关的事,点点滴滴都让他那样、那样地揪心!

一九八九年圣诞节,我们是在哈里森那里度过的。(莎洛特烤的蜜汁火腿太好吃了,还没等圣诞晚餐开始,我就不停地偷吃。哈里森说,他也像我一样,喜欢来这么一手。)那时唐棣刚刚毕业,刚刚工作,还没来得及将学生时代的"二手车"换成新车。节后当我们准备返回的时候,那辆二手货无论如何也发动不起来了。其实天气并不很冷,只是二手货经不起风雨的考验罢了。莎洛特的大儿子拿来一瓶什么液体,冒着可能爆炸的危险,往车头里的一个什么"机关"猛灌一通之后,二手货才发动起来。

好在我和唐棣颇得"垮掉的一代"的真传,嘻嘻哈哈就上了路。沿途也是嘻嘻哈哈,从没想过抛锚或雪地不容易刹车那等丧气的事。车祸出在不久以后,有一次我们从波士顿回我任教的 Wesleyan 大学的路上。

居然也就到了家。刚进家门,大衣还没脱,就接到哈里森的电话,问我们是否平安到达。好像我家装有监控器,不然如何分秒不差?也许自我们走后他什么也没干,就是坐在电话机旁不停地拨电话。

之后又连着收到他两封期盼我们平安到达的信。也许我们的车刚走,他就扭头去书房写信,还预留了保险系数,连着写了两封。

从哈里森一九九二年最后写给我的几封信里,一点儿没有看出他的健康越来越差、不到一年就将与我永别的征兆。当时我一味沉浸在自己的忧伤和烦恼里,忽略了许多可疑的细节。比如,他的签名从哈里森变为哈里森·索尔兹伯里、结尾的祝愿越来越规范化、信件的内容也越来越简单、有时给我打国际长途电话也是前言不搭后语等等。

他当时的状况正如莎洛特所说："这两年哈里森的记忆力显见的不行了,演讲时常常突然停顿下来,接不上下面的话,过去他可不是这样。"

可他还惦记着我的病,惦记着我不能到美国去接受美国文学艺术院荣誉院士的颁赠仪式,条理清楚、无一疏漏地向我报道艺术院为我安排了另一种颁赠办法,细心描绘出艺术院的方位和形状——经他如此的描述,让因病不能亲临那一现场的我也如身临其境,并寄来《纽约时报》有关新院士入院以及举行颁赠仪式的报道,特别指出与我同时进入艺术院的新院士中,有中国作家最为欣赏的米兰·昆德拉(Milan Kundera);南丁·高迪玛(Nadine Gordimer)……

正像他在一封信中所说,他是想让在病中并失去母亲的我,得到一些鼓励吧?

谁能相信,这就是他在莎洛特描绘的那种状况下的所作所为?

那是为了我,只是为了我——算我自作多情吧!

1994年12月　美国康州一稿
2004年8月　美国纽约州又及

此生难再

"好死不如赖活着"这句话,听起来真让受苦受难的人受用。千真万确,它差不多是人们在万难之中坚持下去的支柱,而不是什么伟大的理想——这样说真不好意思。

因为等到明天一睁眼,可能就有个意外的机会,而不是理想,让你渡过难关。这种可能不多,但不多不等于绝对没有,所以大部分人还是寄希望于明天睁开眼睛那一瞬。

中国哲学的特点,是对难得来世间一游的生灵,充满怜悯和辩证无涯。

我也就是这样,第二天一睁眼,且不论是什么原因,不得不在新英格兰滞留下去。

新新派人士可能不喜欢新英格兰,它有实在太古典的浪漫景致,就像在《蝴蝶梦》那样的老电影里常常看到的。

好像和这个地方有缘,从一九八二年后,多次来到新英格兰并在这里停留,特别是每当心情不顺的时候,如同进了精神疗养院。

新英格兰四季分明,不像在北京,脱了棉衣就打单。且每个季节都拥有自己的"季迷",比之"歌迷""星迷",没那么疯狂就是了。

不知哪一任房客种下的郁金香,一到春天,便开放在房子周围,郁金香色彩繁多,但房子周围的郁金香,正是我喜欢的那几种颜色。我常常想,这是哪位房客种的? 就是想谢谢他,也无从谢了。一茬茬房客可不就是过客,兴许不在世了也很难说。

到了夏天,不用去海滩刻意点染,在太阳下走几趟,皮肤就会变成时髦的古铜色。

而在去年夏天,大家都说热得难熬时,我房子周围伸向屋顶的老树,却为我遮蔽了灼热的阳光,连风扇都不必开。人们很羡慕我这个不起眼的森林小屋,坡上的邻居说,正正覆盖着我屋顶的那棵老松树,当年他父亲来到此地,兴盖他们那所房子的时候,就已经有了。当然它那时没这么老,还不能为我住的这栋房子遮荫,再说我住的这栋房子那时还没有"出生",它和这位邻居差不多同龄。坡上的邻居已经七十多岁,他父亲如果在世,会有多大年纪大概可知,那松树也就比他父亲还老。唯一不适的是,树林子里的蚊子太大,咬上一口,被咬的地方就肿得像一个"两毛五"硬币那么大。

转眼又是新英格兰著名的秋天,过完一九九四年秋天以后,我还怅惘地想,我是不可能再有机会第三次看到它的秋天了。即便和你的所爱,一生又能有多少机会、时间,长相守、长相知、长相望呢?何况是一处的景致。

一到秋天,很多美国人特地赶到新英格兰来看红叶,就像北京人到西山看红叶似的。大老远跑到西山,一路上历尽挤公共汽车的操练,望山跑死马地到了跟前,就有万般美景宜远不宜近、宜听不宜观的感慨;而疏落的红叶,为了不负远道而来的人们,辛苦地挂在枝头,倒让人心里一紧。

新英格兰的树林,随着地势的起伏,覆盖着大地和山峦,在广袤的地域上,重彩浓泼、层次分明,而又不失之突兀地过渡着秋色的绚丽,实在让人惊叹上天的功夫了得!

落叶如彩色的雨,但又比雨滴缓慢,在秋季晴日多多的阳光下,舒缓地翻飞,似乎刻意在坠入泥土之前,给人们留下一段欣赏的时间。

我坐在窗后的小沙发上,看落叶飘摇,听林涛起伏,享受独自一人享受这景色的乐趣。就像好不容易得到一杯醇酒,没有人来分羹,尽可以浅斟慢酌、细细品尝,点点滴滴都落到独自个儿心里那样自私。

要是能把壁炉点着,更是锦上添花。

特别在黄昏,光线斜穿过树林,树林简直如燃烧般地璀璨,一片雷诺阿的颜色。这才明白,光线果然是色彩的生命。

树叶们一生中最灿烂的时刻,其实是它们向死亡坠落的时刻,而人们离去时,大部分都熬到山穷水尽,惨不忍睹。

一九九五年岁尾至一九九六年头,美东大雪,据说是本世纪新英格兰最大的一场雪。八号那天,我房子周围的雪直没膝头,房子上的冰挂,有两尺多长。周围的树林在暴风雪中狂舞,风暴肆意地在树梢上奏出忽高忽低、忽紧忽慢、地动山摇的轰鸣,让人感到莫名的慰藉……不要指望这个人能安慰你,那个人能疼爱你,除了母亲,能疼爱你的是风和雨。

不要说这样的大雪,就是我年轻时常有的没到脚踝的雪,也多年不见了。能有多少机会见识本世纪之最?便冒着暴风雪出去神游。大白天的,家家窗口却亮着灯光,风雪中灯影迷离。很多人家停在外面的汽车已被雪埋,四野无人,除了铲雪车看不到别的车,暴风雪里只有我。真不能想象天地间竟然只有自己的时刻,就是一会儿也难得。

这场雪终于停了下来,阳光于是格外耀眼,天空也格外湛蓝,反倒让人感到不太真实。树上、房顶上的积雪融化了,融雪还来不及落地,就结成晶莹的冰,在阳光的照射下,像蘸了银似的闪光发亮。房檐四周的冰挂,已经不止两尺,简直就要垂地,我的房子像被罩在四面密封的冰帘子里。

其实美国最让人心仪的,是一眼望不到边的树和无处不是的草地。一眼望不到边的树有多少?一棵树上又有多少枝条?这些数不尽的、蘸了银的枝条,齐齐举向澄明的阳光和蓝天,真是从未见过的奇观。

铲雪车把路上的积雪推向路边,于是垒起了一堵堵雪墙,看不见人们走在街上,只看见颗颗头颅,在雪墙上方移动。

这样的景致大约延续了一天一夜,银冰终于渐渐落地,如环珮相击,叮当有声,在风息树静的夜晚,更觉清雅。如此景致,如此雅音,怕是此生难再。

忽有三四海鸥飞至,蓝天在它们白翅的扇剪下,方才有了真实感,像个天空了。我想它们大概把积满白雪的大地当作海了,糟糕的是,一首歌也是这样唱的:"小鸽子错了,它把森林当作海洋,它把你的心当作它的家……小鸽子错了,它弄错了。"

所谓"一步棋走错,全盘皆输"的一错百错。

1996 年 1 月 16 日

你再也无法破碎的享受

向晚,我来到 Tejo 河与大西洋的交接之处——古老的 Alcantara 港。我无意追随历史的脚步,只不过觉得,曾几何时这里是连通世界各大洋的船港,必然可以打探到去 Azors 群岛的船讯。

老海港阒无人迹,只有不知哪里传来的夯声,于夕阳残照中,声声报知这荒弃的残迹,与你、与我、与他、与人人一样,都有过的往昔。

在尽职尽责的夯声中,我怪笑一声自己不能痛改的怀旧痼疾。

好不容易在一处隐蔽极深的小房子里找到一个海员俱乐部。一位俱乐部成员告诉我,到 Azors 群岛乘船来回需要四天,不如乘飞机,而我却想乘船。

乘飞机有什么意思?除了云彩什么也看不见。云彩固然很美,不过有机会换换口味,看看云彩下面的异域风情也不错。记得那年从瑞士到德国,我让德国出版社将飞机票换成价格低廉的火车票,才得以浏览沿途的一些小城。

从地图上看,我以为当天即可往返。听他这么一说,所有计划都得泡汤。

不算路程消耗,无论如何,总得在群岛上待几天。可是我的签证就要到期,不等从岛上回来,就得面对非法滞留的局面,除非我立刻到有关部门办理延期手续。

尽管主持这次欧亚文化高峰会议的葡萄牙某基金会主席说,随便我住到哪一天,他们都会为我支付全部旅费,可人不能得寸进尺,真就无限期地住下去。

竟有这样的巧合。后来得知,六百年前的这一天,也就是我来打探船讯的二〇〇〇年六月二十三日,葡萄牙王国舰队,正是从这里起锚,开始了历史上第一次海上之路的探索。以后的二百年间,多少船舰在这里浩浩荡荡地起锚,又弹尽粮绝、九死一生地返回……在欢笑和眼泪的交替中,Alcantara港渐渐老去,不但老去甚至如此不堪。尔后四百年间,昔日雄风从未再现。

在码头上欢笑或哭泣过的人,一代又一代不知轮回何处,六百年前的如烟往事,已然沉溺在这海河交界的深处。要想追寻点什么的话,去问一块海底岩石或某条老鱼,可能比文字的记载更为可靠。

海风的确算不上温柔旖旎,即便已是诗情溢满的黄昏时分。

又毕竟是Alcantara港,不能指望在这里领略"小桥流水人家"的风情。

劈面而来的海风撕扯着我的披肩,它竟不知天高地厚,如MTV"我心依旧"中,被一再重复的、那个经典场面里的披肩,满帆似的张扬着。

突然觉得脸上被狠狠地抽了一下。

我收紧披肩,怏怏地想,这突如其来的一记抽打,来自何方?

四处寻觅——什么也没有。

距我最近的是港湾的一个犄角,停泊在那里的豪华游艇,随波荡漾,空自无人;犄角北边,Tejo河又拐了一个小弯之后,是一溜当年的船坞改建的小饭店,惨淡经营,几乎看不到顾客;远处的起重机和集装箱群至少在两千米开外……整个老码头上,只有我这个过客。

也许,那不过是已然消逝的、千百年前的劲风,突然掉转头来赏给我的一个痛彻心扉、独一无二的亲吻。

希望不是我对"消逝"自作多情,可是我的里斯本之行不时节外生枝。

当晚,带着脸上挥之不去的、像是被烫过的灼痛,游弋在里斯本老城区。

街灯像存放多年的调料瓶子,无滋无味地照耀着。在一条舞台道具样的老胡同里,有只猫在街角的弃物中挑挑拣拣。

听见我的脚步,它停下工作,摇着尾巴向我走来,而我还想继续前行,可是它横过身来挡住了我的去路。我有能力对不让我继续前行的人说"不",却无法对一只猫说"不"。

只好在一处台阶上坐下。

它抬头看看我,亲昵而又熟络地在我腿上蹭来蹭去,对我喵喵地叫着,好像在问:"别来无恙?"然后蜷缩在我的脚上。

它的腹部在我的脚面上起伏,那是它的呼吸使然。柔软的温暖包裹着我的脚面,那是它的体温。

好惬意啊!

我从不介意独自游荡,不过旅途上能有这样一份贴近,该是意外的喜悦。

我说:"你可真是一只特别的猫。"它又对我叫了几声,那声音有点非同寻常,像是认同又像一言难尽。

就在此时,我觉得已经与它沟通。"你又是一只好命的猫,历经水深火热,既没被淹死也没被烧死,更没有被火山岩浆所吞没。"

谁见过一只猫的会心微笑?尽管有人说,猫是不会笑的。

我和它就这样偎依着,把我们的夜晚消磨在那个台阶上,没有相依为命的凄清,反倒像两个在酒吧对饮的游客:酒逢知己,浅斟慢酌。

类似的景致不止一次遇到。八十年代初,一个深冬的夜晚,我站在北京饭店高层一个朝北的房间里,向下探望。幽冥的街灯下,一个个整齐划一的四合院方阵,好似不为人间所有,让人不得不寻思院子里一茬茬的旧主人和院子里的旧日子,那些逝去的、未曾谋面的人物和日子,就像亲朋故旧,栩栩如生地出现在眼前。

对不知有无的生命和万物轮回之说,我总有一种偏执。这偏执始自年少,使我对自己的源头充满疑问,甚至怀疑自己确切的年龄、籍贯、出生地、人种……猜想着我不过是个老得无法推算年龄的游魂,否则为什么总喜欢独行侠般地游来荡去,宁肯把不多的钱花费在游荡上?

这可能就是我的脑袋,总是不觉地甩来甩去的原因?可我从来没有甩掉那些已然隐退的我或他人的往生、往往生……不论走到哪里,它们总是追随着我,让我不断探寻。

我累。

或是装傻充愣地走进一栋似曾相识的老房子,用不伦不类的英语问人家:"请问这里是一家博物馆吗?"

"不,不是。"

"哦,对不起,但有人对我说这是一家博物馆。"就此赖皮赖脸地在那栋老房子里盘桓一会儿,贪婪地重温曾经拥有的一切:墙上的壁饰,天花板上的嵌条,门上细小的雕饰,精致的老吊灯——居然还没坏……偏偏不去想那重逢之后的别离,出得门来满怀的伤感,怪得了谁?

而在另一栋楼房的门道里,那矮小的男人对我说:"下一周这里会有一个画展。"

"等不到下一周我就得走了。"

他似乎漫不经心地看着我,其实在胸有成竹地盘算,然后对我说:"不过你可以先看一看,虽然还没有完全准备好。顺便说一句,我知道你喜欢这栋老房子。"

我停下脚步,盯了他好一会儿,我想我的目光足够怪异而且来者不善。

他带着我在那栋老楼房里穿行。踏上二楼楼梯时,我嗅到了一股与画展毫无关系的气味,让我想起一个不甚具体的女人。但这气味稍纵即逝,我也没有十分在意。

他对我说,展出的绘画大多是二十世纪的作品,其中不少还是获奖作品。可惜在我看来,意思都不算大。

突然,我在一幅画面上看到了她,那发出薰衣草气味的、不知哪个世纪的女人。明知自己买不起任何一幅画,却不由自主地问道:"这幅画多少钱?"

他说:"这是非卖品。"然后善解人意地留下我,独自对着那女人浮想联翩。

我有点手足无措地下了楼。告别的时候,他神色诡异地送我两本有关画展的介绍。回到旅馆,翻遍两本介绍,再也没有与发出薰衣草气味的女人重逢,可我不想再去寻访她,很多事情的结果,不一定轮到我。

里斯本追记　2000年9月16日

有幸被音乐所爱

一九九九年的一天,还在美国,最为薄情只认潮流的电视,突然念旧地播放起二十世纪最伟大的钢琴演奏家霍洛维茨(Vladimir Horowitz)的一场演出。

一直等到九十多岁高龄,霍洛维茨才在戈尔巴乔夫的邀请下,得以返回生养他的俄罗斯,而且只演奏了一场,不知这是他个人的决定还是当局的决定。

电视回放的正是那一场音乐会的实况。

我无法表述聆听那场音乐会的感受,只觉得在那唯一一场游子还乡的悲情演出中,不论演奏者或听众,感受的不仅是钢琴演奏艺术,还共同演出了那场戏剧人生的最后一幕。多少场景、细节、伏笔、人物、矛盾、冲突……人生所有的不得已,都在那唯一一场演出中,在每一个音符的跳跃中一一交割。

霍洛维茨的音乐,不可颠覆地从渺远的高处,悲悯地俯视着将他长久拒绝于国门之外的、生养他的俄罗斯,俯视着泪流满面、百感交集的听众。

尽管没有足够的音乐修养,可我听懂了,在那音乐面前,伟大的(也许卑琐的)往事何等渺小,包括他自己那顶其大无比的帽子——"二十世纪最伟大的钢琴演奏家"。

　　常常自相矛盾,比如已然老奸巨猾到不再相信永恒的我,一旦他的音乐响起来的时候,只好极其不甘地暂时放下对永恒信誓旦旦的仇恨,至少在那一刻,觉得还有一种东西可以叫作永恒,那就是霍洛维茨。好像一旦帕瓦罗蒂唱起来的时候,还会觉得他的声音,是为着表述一种叫作爱情的东西而生。如此华丽,如此多情,如此灿烂,如此转瞬即逝一去不再复返!

　　我盲目地深爱已然故去的霍洛维茨,或不如说是被他的音乐所爱。对于一生充满失败、常常遭遇盘剥的我(这与经典著作《中国社会各阶级的分析》无关也与他人无关。不是说:有不花钱的奶牛为什么还要买牛奶呢?),我理解为上帝是公正的。

　　哪怕在CD盘的封套上,只要看到他那张脸我就悲从中来。马友友的脸绝不会让我生出这样的感觉,即便马友友在演奏悲怆的、沧桑无比的乐章。当然我也深爱马友友,但这两种爱是那样的不同,如地中海的阳光和伦敦老墓地中漫散的雾。

　　像很多酸腐的老旧文人那样,我对悲喜人生有着习惯性的取向。但我仍然不能断定,这爱的重点是否在于对历史的别一种叙述。某些时候,历史以及与此相关的心理历程,不得不成为造就甚至品评艺术一份不可或缺的条件。

　　抑或是因为他的人生态度?纵观天下,还有谁能像他那样,根本不在意那顶其大无比的帽子,一度停演十多年。用十多年的时间来反思、思考,追求对音乐、艺术的更深理解和表现?也许有人还记得,十年"大革文化命"之后流行过的一句话:"一个人能有多少个十年?"

　　对于艺术追求的最后高度,他是不是为人们制作了一个与社会通行标准完全不同的版本?那就是没有极限的极限。

所以二十世纪只能有一个霍洛维茨。比之霍洛维茨,那些什么钢琴、提琴,凡是能想得起来的各种乐器的王子或公主,只能是百老汇那种地方出品的王子和公主。

不必对艺术家和作家寄予过高的企盼。不要说在某个国家,即便在全世界,一个世纪内能有十个霍洛维茨这样的音乐家或作家已经足够多了。你能想象在一个世纪内,世界上出现二三百个霍洛维茨的局面吗? 外星人要不来灭你才怪,再不就得发生二十级地震。

2000 年

最为著名的单相思

尽管我们知道,所谓"日不落帝国",不过是殖民地的土地,为英国撑起了从东到西的天空。可是在英国人多少个世纪的鼓吹下,这种误导渐渐深入理智的机理,人们终于默认了这种说法:果然有那么一个太阳永远在头上照耀的国家。

八十年代中期,有机会访问"日不落帝国",才领略了这种由地域、理念的错位而导致的混乱。

在伦敦过关时,不知为什么被海关人员阻拦,难道我看上去像个罪犯,或是恐怖分子?

他们打开我的箱子,又一件件打开我的衣服,问:"为什么带这样多的衣服,它们是做什么用的?"

"因为有许多采访和 party。"我说。

事实上我带的衣服并不多,不过几件做工讲究、绣工也很铺张的丝绸旗袍。其中还有一件在奥地利买的衬衣,因为是他们的传统服饰,又是手工刺绣,价格昂贵。

也许那时旗袍还不像现在这样著名,这样被国际时尚仰慕,达到人人争相模仿的地步。

他们把那几件旗袍拿在手里看来看去,一副被又是丝绸、又是刺绣吓着的样子,当然也泄露出些许羡慕的元素。至于那件奥地利传统服装,他们肯定知道价格不菲。

然后齐刷刷转过脸来研究我,在那种目光里,绝对找不到和善、尊重的分子。我猜想,他们大概把我当作"国际倒爷"了。不然一个来自以贫穷闻名于世的国家的人,怎么可能与这等昂贵的物件有一个正当的关系!

除了那件奥地利衬衣,八十年代,丝绸旗袍在我国不但谈不上昂贵,简直可以说是便宜,只是英国人不了解内情而已。一九四九年后,旗袍作为非劳动妇女的标识几近淘汰,八十年代改革开放,渐渐与国际上有了些交流,出访的艺术团体或服务于外交界的妇女,才把它从老箱底中翻了出来,可是界面有限,"钱"景并不看好。近年,时装界发现它竟是国际T台上的一件制胜法宝,地位、价格才随之上扬、攀升。

我坦然地与他们对视着,当然还有一脸的不屑。

几件旗袍,一件衬衣,居然把"日不落帝国"的臣民,折腾成这个样子!

就像大葱大蒜的气味可以通过食用者的汗液排泄,"穷酸"这种质地,即便有了西服革履的包装,也无济于事。

对贫穷,我从来抱着一种尊重的态度,如果"人穷志不穷"的话。何况自己不是没有穷过,甚至穷到几乎吃不上饭的地步。但如果因为"贫穷"而生出许多"事儿"来,就让人看不起了。

真是笑话。

他们有我倒爷的前科记录或是证据吗?或以为我会恳求他们让我入境吗……顶多打道回府就是。

我猜他们原本真想把我"如何如何"一番,最后实在找不出理由,只好放行。

出入西德（这里说的是彼时的西德，而不是东西合一后的德国）、瑞典、瑞士、挪威、芬兰多次，不用多做选项，只消比一比这几个国家和英国的垃圾，就知道英国已经穷到什么地步——像中国的垃圾一样，那是真正的垃圾了，让那些以捡垃圾为生的人付出许多辛苦，却收获寥寥。不像在上述那些国家，甚至可以用街上捡回的家具，安排一个八九成新的家，如果你不在意家具风格不一的话。我的一个西德朋友告诉我，他刚大学毕业、工作还没着落的时候，就在街上捡过家具。尤其那张席梦思，非常之好。

这次经历让我感到非常意外，回国后找了一些资料，以了解这位"日不落"何以变得如此不堪。这才知道，八十年代英国经济没落到了什么地步。

难怪！

不过据说英国经济现在有了复苏迹象，无论如何，祝愿他们日渐富足。

在伦敦那几天过得十分匆忙，因为一个采访接着一个采访，不但什么都来不及参观，连饭也吃不好，只能在下榻的旅馆餐厅里凑合。幸好英国菜非常难吃，是否世界上最难吃的菜不敢说，反正对无法到饭店享用英国美食没有留下任何遗憾。

餐厅里有个侍者，非常喜欢指点我。

比如，汤非常咸。我请他拿回去给我换个口味淡一点的，他高傲地指点我说："我们英国的汤就是这么咸。"

亲爱的，还高傲呢，一不小心你就露了馅儿。

"咸"是什么意思？是一个与"穷困"息息相关的餐桌现象。我们不是没有穷过，太了解"咸"在餐桌上的意义，它能代替该有而没有的菜肴下饭呢。

不过我们再穷,也不能咸到这个地步。我回说:"我是中国人,我们中国人不吃这么咸的汤。"

他很不情愿地拿到厨房去换,换回来的还是那么咸。有朋友对我说:"小心他往你的汤里吐口水,很多侍者都这么干。"

从此免了头盘汤。

又比如,某个下午预定有电视台采访,时间又是很紧,点主菜的时候我连饭后甜食一起点了,不然吃完主菜再点甜食,又得等上许久。

那个侍者对我说:"你应该吃完主菜再点甜食。"

我一愣,想,又来了。然后对他说:"我就愿意这么点。如果我让你先上甜食,你不是也得给我上?别忘了,我是买主。"他只好怏怏地走了。

虽然我不是"义和团",甚至对"义和团"有自己的一些想法,但怎么也得整治一下这个不尊重客人,其实是不尊重亚裔客人的侍者。

第二天早餐,我给了另一位侍者一个英镑的小费。

在英国,对于一般的消费阶层而不是球星贝克汉姆那样的人来说,用一个英镑来付早餐的小费,算得上是靡费了,何况英国人是很节俭的。

这一个英镑的小费,果然让那位总是指点我的侍者立刻变脸,不但再不指点我,还跟我套起了近乎,对我说:"其实我也是从亚洲来的,是印度后裔。"

我说:"这还用说,你那张黄面孔就是一份资料。"

区区一个英镑,就使我的待遇得到根本的改善,很便宜是不是?

可我就是不给他小费,直到离开那家旅馆也没有。

从太阳出世,每天、每天,它自东而出、向西而落,亿万年来循规蹈矩地过着一个正常的日子。忽然有那么几个痴情的脑袋,想要它挂在天上永远不落,哪知太阳不为所动,依旧循规蹈矩地自东而出、向西而落。于是"不落的太阳",就成了任何一个陷于情的人,所望尘莫及的标号。

2000 年

与男人"说清楚"的某些记录

葡萄牙。里斯本。

进入那个酒馆之前,一点不知道里面都是男人,只因为外面的菜单上写着:今天供应新鲜的牡蛎。葡萄牙的海岸线从大西洋直到地中海,如果放过葡萄牙物美价廉的海鲜,回到北京,面对天价的牡蛎只好咽口水,所以毫不犹豫地下了台阶。

进去之后,才发现里面是清一色的男人,包括侍者在内。

酒馆里光线很暗,烟气缭绕,酒味醇香。我适应那黑暗之后才看清酒馆的装潢,极尽简略,而且没有一般酒馆的恶俗,比如香艳的图片或大块带有某种明确导向的色彩,还有那么点地中海风情,比如柜台后面那扇"墙"。

真的很喜欢柜台后面那扇"墙"。当然,叫它墙垛可能更贴切一些,因为不像一般的墙那样横平竖直、弱不禁风。垒墙的石块个性张扬、凹凸不平,却又随遇而安地任人安放,也许不做修理、"随意"安放的本身,就是对石块个性的一种迁就、欣赏。仅仅刷了一层白灰的墙面上,参差不齐地排着不算多也不算少的"猫眼洞",一瓶瓶美酒,俯卧在那些"猫眼洞"里,只等一声令下,就让客人一个个趴下,这样的"酒柜"算得上别出心裁,可惜那天没有随身带着相机。

一个不算年轻的侍者,丝毫不惊诧地招呼我坐下。在此之前,我一直担心他会对我说,这里不招待女客。

点了牡蛎和啤酒。

"就这些?"他问。

"是的,就这些。"我说。

大部分游客会在街头散座上喝杯啤酒或是葡萄酒,所以只能叫"喝",离"品酒"还差几个档次。当地人就会选择这样的酒馆,而不是大饭店来消磨他们的夜晚。

产自葡萄牙波尔图的葡萄酒自然是他们的最爱(请勿与法国那位"波尔多"混淆)。上品波尔图葡萄酒如琥珀、如水晶,仅仅观赏就让人迷醉。像我这种不懂品酒的人,根本不可能分出眼前的琼浆玉液,到底是从白葡萄酒还是从红葡萄酒长期存放而来。因为不论红、白波尔图葡萄酒,存放年头久了,最后的色泽都会向琥珀、向水晶靠近。

我猜想,他一定觉得我既然能走进这个有名的酒馆,一定也是酒坛老手,奇怪我怎么只点啤酒,而不点威士忌、白兰地或白葡萄酒,岂不知这一杯啤酒也是用来下牡蛎的。

可不是"醉翁之意不在酒"!此番主攻对象是牡蛎,总得为牡蛎留着并不海量的肚子。

面包不怎么出色。啤酒很淡,正合我的口味。牡蛎却非常新鲜,挤上柠檬汁后,眼见它们在柠檬汁的刺激下,直劲儿抽搐,至少被我吃掉之前,它们还活着。那一会儿,我真的有点儿不好意思。

不少情况下,我是一个两面派,人们不难看到我在某些问题上行为与宣言的出入。比如对待美食,既不能不贪吃,又不能不想到对生命的尊重。

没有人注意一个女人的闯入,我在这个男人的酒馆里非常放松,自得其乐地消磨着一个异国的夜晚。不像在国内,每当我独自在饭店就餐,有人就会不时给我奇怪的一两眼。

一面慢慢享用着牡蛎,一面浏览男人的风景。

他们大多倚在柜台前,并不点菜,清酒一杯,或三三两两悄声细语、或独自无声无息地享用着一份酒趣。

在这里品酒的男人,大都非常文雅,其中不乏英俊之士。不能说他们都是"同志",可也有不少勾肩搭背的伙伴,还有一对不时含情脉脉地对视。

记得一九八九年在罗马街头与一位著名影星擦肩而过,朋友说:"很不错,是不是?可惜他是同性恋。"接着她不无遗憾地感叹,"世上让人迷恋的男人本就不多,一旦有那么几个,大部分还是同性恋。"

我说:"别那么悲观,你还年轻,总会遇到所爱。"后来她果然遇到可以谈论婚嫁的男人,早忘了当年的哀叹。

眼前的景象、气氛、酒香,让人流连,那杯啤酒正合我的酒量,牡蛎也被我吃得精光,我的状况是酒足饭饱,更何况俊男如云、秀色可餐。但再好的风景也不能永久收入眼底,也不能在那里无限时地坐下去。

请侍者结账,只见他念念有词,在小本子上改来改去算个不停,让我顿生疑窦。接过账单的时候留神看了一看,第一项收费被涂改了三次,而且一次比一次高。

我决定就涂改几次的账单和这个男人说说清楚。

因为好说清楚的毛病已经得罪过很多人,可是一有机会就死灰复燃。若干年前在西单电报大楼排长龙交电话费,一位衣冠楚楚的先生翩然而至,理所当然地插到队伍前头,我对他说:"先生,请你排队好吗?"

先生上上下下打量着我,像打量外星怪物,说:"排队?你知道我是谁?!"

我实话实说:"不知道。请问先生是谁?"

排队的群众回说:"'是谁'还轮到来这儿排队,早有小秘或是听差的伺候。"

在银行存款也遇到过一位"谁"。办完手续后,我对银行的工作人员说:"你们的打印机是不是该修了?存款折上的字迹非常不清楚,这对你们和存款人都很不便。"

旁边一位拿着大宗钞票的男士说道:"你办完了没有,办完就一边儿去,说那么多废话干吗,累不累!"

我实话实说:"不累。"

然后眼巴巴地站在那里,不明白自己为什么总让男人恶从胆边生。

…………

这回,又禁不住指着第一项收费对那男侍者说:"先生,请问这是什么意思?"

他回答说:"This is cover。"

我不明白这里的"cover"怎么解释。怎么解释都是多余,桌子上除了啤酒杯和装牡蛎的钵子,就是那小篮里几乎没动的面包。

我说:"饭店的面包差不多都是免费的,你们这里不是吗?即便不免费,你难道不知道面包该收多少钱?可这一项收费,你修改了三次。"

他尴尬起来,不知所云地站在那里。

葡萄牙人是本分的,即便来点"猫溺",只要对方较一点真儿,立马缴械投降。

如果一个男人为了一点点钱,站在一个女人面前无以应对,那景况真的让人于心难忍,何况他已知错,何况他对我并不恶声恶气。

我莞尔一笑,说:"不过我还是愿意付这个钱,包括你的小费。"他鞠躬不已。

再说这个男人的酒馆给我留下了很好的回味,我不希望它因此残缺。

2001年2月

也许该为"芝麻"正名

在美国一所大学讲授中国当代文学的时候，与来自某个岛子上的一位汉语女教师有过同事之谊。

有天她的学生问我，"通奸"是什么意思？

我想也没想对她名下学生的提问做个回答有何不妥，张嘴就回答说："大部分指不合法的性关系。"

她知道后，礼义廉耻地教育我："你怎么可以对学生解释这种下流的词汇？"

我大惑不解地说："怎么不可以解释？如果他将来用错这个词，对她的父母或对总统夫妇说'你们通奸了吗'，那才糟糕呢。你翻过《辞海》了？《辞海》上说这是一个下流的词汇吗？"

即便文人相轻，不也就我一位讲授当代中国文学？但如此这般的芝麻粒儿，却经常撒入我平淡的教学生活。并无大碍，只是不好打扫。

不久后的一个中午，本该休息片刻的时段，忽然想起一件马上要办的事，只好到办公室去。既然是自己的办公室，自然长驱直入，没想到该女教师和一位来校客串的名教授，正在我的办公室里热吻。

我这个人很不礼义廉耻。相反,我认为在配偶之外与他人偷情,并不值得大惊小怪,也理解来客串一把的名教授没有办公室的现实。只是他们应该去旅馆租个房间,名教授又不缺钱,却不该占用他人的办公室。在西方,这才是非常不礼貌,甚至是粗鄙的行为。我不喜欢轻易用"下流"这个词,在我看来,这是非常"重"的一个词。

撞见他人偷情,当事人其实倒没什么,而闯入者的态度却难以拿捏。如果是你的朋友,一笑了之即可,如果不是你的朋友而又认识,则比较难办。特别对方还是一位红了半边天的名教授。

我极其讨厌扩散这种事,多少次当他人议论圈内人的绯闻时,我都是拒绝合作,掉头而去。

这一次偏偏让我撞个正着。如果我不是这间办公室的主人,该有多么简单!

作为办公室的主人,我不得不对此有所表示,否则就有趋炎附势之嫌,反倒可能被当事人视为下贱。

我不知道这是什么逻辑,事情却偏偏如此。他们可以发生这种行为,你却不可阿谀奉承这种行为。

于是转身到系秘书办公室,请求秘书为我写一张告示,贴在我办公室的门上:未经本人同意,请勿占用。

秘书奇怪地看着我,何以提出这等多余的要求。不过她也不多问,照办就是。

我觉得这样处理比较稳妥,大家心照不宣。既尊重了自己,也给当事人留足了面子。

再一次讲到某作家的作品,正值该作家滞留美国,便请他前来现身说法,该女教师也慕名前来听课。课堂上,作家对中国知识分子发表了很不公正的看法。这种看法如果得不到纠正,那些从未到过中国、对中国知识分子毫不了解的美国学生就可能产生极大的误解,而且我也不敢担保这些学生日后一定有消除这种误解的机会。那么这种误解,将使中国知识分子长久处于恶名之下。于是忍不住对那不公正的看法作了一些纠正,当场受到作家太太火力密集的扫射。

我不过举了个例子,说明中国知识分子还不至于那样不堪,同时也不能一概而论,并无其他不敬,而且还一再声明是"商榷"。

课后,按照系里惯例,请客人到饭店进餐。进餐过程气氛异常,几乎每句话都包含着与字面不同的歧义。难怪"冷战"年代最后投降的是资本主义,就连这位民主代言人的太太,也不愧为一名冷战高手。

我其实是个相当没出息的人,又十分厌倦战争,特别是"冷战"。即刻便有了悔意,他愿意编派中国知识分子就编派好了,跟我有什么关系,我多什么嘴!

事情到此并未了结,与我关系极为亲密的一个学生对我的态度变得有些奇怪。我问他发生了什么事,他说,那天有事没有前来听课,那位女教师对所有未能前来听课的同学说,我在课堂上不但与那位作家大唱反调,而且是一个反对民主的人。

在美国,反对民主的人是什么人?!尤其在我们那间以民主和开放著称的大学。

即便没有出息,面对这种莫须有的、分量不轻的传言,也不能听之任之。我去找这位汉语女教师,说:"如果你不懂得汉语,随便乱说情有可原。可你不是教授汉语的教师吗?然而你却对学生谬传我的发言,我不得不请教这是什么意思?"

……………

不知道你办公室里有没有这样一个爱找碴儿的女人或是男

人?你将会知道,那和"爱上一个不回家的男人"一样,度日如年。

以上种种并不影响我们的同事之谊,也可以说我们的关系相当西化——相当就事论事,所以当她又通过我向美国著名剧作家阿瑟·米勒的太太英格借用一批摄影作品的时候,我认为也很正常。

"某某教授正在撰写一部重要的著作,需要一些有关的照片,希望你能帮忙。"她对我说。

哪位教授?彼此心照不宣。

英格是摄影艺术家,在中国拍摄过很多有意思的照片,那些照片对研究中国的西方人,很有参考价值。

能有这样一个机会来润滑上次的尴尬,该是顺水行舟,皆大欢喜,可是这个要求超出了我的能力。

在西方,就是向亲娘老子借钱也得打借条,难道她不晓得?闹得我只好再充当一次衰人:"非常对不起,我和他们朋友归朋友,却从不掺和经济往来,所以你得找她的经纪人。如果还有其他方面的问题,我非常愿意效劳。"

没有,没有其他方面的问题需要我效劳。

要是找英格的经纪人,恐怕就得大大破费一笔。

2001 年

像从前那样，说："不！"

极为维护自己权益的美国人，却没有一个人发出质问：为什么更换起飞地点。不用问，肯定是从这里起飞的班机乘客太少，飞一趟很不划算。

除非我不打算按时起飞，倒是可以和航空公司理论理论，而我已经做好回家的准备。

旅行的消耗并不仅仅从启程开始，前期和后期的物质以及精神准备可以跨越前后两周不等，加上意想不到的"奇遇"，比如在极为短暂的时间里，我们这一干乘客不得不向肯尼迪机场紧急转移。这一通超紧张的折腾，真让人累上加累，所以上了飞机，一落座，头一扎，便睡将起来。

即便在睡梦中，我也感到了惊惶。

一九九一年至一九九六年期间，我一直沉溺其中而又难以自拔的那种感觉，再次向我袭来。现在我是否已经彻底走出来了？只能说经过几年的挣扎，有了逃避的能力而已。

如果没有特别的经历，也许无法想象"消沉""晦暗"……这等毫无爆发力的小字眼儿，那足以熄灭生命之火的能量。可想而知,当它再次向我袭来的时候,我是多么忧虑自己将再次面对一场力量悬殊、几乎看不见出路的挣扎。

也就难怪我像溺水人为浮出水面那样,孤注一掷地支使着自己的力气,加倍用力,甚至可以说是夸张地睁开了双眼,向那股可能将我拖入旋涡的暗流望去——邻座是一位上了年纪的绅士。

令我无法置信的是,这位绅士竟是二十年前和我一起开会,彼此惺惺相惜的美国作家库尔特·冯尼格特。

在那次中美作家会议上,冯尼格特的表现,比当年"垮掉一代"的领军人物艾伦·金斯伯格还要另类。

我还留有金斯伯格一九九三年在美国文学艺术院年会上送给我的一首诗,可他已于前些年去世。

不过二十年,参加那次中美作家会议的作家,无论中美都有人已不在世。

记得我们在比弗莱山上一位阔佬家里做客,女主人为了制造气氛,发给每人一件可以击打出声的家伙,指挥大家齐唱并齐奏。第二天,冯尼格特在会议上说:"昨天晚上我们唱的,是我一生中听到的最坏的音乐。"

而在某位电视巨头家里做客时,他更是当着主人面说:"我们在最富有的人家里做客。什么是富有的人呢?就是有钱的可怜人。"

如此等等。

虽然西方人不会对他人行为的怪诞说些什么,但从他们的一个眼神,或肩膀上一个几乎察觉不到的摆动,便可想见他们的耐受力已经达到几成。

会议上他常常口出狂言,而众人一副见怪不怪的样子。

我却对这位撑起美国黑色幽默半壁江山的作家兴趣有加。

本来就喜欢他的作品,又目睹他一系列的怪诞之举,更觉得与他一拍即合。不知道如今的我在多大程度上受了他的影响,但影响肯定不小。

因此我在大会发言中,不由自主地用了那样长的一段时间来谈他和他的作品,发言结束时我说:"……不知道我说对了没有?"

他一言不发地从自己的座位上站起来,穿过整个讲台,来到我的身边并紧紧握住我的手。

会议结束时,照例有摄影师前来为那一盛会拍摄"全家福"。众所周知,那种拍照费时又费力,当散漫成性的作家终于坐好、站好,摄影师在按快门前还不放心地关照了一句:"OK?"

他却大叫一声:"No!"

众人大哗。

接着是在美国各地的旅行,每一站都有记者来采访我。他们说,是冯尼格特向他们推荐,说我是一个有趣的采访对象……

一别二十年,没想到在从纽约飞往底特律的班机上,我们竟是邻座!幸亏我没有与航空公司理论让我转移起飞地点的问题。

太阳也好、月亮也好、星星也好……最终都会从中天向黑暗沉没。我没有机会看到那个渐进的过程,猛然呈现在眼前的,是中天与落入黑暗的强烈反差。

不仅他的体积缩小了一圈,曾经爱好烈酒的他,现在除了矿泉水什么也不接受。玻璃杯里再没有浸着冰块的威士忌,再没有冰块轻轻撞击杯子的声响。他握着手中的玻璃杯,习惯使然地轻轻晃动着,安静得就像一粒伤心透顶的灰尘——这才叫要命。

我说:"见到你真高兴。我们已经有二十年不见了。"

他悠悠地说:"你的意思是很高兴看到我还活着?"

"别那样说。高兴起来吧,中国有许多崇拜你的读者,我就是其中的一个,相信美国也一样。"

他疑惑地看看我,我心虚起来。真的,中国还有多少读者知道他并热爱他的作品?想来美国也是同样。可是美国有种谎言叫作"白谎",那是一种出于善意的谎言。

"你还写吗?"

"刚刚出版了一部长篇,名字叫作《无字》。你呢?"

"偶尔。"就算说起比爱情还让我们神往的事情,他也还是那样消沉。

我不知道怎样才能帮助他。二十年是个不短的时间,多少让人消沉的事情都可以发生。我没有,即便在心底也没有问过自己:冯尼格特遇到过什么?是什么毁灭了这样一个对什么都会说"不"、随时都会爆发、什么都不会放在心底腐烂发霉的人?

我又何必问一个为什么,我应该了解,既然进入这种情况,总有一千个微不足道的理由;而不是什么特别的理由,就足以让人自杀或是发疯。

也就在那一刻,我知道我可能走出深渊。一个想要帮助他人的人,不可能是一任自己沉落到底的人。

临别时他对我说:"祝你好运。"

我说:"说'不'吧,像从前那样。求你了。"

他淡淡一笑,没有回答。也许他二十年前早就作了回答:"如果我的书对社会没有用,我对写作也就没有兴趣了。"

更可能是对活着也就没有兴趣了。

这本是一个不再需要文学的世界,不但不再需要文学,也不再需要古典精神。这岂止是文学的悲剧。

即便如此,还是可以说"不"啊!

2002 年 12 月 12 日

又及：二〇〇五年冯尼格特出版了《没有国家的人》，尽管业内人士叫好，却再不能像二三十年前那样引起轰动了。他喊出的这个"不"，就像撞上了空气，没有回声。

这不是冯尼格特的错，不是。

面对一个时代的退隐、塌陷、消亡，我又何必不自量力地请他说"不"呢？

尽管我的目光也不再于"沉重的肉身"上停留，可冯尼格特是我文学的青春，以及有关文学青春的记忆。

2006年3月14日

"我们这个时代肝肠寸断的表情"

有多少事我们永远无法预料。

说不定它们在哪个犄角旮旯里瞄着你、等着你,然后轻而易举地将你射杀。

说不定什么东西不意间就闯入你还算平整的日子,于是你不得不穿针引线,将你的日子重新补缀。而且,从此以后,不管你愿意还是不愿意,只好带着这份不请自来的牵挂,走南闯北。

不过,你也许因为有了这样一份不请自来的牵挂而悲喜交集……

谁知道呢。

对于绘画,我不过是个业余水准的爱好者,却因为海走天涯,得到不少欣赏的机会。

既然几次出入阿姆斯特丹,怎能不参观伦勃朗和凡·高的藏品博物馆?

那些博物馆的入场券,偶尔会从某一本书中滑落,捡起来看看,背面多半留着我潦草的笔迹,记载着当时的感受,尽管很不到位,可那是我用过的心。

伦勃朗是西方美术史上最伟大的画家之一,尤其是他的肖像画,据说出群拔萃、构图完美、明暗对比无人能出其右,准确地表现了人物的性格和内心等等。

"比金钱更重要的是名誉,比名誉更重要的是自由",似乎是伦勃朗的座右铭。

如果这一行文字的首尾两端不进行连接,可以说是功德圆满;如果连接起来,可就成了一个怪圈。

人对色彩的倾向、选择,不是毫无缘由。红金、橙金、褐金,是伦勃朗惯用的色彩,他一生创作多多,但我们几乎可以在他的任何一幅画作中,分离出黄金的质感。这使他的画面,尤其是肖像画的画面,呈现出一种"富贵之气"。

这是否是伦勃朗后来被称为"上流社会的肖像画家"的原因之一? 或是这种"富贵之气"原就是为所谓上流社会准备的?

不过伦勃朗的事业,正是从"上流社会的肖像画家"开始走向没落。所以,一个艺术家的作品,比他的宣言更真实,以至无可辩驳。

"富贵之气"对我是一种天然的阻隔。使我无法进入颜料后面那一花一世界,一叶一菩提的境地——对于肖像画,我难免带有作家的期待。

说到"准确",惟妙惟肖得如同高保真复印机复制出来,人也好、事物也好,一旦被这只复印机捕捉,只能僵死在那里。

面对这种僵死与流动的思想、内心间的距离和沟壑,还能说是"准确地表现了人物的性格和内心"吗?

而我对凡·高风景画的兴趣,也远远胜过他的肖像画。

总之,阿姆斯特丹的朝圣之行,并未鼓动起我对肖像画的兴趣。

还有,那时的我比起现在的我,是如许地年轻……

有一种老套而又老套的办法其实一直在耐心地等着你,等着你自己来修正自己,那就是岁月。

对一首诗的阅读史,实际上是心灵的跋涉史。

对一幅绘画的阅读史,也同样是心灵的跋涉史。

正所谓一岁一心情。

那天,凡·高创作于一八九〇年六月的肖像画《尕歇医生》(《Doctor Gacher》)突然闯入我的眼帘,而且是他拿手的黄蓝色调。

看过不少画家画过的脸,没有哪张脸能像尕歇医生的那张脸,一瞬间就把我揪回我曾逃离的地方。

对于尕歇医生,凡·高曾说:"我们这个时代肝肠寸断的表情。"

不,凡·高,你过高地估计了未来时代的精神力量,这种"肝肠寸断"的情状,并不仅仅属于你那个时代。

虽说那是一幅质地粗糙的印刷品,然而,无由的荒凉,一瞬间就像凡·高的向日葵,在我心里发了疯似的蔓延。

凡·高,凡·高,你不缺乏灼人的阳光,但却无法终止这种荒凉的蔓延和疯长。

我下意识地掉转头去,清清楚楚地知道:那是一种危险。

可我又马上调转头来,将那孤独的忧伤,搂进我同样没有一丝热气的怀抱。

一生看到过许许多多的眼泪,自己的,他人的。在我们不长的人生里,我们得为忧伤付出多少力气。

可是尕歇医生用不着眼泪。

医生不再年轻,他的忧伤当然不是绿色的忧伤,那种忧伤只要遇到春天就可以康复,也许不用等到春天。

他的忧伤甚至不属于感伤的秋季,无论如何秋季也有来日,而他的忧伤是没有来日的忧伤,再也等不到生的轮回。

那一条条皱纹,都是紧抱着绝望,走向无法救赎的深渊的通道。面对那无数通道织就的网,你只好放弃,知道无论如何是无能为力的了。

凝视着虚无的眼睛里,汩汩地流淌着对忧伤永不能解的困惑,直至流尽他的所有。眼眶里剩下的,只是忧伤的颗粒、结晶——那忧伤中最为精华的部分。

谁说忧伤是沉默的?

我明明听见有什么在缓缓地撕裂,与此同时,我听见另一个我发出的声嘶力竭、歇斯底里的尖叫。你一定知道蒙克的那幅《呐喊》,那一刻,我就是站在桥上呐喊的那个人。

谁说绘画仅仅是色彩、光线、线条的艺术?我明明听见它的吟唱,抽丝般的幽长,悠悠荡荡,随风而去,渐渐消融在无极。

…………

医生逆来顺受,甚至没有挣扎的意图,他不吸一支烟,不喝一杯酒,不打算向任何人倾诉……因为,他的忧伤,是无法交付给一支烟、一杯酒、一个听众的忧伤。

忧伤不像欢乐,欢乐是再通用不过的语言,而忧伤只是一个人的语言。

但是我听懂了、读懂了你的忧伤,医生;

也明白你为什么忧伤,医生;

因为你就是我独一无二的解释和说明,医生;

…………

无论如何。

尕歇医生那张平常之至的脸,却因他忧伤而永垂不朽。

凡·高《尕歇医生》

张洁文集

凡·高曾不容置疑地说:"我已完成带有忧郁表情的肖像画《尕歇医生》。对于那些看这幅画的人来说,可能觉得他模样挺怪,既悲哀、绅士,又清晰和理智。那就是许多肖像作品应该追求的境界。有一些肖像作品可以有很长时间的艺术感染力,在许多年之后,还会被人们所回顾。"

不知道多年以后,自己的文字是否被人回顾。

我问自己:你为什么留下那些文字?

……

我们曾经的梦想,已经无可追寻,而人生不过如此。

于是我的三月、四月,于今年提前来到。

2004年春　北京

去年,在Peloponnesus

Peloponnesus(佩罗泊尼撒)是希腊最大的半岛,因为前端分岔为四个细长的小半岛,坊间又称其为四个手指头,不过我觉得它更像四个脚指头。如果你的手头有一张希腊地图,就会认为四个脚指头比四个手指头更为贴切。

选择了一个脚指头

我保证不会参加旅游团。

只要看到前头有人打着面小旗儿,后面跟着一群秉性各异而至少一周内不得不朝夕相处的陌生人,我就发憷。

二〇〇〇年在巴黎转机,自本国某一旅游团进入候机室后,顿时硝烟四起:团员之间、团员与导游之间,为各式各样的鸡毛蒜皮和旅行社的经济陷阱或想当然的经济陷阱。难得几个不打仗的,却是两个脑袋凑在一起讲他人的"闲话",不过几天相处,竟有那样多的是非可说。幸亏来了一辆食品小车,补偿他们因误机影响的就餐损失,方才转战另一沙场,食品小车顿时一片狼藉。二〇〇〇年就能参团旅行欧洲,想来该是小康之家,照旧不管喝得完喝不完,吃得了吃不了,抢到手里再说,结果可想而知。如果将剩余食品丢进垃圾桶也算善终,可是这样的举手之劳,对"小康"也是一种为时尚早的"修养",于是供人休息的椅子只好变作垃圾桶,而且颇为丰盛,足够再一班人马果腹。面对这一幅风景,可以想见周围乘客的嘴脸,即便机场服务人员依旧笑容可掬,笑容后面的文章可是够人一读。好在"小康"们的心理大多硬度足够,他人的嘴脸绝对不会影响自己的好心情。

当然不拒绝西方出版社为我安排的"公费旅行",但那也是在一位翻译的陪同下。因为作品在西方多个国家翻译出版发行,我为此旅行过欧洲十多个国家,有些国家甚至多次进出,以至到了某个城市,自然会去某一街角的某个商店,购买自己惯用的某种商品……

不过自助旅行还是我的最爱,虽则需要自己支付旅费。那种背一只破包游走天下的情状,就像背着一柄神剑游走天下的孤侠,真让我向往。如果真有来生,如果问我来生的愿望,就是做一名孤身游走天下的行者,再不会为一个"正儿八经"的职业自寻烦恼。

如若不想自己支付旅费,就得付出别的,比如个人的空间,比如行止的随意,比如不得不有的一点儿虚伪……比较起来,还是付钱比较好,付出别的可能就没那么容易,有时甚至是为难自己。

再说,为自己的每一份享受付出代价,难道不是天经地义?好比想吃一块地道的牛排,可是囊中羞涩,又不认可那些"小资"出没的假冒伪劣西餐厅,只得自助,在不怎么吃牛排的环境里,为寻找一块牛眼肉而辛苦。还有那些特别的香料呢,就得像头驴一批批从国外驮回。为求口味上乘,甚至带回一些香料种子,种在自家的阳台上,如此等等。可是当你在餐桌旁坐下,急不可待地咬上那块牛排时,所有为之付出的辛苦,也就得到了回报。

还有许多意想不到的趣事,总会在自助旅行的小道上与你一次次相逢。

那年在葡萄牙,想去里斯本附近的 Sesimbra 看看,问旅馆前台,去 Sesimbra 费用若干?答曰:四十二美金。

又问:包括午饭在内吗?

答曰:否。

于是我决定乘公共汽车,往返只需七个美金,省下的开支可以用来美餐一顿。

我经常与旅馆前台负责推销旅游的那位先生进行这样的物价类比,他那永不枯竭的笑脸,终于渐渐地蔫了。这让我感到非常不好意思,可是我的钱包时时提醒我不能感情用事,尤其在异国他乡。我不得不承认:钱包的智慧,是旅途中最具权威的智慧。

没想到,不到一个小时,Sesimbra 就逛完了。

时间还早,想到下一个旅游点看看,左等右等公共汽车也不来。向本地人打听,原来从里斯本到 Sesimbra 的公共汽车每天上午一趟,返回里斯本每天下午一趟。

有否 taxi?回说也只有一辆,目前正在运营,不在出租汽车站上。那一会儿我意识到,即便对出身名门的旅游手册,也须仔细研读。

我蹲在树影下,盘算着如何打发剩下的时光,忽地来了一辆出租车,载来一个像我一样不明就里的旅游者。他一眼就看出我们是"同行",向我发出了"海内存知己"的微笑。我报以一个虚情假意的笑脸后,便迅速跳上那辆出租车。因为心怀鬼胎,禁不住从后车窗将他打量,只见"海内存知己"的微笑,已换作迷茫的微笑。我赶紧缩下自己的脑袋……一小时后,当他像我一样,蹲在树下守候一只"兔子"的时候,肯定就会明白我为什么仓皇而逃。

又在里斯本,见到一家经营咖啡豆的老字号,马上进去,想要买些带回北京。岂不知那些与我一样老的大妈,根本不搭理我,并一味挥手让我走人,我进退两难地干在店铺的中央。明明一家挂牌店铺,为什么不售货?懵里懵懂走出那家店铺,向一位像是学生的人打听。他回答说,这是一家只批发不零售的店铺,而且她们不说英语。

如此兴之所至地游逛,自然可以见识到许多集体旅行难以见到的风情,比如不知出于何人之手的小壁画、葡萄牙特有的瓷质门牌、老建筑上的石雕……

欧洲旅行社的服务比较多样,向他们提出自己的要求,他们会给你一个相当务实的建议。

朋友和我都不喜欢选择大旅馆、大海滩,那些旅馆从远处望去,与一只巨大的蜂窝没有什么差别。餐厅好像不是填饱肚子的场所,而是一个大"秀"场。女人们得带多大行李,才能应对那一两周的"服装秀"?

我旅行时只带一个背包和一只小拖箱,两套最破的(以便旅行结束时丢弃)洗换衣服,至于内衣多为一次性。当然还要准备一件材质较轻的半正式服装,以便应付较为正式的场合,比如去一家著名的上等馆子晚餐。这样行李会越走越轻,也为心血来潮预留了空间,说不定你会看上当地哪些特色工艺品,这可是常有的事。有一年我从意大利的比萨带回六个陶罐,分赠亲朋好友。

而那些大海滩,尽管与北戴河的"下饺子"天地有别,可是不太养眼的大腿和肚脐眼儿难免过多,包括我们自己,也没有什么值得炫耀、展示之处。除了模特儿,上帝并没有给我们人人一份赏心悦目的"三围"。当然也可以不看,可你不能总是闭着眼睛。这种情况,有点像我们在公共场合不得不吸的二手烟。

所以我们放弃了Santorini,那里可以说是世界最为时尚的旅游热点之一,但我们早晚会去,等到旅游淡季,比如说冬季再去不迟。

最后我们在一个脚指头上,选择了游人稀少、步行五六分钟就能到达海滩的"九女神"。

慕尼黑往返机票加上在那里两周的逗留,费用为四百九十五欧元,相当便宜了。当然,与三千美金游遍欧洲的那位朱先生没法儿相比,我们没那么多时间等机会。

事情就是这样,不想多花钱就得付出时间。

"九女神"只有七套公寓出租,算算看,能有多少游客?而且海滩极长,一直可以走到几公里外的一个镇子和码头上。

当我们一眼看到那个小教堂的时候,更确信我们这个选择的正确。

应该说,它是方圆几十公里最具地中海风情、最为可人的小教堂。每天傍晚,我像一只壁虎那样,或仰面朝天、或匍匐在小教堂低矮的石砌围墙上,观赏海上日落,就像参加一个不可或缺的仪式。

谁说每天每天,太阳对地球周而复始的巡视,不是一个庄严的仪式呢?

这颗无常、无形的定时炸弹,指不定什么时候说爆炸就爆炸了呢。

只是小教堂从不开门,即便星期日也不开。人们到哪里去做弥撒?据说得到几公里外的那个镇子上。

在 Calamata 机场遭遇黑车

在 Calamata 下飞机后,朋友说,咱们租车吧。

租车费每天为四十至五十欧元,而且只"批发"不"零售",如若租用至少为期两周。问题是,我们是否每天都会去远处旅游?

我说,"九女神"肯定有来自周边国家的自驾车游客,看看他们的行程,如果有我们感兴趣的旅游点,可与他们交涉,搭他们的车,付他们一些钱就是了。

欧洲共同体有何优劣与我无关,但凡属共同体国家的老百姓,在共同体内走来走去,像在自家门口遛弯儿那样便当,让经常为签证辛苦的我,羡慕不已。这次能圆旅游希腊之梦,也是因为先到柏林参加第三届世界文学节,因此得到一个申根签证,之后不但没人再看我的护照,更没有人问我从哪儿来、到哪儿去,让我顺便体会了一下在欧共体内随便溜达的便利。

"可以吗?"朋友是典型的欧洲淑女,无法想象我的"奇招"。

有什么不可以。这是多年前我在美国教书时,学生密授我的宝典。

好比一位女生去威尼斯旅游,租住旅馆的时候,竟向一位素不认识、同样打算租住旅馆的男人建议,能否合租一间房子,这样可以节省一半住宿费。那位同样浑不论的男人居然同意了她的建议,他们相安无事地在一个房间里住了两天,并成为游历威尼斯的伙伴,却没有像某些想象力丰富的人所想象的那样,发生一对男女同住一个房间必定要发生的那些事情。

我特别赞同西方人这种行为处事的原则,是什么关系就是什么关系,互相之间绝对不会"串行儿"。

但是我们必须首先租车到下榻的"九女神"去。

机场的出租车,个个车顶都有 TAXI 的标志,我们上了其中一辆。司机说,到"九女神"车费是四十五欧元。不到十分钟,"九女神"到了,司机殷勤地将我们的行李送到服务台,礼貌地转身离去。

朋友是淑女,而我一进入现实生活就彻头彻尾的弱智,我们完全忘记出租车是按公里收费这个事实。

有人说,"放之四海而皆准的真理",这种提法根本不能成立。又有人说,绝对!绝对!

世界上到底有没有"放之四海而皆准"的真理,姑且不论,如果只有一条的话,那就是出租车按公里收费。

可是此"九女神",非彼"九女神"。

Peloponnesus 半岛,有东西海岸。偏偏半岛上有两位"九女神",此"九女神"在食指的外侧,也就是东海岸,我们那位"九女神"在小拇指外侧,即西海岸。

好在此"九女神"的老板很有职业道德,即便自己客房空位很多,也马上打电话联系另一位"九女神",并为我们叫来另一辆出租车。

又乘了将近一小时的出租车,我们才到达小拇指。

这位司机名叫吉米,为人诚实,从东海岸到西海岸,行驶一小时,车费也是四十五欧元。他还答应我们,当我们离开时,送我们到机场去。

离开的那一天,恰值出租车司机罢工,吉米虽不能来送我们,却派他的一个哥们儿把我们准时送到了机场。

葡萄牙特有的瓷质小门牌和小壁画

"九女神"附近的小教堂

张洁文集

"九女神"旅馆

张洁文集

小狗罗吉

我的厨艺

张洁文集

如果在遥远的一个脚指头上都能遇见黑车,在咱们首都机场遇见黑车又有什么值得大惊小怪、耿耿于怀的呢。

有只小狗叫罗吉

人在海边,自然与海相依相伴。

可没想到,深夜,海,总是不经同意便擅自从窗里进来。

到了这个时候,你能说什么?

说,再相伴相依也得有时有晌。

说,请你敲门。

说,请先电话预约。

…………

它站在我的床边,或轻拂我的梦境——说到底,我何曾对它表示爱恋?如今,我再不会像青春年少时那样毫无遮拦,看出我的嫌恶倒是可能,但是绝对不会看出我对什么的倾慕了。

或拍打我的头顶,我的头颅立刻变作岸边的岩石,发出一阵又一阵惊涛般的轰鸣……

先别说,别说这是海的咆哮,别说这是海的愤怒。为什么不能说是海的哭泣,海的悲伤?为什么不能说,有时,它也需要一个听众?如果这是一个迟钝的听众,又为什么不能把他唤醒?

…………

等到清晨,便带着对于海的思虑,走上阳台,在椅子上寂然坐下,看太阳如何破云而出。

在云朵极为迅捷又山奇缓慢的变奏中,纷乱的思绪才渐渐有了着落。

如果细细品味,云和云其实是不同的。海上的云、山中的云、平原的云、丘陵的云、草原的云……能看到多种多样的云,不也是一大乐事？再说，不定什么时候，连海都需要一个听众了，我又能为海的忧伤或哭泣做些什么？

这时候，房东的小儿子多半会骑着摩托绕过我的阳台。自然是个小帅哥，自然是从酒吧归来，酒吧是大部分帅哥不可或缺的夜生活。

房东伊丽娜的家庭成员是：两个儿子，一个丈夫，一只大狗，一只小狗。

大狗孤僻内向，不大愿意与人交流，所以从不理睬我们，它的职责好像就是在夜间守卫其实不必守卫的园子。

小狗名叫罗吉，白色，年龄为四个月。像一切没有社会经验的动物那样，容易激动、不辨真伪、毫无保留、忘乎所以，尤其愿意使人快乐……它跑起来极为迅捷，像个雪球滚来滚去。它总以为我在等着把它抱进怀里，其实每当它临近我的脚下，我就腾跳起来，扑空对它才是常有的事。但它并不介意，转过头去再来。

据说这个品种的狗寿命只有五六年，我再来"九女神"的机会很小很小，即便再来，也看不到它了。

如果不去海滩，我就与罗吉为伴。

罗吉是只有教养的狗，绝对不进客人的房间，不向客人要吃的，这是伊丽娜给它定下的规矩。

尽管我在那里的停留非常短暂，但对罗吉，我犯下了教唆之罪，不但把它抱进我们的公寓，还给它吃了奶酪，此其一。

其二，当我没有兴致的时候，无论它在门外怎样焦急地呼唤，我都不会开门，我本以为，这对一只狗，不会造成什么伤害。它叫唤一会儿，没有回应，自会离去。

夜深人静之时，也许因为心无旁骛，风儿吹动得似乎比日间更为曼妙，让人难分难舍，我在窗台上坐下，凝望风的吹动、追随着它灵动的身影……卧室朝着院子,偶尔,我会看到罗吉从它的窝里出来,在院子里若有所思地走来走去,或坐在当院沉思,很成熟、很哲学的样子,与它日间的表现很不相同。

此时我真想看看它的眼睛。可是,夜很深了,我哪儿能那样无所顾忌、疯疯癫癫地跑下楼去,只得在黑暗中把它那双眼睛想了又想——有些冷眼的意味,却满含体谅和包容,无碍无妨地深望着你,却并不想探究你的内心、你的隐秘。于是你觉得与它交谈了许多,而这交谈又是安全的。

罗吉在暗夜中沉思的身影,像突然贴上脑门的一个题图,它让我意识到,一只狗就像一个人那样,招之即来、挥之即去,同样会对它造成严重的伤害。

罗吉就这样地告诉我,决不可戏弄一个灵魂,不可。一个对灵魂缺乏敬仰、尊重的人,自己的灵魂肯定是有缺陷的。

当我们离开"九女神"时,罗吉不计较我对它的种种伤害,激动地表示了难舍难分的情怀,甚至跳进出租车不肯下来……

有时,我回想在"九女神"的日子。当然,更多的是回想罗吉。

难道我看上去像个"同志"?

人们把"九女神"这种不提供餐饮的旅馆叫作 studios,我想,它在旅店中的地位,类似于我们的"农家小院"。

把它定位于农家小院的理由如下:

我估计顶多有一台简陋的电话交换机,而且设置在房东室内。不过要想在希腊找到功能特别复杂的东西也不容易,连手机也很少看到有人使用,不知摩托罗拉的"中国二弟"听到这个信息,是否会心律不齐。

房东伊丽娜对客房的管理,基本采取大撒手的政策,没有服务员,公寓里的清扫工作一周一次,由她亲力亲为。

电视频道有限,而且是谁也听不懂的希腊语,偶尔可以听到模糊不清的德语。好在我很少看电视,除非失眠的时候。那些没有抑扬顿挫,由港台普通话配音的韩剧,治疗失眠的功效尤为显著,不信您就试试。

热水由太阳能热水器提供,如果你有在阴天或是太阳落山之后洗澡的习惯,可就惨了。

…………

伊丽娜不会英语,却不妨碍"九女神"住有几个国家的来客。来客只需将旅游公司的账单往柜台上一拍,一切尽在不言之中。我们的交流,多半靠肢体语言和象形文字,这种交流方式从未耽误过我们需要的服务——我该不该对文字、文学存在的必要性进行质疑?尽管我目前以文字为生。

在欧洲共同体内,希腊可以说是最为穷困的国家,属于欧共体内的"第三世界"。可是他们的"农家小院"水准不低。

楼上两间卧室,被褥非常干净,熨折平整,绝对不会发生上一个客人走了,下一个客人接着用的事情,虽然一周之内你得周而复始地睡在自己用过的被单上。即便在自己家里,除了某些被称之为"最后的贵族"的人,我估计很少有人一天换一次被单。不过"最后的贵族"经过五十多年的同化,最终成了"本土贵族",与"本土小资"一样,难免不带有无产阶级的烙印。至于那些新富,还没修炼到懂得每天换被单的水准。一般来说,我把"暴发户"称为"新富",我觉得"新富"听起来比"暴发户"悦耳,如果说"新富"听上去像是一张信用卡,"暴发户"听上去则像是一捆捆在市场包括早市流通很久,百味杂陈、破损不堪、银行早该回收换新的现钞。在北京地铁,我亲眼看见一位先生,用面值一元的人民币擦拭脚上的皮鞋。本以为阔绰到使用钞票擦皮鞋的先生,之后肯定会将这一元人民币丢弃,没想到他又把它重新装进西装上衣的口袋。从那以后我不再使用钱包,而是把人民币放在随时可以更换的消毒纸巾的包装袋里。

每间卧室有两张单人睡床,如果有四个同伴也不成问题,只是要慎重匹配。假若你对打呼噜没有不良反应,这一点可以忽略不计。

楼下有洗澡间、小客厅(兼作餐厅,配备电视、电话)、小厨房,厨房配有炊具和餐具。

各项设施的清洁程度:五星级。

这一点对我至关重要,至于其他方面的评估是否达到五星级,我不大在乎。

如果哪位有兴趣,联系电话为:0030-27-61-09-32-62。

给您提个醒儿:请用希腊语。

另外,我可没有拿伊丽娜的广告费。

读过希腊神话的人都知道,The Muses 是希腊神话中司掌文艺、科学、医药等各项职能的九位女神。

"九女神"其实只有七套公寓,每套公寓门前画有一个标志,那些标志,自然与各位女神的职权有关。剩下两位没有得到表现机会的女神怎么办,我也不知道。

我们那套公寓的标志是一条蛇,不是化为美女的蛇,也不是毒如蛇蝎的蛇,而是司掌医药大权的蛇。

不过我在那儿的时候不但没有生病,还很健康,真是近年少有的记录。

也不知道是不是因为这条蛇,我和朋友成为农家小院里极受欢迎的人。

从结果来看,我当初坚持不必租车,简直像是神机妙算。但这并不能证明我不弱智,而是那一会儿忽有神灵附体。

"九女神"的六套公寓前都停有汽车,唯一无车可停的虽是我们这套公寓,可我们却是出门有车。出游的邻居,常常将他们出游的地点预先告诉我们,如果我们有兴趣,就载我们同去,由我们负责参观门票或请他们吃午餐,彼此都很惬意。邻居们的盛情,最后简直到了无法应对的程度。

我不能把朋友称为"美女"。哪位"腹有诗书气自华"的女人,愿意自己被人称为"美女",并靠"美女"二字打天下?! 不过我可以说她的气质,朋友的气质可是一等一,即便在欧洲那些大城市,她的回头率也不低,更不要说在一个少见多怪的岛上。而我是那里唯一的黄种人,自然物以稀为怪。好在他们终于知道世界上有个"中国",不像八十年代我在欧洲旅行,人们往往把我当成日本人,这件事到现在我还耿耿于怀:难道我就不能像点儿别的?!!

只是有位艺术教师和他的夫人,所思所想让人感到些许意外。比如教师先生,竟然认为"9·11"事件是美国人自己折腾出来的"事儿",而夫人可以说是热情过度,让人避之不及。

我们从海滩回来,必然要从他们的阳台下经过,夫人总是候在阳台上,为的是能够抓住我们,哪怕聊上几分钟也好。并且做出不是特意的样子,显然知道,强行与人交谈不能算是礼貌。

然后情态极为神秘地对我们叨叨一些极为琐碎,谁也不会感兴趣的事。不过她的消息真是灵通,如果在"九女神"的唯一遗憾是电讯不够发达的话,有了她,也就等于有了CNN。

对Peloponnesus,我估计伊丽娜都不如她了解得多。

Peloponnesus可是非同小可之辈,那是希腊最大的半岛。

她一位过客而已,能对异国他乡有这样深入的了解,是不是有点特异功能?

比如:

各个旅游点最为物美价廉的馆子。一个人了解一个馆子并不难,难的是对沿途所有的馆子都有所了解。看看地图,就知道从我们所在的 Lagovardos 沿海岸一周,到遭遇黑车的 Calamata,有多少个小城、多少个旅游点了。不过在坑蒙拐骗较少的欧洲,我还是相信"一分价钱一分货",所以一直不大相信,她建议的那些馆子是最好的馆子。

哪儿有手工榨制的橄榄油。

哪儿出售最好的 Thyme 蜂蜜。采自 Thyme 的蜂蜜是希腊的特产之一,如果你有机会去希腊,千万不要忘记买一瓶,有一种特别的香味,口感的确不错。

哪儿有集市,集市何时聚散,她几乎了如指掌。更不知她何以结识当地一些居民,某次旅游路上,途经一处人家,她叫丈夫停车,并介绍我们与主人相识。尽管主人身上冒着一股强烈的孜然味儿,如同一串刚出炉的羊肉串,他的花园可是令人咋舌,奇妙得像从"阿拉丁"神灯幻化而来的、转瞬即逝的布景。

更有趣的还在后头,某天我们到一处集市转悠,忽听有人吹出一种独特的口哨,回头一望,原来是那花园的主人。不知那独特的口哨,算不算是希腊人的"hello"。如果没有造访过他的家,无论如何不会想到,这个在集市上卖小菜的人,拥有一座《天方夜谭》里的花园。

…………

夫人一会儿夸奖我的头发浓密,一会儿夸奖我的皮肤光滑,她的手,也顺势攀上我的臂膀……人在海滩,谁还穿长袖衣衫呢,我浑身立刻爆起鸡皮疙瘩。

不要说女人的抚摸,就是男人的抚摸也让人吃不消呢,如果你对那个男人一点感觉也没有的话。

特别是她看人的眼神,同样是让人起鸡皮疙瘩的眼神,而且黏度极大,你越想逃离,越将你牢牢粘住。

对我的朋友她并不动手动脚。难道我看上去像是一个"同志"?

向毛主席保证我不是"同志",可是她的行为让我对自己的属性产生了怀疑。难怪我那位土生土长于北京南郊的农民保姆,给我起了一个"女男人"的绰号:"你不是女人,也不是女强人,而是一个'女男人'。"她如是说。

她为我工作多年,恐怕比许多人都了解我在不设防时的所作所为。此人既不读书也不看报,字也写不清楚,如果连她都这样说,我想我大概有了什么问题。

不过想想世界上最性感的女人玛丽莲·梦露,连她体内的 Y 染色体也远远大于 X 染色体,我还有什么值得大惊小怪的。

不知道这算不算我在 Peloponnesus 的艳遇?

想起来真让人窝心,可是一个人哪能事事如意!这样想想,也就算对自己做了交代。

事情就是这样,你想方便这一方面,肯定就会不方便那一方面。

事情也很简单,从此不再搭他们的车就是。

换了你会怎样?

那些宣称自己"从不后悔"的人,不是先知先觉,就是神仙转世,十分敬仰,却不羡慕。

我可是经常"后悔",起源于不愿"错过"。

"错过"是什么?"错过"不是因为没有能力,不是因为没有可能,而仅仅是没有意识到"那一刻",没有意识到所有,包括"永远"。不会永远为你留存,更不会有人为你寄存。

像我这样一个人,对"那一刻"的拿捏,自然很不准确,一厢情愿的尴尬也时有发生,更为不愿"错过"栽过很多跟头,大跟头。那时,"后悔"的感觉便会油然而生,但这并不能使我痛改前非,揉揉膝盖,继续不肯"错过",也就继续栽跟头,一直栽到除了不多的稿费,再没有什么可栽的老年。可是谁能说,从无后悔记录的一生,就是模范的一生?说不定,正是因为不肯"错过"而占尽风流。

比如二十多年前,我那场轰动全国上下、千夫所指的恋爱。

比如登比萨斜塔。

除了那座斜塔,比萨可供旅游的景点乏善可陈。尽管我不时会有异常行为,并深受道德楷模的非议,那一会儿我的精神可是正常。面对没有电梯、倾斜到看上去随时都会倒塌(我的视觉误差与他人常常相反,那座塔的斜度,在它脚下看来反倒比在远处更大)的斜塔,绝对没有从塔上飞身而下的欲望。

最终置身家性命于不顾地爬上塔顶,还是因为那个不肯"错过"。从此可以看出,我对不肯"错过"的热爱,简直到了以命相许的地步。

万千景象,尽收眼底。让我难忘的,却是一只纵情嬉戏于绿茵上的小狗。塔端的我,固有悠然云霄的幻觉,塔下的小狗,却有脚踏实地的自在。各有所得,难分伯仲。

好像过了不到十天,比萨斜塔就禁止攀登了,此后十多年,到比萨旅游的人,只能望塔兴叹。现在是否重新开放?不再关心,反正我有了"到此一游"的记录。

比如我那株 Edelweiss。

辞典上称之为"高山火绒草",也叫薄雪草,国人翻译为雪绒花的是也。

电影《音乐之声》那首从头唱到尾的主题曲,唱的就是它:"Edelweiss,Edelweiss……"

十多年前去瑞士的皮拉杜斯山旅游。那里也有一座"廊桥",虽无"遗梦",却与薄雪草相遇。

牙色的绒绒的花瓣,偎依在浅淡的灰褐色的叶子上。层层叠叠优雅的色彩渲染、衬托着她:暗金色的镜框,镜框内的卡纸由浅入深,周边为极浅淡的灰绿,至中部递进为褐绿。这些色彩之上,就是那阿尔卑斯山区特有的薄雪草。

凡阿尔卑斯山途经的德国、瑞士、奥地利,薄雪草的倩影可以说是无处不在,民族服饰上、木制家具上、各种器皿上、建筑装饰上……

面对这样一株美不胜收的薄雪草,谁能忍心离去?

当年出访,只能兑换七十美金,售价为四十多瑞士法郎的薄雪草,却没有让我望而却步。

尔后不久得知,由于无限制的采撷,薄雪草濒临绝迹,从此不许采撷。于是我那株薄雪草,真成了"最后的贵族"。

如今那株薄雪草就悬挂在我的墙上,时不时地看它一眼,何等的享受。

有一次在超市观赏陶器,一位女士指着一件陶器说:"买这东西管什么用!"

我说:"看哪。看了就是用了,如果好看就更是享受了。"

…………

可想而知,这样一个从来不肯"错过"的我,到了希腊,怎能放过地中海的特色菜肴?

每每去到一个国家之前,首先研究的不是它的地理历史、风土人情,而是当地的特色餐饮,你不难在我那些旅游手册的标记上,看出我的这一倾向。

既然"九女神"不供应餐饮,我们或是下馆子,或是自己下厨。

"九女神"隔壁就有一家饭店,老板在美国生活过多年,可以说流利的英语,让人过目难忘的是他那两撇克拉克·盖博式的小胡子。听说我们想吃烤海鲜,他大包大揽地说,他能让我们吃上最好的烤海鲜,因为他本人就是一名渔夫。这一来,我们反倒不敢在他那个饭店就餐了。

几个馆子里寻访一圈,才看到一条"最大"的鱼,我们需要为那条长不过八寸的"大"鱼支付三十欧元,约合人民币三百元。问那些饭店老板,为什么没有龙虾或是多一些大鱼?回说是狂捕滥杀的结果。

好不容易逮着一条大鱼,怎能"错过"?我们点了这条"大"鱼,以及其他烤海鲜、沙拉等等,又选了临近礁石的座位坐下。

天,说变就变了。瞬间,天幕就低垂得几乎掉在我们的餐桌上;瞬间,海浪说来就来,以它的方式对我们说点什么……这回我可领教了什么叫作语不惊人死不休。李贺也好,或是其他什么人也好,到了这里怕是也得甘拜下风。

我还在为回程发愁,转眼又是风和日丽,除了那些"绔绽眼"、劣等小政客,还有什么能比得上这等天气的翻脸不认人?

一抬头,渔夫"克拉克·盖博"正与一群男人坐在对面饭馆的廊子里,他熟络地与我们招呼着。

当我们离开饭店时,我料定渔夫"克拉克·盖博"即刻就会赶来。几分钟后,果然听见身后汽车喇叭的鸣响,渔夫"克拉克·盖博"是也。

367

他邀请我们:"上车吧,我送你们回旅馆。"

"不,谢谢,我们喜欢步行回去。"

尔后当我们心有不甘地跑到码头上去等候出海的渔船时,与渔夫"克拉克·盖博"相遇,同我们一样,他也在等候出海的渔船。

渔船们终于返回。寻遍几条渔船,网上的鱼都小得可怜,只有男人手指大小,你能想象吗,身处海岛,竟然没有像样的鱼吃。

渔夫"克拉克·盖博"和我们同样一无所得。此后,直到离开,再也没有见到渔夫"克拉克·盖博"。

如若不下馆子、不下厨也行,无籽葡萄一个欧元一公斤,梨子、西瓜也差不多是这个价钱。因为日照时间长,这些水果非常甜美。还有各种新鲜的蔬菜,水果沙拉、蔬菜沙拉换着吃也吃不过来。我拍下了一家超市的特价商品广告,哪位懂希腊文的先生女士,可从海报上的价钱,对希腊物价的低廉,有个粗浅的了解。

唯一的遗憾是希腊的甜点过于甜腻,真让人受不了,还不如咱们"大可食品有限公司"出品的一种低糖、低盐、低热量的 cheese 干点,作为下午茶的配点相当不错,这是我在尝试、淘汰了多种干点之后的选择。不过本土的事情很难说,我可不敢保证它永远都是这个水准。

至于希腊咖啡,喝起来有点像咖啡渣煮的二道咖啡。如果喝茶,第二道当然最为醇香,咖啡却不然,煮过一道的咖啡再煮一道,那是什么滋味?说是刷锅水一点也不为过。

逗留希腊期间,我学会了做一道叫作 tzatziki 的希腊沙拉,用料为黄瓜、酸奶、蒜末、盐、橄榄油。重要的是那几颗盐渍黑橄榄可不好找,而北京的酸奶,水分含量又太高,回国后只做了一次,就没有再做的兴趣。

三十年河东,三十年河西。如今我的厨艺,与母亲在世时只会烧稀饭已不可同日而语。得意之时,就会泛起一个愿望:等写不出小说的时候,就开个小小的西餐馆儿,只开一张桌子,想要吃饭,请在一周前预定。

人的许多能力不知潜藏在哪里,说不定什么时候、什么机遇,就被激活。虽然上帝没给我许多优点,却给了我一个味觉发达的舌头,又给了我一个嗅觉发达的鼻子。

不知什么原因,那个相当著名的外来咖啡店,竟会全权代理顾客的口味,却不晓得由顾客自助调制的要领。因为再没有一种饮料,像咖啡那样具有众口难调的绝对性。

关于自助调制咖啡的事,我请教过该店一位侍者。他回答说:"我们不是没有这样做过,像在这个品牌的本土那样,将小包装的奶油和糖分放在柜台上,任顾客自取。可是,许多顾客不仅把鲜奶油放进咖啡,甚至放进雪碧、可乐,真是供不应求。"

我无言以对。在 Pizza Hut 无数次地见识过那些号称"小资"的小姐,如何将"一份"沙拉堆积成一座雄伟的小山。所以西方有些快餐店,沙拉任取,但以重量结算,真是一个帮助顾客维持体面的好方法。同时那些沙拉也会丰富、精致许多,而不仅仅是以体积取胜的绿色植物。

在饭店就餐,只消一口,我就会发问:"奶油鸡茸汤里的鸡茸,不是今天做的吧?"

"……"

只消一口,我就会发问:"咖啡里加的是鲜奶油吗?"

"对不起,是炼乳(或咖啡伴侣)。"

有了以上两个先天条件,加上好吃而又无处可以满足口腹的要求水准,大概就具备了一个好厨子的基本条件。

我不敢说我的小说写得多么好,但我敢说我做的西餐,比京城大多数挂牌的西餐馆都好,朋友们非常爱吃,私下合计如何算计我:"好好忽悠忽悠张洁,让她再给咱们做顿好吃的。"

或是一进我的家门,就迫不及待地说:"赶快来杯咖啡。"

相信我烧的咖啡,绝对可与某个进口品牌店媲美。我崇尚手工操作,虽说手工勾兑的技法很难拿捏,比如咖啡和水的比例、奶油与咖啡的比例、糖与咖啡的比例、各种酒与咖啡的比例等等,这一次与那一次口感都不可能绝对等同,可它的独一无二也在于此。不是我故弄玄虚,烧咖啡也像写小说一样,不一定每个结果都符合你的期待,有败笔的遗憾,也有神来之笔的喜出望外。

烧咖啡也好,写小说也好,成败都不掌握在我们手里,而是掌握在上帝手里。

记得我很早很早以前就说过,说不定哪天上帝就会把他给你的那点悟性收回去,而后,不论你怎么折腾也是徒劳,不如趁早把手里的笔撅了。

所以不要小看我在家里设宴。一般的、大宗的应酬,我会设在饭店,比较特殊的二三朋友,我才会为他们亲自下厨。

我在"九女神"做的意大利面条,朋友说十分地道,只用大蒜和橄榄油,就能让人口舌生香。我很自豪,常言道,最简单的才是最考验技能的。可惜现在的摄影技术还不能传达口感、气味,不然,你一定会对这盘意大利面条,有一个全方位的感受。

我寄希望于未来,摄影技术必然会发展到那样一个水准。不是吗,很多事物都经历过从天方夜谭到现实的魔幻。

毕竟还是"第三"

乱扔垃圾，几乎是第三世界的标志物。这方面希腊毫不逊色，从 Calamata 到"九女神"的公路上，越是靠近居民区，越能看到这番景象：废弃的易拉罐、塑料袋，以及各种生活垃圾……真是无处不飞花。

"九女神"入口处那个巨无霸垃圾集装箱，从我们到达至离开的两周内，经历了空空如也到爆满，但没有人来收理的全过程。

再一个标志是车破。国人开着满街跑的奥迪或 BMW（有聪明人投某类人士所好，译作"宝马"）在这里比较少见。

而且不管多破的车，也敢开着疯跑。那些早该回炉，却还在满世界疯跑的"车"，真是一景。

如果是一辆基本功能还能凑合的汽车，那样疯跑倒也不算出奇。可是，如果它已经与侯宝林那段相声里说的，除了铃不响哪儿哪儿都叮当乱响的自行车沦为一个状态，还敢与一辆新车飙车的话，你就不大容易笑得出来了。谁都知道，汽车闸失灵和自行车闸失灵的后果，在本质上的差别。

亲眼见识过一辆神经错乱的破车开进路沟的情状。司机从车里爬出来后，对着那辆车又踢又骂一通，照旧电掣雷鸣而去。

我给一辆破汽车拍了张照。破损到这种程度的所谓汽车遍地皆是，而照片中的小帅哥则刚从车上下来，准备进店买些什么。他并不因为与这样的"汽车"有瓜葛就矮人一截，甚至摆出一个 pose 任我拍照，这样的淡定好让人羡慕。不知他日后如若有了 BMW 会怎样，我倒想知道。

凡"第三"大多赝品泛滥。我们没有放过从 Lagovardos 到

Calamata沿海的每一个旅游点,想要寻访一件可以代表悠远历史文化的工艺品,想不到竟是这样的困难,让我以为是回到了长城脚下,满眼是极为粗俗的塑料或铝制赝品。我不知道问谁地问:这里真是西方文明的发祥地、世界文明古国之一吗?好不容易在一家酒店看到一个瓷质酒瓶,颇具希腊风情。想要买下,店主却说是非卖品,可见他也知道真品与赝品在收藏上的区别。

一般来说,"第三"还具有虱子多了不咬的无畏精神。在希腊时已近十月,二〇〇四年奥运会的场馆,却还没有动静。我难免杞人忧天:希腊人怎么那样沉得住气?前不久得知圣火已经点燃,据说比赛场馆干脆来个不加顶,即便人们不满意,料也无从更改主办国了。最后沉不住气的可能是国际奥委会,无奈中说不定就能来点资助。

我本人也不止一次地领教了希腊人的"无畏精神"。

有次在饭店点了一道羊排,服务生煞有介事地在小本子上记着我的要求,端上来的却是一份猪排。问他为什么猪羊不分,没有回答,也不道歉,只是哭不出来似的望着你。对一个持有"哭不出"表情的人,你还能说什么?当你一再坚持不想吃猪排,能不能换点别的之后,他才拿出一份唯独没有羊排的菜单。

在超市购买Thyme蜂蜜,老板也不回答有或是没有,带着你一个劲儿在货架中穿行,他既然如此胸有成竹,我自然笃定地尾随其后。走过一个个货架后,他向你出示蜂蜜若干品种,唯独没有Thyme蜂蜜。面对他迫切想要卖给你一瓶蜂蜜的热烈愿望,你绝对发不出火而是扭头就走。这时,他会诚恳地告诉你,他可以为你订购这种蜂蜜,两天以后请再来取,等等。

…………

希腊帅哥和他的破汽车

超市的特价商品广告

从柏林文学中心阳台眺望万塞湖

柏林文学中心背影

那天黄昏,又躺在小教堂低矮的围墙上观赏落日,海上风平浪静,四周风声岑寂,只有鸟儿与我们同享这一天的尾声。它们自由自在,一阵又一阵掠过教堂的尖顶,又在我们的上空低低盘旋,有几只甚至就停落在我头部的上方,梳理自己的羽毛。

突然枪声大震。

我没有感到惊慌、恐惧,希腊是安全的。我们在 Lagovardos 肆无忌惮地到处行走,有时走上几公里也遇不到一个人,可从不担心会发生意外。

当我在阳光底下,像个大兵那样甩着膀子、大步流星、自由自在走着的时候,真有天地一沙鸥的感觉。

顺路也会随时停下,采些无花果放进嘴里,无花果属于灌木还是林木?不管属于什么,反正沿途都是,伸手便可采得。我从未吃过新鲜的无花果,滋味原来那样甜糯。

时不时还会放开嗓子,荒腔走板地唱一曲"美丽的西班牙女郎"或是"爱情,爱情,那爱情是个流浪汉,你不爱我,你不爱我,我倒要爱上你,我爱上你可要当心……"没有人会笑话我唱得不好,或是说我精神有病,或是因为我肆无忌惮地吼叫,招来一个意想不到的凶杀。

实际上你并不孤独,有一个人永远伴随着你,不论你在什么样的困境下,他都会忠诚于你、钟情于你,倾听你、呵护你,这个人就是你自己。

我从低矮的围墙上起身。几个或背或持小口径步枪的男人,不言不语,渐渐走近。他们的眼睛盯着我们,我们的眼睛也盯着他们。

谁料就在我们的盯视下,他们又举起了枪。随后,几只鸟儿从天空坠下。就在那一刻,我凿凿实实地把希腊定位在了

"第三"。

我忍不住向他们大喊:"请不要向鸟儿射击。"

没人放下手里的枪,也没人回答我的喊叫,他们还是边往前走边沉默地看着我,我接着不管不顾地喊道:"请不要向鸟儿射击!"

沉默一刻之后,他们终于把枪口朝下,以后还会不会重新举起,不得而知,至少那一刻,枪口向下了。也就在那一刻,我知道"第三"和"第三"也不尽相同。

…………

说了这些,是不是很容易把"第三"和没钱画等号,或是有钱和"第一"画等号?如今不少石油大国都称得上是"大款",可是说到"精神"恐怕还是排行"第三"。什么时候"钱财"和"精神"都排行第一了,才能称为真正的"第一"。国家如此,人又何尝不是如此。

"第三"是个以小见大的题目。

这算不算性骚扰?

多年没有乘坐中国民航了,这次出国乘坐民航,是因为机票由"柏林第三届世界文学节"提供。不论何时何地,"文化"永远处在贫困线以下,德国也不例外。

不乘中国民航不是因为它的服务不好,而是洗手间的占用率太高。

此次乘坐民航,座位正好靠近"小厨房"一侧,眼见有些乘客站在小厨房内,守着饮料瓶,一杯接一杯地猛灌,直到那一公升饮料见底为止。而中国民航的饮料基本是敞开供应,哪瓶见底,再开一瓶。

如此,洗手间的忙碌和狼藉可想而知。

我进食后必须使用牙线清理牙齿,而当众使用牙线是非常不雅的行为,机上没有私密空间,只好到洗手间去操作。为了等候进入洗手间,真像年轻时与男朋友约会,花费了如许的耐心。

好不容易得到进入洗手间的机会,不一会儿就有人踢门。开始我以为恐怖分子劫机,心想这次死定了,顿时心惊肉跳、满头冷汗,接着听到一个男人恶声恶气地吼道:"出来,赶快出来!"

这才明白不是劫机,接着继续清理牙齿。

所幸没有长着恐龙那样多的牙齿,人的牙齿终究有限。清理一副人的牙齿能用多长时间?可是门上再次响起拳打脚踢的声音,除非经过特殊训练的FBI,谁有本事在这种威胁下继续行事?我只得停止清理牙齿,仓皇逃出。门外,一位衣着高贵的男士向我吼道:"你在里面干吗,这么长时间不出来?!"

人类在洗手间里能干些什么,涉及的范围很窄,不论哪一项,都是指向非常明确的生理隐私。当然我不否认,有时会趁如厕之机阅读报纸,但那是在自家的洗手间,而不是在飞机上。再说,谁不知道机上马桶与门间的距离,说门是马桶的延伸也不为过,除非你不在意脑袋与那张门的亲密接触。

一个男人竟向一个陌生的女人打探她在公用洗手间里的活动,并以具有暴力倾向的方式骚扰这个女人如厕,这是什么问题?

如果在希腊那个"第三",我完全可以起诉这个男人性骚扰,而在我们这个连不要随地吐痰这等微小的期待,恐怕都要等到世界末日才能实现的"第三",有人受理吗?

于是暗暗埋怨起会议主办方的抠门儿。

可我不能以偏概全。其实他们给我安排的住处以及对我的接待,不但无可挑剔,简直出乎意料。

一九八五年出访德国(那时还是西德),当时的文化部长在一栋老房子里举行了盛大的欢迎 party。那栋房子坐落在柏林郊区,三层高的老式建筑,庭院宽广,满园玫瑰。从后阳台往坡下走去,就是柏林有名的万塞湖,湖旁橡树环绕,摇曳生姿。但我最喜欢的还是风儿穿过老橡树时奏出的乐声,苍凉却不沦落,威严却不冷漠,万千情味交替道来,真是一部阅尽世间颜色的交响乐。当时便有了如此良辰美景不可复制的遗憾。

没想到这次主办方竟将我的住处安排在这里。即便和你喜欢的人,又有多少重逢的机会和可能?更不要说远在异国他乡。我不能不感谢冥冥之中那个神奇的力量,给了我这个重逢的喜悦。

这里原来是一位面包商的房产,几经变迁,最后成为柏林文学中心,成为平常人可以享受的风景。

九月的德国,夜已很冷,但我总在熄灯之后打开窗户。诸神睡了,我也睡了,是那种很安稳的睡眠。因为夜不会睡,它那不停的脚步像是一种守护,尽管我醒来时它已远去。

早上起床后,沿着万塞湖先走一段,看湖上的雾,看垂钓的人,然后回来,坐在后阳台,边吃早餐、喝咖啡,边看万塞湖上不多的游船。

一到我把餐巾叠起来的时候,准会看见司机在餐厅门外对我微笑,说声早安。我知道,该到会场上去了。

晚上参加 party 时间过晚,回来时大门已锁。年久失修的门铃,只剩下怀旧的意义,深宅大院,哪儿能听见我拍门的声音?又不便高声喊人,只好翻墙。

对我来说,翻墙不是障碍,最怕的是被警察逮住。那他准会问我:"你在干什么!"或是让我双手抱头,给我戴上手铐,把我带到警察局蹲一夜。即便第二天会议主办方将我保释出来,也洗不掉我蹲过警察局的记录,我岂不成了货真价实的"不良老年"。

我对司机说:"请等一会儿,看我进了楼再走。如果楼门也锁了,你只好再把我拉回城里,找个旅馆住下。"

你可以想象,一个年过六十的高龄妇女,脚蹬高跟鞋,身穿礼服翻墙的景象,要多荒唐有多荒唐,要多有趣有多有趣,要多惊险有多惊险。

我居然顺利地翻过了墙,既没从墙上摔下来,也没有崴断鞋跟儿,更没有撕破礼服,警察也没有出现。幸运的是楼门还没上锁。

我不由得想起少年时代。那些爬树掏鸟、上房揭瓦等等让母亲和老师无比痛恨的恶习,谁能料到六十年后它们竟派上了用场,而且是在遥远的柏林。其实我们所有的经验,包括某些恶习,没有一样是无用的。

不必奇怪一个面包商会拥有这样一栋豪宅。

德国的面包是世界上最好的面包,特别是他们的黑面包。坚果五谷、水果菜蔬,都可在相应的面包里找到,而且他们的面包很有咬头,不像我们的面包,一口上去像是咬了一嘴棉花。当然,说到白面包,意大利的也不错。

面包一旦有了这样的口碑,能不发财吗?

所以每到德国的第一顿早餐,我肯定会迫不及待地扑向面包筐。

这次回国在慕尼黑过关,机场的工作人员说:"你的手提箱好重啊。"

我说:"你要不要打开看看。"

377

他说:"不必了。"

如果打开看看,就知道那不是手提箱,而是一个小型食品店。

除了盐渍黑橄榄,还有各种口味的腌制三文鱼、奶酪、用来蘸面包的特级松蘑(truffle)、橄榄油(啤酒罐大小的一瓶就是四十多欧元)、干黑李,甚至还有德国的黑面包……

在国外我很少出入高级时装店,却必定出入高级食品店。慕尼黑马林广场地铁站里,有一个摊位专门出售意大利食品,样样都让我流连忘返。其中一种叫作 parma schiken 的意大利烟熏口味的咸肉,价格不菲,入嘴即化,口味极有层次,每一个层次都给人不同的享受,层层递进,意味无穷。但不能过夜,时间一长便会失去最佳口感。本想带些 parma schiken 回来慢慢享用,可我哪有那样的工具,将它削如薄纸,还要飞行十个小时。

那一箱子食品,重归重,却让我的口腹,保持了一段备感充实的日子。

2004 年 4 月 27 日

多少人无缘再见

八十年代,由于多个西方国家翻译出版了我的书,因此也给了我多次周游欧洲的机会。

接受过多少记者的采访?已经记不得了,印象最深的是英国《观察家》杂志和西德(那时东西德还没有统一)《明镜》周刊的几位记者。

而印象最深的记者招待会,当属一九八九年十月在意大利接受马拉帕蒂国际文学奖时的新闻发布会。

我也算是身经百战。在列国接受过不下二百次采访,唯独这次感到了压力。

也许现在的人们不再记得一九八九年那个草木皆兵的敏感时期,而且在场的七十多名意大利本土和周边国家的记者,个个身手了得,别指望用时尚、八卦那些鸡零狗碎,就能将他们打发。

面对一百四十多只火眼金睛,如何开场?我颇费思量,只得先发制人,说:"我是个诚实的人,也是一定要回国的,所以希望你们不要提问那些我回答之后,让我回不了国的问题。"没有想到这个切断某些"新闻"后路的声明,却赢得了靠新闻吃饭的记者们经久不息的掌声,场上气氛也立时转换。

《观察家》杂志的记者之所以令人难忘,是因为弥漫在他周身的悲观情绪。与其说那是一次采访不如说是一次对话。记得他谈到有关爱情婚姻问题,我的回答非常愚蠢。他慢慢悠悠说出自己的观点,最后绝非赞美地说:"……看来,你还相当乐观。"我当时的感觉就像一枚针头,刺进了一个极为膨胀的气球。此后二十多年,我不时想起他说的那些话,而他的绝望,也渐渐变成我的信仰。

接受《明镜》周刊采访之前,德国朋友告诫我,《明镜》周刊是联邦德国最大的杂志,地位相当于美国的《时代》周刊,面向全世界发行,发行量为一百万份。唯其大,所以傲慢至极。一般来说,他们只采访政界要人,很少采访文艺界人士,什么人物都见识过,即便总统也不放在眼里,总是提出让采访者难堪的问题。

带着这样的告诫与《明镜》周刊会面,我的心理准备肯定不够正常,甚至可以说是进入战备状态。

翻译施迪安先生和我在《明镜》周刊的办公楼前绕来绕去,好不容易才找到一处停车的地方。就在我迈出汽车的时候,主编玛耶先生正好出现在办公楼门前,我猜他一准在大楼的玻璃窗后,看着我们那辆普通的汽车,如何在那些豪华汽车中间找一块停泊地来着。

他亲自到大楼门口接我,真是无可挑剔的客气,但这客气冰冷异常,寒气袭人。

过了门卫,他手势不明地一指,我走错了通向电梯的方向,翻译及时叫住了我。

接受《明镜》周刊采访

《明镜》周刊赠送的老煤油灯

接受《明镜》周刊采访

刊登了采访报道的当期《明镜》周刊

张洁文集

Deutsche Firmen investieren weiter — Seite 90

Die Rebellion der Schwarzen, ihre brutale Unterdrückung konnten westdeutsche Firmen bisher nicht bewegen, den rassistischen Staat zu verlassen — manche Unternehmen, wie BMW oder Continental, investieren weiter. Die Angst bei den Weißen der Kap-Nation ist noch nicht erkennbar — sie verdrängen die Szenen der Gewalt.

Siemens-Arbeiterinnen in Südafrika

„Schluß mit dem ärmlichen Leben der Chinesen" — S. 100

Sie wuchs in Armut auf und las dabei West-Romane und Grimms Märchen. Fast 20 Jahre arbeitete ... Behörde. ... te sie zur U... arbeit leiste... le den ers... nas Gege... ruption un... Das Buch,... jetzt auch... die Realit... Gefühle d... bringen"... GEL-Gespr... nung und...

Zhang Jie

Gen-Bastler im Hinterhof

Eine tortengußähnliche Schwabbelmasse ist das Ergebnis der Arbeit von Chefkloner Michael Rieger. In einem ehemaligen Schlachthof basteln er und seine Kollegen von der Heidelberger „Gen-Bio-Tec" an den Genen von Bakterien. Jüngst gelang ihnen die Konstruktion eines besonders erfolgversprechenden Bakteriums. „Wir sind", so ein Mitarbeiter, „eine potentielle BASF."

Bakterien-Zü...

Vom Gasausbruch überrascht

Eine Katastrophe wie im indischen Bhopal h... der Chemiekonzern Union Carbide garant... dem Werksgelände in West Virginia auf —...

Porträt eines Aids-Kranken

Trotz Aids-Angst ist der Berliner Homose... Kunst versagt, da muß Verdrängung helfen. berichten dem SPIEGEL, wie er bisher mit...

USA Härtere Strafen für Spione	109
Portugal Revolutionsheld unter Anklage	110
Gesellschaft Die Rockefeller-Familie in Geldnot?	111
Schweiz Starke Sprüche des obersten Heeresausbilders	113
Paris Bürger bei Wohnungssuche	114
Sowjet-Union Kriegsspielzeug aus Nato-Staaten	115
Italien Toskanische Olivenbauern vor dem Ruin	117
SERIE	
SPIEGEL-Autor Wilhelm Bittorf über die Geschichte der Atombombe (IV)	118
SPORT	
Segeln Deutschland gewann zum drittenmal den Admiral's Cup	132
Fußball Profispieler Karl Del'Haye fühlt sich vom FC Bayern München schlecht behandelt	136
Schwimmen SPIEGEL-Interview mit Weltrekordler...	

SPIEGEL Gespräch

Zhang Jie beim SPIEGEL-Gespräch in der Hamburger Redaktion: „Sehr viel mehr Freiheit als früher"

„Wir müssen aufhören, uns selbst zu betrügen"

Die Pekinger Schriftstellerin Zhang Jie über die Modernisierung Chinas

SPIEGEL: Frau Zhang, Sie repräsentieren das moderne China. Sie haben ein freimütiges Buch geschrieben, „Schwere Flügel"**, in dem Sie das Leben in der Volksrepublik in düsteren Farben beschreiben: Armut, Korruption, Intrigen, zerstörte Beziehungen zwischen den Menschen, Unterdrückung der Frau. Ist das die Wirklichkeit oder verfolgen Sie einen pädagogischen Zweck?

ZHANG JIE: Sie haben mein Buch nicht richtig gelesen, sonst könnten Sie nicht zu einem solchen Urteil kommen. Alle chinesischen Leser haben mir gesagt, ich würde ihnen Kraft geben, einen Ansporn für ihren Kampf. Viele Fabrikdirektoren haben mir geschrieben und mir gesagt, sie würden sich gern mit mir darüber unterhalten, wie man am besten eine Fabrik leitet.

SPIEGEL: Ihre Beschreibung gibt also die Realität wieder.

ZHANG JIE: In Amerika ist „Schwere Flügel" besprochen worden als ein Buch, das praktisch den Weg der Reformers Teng Hsiao-ping einschlägt und die extreme Linksrichtung ebenso wie die Konservativen verurteilt. So ist es.

SPIEGEL: Die Zustände, die Sie beschreiben, sind doch recht traurig: Die

Zhang Jie

hat vor einigen Jahren in dem Roman „Schwere Flügel" die Reformpolitik ihres Landes prophezeit — das Programm der „Vier Modernisierungen" in Industrie, Landwirtschaft, Forschung und Landesverteidigung.

Der Autorin, die selbst in einem Industrie-Ministerium gearbeitet hat, gelang in den Porträts ihrer Romanfiguren ein vielschichtiges Sittengemälde des chinesischen Alltags, wie es zuvor in der Volksrepublik noch nie veröffentlicht wurde. Ihr besonderes Engagement gilt der Rolle der Frau in der heutigen chinesischen Gesellschaft.

Zhang Jie, 48, erhielt mehrere Literaturpreise. Sie lebt in Peking, ist geschieden und hat eine Tochter, die als Stipendiatin in Amerika studiert. Die Autorin besuchte als einer der ersten chinesischen Intellektuellen vor drei Jahren die USA und jetzt die Bundesrepublik.

handelnden Personen sind allesamt mit ihrem Leben unzufrieden.

ZHANG JIE: Nur ein Mensch, der Kraft hat, vermag seine eigenen Fehler einzugestehen. Ein schwächlicher Mensch ist nicht in der Lage, damit fertig zu werden. Das kann man auch für ein ganzes Volk sagen. Wenn es alle seine Kraft zusammennimmt, kann es auch seine eigenen Probleme und Mißstände erkennen, um sie zu beseitigen. Wir müssen damit aufhören, uns selbst zu betrügen, dann finden wir den Weg in eine bessere Zukunft.

SPIEGEL: Auch eine Regierung muß stark sein, wenn sie gestattet, ein solches Buch zu veröffentlichen. Hilft ihr dieses Buch, die Verhältnisse zu ändern? Oder genießen die Schriftsteller in der Volksrepublik heute ein Maß an Freiheit, wie es andere Bevölkerungskreise noch nicht haben?

ZHANG JIE: Ein Schriftsteller hat die Realität des Lebens darzustellen, die Gefühle der Menschen zum Ausdruck zu

---

* Mit Redakteuren Klaus Reinhardt (l.) und Fridtjof Meyer (r.). Dolmetscher Andreas Stier.
** Zhang Jie: „Schwere Flügel". Deutsch von Michael Kahn-Ackermann. Carl Hanser Verlag, München; 338 Seiten; 39,80 Mark.

《明镜》周刊刊登的采访报道

bringen und den Menschen Hoffnung und Mut zu geben. Die Gesellschaft wirklich zu verändern, das ist die Aufgabe von Politikern. Was die Schriftsteller in der Volksrepublik angeht, so kann man sagen, daß sie sehr viel mehr Freiheit haben als früher. Sonst säße ich nicht hier, in Deutschland, und auch mehrere Kollegen reisen in die Bundesrepublik. Ich habe gehört, daß es für Schriftsteller aus anderen sozialistischen Staaten sehr schwierig ist, in den Westen zu kommen.

SPIEGEL: Dabei hat es in China sehr heftige Kritik an Ihrem Buch gegeben. Ihnen wurde bürgerliche Dekadenz vorgeworfen.

ZHANG JIE: Ich bin Kommunistin.

SPIEGEL: Sie sind keine Dissidentin ...

ZHANG JIE: Ich kämpfe allerdings gegen die extreme Linke. Manche Man-

risch verbunden. Aber sie sind unpolitisch. Und über den Gruppenleiter Yang wird nur gesagt, er sei der Sohn eines Kuomintang-Mitglieds". Ist das Zufall?

ZHANG JIE: Gemäß der marxistischen Ideologie muß man eine Person von der Person ihres Vaters trennen.

SPIEGEL: Das wurde in China bisher nicht so gesehen. Die soziale Herkunft hing einem lebenslänglich an, sie stand sogar im Personalausweis.

ZHANG JIE: Vi...
Romanfigur unter...
ters, vielleicht ab...
Yang, von dem...
kommunistischen...

SPIEGEL: Vi...
positive Held.

ZHANG JIE: I...
Sie endlich einen...

Buch gefunden haben. Das Leben ist sehr schwer auseinanderzudividieren, es läßt sich nur sehr schwer auseinanderhalten, was im Leben nun zur positiven oder zur negativen Seite gehört, und auch, welcher Teil der Gesellschaft als positiv und welcher negativ betrachtet werden muß. Das ist so, wie wenn Sie in eine Frau verliebt sind. Dann scheint Sie wenig, daß sie auch nicht so lebenswürdige Seiten hat.

SPIEGEL: Yangs Arbeitsgruppe er-

Die schnelle

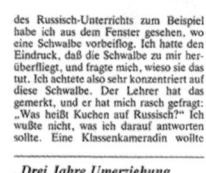

des Russisch-Unterrichts zum Beispiel habe ich aus dem Fenster gesehen, wo eine Schwalbe vorbeiflog. Ich hatte den Eindruck, daß die Schwalbe zu mir herüberfliegt, und fragte mich, wieso sie das tut. Ich achtete also sehr konzentriert auf diese Schwalbe. Der Lehrer hat das gemerkt, und er hat mich rasch gefragt: „Was heißt Kuchen auf Russisch?" Ich wußte nicht, was ich darauf antworten sollte. Eine Klassenkameradin wollte

„Drei Jahre Umerziehung durch Schwerstarbeit"

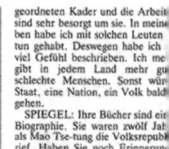

geordneten Kader und die Arbeit sind wir besorgt um sie. In meinem ben habe ich mit solchen Leuten tun gehabt. Deswegen habe ich viel Gefühl beschrieben. Ich me gibt in jedem Land mehr gu schlechte Menschen. Sonst wir Staat, eine Nation, ein Volk bald gehen.

SPIEGEL: Ihre Bücher sind etc Biographie. Sie waren zwölf Ja als Mao Tse-tung die Volksrepubl rief. Haben Sie noch Erinnerun die Zeit davor?

ZHANG JIE: Ja. Vor der Befr war meine Familie sehr arm. Tage nach meiner Geburt mußte die Mädchen, ich das erster mehr haben. Meine Mutter, eine schullehrerin vom Lande, ha allein aufgezogen, unter sehr sc gen Umständen. Diese Lebensu sind mir sehr zugute gekomme haben mich für meine Laten gestärkt und meinen Charakter ge sie haben mir die Liebe zu den n

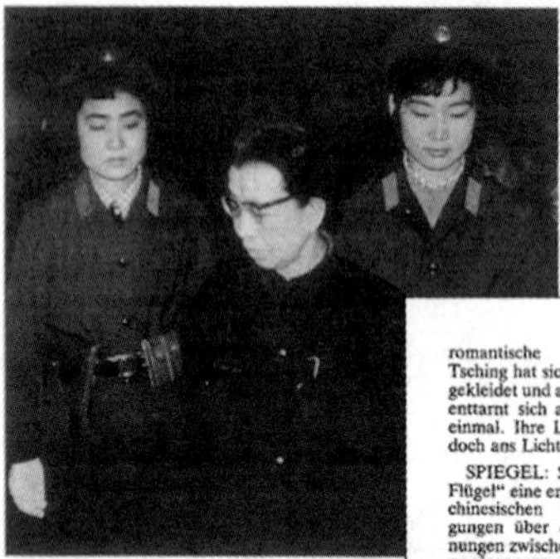

Mao-Witwe Tschiang Tsching 1980*: „Ihr Gesicht li...

häufig den inneren Monolog, der in der klassischen chinesischen Literatur unbekannt ist.

ZHANG JIE: Die chinesischen Romane und Novellen kommen von der Erzählern im Teehaus her, denen jeden Tag viele Leute lauschten. Natürlich kamen nicht jeden Tag dieselben Leute ins Teehaus. Deshalb mußten diese Geschichten mit viel und mit viel Handlung vorgetragen werden, der Zusammenhang mußte klar sein, die Geschichte sehr eng sein, es durfte keine Sprünge in der Geschichte geben, damit auch Zuhörer, die nicht ständig in das Teehaus kamen, noch den Anschluß finden konnten. Solche gesprochene Literatur wurde dann später umgesetzt in Erzählungen und Novellen.

Deswegen betont die chinesische Literatur ganz besonders die Handlung und die handelnden Personen. In meinen Romanen habe ich zwei verschiedene Techniken angewandt, die chinesische, welche die Menschen sehr plastisch so beschreibt, wie sie von Anfassen vor einem stehen. Zum anderen das, was die Reflexionen einer Person über sich selbst, wie sie in der westlichen Literatur üblich sind.

SPIEGEL: Steckt dahinter die Absicht, China dem westlichen Leser verständlicher zu machen?

ZHANG JIE: Meine Romane haben eigentlich keine Handlung. Ich ziehe es vor, die Gefühlswelt zu beschreiben, eine Stimmung, eine Situation, die vielleicht die eigenen Gefühle in einem selbst wachruft und eine unvergeßliche Erinnerung hinterläßt. Eine solche Erzählung kann man vergleichen mit dem

* Vor Gericht, mit Bewacherinnen.

DER SPIEGEL, Nr. 34/1985

Hören von M...
die Beschreib...
vernachlässige...
ablauf.

SPIEGEL:...
die wollten,...
dierl, sondern...
und bekannt...
Ministerium...
Jahren, die...
fachliche Qu...
der Haltung?

ZHANG JIE...
der Grundsch...
ren immer se...
während des...
gendwelche...

... was sich d...

romantische Auffassung. Tschiang Tsching hat sich dauernd so revolutionär gekleidet und aufgemacht; aber natürlich enttarnt sich alles Unechte irgendwann einmal. Ihre Lügen kamen zum Schluß doch ans Licht.

SPIEGEL: Sie schildern in „Schwere Flügel" eine erdrückende Prüderie in der chinesischen Gesellschaft. Verdächtigungen über die harmlosesten Beziehungen zwischen Mann und Frau werden zu einer ganz gefährlichen Waffe bei den Diskussionen in der Personalabteilung eines Betriebes.

ZHANG JIE: Das feudalistische Denken steckt noch in vielen Köpfen. Wenn man einen jungen Mann und ein Mädchen zusammen sieht, dann stellt sich sofort die Frage: Na, sicherlich haben die doch etwas miteinander? Sehr selten wird angenommen, daß es sich bei einer solchen Beziehung um eine ganz schlichte Freundschaft handelt, bei der Sex gar keine Rolle spielt. Ist man verheiratet und spricht man jemanden vom anderen Geschlecht an, dann muß man sehr vorsichtig sein, sonst wird über einen geratscht und geklatscht, mit schlimmen Folgen.

SPIEGEL: Die nennen Sie uns, bitte.

ZHANG JIE: Wenn ich zum Beispiel was gegen Sie habe – ich hasse Sie –, dann brauche ich nur das Gerücht in die Welt zu setzen, Sie hätten mit irgendeiner Frau eine Beziehung, und Ihr Ruf ist dahin. Ihr Schicksal ist besiegelt, ganz besonders dann, wenn Sie eine hohe Position haben. Sie werden dann außerstande, noch irgendjemandem Weisungen zu erteilen. Kein Mensch würde Sie mehr respektieren.

SPIEGEL: Auch nach 36 Jahren Revolution ist Konfuzius noch immer stärker als Mao?

ZHANG JIE: Natürlich. Wir kämpfen ununterbrochen, unablässig gegen dieses feudalistische Bewußtsein. Aber wir sind zeitlich sehr im Rückstand. Wir hatten erst eine Generation, und dieses Gedankengut herrschte über 60 Generationen.

SPIEGEL: Frau Zhang, Sie haben einmal geschrieben, daß ein unvollendetes Leben Ihre Phantasie reizt, dieses Leben zu vollenden. Was sagt Ihre Phantasie dazu, daß die chinesische Gesellschaft heute unvollendet ist?

ZHANG JIE: Sie entwickelt sich, aber es gibt keinen Endpunkt für diese Entwicklung, die wir für die Hoffnungen der Menschheit. Es geht immer weiter, schließlich immer zum Besseren.

SPIEGEL: Sie sagen in China geschieht, ist ja nicht eben schon kommunistisch. Die privaten Bauern, private

Unternehmer, Marktwirtschaft, das steht alles nicht bei Karl Marx.

ZHANG JIE: Bis man den Kommunismus erreicht hat, muß man noch viele Dinge ausprobieren und viele Voraussetzungen schaffen. Marx hat uns eigentlich nur die Prinzipien an die Hand gegeben. Die Einzelheiten müssen wir uns durch Praxis selbst aneignen, das ist sehr schwierig.

SPIEGEL: Ginge das möglicherweise ohne Kommunismus schneller und besser?

ZHANG JIE: Nein. Bedenken Sie, auf was für einer Grundlage von Armut und Leiden unsere jetzige Gesellschaft steht – und außerdem haben wir eine Milliarde Menschen. Ich bin davon über-

Premier Zhao Ziyang: „Erdrückende Bürde"

zeugt, daß es auf der Welt keine einzige Partei oder Regierungsform gibt außer der unseren, die sich zutrauen würde, mit solchen Problemen fertigzuwerden. Ich bewundere unseren Ministerpräsidenten Zhao Ziyang. Ein solcher Ministerpräsident ist schwer zu finden auf der Welt. Er trägt eine erdrückende Bürde.

Eine Milliarde Menschen – für jeden einen Apfel am Tag, sind eine Milliarde Äpfel! Nur ein Pfund Nahrung für jeden am Tag, das wäre schon ganz Hongkong zudecken. Sie sollten sich das mal ausmalen. Dann werden Sie staunen, wie es in unserem Staat möglich war, von einer solchen Ausgangslage die heutige Situation zu erreichen.

SPIEGEL: Und wer stört Chinas Fortschritt?

ZHANG JIE: Die Linksextremisten. Der von ihnen angerichtete Schaden ist

für unser ganzes Land sehr, sehr gr So habe ich es auch beschrieben. Da können, wie erwähnt, daß das, was w leisten, nicht so einfach ist. Für e Niveau, das wir jetzt erreicht habe haben wir alle sehr hart kämpfen m ter.

SPIEGEL: In Ihren Büchern spiel eine noch gefährlichere Rolle die Br ser im Apparat.

ZHANG JIE: Es handelt sich dasselbe Phänomen. Diese Linksextre sten und Konservativen stecken un einer Decke. Wie ich es auch beschri ben habe: Die Reform der W schaftsstruktur wird in jedem Fall E fluß nehmen auf die Struktur der Polit der Kader, der Gesellschaft und so w

SPIEGEL: Gibt es denn noch Linke einflußreichen Positionen?

ZHANG JIE: Jetzt sind schon se viele neue Kader nach oben gekomm Leute von kulturellem Niveau und großen Kenntnissen. Sie denken offen freier.

Ich kann natürlich nicht garantier daß es keine Linksextremisten m gibt. Sicherlich gibt es auch heute ne

„Ein Krebs ist stärker als ein Drache auf der Sandbank"

die können nicht mehr so viel anrichte Die Menschen lassen diese Linksextre misten. Wer jetzt noch mit Ideen a dieser Ecke kommt, der wird sof angegriffen und niedergekämpft.

SPIEGEL: Die Reformpolitik ka nicht mehr zurückgedreht werden?

ZHANG JIE: Ja, das glaube ich. muß weiter nach vorn gehen. Es g jetzt keinen anderen, für diesen Pro unterbrochen nicht mehr. Natürlich ha wir noch wenig Erfahrung in dieser E wicklung. Von daher kann es imm noch Umwege geben.

SPIEGEL: Haben Sie deshalb I Roman das chinesische Sprichwort v angestellt: „Wenn der Drache a Sandbank gerät, ist der Krebs stärk

ZHANG JIE: Ich habe damit e Vizepremier Zheng gemeint, den Ref mer, der auf keinem sicheren Terr steht. Das war aber vor vier Jahren.

SPIEGEL: Heute haben die Reform einen besseren Stand?

ZHANG JIE: Kleine Abweichung kann es auf unserem Wege noch im geben, doch wir beharren auf unser Kurs. Es gibt aber immer Leute, die Althergebrachten hängen. Bei Ihnen es sicherlich genauso. Aber die Er schlossenheit der Chinesen, mit dr ärmlichen Lebens Schluß zu machen, s vorwärts zu entwickeln, ist nicht me aufzuhalten. Ich glaube noch daran.

SPIEGEL: Frau Zhang, wir dank Ihnen für dieses Gespräch.

108

《明镜》周刊刊登的采访报道

电梯里,玛耶先生一言不发,眼睛从我的头顶望过去,好像在忍受某种极其难以忍受的事物。我把我那很多人看不惯的下巴,翘得更高了,心里狠狠地想,是你把我请来的,先生,你只好受着了。

房间里还有三位六十开外的绅士在等着我,全是一副大记者的派头。他们打量着我,我也打量着他们,像是在暗暗估量彼此的实力。

四比一,我想。

满头白发的莱因哈特(Herinhard)先生身材很高,像所有身材过高的人那样,稍稍有些驼背,浑身透着一种熟透了的潇洒。他先向我介绍:"这间房子,我们一向用来接待最重要的客人。"一派世界事务权威发言人的口气。

最重要的客人?

我已经三过汉堡。从我一踏上欧洲的土地,他们可能就在观察、掂量:值不值得?

有人拉开落地的百叶窗,汉堡城尽收眼底。莱因哈特先生简略地介绍着这个城市:绞死最后一批海盗的老码头,二战中被毁去大半的老教堂……然后转身向我介绍其他两位绅士,一位是速记兼录音,一位是摄影记者。"这是联邦德国最著名的摄影记者,丹赫盖尔先生。他住在波恩,不住在汉堡。只在重要人物接受采访时,我们才把他请来。"

"这样的意思您刚才已经表示过了。"我说。

"我们可以开始了吗?"

"好吧。"

尽管善良的基督徒、我们的翻译施迪安先生,努力软化着我们的语言(我甚至觉得我的某些话他根本没有翻译),仍然能感

383

到剑拔弩张的气氛。

玛耶和莱因哈特先生不歇气地交相提问,生怕留给我半点喘息的时间,似乎想用闪电战在最短的时间内将我击垮。

丹赫盖尔先生的摄影机,不停地"咔嚓"着,是不是希望抓到一个我在狼狈逃窜的场面?

录音机上的大磁带盘,带着一份不便明说的期待,缓缓地转悠着。

我的声音,像从一根铁制的声带上发出。我那一张一合的嘴唇,如两片相击的石头。我的回答,锋利得足以切断任何一条喉舌……

尽管我大获全胜,尽管四位绅士变傲慢(真的是傲慢吗?)为倾慕,但我并不快乐,甚至觉得这样的胜利没有也罢。可我当时并不明白,为什么我不快乐。

如果换到现在,一切都会有所不同。至少我不会说那许多假话,至少我的回答会充满个性的魅力——对此我深信不疑,至少我会更加可亲可爱,至少我不会那样狭隘、多疑,至少我不会那样虚张声势,至少我不会把他们的一切言行解释为别有用心……

可是,有多少事可以重来?正像人们常说的"有多少爱可以重来"?

…………

不知道从哪句话、哪个问题开始,或者根本不是因为哪句话、哪个问题,横在我们之间的那堵冰墙开始融化。采访不是按原计划两个小时结束,而是进行了将近三个半小时。到休息时,双方的情绪已经发生了根本的变化。

"我刚进来的时候,你们像四条老狼一样,随时准备把我吃掉。不过我也是一条老狗了,无数次被他人咬过,为了自卫也咬过别人。"

"不,我们不是狼。"玛耶先生一再声明。

"这只是文学语言。"

"是狼有什么不好？它们团结,又有奋斗精神。"莱因哈特并不忌讳做一只狼。

送我下楼的时候,我对莱因哈特说:"你是一位少见的老练记者。"

"何以见得？"

"对你想要捕捉的猎物,机敏、警觉,爪子也很锐利。"

"你这样说,我都不好意思了。"

"不过,你认为你抓到我了吗？"

这里说的不是输赢,而是告诉他,刚才与他血战不休的那个人并不是我,至于那个真正的我,他究竟知道多少？

他沉思不语,我莞尔一笑。

此时,我们像竞技场上两名角逐后的击剑手,各自脱下面罩和盔甲,有些好奇地审视着对手的真实面目,终因有所发现而感到些许的欢愉。

他们例外地把我一直送到停车场。在我打开车门之后,又在敞开的车门旁与我谈了很久,好像还有很多没有说完的话。

尽管有些依依,最后还是说:"我们中国有句老话,叫作'送君千里,终有一别',我们还是下决心在这里告别吧。"

"与你相识非常高兴,我们很快还会见面的。"他们说。

但我希望再见时,不要再谈什么政治、经济、改革……这些题目,完全可以从《人民日报》上得到标准的答案,我宁愿和你们谈谈狼和狗,玛耶,莱因哈特。

回国后不久,我即收到一个从联邦德国寄来的巨型木箱,打开一看,原来是一盏古董煤油灯。三个玻璃罩和一个铸铜灯座,完好无损地包裹在一层又一层细如发丝的刨花中。

后来得知,我走后玛耶和莱因哈特问我们的首席翻译施迪安先生,我在汉堡期间最喜欢干的是什么。施迪安先生说,我最喜欢逛古董店。

"她看上什么了吗?"

"她看上一个老煤油灯。可是那个灯太大、太重,又有三个玻璃罩子,很难带回中国。"

玛耶和莱因哈特寄给我的,正是那盏我看中而又无法带回的老煤油灯。

一九九八年再访德国,向《明镜》周刊打探莱因哈特的消息。我被告知,他已退休,并且无人知道他的下落。

这时候,我体会到了中国档案制度的好处,即便某个人化为骨灰,也会知道他的骨灰盒子安放在何处。

西方人大大地保留并尊重彼此的"自我空间",最后却常常落得魂归何处无人知晓。这样的结局未必不完满,人们终有一天会看到它也是我的期待。不过哪天想要寻访一个不能放下的故人,哪怕是他或她的痕迹,如何是好?

每当我点燃那盏老煤油灯的时候,物是人非的感慨便会油然而生。你在哪儿呢,老莱因哈特?

多么想再见到你,多么想对你说,其实我是很敬重你的。

2004 年 5 月

后记:2008 年 5 月 4 日晚,接到友人施奈德大使夫人从波恩打来的电话。她说,已探知莱因哈特先生于数年前过世,而玛耶先生已近神志不清……

"我很久没有喝过香槟了"

就这样不期而至地显现——那个十字架,有一次甚至是在熙熙攘攘的西单大街上。

我便在如此喧嚣、浮躁而又荒漠的日子里站住,与那不曾相近相亲,却比自己还了解自己的十字架默然相对。

只是那么一会儿,它就绝尘而去,丢下我,把不尽是敷衍的日子继续下去。

难道那只是日子的无望,而不是我的无望?

那正是蒲宁在《三个卢布》里指给我看的,竖立在不知名少女的墓前,并在雅尔达的阳光下闪耀着白光的十字架。

相信在许多没有星光的夜晚、在散发着潮气的荒草丛中,会有那相当古老的族类、从不与这个世界相干的萤火虫,飞掠在它的四周。

还有什么能比得上那点存在又似乎并不存在、忽隐又忽现的光亮,以及无声无息到即便在我们的梦中也不会出现的萤火虫,更能体谅万物、体谅它们自己不得不坠落世上的遭遇?那十字架该是很不寂寞的了。

然而谁又能说那十字架不属于契诃夫?

谁又能说它仅仅竖立在雅尔达阳光明媚的山冈上,而不是竖立在英格兰的一处荒原上?

在一个秋日即将落幕的时刻,我徒步走过英格兰的那处荒原。

这才是英格兰最美的景色,也许英国人不喜欢我这样说。

别以为"云"只是一味地无辜、轻柔,其实它窥伺已久,只等着这样的日子,将残败的秋日一笔勾销。又像一个急不可待的噩耗,挟着满怀歹意的雨,阴沉地碾过一无遮拦的荒原和荒原上那无处隐蔽、被万般蹂躏无由伤害过的一切,还有那孤零零地突兀在荒原上的十字架……

雨水潲过飘摇的伞,漫过我的脸,又流进我的嘴角。我咂摸着溶解在雨水里的荒原的滋味,眼巴巴地望着那层层叠叠、无法穿透的雨幕。雨幕后面,是同样眼巴巴地等待着、但永远等待不到我的十字架。

十字架下,既没有费尽心机杜撰的、拍案惊绝的故事,也没有气象万千的意念和恢宏阔大的气势……无非是契诃夫的咳嗽,契诃夫的优雅、宁静、温柔、羞涩、敏感和忧郁……

以及,再也不会有人使它们光彩重现的《海鸥》《万尼亚舅舅》《樱桃园》……而且,果真有人使它们光彩重现过吗?

以及,一万个三等作家都能写出来的:人生不过是一场与孤独所做的不能获胜而又不得不做的挣扎,和那个受苦受难的万卡……

却只有一个契诃夫才能写出来的:姚纳终于认可了当一个人再也没有用的时候,自然要出局的游戏规则;最终能与他相依为命的,只有那匹和他一样老而无用的马。在这个世界上,还有谁能像他那匹老马,一动不动地站在弥漫的风雪中,倾听他那也许算不得苦恼的苦恼,直至大雪覆盖了他和它的全身,和万卡那封等着爷爷来拯救他、既没有地址也没有姓名、只写着"寄给乡下的爷爷"的信……

也曾喜爱和阅读过很多的作家,但是阅读契诃夫,那是一种缓慢的、对生命有去无回的穿透,而不仅仅是阅读。他那具有纯美而又并不纯美特质的小说,或许根本就是对万般缺陷的无奈。

曾以那样痛苦和嫌恶的心情,看待沽名钓誉那些人和事的契诃夫说过:"你以为他们是作家吗! 他们是马车夫!"[1]却对蒲宁说道:"您是贵族,是'俄罗斯一百个文学家中'最后一个贵族……"

可不!

那个流亡巴黎的男人,不就是和一个不得不沦落为饭店招待,却仍然彬彬有礼、冷若冰霜、言谈举止谦逊而又庄重的女人相逢相遇……回光返照地续演了一段如"在巴黎一个潮湿的深秋之夜"[2]一样凄清而短暂、美丽而支离破碎的旧梦?这个梦又在一个不再属于他们的早春破碎。

而且,难道不正是最后的蒲宁,看到了文明世界的大限——

"蓦地里,我完全清醒了,终于恍然大悟:原来是这么回事——我是在黑海上,我乘着一艘异国的轮船,不知为什么,我正在向君士坦丁堡驶去,俄罗斯完了,一切都完了,我过去全部

---

[1] 蒲宁:《契诃夫》。
[2] 蒲宁:短篇小说《在巴黎》。

的生活也完了……"①

完了的何止是一个朝代?

蒲宁,一个朝代的结束实在不那么重要,完了的是一种味道、一种品位,一种永远消失、再也不会重现的品位。

又何必替客死巴黎的蒲宁感到惋惜?至少他一直完整地保留着那种品位,以及有关那种品位的回忆。要是日后回到俄罗斯,他将比在那个夜晚乘着一艘异国的轮船,向君士坦丁堡驶去更加的"完了"。

幸亏契诃夫不必跋涉到这个品位的终点——在所有的人还没有变成马车夫之前——并且挤上那条开往君士坦丁堡的船。

他把那个十字架留在了雅尔达,而把他自己以及他的细腻和优雅,留在了一个远离俄罗斯的地方,直至最后一刻,还能握着一杯香槟,对死亡说:"我很久没有喝过香槟了。"然后从容地喝完那杯香槟,躺下,对着"未来",永远地、安静地转过身去。也许在他转过身去的时候,又发出了那优雅而忧郁的微笑?不过人们再也看不见了。

我老是猜不透,对浅薄、平庸、无聊、猥琐的"眼下"充满着不满和猜疑,在《带阁楼的房子》里对"未来"说过那么多好话的契诃夫,怎么会知道《樱桃园》将一去不复返?又怎么能预见到未来的粗陋、粗鄙、粗俗,不得不含着怜惜的泪,砍掉精心栽培、美丽而茂盛的樱桃园,决绝而又绝望地毁灭了樱桃园的生活——那饱含着往昔贵族生活(并非物质意义上的)的诗意,美丽却又、却已无用的,为着特别的、不复是这个时代(抑或根本

---

① 蒲宁:短篇小说《完了》。

不是这个世界)的审美趣味而酿就的生活……

还有谁会对这些小说爱之弥深？

以后也许会有好作家、大作家。但是，再不会有优雅的作家了。

1997 年 7 月 15 日写于 Sleepy Hollow
2004 年 8 月 8 日修改于 Sleepy Hollow

后记：写于七年前的原文，何止生涩，简直就是文理不通（但感觉没有错），让我想起多年前神经裸露的日子……丢失的又何止是驾驭文字的能力……幸有走出沉沦、结集出版的机会，让我得以修正。如果有人看到过修正前的这篇文字，请原谅我当时未能尽责。

我那风姿绰约的夜晚

除了雨雪天气,每天散步一个半小时,即便在圣诞夜。

在 Schoeppingen 的散步不仅仅是散步,而是精神沐浴。

空气干净得像是刚冒出泉眼的泉水,虽然有点凛冽。

周遭是千姿百态的树林,远处是错落有致、具有欧洲特色屋顶的房舍。

天空碧蓝,蓝得使我觉得自己可以飞翔,使我觉得像是回到了活力四射的青年时代。

此情此景恰似许多电影,尤其是西方爱情片的外景,不说你也熟知那些镜头,我就别再啰嗦。不过若是有个搭档,对待爱情也像我这样的不恭敬,即便两个小时的演出,也不会没有看头,仅周遭的景致就够迷人……

如此不敬地"谈情说爱",都是"经验"的过。

活力有时真可以欺骗你那么一会儿,尤其没病没灾的时候,让你以为回到了从前。可是"经验"却不会退隐,它始终在遏制你。青春是没有经验的,人一旦有了"经验",是再也回不到青春年少地"老"了,那是真"老"。

即便老到如此境地,仍然不乏男士的爱慕。几位男士虽不能与贝克汉姆相提并论,但也决不像某位诺贝尔奖得主那样"摇摇欲坠",上演一场"姐弟恋"绝对没有问题。

前些天还有一位男士在国际长途电话中说:"我曾经爱过你。"

就像普希金的一首诗,开头一句就是:"我曾经爱过你……"

我回答说:"对不起,我从没有感觉。"

他说:"你不给我说话的机会。"

在我们的一生里,就这样轻而易举地错过许多。

那么从头开始?

不仅仅是回头草吃不得,而是如何对他说:"我只能陪你演出两小时?"

固然世上再没有一种东西比爱情更不可靠,所谓两情相悦最终不过是一场演出,可你总不能一开始就对人家说,我只能陪你演出两个小时。

艺术村的艺术家们都回家欢度圣诞去了。在欧洲窜来窜去即便从德国往返于法国、葡萄牙,也是近在眼前。

只剩下我和那位奥地利作家,他和我一样,同属无家可归的流浪汉。当然我有房子,但有房子和有家是两回事。这为无牵无挂浪迹天涯创造了条件,经常流浪的结果是,不论走到哪里,都能迅速融入当地生活。

而且对于节日没有什么特别的感觉。于我来说,这一天和那一天没有什么不同。除非那天是某个至爱亲朋的生日,或获了一个什么文学奖,或有过一顿难忘的美食,或来自至爱亲朋特别的关怀……

Rorthwitha 和 Mr. Kelling 担心我会感到寂寞。我说,不,实际上我很享受"独自"。

信不信由你,"独自"是一种享受。

也许你现在感觉不到,总有一天你会发现,它是一种享受。我说过,"享受"是需要学习的。

我只担心一件事,那位奥地利作家一旦发起酒疯,会不会发生意外。

不过我也好不到哪儿去,两天我就会喝掉一瓶红葡萄酒,如果不控制自己,一天喝掉一瓶也说不定。这里的红葡萄酒可供选择的余地太多,真让我眼花缭乱,只好一瓶瓶地试下来。每一种品牌都有自己的口味,而我哪一种都不肯放弃,最后决定轮流"坐庄",直到我离开。

曾经有过收集葡萄酒瓶塞的爱好。那不仅仅是酒的一方资料,仅就瓶塞而言也是各具风情。方寸之地,气象万千:软木塞上烙着产地、品牌、年份、商标,特别是商标,真是风情万种……

有时甚至是一种回忆。比如:与哪位至爱亲朋共同享用过这瓶酒?记得当年与朋友享用一瓶香槟,用尽的酒瓶放在了床头柜上,连续几个夜晚,瓶底的醇香都不肯消散,一直伴随着我的睡眠……以后再也没有遇到过那样酒味醇香、口感上乘的香槟,其实再买一瓶不难,难的是再也没有那么合适的一位朋友共饮了。

从前以为法国葡萄酒是世界上最好的葡萄酒,其实只要在欧洲住得久一点,有机会多多品尝,就知道自己是坐井观天了。意大利、西班牙,甚至墨西哥的葡萄酒都不错,可以说是各有千秋,就看你喜欢哪一口了。

当然德国啤酒是好啤酒,也是可以放心喝的啤酒,绝对不掺甲醛。可我酒量有限,只能主打红葡萄酒。错过了德国的啤酒自然可惜,至少回去还能找到替代者,北京的"燕京"、青岛的"青岛"都很不错。葡萄酒就未必了,机会难得,还是抓紧喝吧。

奥地利作家经常喝的是啤酒,酒量为一日十瓶,这是他自己公布的数字。一般来说,你不能相信一个酒鬼公布的数字,他们公布的数字通常偏小。

啤酒的酒精含量是百分之五,红葡萄酒的酒精含量是百分之十二点五,我不知道综合下来,一天之中我与他究竟谁喝的酒精多。

好在我除了面呈红色,从不失态。不过面呈红色也够粗俗,所以我只能躲在屋子里自斟自酌,如果到了公共场合,一杯为限。

空气更好了,昨天下了一场雪。

边走边仰望空中的云朵和飞翔爱好者的恣意消遣。

飞机的白色尾气,在黄昏的夕照中变为一条条剔透、闪亮的金线,纵横挥洒于天际,那是对"独自"何以成为享受的解释,也是对"独自"这种享受的渲染……

如果这时有人看到我,一定奇怪这个异国他乡的老太太是不是有病,仰头朝天原地打转,自言自语失声大笑,时不时还蹦起来想要攀天。

这种毫无缘由且不由自主的欢笑,我已经丢失了几十年。对有些事物来说,几十年算不了什么,对丢失的一种欢笑来说,真是有点太长了。

云彩变幻莫测、难以了然,不由得追逐着它的究竟,心也就随云去了……散步时间往往延迟,自然是因为云。

我有时什么也不干,就是手握一盏,坐在落地窗前看云,一看几个小时,怎么看也看不厌,怎么看怎么觉得它是一个说不尽的故事。

即便是阴云、雨云、云雾……也能让人品味无穷。

同是阴云、雨云、云雾……比起一九八六年秋天我在英国约克郡勃朗特姐妹的故乡"呼啸山庄"看到的,又不尽相同,想不到竟柔软许多。

记得我还写过一首诗:《到呼啸山庄去》

> 总是赶上阴雨天气。
> 天幕低垂。
> 风黑且急。
> 寒冷的云从荒原上急剧地滑下,
> 将我和周围的一切,
> 淹没在它的荒凉里。
> 四野的山石依旧峭立,
> 狰狞而阴沉地打量着,
> 思量着。
> 一刀一刀地切割着、
> 抽打着它和行人目光的疾风。
>
> 墓地里的灯光,
> 苍老、昏沉。
> 蹒跚地穿过,
> 又是风,
> 又是云,
> 又是雨的荒地。
> 铺上她已经长满青苔的
> 屋舍和院落。
> 而将生者带进死者的坟墓,
> 讨论爱情的必要或无稽,
> 在如此绵长的雨中。

Schoeppingen 的树林

张洁文集

Schoeppingen 的树林

张洁文集

Schoeppingen 的落日

张洁文集

建于1629年的老房子

张洁文集

让诗人见笑了。

虽然看起来,德国人也很冷漠,可是如果交朋友,不说绝对,只能说大部分情况下,德国人比可爱的意大利人或浪漫的法国人,友谊更为长久。

街上行人渐少,车也渐少,终至乌有。情况像是北京的大年三十,到广济寺给母亲上香回来,大街上除了灯影,很难看到行人。102路电车也成了我的专列,在北京这样一个人挤人的城市,这景象总让我觉得怪怪的,不似人间所有。

所有的窗口都亮起了灯,圣诞节特有的灯,这也没什么特别,差不多半个月前,家庭主妇们就开始准备这个节日,尤其是窗户,平时总是低垂的窗帘,现在也撩起了面纱。

尽管门窗紧闭,可我还是听到了对一个旅人来说最为温馨的声音——傍晚时分,从路边一座座房屋里传来盘盏刀叉相击的声音,预示着家庭晚餐即将开始。即便是平日,家常晚餐也足够动人,何况是圣诞节的晚餐。

如果,比如,十年前,我一定对这些声音、这些灯光羡慕不已,并备感这个时节独自一人的凄凉。

此时此刻我却温婉地笑着,想:在那昏黄得如此温馨的灯影下,指不定有多少不能与人言说的烦恼,甚至是痛苦呢。

谁又能说"独自"注定是不快活的?!

一会儿回到住所——那栋建于一六二九年的老房子,先斟上一杯。备有鲜花的餐桌上,并列着三瓶口味不同的葡萄酒呢,还有那许多单单是我喜好,而不必考虑他人口味的美食在等我享用,谁又能说"独自"的圣诞晚餐不完美?

虽然买了圣诞节的蜡烛,但是因蜡烛的精美,我不会在今夜点燃。

也许有人会说,如果能与亲爱者对酌,岂不更好?

好是好,可谁知道他兜里揣没揣着冯小刚先生的那部"手机"?那种与人共享一个男人的经历,我再不愿重复。

不是爱情自私,而是我太喜欢"独自"。

经过画家楼,底楼小展厅里还有灯光。走近一看,是某人的新作,尽管还稚嫩、还不能说是成功,但在灯光的映照下,竟有了点味道。

有时候,灯光是道具,声响也是。

2004 年 12 月 24 日平安夜

别把艺术家当标杆

就算文学归类于艺术,我还是希望离艺术远一点。"作家"是什么?王朔先生早有高论,我就不再赘述。

不过落到实处,腰杆就不那么硬了,最后还是住进一个艺术村。所以,别听人瞎吹或标榜自己清高,如果有个不错的价码,清高立马贬值。

艺术村里的男女不少,最像艺术家的我看只有三位。其他所谓艺术家,包括我在内,不过尔尔。

头一位当属那位奥地利作家。

披肩发长至腰际。千万别误会,人称不是"她"而是"他"。

每从人前经过,就像滚过一只洋葱,大约一个月才见他洗换一次着装。还可能因为极喜 gulasch,那是一道匈牙利名菜,用料仅为洋葱和牛肉,炖至洋葱无魂。对于奥地利作家,不能说它像人们每天须臾不离的牛奶,但三天一炖肯定不是冒估。我不是瞎说,而是根据楼道里出现的、浓度相当于夏奈尔#5香水的洋葱味儿的频率估算的。

我也喜欢这道菜,但并不喜欢为它亲自下厨,就像喜欢鱼,却不喜欢为它亲自下厨一样。偶尔烧一次,之后马上冲进浴室从头洗到脚。尽管洋葱、大蒜、鱼等等味道极佳,可在未以佳肴身份出现在餐桌上的时候,人人都想远离,这对于无私地为我们提供了美味的洋葱、大蒜、鱼来说,真有点没良心。

所以当他对我说,他从来不使用雨伞也不在乎是否下雨,我很理解,如果赶上下雨,说不定还像一场顺理成章的淋浴。

酗酒。白天喝,晚上也喝。大厅壁炉前,是工作之余我们流连、休息的场所。尽管楼里的暖气非常之热,壁炉里的火却总是燃着的。

记得在美国教书时,学生问我,你常在欧洲和美国来去,你觉得欧洲人和美国人有什么不同?我也说不出有什么不同,但说到情趣,肯定大不相同。

奥地利作家自然也是壁炉前的常客,每天晚上总是揽着一只酒瓶前往。可能因为自知酗酒,初始还比较矜持,毕竟都是文化人,甚至可以说他在"文化"面前还有些自卑,拘谨。

开头几天还谈谈"文学",表现为"今天写得很顺利,简直像机关枪扫射一样无法停下",或"像流水一样无法停下"。

"我在写游记。你知道,"他不无自嘲地一笑,"当然不都是真实的。"以及每日必问我一次:"你写了多少页?"

我说:"你的提问怎么跟记者的提问一样。"

他最喜欢的作家是斯坦贝克,觉得自己很像斯坦贝克。"你知道,我不喜欢读书,连中学都没毕业。搬过六年尸体,当过建筑工人,逃过兵役……我们那儿男孩子一过十八岁就得服兵役,我讨厌和三十个人睡一间房子,就跑到希腊去了,在那里以替人收橄榄为生,我的英语就是在那里学的……"

几天之后,就再不谈文学以及与文学有关的事,而是心无旁骛,一口一口默默地喝酒。即便其他作家谈起自己的创作,他也并不参与,似听非听,神思游弋地盯着壁炉里的火苗。这时候,我觉得他比在场的任何一位作家都更像作家,而不是他大谈文学以及创作顺利得像机关枪扫射那样停不下来的时候。

不吸香烟,只吸自己卷的"大炮"。所用烟丝,气味强烈,或充斥大厅或充斥整个楼道,且经久不散。似乎还不过瘾,改吸大麻,一次吸完大麻后竟当着众人轰然倒地。我对大麻所知甚少,曾非常担心他过量吸入会不会导致死亡。

说脏话。最爱说的是"操他妈的钱"。

其实我也说脏话,也许比他说得还多、还脏。可是一个集酗酒、吸大麻、说脏话于一身的男人,说起脏话就有点让人不安。好比有一天他说:"指不定哪天我就去偷银行。"又说:"指不定哪天我就去敲你的门。"

我从不认为他真会这么干,但谁能担保他在吸食大麻之后的所作所为?

我回答说:"我不喜欢有人敲我的门,如果事先不打电话或请求的话。"

他说:"某某随便什么时候就敲我的门,我也随便什么时候敲他的门。"

我说:"那是你们两厢情愿,不请自来是非常粗鄙的行为。"

"粗鄙"行为在他是随时可见。

比如,打探女人的年龄。在西方,就连小孩子也知道不能打探女人的年龄;

比如,圣诞前,好脾气的 Mr. Kelling 气愤地对我说:"我准备提前回汉堡了,我不想当他的'父亲'。昨晚大家聚在壁炉前,于圣诞假期的短暂别离前有个告别,气氛原本非常之好,可他不请自斟地把 Sabine 带去的那瓶酒全喝光了。我对他说,够了,够了,他就是听不进去,真的很让人生气。"

奥地利作家自己并不知道,大家为什么越来越躲着他,或者

401

他根本就没感觉到大家在躲着他,依然自得其乐地酗酒、吸大麻,像一只洋葱,说脏话……

我倒觉得,说不定哪一天,他就会把盯着火苗时的那种神思游弋的状态维持几个小时。哪怕几个小时,他马上就会写出我们谁也比不上的作品。

其他人,包括我,都太正常了。尽管在国内有人把我视为另类,比起他来可是小巫见大巫。作为一个正常的人,循规蹈矩、不为非作歹、不异想天开,安分守己地过日子是再好不过,但对艺术创作未必是件好事……总之他让我想起意大利的著名画家Modigliani。

第二是位韩国作曲家。

刚到不久,晚上就有人敲门,我不由得眉头一皱。怎么到了西方,还有这种事先不打招呼就贸然上门的事。

开门一看,着实有些惊吓,那样一张底色煞白、浮色又浓艳得非人间所有的脸,谁见谁不感到惊吓?何况门廊里的灯光很暗。

毕竟那是一张亚洲脸,毕竟我又是亚洲人,对东亚文化不说熟悉,至少略有所闻。"歌舞伎"——我马上想起这是各国艺术家的荟萃之地。

之后,这种十分中国化的习俗不断出现,让我不胜其烦。

从此不管谁敲门,只要事前不打电话招呼,我愣是一个没听见。

我到达艺术村的时间比较晚,初始不大明白人们为什么不爱搭理她,渐渐才有了亲身体验。

圣诞前夕有人寄来圣诞礼物,她说:"我看见有你的邮包,谁寄来的?"

或:"你多大岁数?"

或:"单身还是已婚?"

尽管心中不快,还是一一如实回答,谁让她是女人,而我对女人从来不大好意思说"不"。

心中却不免有些懊悔,何苦不远千里来到这里复习国内习俗?

或:"我不喜欢那个德国女作家,那样傲慢。"

或:"我不喜欢那个俄国哑剧艺术家,从来不理女人,只和男人说话,并且老对男人说她没钱。"

或:"我不喜欢那个奥地利作家,在公众场合吸烟也不问问大家是否同意。"

如果一个人在背后说每一个人的坏话,那么他肯定也会在背后说你的坏话,这是我总结出来的真理。

更发现她对男人的示意,也相当亚洲化:媚眼乱飞、身体像一条蛇那样拧来拧去。这才明白,亚洲女人对付男人的法宝,竟像一个模子刻出来的。

有一天她又对我说:"我不喜欢那个罗马尼亚诗人,他的嘴很臭,还吹我的黑管。"

我说:"不是你请他到你的房间里去,并把黑管借给他的吗?"

她愣了一下,才想起来似的:"是啊,是我借给他的。"

对我这句含义颇丰的反问,她的回答,显然不是一个"胸怀大志"的人的回答。

我马上忘记对她的防范,不但在她突然造访的时候大门敞开,回国之后还寄过礼物给她。

…………

有人见人爱的艺术家吗? 我说的是艺术家。他们大多随心所欲、个性张扬、瞬息万变、敏感多疑,不但激扬文字更激扬语言……但只要不损人利己,尤其不会成为自己的配偶,就是如此这般讨人嫌地活着,又与这个世界何干?

第三位就是"有一张臭嘴"的罗马尼亚抒情诗人。

初次见面,寒暄过"认识你很高兴"之后,就让我猜他脚上的靴子在哪儿买的。我说:"对不起,猜不出来。"

"你不知道吗,这是一双瑞士军靴……"然后在用巨大而坚实的石块铺就的地板上,又蹬又踹,以展现那双靴子的神威。

"你喜欢谈话吗?"

见他又蹬又踹地展现那双瑞士靴子,我赶紧回说:"不,不喜欢。"

他说:"你应该多和人谈话,与人们谈话不但对你的创作有所帮助,也对你的心情有所帮助。我喜欢与人交谈,这也是我要尽快把女朋友接来的原因,越早越好。"

果然很快把女朋友接来,但是女朋友加入了大麻俱乐部,从此与大麻俱乐部形影不离,远远超过了与诗人的亲密接触……看到他那突然小了一圈的脸和萎顿的身影,很想和他"谈话",可是喜欢谈话的他陷入了无言的忧郁。结果是与艺术无关的女朋友留下,他却回罗马尼亚去了。再没有谁像他那样乘兴而来,败兴而去,且来去匆匆。

有些人初始通常不大讨人喜欢,日久慢慢就会渗出他们的特质,如果没有耐心,很可能会忽略一个有潜质的艺术家。而艺术家不是榜样、标杆的料子,作为一个艺术家,只要能把自己的行当操持好就行,不必让他们担当那样多的角色,是不是?

2005 年

壁炉前是我们流连、休息的场所

对不起了,莫扎特

尽管我说过,人类是不可沟通的,不论我们采用哪种方式"说一说",最终我们能做到的,无非是彼此"多知道一些",而是人皆知,"知道"和"沟通"是两回事。但我并未因此坠入孤寂、绝望的深渊,比如可以寄托于比人更可靠的动物或自然。

有过一只猫,严格地说,那不是我的猫,而是我母亲留下的猫。你什么都不用对它解释、什么都不用对它述说,它却知道你遭遇了什么,以及连你自己也不愿、不敢正视的现实。更不要说一只狗对你的理解。只有我与它们之间的关系,才可以用得上"沟通"这个难以攀附的词儿。

可惜没有养过狗。

生活在城市里的狗,要比一只猫在心理上承受的压力更多。比如:难以纵情奔跑、跳跃,还要像一个文明人那样不随地吐痰、不随地大小便,不在公众场合大声喧哗,更不能随意爱上另一只狗。即便"八小时速配"之类的活动比比皆是,也不可能惠及一只狗……今年,"狗"又成为中国话语中,点击率最高的一个单字,而狗语也像排行榜上名列前茅的流行歌曲一样,火爆全国。但那并不说明人们懂得了狗的所思所想,恰恰是对狗语的一种匪夷所思的演绎。

如果为了自己,我可以再养一只猫;如果不是为了尊重狗的独立人格,养一只狗也不是绝对不可。

问题是,我已经没有那么长的时间与它们共处——也就是说,我已经不会有一只猫或一只狗那样长的寿命,来陪伴、照料、牵挂它们的生命了。

不知当初它们为什么选择进入人类社会,然而它们却无法适应人类所谓高尚、文明的生活。且不谈去听歌星们的演唱会或在电视台的时尚栏目当一回嘉宾,就连食物也得由主人替它们购买,有谁见过一只猫或一只狗在超市里购买速冻饺子或羊肉片?

到了如今,我已经很少流泪。可是一想到这只子虚乌有的猫或狗,就为我死了之后,它们将何以自处而泪流满面。

想来想去,还是放弃了养一只猫或一只狗的打算,也许是因为知道,自然界里还有我的另一个知己。

这就是我一想到离开 Schoeppingen 就满心不安的原因。

Schoeppingen 周围有很多树林,不是小树林而是大树林,即便在里面走上半个小时也碰不到一个人。但是那里很安全,偶尔,树林深处还有一张用粗大的树干制作的相当潦草的木椅,走累了,可以在那里坐下休息。有谁会介意它的潦草?也许正中下怀。反之,如果将这只潦草的木椅包了金,树林子会不会自寻短见——比如上吊,都很难说。

而且 Schoeppingen 的夜晚总是大风起兮,几乎每个夜晚,都能听见大风的呼啸。在这呼啸中,我会生发出不少的担心和期待:担心明天这风会停息下来;期待明天一早到树林子里去——或在树林子里游荡,或坐在哪张潦草的木椅上,听风穿树林的动静。

人说:仁者爱山,智者爱海。

我是既不仁又不智啊,我爱的是风。

这样说也不确切,应该说我爱的是风和树林共同制作的呼啸。

每当遭遇大风穿过树林并发出狂放的呼啸,就像遇到了另一个自己。

那就是我,那就是我的前生来世,而且比我更加肆无忌惮、更加放纵,让我好生羡慕。

一个人能有多少机会与自己的前生来世相遇?

免不了坐在椅子上痴心妄想:此时此刻,要是能够"咔嚓"一声死在这树林子里该有多好!

那大风穿过树林的呼啸,可不就是我的"安魂曲"?而且仅仅是为我一个人演奏的,不像莫扎特的"安魂曲",可以为每一个人所用。不论什么,一旦沦为人人所有,还有什么稀罕!

一生有过几个大愿望,可以说没有一个落空,不管结果如何,我都应该心存感激,毕竟都是自己曾经的期待。

如今只剩下一个愿望,可这个愿望,比以往任何一个愿望都难以实现。

我期待一个完美的死亡:死在没有一个人知道我是谁的地方。比如异国他乡,比如在这风的呼啸中,比如在旅途:背一只肩包,徒步行走在树林子里或山冈上、峡谷里、河岸旁……突然"咔嚓"一声死去,然后一只狼,或一只豹子来到,将我的尸体吃掉,那才是我理想的坟墓。

可是这个愿望太难实现,谁能保证那只狼或是那只豹子会及时来到?如果它们不及时来到,人们马上就会从你的护照、你的信用卡上知道你是"谁"……即便如此,我也从不放弃这个愿望,这也许是我喜欢背着双肩包,独自旅行的原因之一。

2006 年 2 月

从裕仁之死说到引导舆论

去年年底到冯牧同志家串门，正赶上他要去接待日本作家代表团，我也就随他一同前往。

日本客人除代表团团长野间宏先生外，还有井上光晴、夏堀正元、针生一郎等人。席间，几位日本朋友忽然谈起二次大战，谈起他们各自对中国人的负罪感，以及日本政府对中国人民所应承担的罪责……

他们的话，触动了我久梗在心的一腔怒气，不觉冲口说道："是啊，既然一个被侵略者都不要求国际法庭给那侵略者以制裁，你还能指望侵略者承认自己是侵略吗？所以我们对日方制造的光华寮事件、参拜靖国神社事件、教科书事件以及日本右派法西斯若干起挑衅事件，多次抗议而无效果，是因为我们早就把本属自己的权利扔掉了。"

不但如此，日本作为一个发动侵略的战败国，对中国人民在长达十四年（一九三一年九月十八日至一九四五年九月三日）中日战争中的损失，也未做丝毫赔偿。

一九四五年，我们失去了第一次机会。当时是国民党统治时期，为了与日本政府的政治交易，竟放弃了对日本侵华战争的索赔。当然还有美国总统杜鲁门以及怀着各种目的的政治力量,不能算是光明磊落的插手。

一九七二年九月二日与日本恢复邦交之际,我们又失去了一次机会。日方主动提出赔偿中国在日本侵华战争中的损失,而中方表示,为了中日两国子孙万代地友好下去,决定不要这笔赔偿。

我们很穷,建设"四化"资金不足,很需要这笔钱。即便这笔钱不还给深受日本烧杀抢掠的中国百姓,还给中国政府也行。

退而言之,哪怕日本政府赔偿中国人民一元钱也行,在天安门广场,面对世界舆论和良知,举行隆重的赔偿仪式,以明确日本政府侵华战争的性质,以及日本政府在道义、法律上所应承担的罪责。例如美国,至今还在偿还美籍日人的存款在二次大战中被冻结的损失。又如奥地利维也纳市政府租赁给联合国修建办公楼的那块土地,实际上是赞助性质,但维也纳市政府与联合国曾签订正式协议,年租金为一美元,每年由联合国派代表将租金送至维也纳市政府,正式履行付款手续,用以说明这块土地的所属权。

我又谈起一九八三年,与日本作家小田实为此争论得非常激烈的往事。那次会见,小田实先生从头到尾不停宣讲"日本是二次大战中最大的受害者",理由是美国人在广岛扔了一颗原子弹。

为了与中央保持一致,让中日两国子孙万代地友好下去,我本不应搭茬儿,可是小田实先生不断老调重弹,使我再也无法忍受下去,便说:"我反对原子战争,也同情受过原子弹之害的日本人民,但是中国在被日本侵略的十四年里所受的灾难、蹂躏,要比这颗原子弹的危害深重得多。如果日本军队老老实实地待在自己的岛子上,不侵略别人,不偷袭珍珠港、重创美国的太平洋舰队,恐怕广岛也不会挨那颗原子弹。"

野间宏一行频频点头称是,反复检讨:"我们对中国人是有罪的。"

我不知他们当中是否有人参加过侵华战争。

这是战犯裕仁天皇及其幕僚、政客策划发起的一起罪恶滔天的侵略战争,本应由他们负起这一战争的罪责。

饭后大家合影留念。他们对我的直言非但没有丝毫不快,反倒带着些许的敬意与我告别。

不久,在一九八九年一月三日的《报刊文摘》上看到,由日本学者井植薰所著《如果日本支付战争赔款》一文的片断。文中说:

……日本已向中国以外的许多国家作了巨大的战争赔款,如果中国要求赔偿的话,日本还真不知能否赔偿得起。一八九四年发生了日清战争,尽管战争还不到九个月,但作为战胜国的日本,讲和时不仅占有了台湾,还获得了二亿两白银的赔偿,相当于一八九五年税收的四点八倍。靠了这笔钱,日本才得以实施金本位制,扩充军备,建设钢铁厂,推动了产业革命。

假设在发表日中联合声明的一九七二年,日本要支付相当于当年税收四点八倍赔款的话,那么数额是五十兆日元。如果真的支付赔款,现在的国民负担无疑是极其沉重的,这笔账也许一直要留到孙子辈才能还清吧……

读罢此文我才发现:不论作为军国主义的日本还是作为资

本主义的日本,全是靠侵华战争发的家。

二次大战后,被日本烧杀掳掠、铁蹄蹂躏的中国,与因为发动侵略战争,耗尽本国物力、财力、人力的日本经济水平不相上下,而他们现在已向全世界发起了经济攻势,成为世界经济强国,中国却依旧贫穷,落后。

今年二月十八日下午,在日本众议院预算委员会上,围绕侵略战争和天皇的战争责任进行讨论时,竹下登首相居然说:"在学问上难以对侵略战争下定义。"又说:"关于侵略战争的学说各种各样,我也不认为联合国的讨论就是结论……战争是非常悲惨的行为,这是事实,但确定其性质是困难的。"他回避谈及"当事者西德已有定评"一事。

一个国家元首,竟敢如此强奸世界人民公论,几近无赖地将一场明火执仗、烧杀掳掠的侵略战争,化之为"学问"的讨论。如果他再来中国访问,我们应该往他的脸上啐唾沫。

此外,我将天皇裕仁去世,以及由此引起的一些反响剪辑成文,以便对比,这也许比单条阅读更有意思。

关于二次大战中裕仁的罪责问题:

英国《独立报》一月十一日。记者戴维·基斯著文:美国的干预使"裕仁免于受绞刑"。英国广播公司拍摄的、揭露天皇罪行的纪录片,将于本月播出。

远东战争罪行起诉班子前成员罗伯特律师,第一次公开发表讲话:"有足够的证据说明本应对裕仁进行审判,如果他当时受审的话,他会被判决有罪,而且被处以绞刑的可能性极大……"

该纪录片揭示,裕仁知道,一九三七年至少有两万名中国人在南京遭屠杀。

日本一九四一年十二月七日偷袭珍珠港,裕仁至少在这一袭击发生前一个月就知道此事。

这部纪录片还揭示,不对日本天皇裕仁起诉的决定,是美国当时的总统杜鲁门做出的。

东条英机受审时说,日本任何一位臣民都不会违背天皇陛下的意愿行事……这意味着袭击珍珠港是天皇的命令,并证明他应对这场战争负全部责任,从而打破了天皇是个傀儡的说法。后来东条在以天皇名义的巨大压力下,改变了口供……

说明天皇对他的军队征服印度尼西亚和东南亚感到高兴的证据,是出自他的宫内厅长官木户的日记。

日记写道:"天皇笑容满面,热泪盈眶。他说:'我亲爱的木户,你是否意识到我们做了什么,爪哇投降了。荷兰的整个东印度群岛以及缅甸都是我们的了。'事情发生得似乎太快,天皇非常高兴,我当时不知道说什么了。"

日本官方对天皇裕仁在侵略战争中罪责的部分发言:

竹下登首相称:已故天皇"六十二年来一心祈祷世界和平与国民幸福,并天天为之实践躬行。在过去那场不得已而爆发的战争中,出于不忍目睹国民苦于战祸的情景,不顾自身安危,做出了结束战争的英明决断。"

自民党发表谈话说:"六十二年来为国内外考验所表现的陛下的业绩,无可估量的伟大。"

内阁法制局长官味,二月十四日在参议院内阁委员会会议上,就昭和天皇的战争责任问题表明见解说:"根据旧宪法规定,天皇不承担国内法上的一切责任,所以昭和天皇没有法律上的责任。另外,在国际法上,远东军事审判也没有对天皇提起公诉。因此,责任问题已经解决。"

日本官方企图抹煞裕仁罪责的答辩激起国际公愤。

一月九日,专门评论英国皇家事务的评论员指责伊丽莎白女王和她的顾问们伤害了英国人民的民族感情。因为白金汉宫决定派女王的丈夫菲利普亲王前去参加日本裕仁天皇的葬礼,这是对第二次世界大战期间,在被日本侵占的远东国家死去的、数以千计的英国人和澳大利亚人的侮辱。

英国《卫报》对于"裕仁做了好事的善良神话"进行了抨击。它说,这就是"日本右翼企图借此(裕仁的死亡)时机推行他自己的勾当的一部分。"

美国《华盛顿邮报》发表了记者玛格丽特·夏皮罗发自东京的报道。日本把已故天皇裕仁描绘成一个反对日本在第二次世界大战中的行动、主张和平的人。这种说法在海外引起了愤怒。

新西兰国防部长鲍勃·蒂泽德说,裕仁"应该在战争后被枪毙,或者公开把他碎尸万段"。

澳大利亚有数千名军人在日本战俘营中丧生,一个退伍军人组织把裕仁比作希特勒。鲍勃·霍克总理最初表示他可能参加这位已故天皇的葬礼,现在说,他将不来了。

荷兰王室宣称,将不派代表参加葬礼。(据说荷兰在东南亚死了两万人——笔者)

韩国大报《东亚日报》发表社论:"不管日本花多大力气来否认他应负的责任,却不能否认战争是以他的名义宣布的事实。"

朝中社称,裕仁是第二次世界大战的"头号战犯,本应处决,是朝鲜人民不共戴天的敌人"。

韩国的《朝鲜日报》称裕仁是头号战犯,并说:"不能忘记在他统治下,数以百万的朝鲜爱国志士惨遭戮害。"该报又于最近载文指出,"朝鲜人民的最高代表去为一名战犯的灵魂祈祷,那是不可想象的。"

台湾方面:当局对裕仁逝世一直表示沉默,但报界要求严厉追究天皇在战争中的责任。有影响的《中时晚报》社论以《历史正义不要装看不见》为题,开头说"集荣誉、侵略和罪恶于一身的天皇的一生结束了",然后又评论说,"根据历史正义的立场,我们对天皇不对在战争中给中国人带来的灾难表示道歉而死去表示遗憾。"

台湾《时报》报道,立委宣以文在书面咨询中指出,日军当年在我国奸淫掳掠,无恶不为,写下了人类史上最丑恶的一页,中国人惨遭杀害的超过二千万。二次大战后,日本曾分别向美洲、欧洲致歉,然而对亚洲各国,尤其是对遭受日本荼毒最烈的中国百姓,不但从未表示歉意,还一再篡改历史,否认当年的罪行。

中国大陆方面,《东京新闻》十月八日刊登驻京记者岛影的一篇报道,题为《中国既报道"战前的天皇"也报道"战后的天皇"》,全文如下:

> 在天皇逝世大约七小时后,中国中央电视台在七日午间新闻节目里,播放了几十秒钟已故天皇战前身着军服、骑在马上阅兵的资料片。女播音员照着稿子说:"天皇于一九二六年二十五岁即位,在任期间,发动过侵华战争和太平洋战争。"
>
> 在中国,从日中两国恢复邦交后,区别"战前的天皇"和"战后的天皇"的倾向是很强烈的。这一报道提到了天

皇战前的责任。

然而,中国中央电视台在晚上七点的新闻联播节目里,播放了出席国会会议和访问欧美国家时,满脸笑容的"战后的天皇"的资料片,却没有重播"战前的天皇"的资料片。

另外,《北京晚报》在头版下方以"日本天皇逝世"的很小标题,报道了天皇逝世的消息,并指出天皇曾发动过侵华战争和太平洋战争。

新华社驻东京记者报道,已故天皇是世界上寿命最长的一位君主,是世界上最后一位去世的、经历过第二次世界大战的国家元首。"战前是整个帝国军队的统帅,并且被'神化'。战败后,日本否定天皇是神。根据新宪法,天皇成了国家的象征。"关于天皇的战争责任,"在日本历史学家中,已成为讨论的一个题目。"

附:澳门《华侨报》发表评论说,看了我国政府对裕仁之死"表示哀悼"的有关报道后,作为中国人"很不是滋味""莫名其妙"。我们今天与日本人民的友好和对裕仁之死的态度,决不能混为一谈。

报纸剪辑后的杂感:
中国的舆论不能老用一个口径包揽十亿张嘴。

如果政府方面因为和日本有一定的外交关系,有些话不便讲或不能讲,是否应该允许老百姓讲,给老百姓一个可以抒发舆论的地盘或场所,甚至可以给他们反对某某人访华抗议、游行的自由。

思以为,报纸的功能无非有二,一为传播信息,二为反映舆论。

说到传播信息,现在比"文化大革命"时好一些,但仍旧少得可怜。飞机出事登报,总是因为有外国人在内,不得不登。有些记者报道多些,可能还有被劝退或勒令报纸改组的危险。

报纸后面有"小参考","小参考"后面有"大参考","大参考"后面有"内部参考""参考要闻"等等,这后面还有多少内部报刊,则非我等所能知晓。国家采取一定的保密措施是必要的,但是层层设防,还是"民可使由之,不可使知之"的古训。老百姓只好以口头的和出口转内销的消息为信息来源,这样反倒可能以讹传讹,倒不如主动增加透明度,让每个公民对国内国外的事情,自由地发表见解。

谈到舆论,我们的报纸都是党报、准党报、政府机关报,只能贯彻官方意图、行外交词令,老百姓只好不明真相跟着转。能够反映群众舆论的篇幅,实属凤毛麟角,还免不了提心吊胆。

作为一个政党,自然要为自己制造舆论,以贯彻执行自己的纲领。但作为唯一的政党,将一切舆论都引而导之,造成众口一词的局面,还有什么舆论可言?又如何参考不同阶层人士的舆论,以做出科学、民主的决策?

正当的舆论渠道被引导得不见了,自然出来许多小道消息。秦始皇焚书坑儒,偶语弃世,防民之口,胜于防川,结果还不是民谣谶语到处飞,也没传到秦万世,至秦三世就结束了。

所以,光引导舆论,不允许有不同意见,不是办法。现在已是开放时代,各国都有比较,我们这种舆论一元化的办法长不了。

除去官方报纸,如果再另辟一些渠道,就可以多知道一些信息,多反映一些意见。即使涉及外事,也无非是言论自由,政府不便过问而已。

上面所剪辑的许多国家的民间舆论,也没有哪一桩影响了外交关系,造成了涉外事件。

具有现代功能的报纸中国还没有出现,只有打破报纸的垄断局面,帮助并允许民办报纸刊物的发展,才能使报纸现代化。传播信息、反映舆论,这是新闻改革的必由之路,是民主化不可避免的进程。

1989年2月22日

附野渡文:说张洁之谔谔

中国的作家很少撰文议论外交事务。中国的老百姓也没有资格运用舆论工具来表达自己对国际问题的看法。在外交事务上,官方的声音当然地代表了亿万人民——几十年来就是如此。这种状况能改变么?

如果有一位作家,竟然在报刊上撰文这样抨击日本首相竹下登——"几近无赖地将一场明火执仗、烧杀掳掠的侵略战争,化之为'学问'的讨论,竟敢如此强奸世界人民的公论。如果他再来中国访问,我们应该往他脸上吐唾沫。"——人们一定会既感痛快,又感惊讶。

我在此郑重地将张洁《从裕仁之死说到引导舆论》(载《新观察》1989年第6期)一文推荐给读者诸君。

张洁说:我们为什么要放弃对日本侵华战争的索赔?我们很穷,建设"四化"资金不足,很需要这笔钱。或者,哪怕日本政府赔偿中国人民一元钱也行,在天安门广场,面对世界舆论和良知,举行隆重的赔偿仪式,以明确日本政府侵华战争的性质以及日本在道义、法律上所应承担的罪责。

张洁说:是啊,既然一个被侵略者都不要求国际法庭给侵略者以制裁,你还能指望侵略者承认自己是侵略吗?

张洁将对于裕仁去世所引起的种种反映剪辑列书,以示受日本侵略战争之苦最深的中国的态度,与其他国家舆论界的态度之反差。

张洁愤然:中国的舆论不能老用一个口径包揽十一亿张嘴。

爱,是不能忘记的;恨,难道就可以忘记么?她写爱,在于反映现实、表达理想;她写恨,却出于尊重历史、警觉人民。除了对侵略的恨,对掠夺的恨,也有对遗忘了恨的恨。她竟然以国际问题做文章,似乎她的翅膀也不再那般沉重了。

张洁就是张洁。张洁说的就是张洁说的。哪怕她发誓要往某首相脸上吐唾沫,那也纯粹是她个人的意志,或许还代表了许许多多人的意志,但决不是官方的意志——这是明摆着的。有什么必要去担心会妨碍、会伤害、会影响什么什么呢?新西兰的国防部长鲍勃·蒂泽德说,裕仁"应该在战争后被枪毙,或者公开把他碎尸万段"。人家还是国防部长呢,然而,又怎么着?

为官的尽管去说官话,为民的又为何不能尽情地说民话?要不要战争赔偿?这样事关全民的问题从来没有人民说话的份儿。要知道,这决不仅仅意味着钱啊!日本人在赔偿问题上是从不让步的。甲午战争之后,日本不但占有了台湾,还获得了二亿两白银的赔偿。即便是今天发生的一起车祸,虽然同样是人命,在赔偿问题上,日本人却决不让日本人的价值与中国人的价值等量齐观。难道日本人仅仅是为了钱么?为什么日方从不表示"为了日中两国子孙万代地友好下去,决定不要这笔赔偿"?

竹下登替侵略辩解的屁话,官方尽可以只表示遗憾。可事实上,一个"遗憾",何以能表达亿万中国人民的极度愤慨！人民为什么不能站出来说自己想说的话！

对裕仁之死,连台湾舆论界都发出了声讨天皇在战争中的罪行之声,而大陆的舆论界呢?究竟该不该派外长率团前往日本哀悼,被质问之后也不了了之。

新闻媒介既然被称为人民的喉舌,那么,理应反映人民的心声,内政,外交,概莫能外。即算是党报、政府机关报,也可辟专栏发表民众议论外交和国际事务的文章,哪怕这些文章有异于官方的口径和调子。

千人之诺诺,不如一士之谔谔。但愿张洁的谔谔之声,将引出千人的谔谔之声。

(原载 1989 年 4 月 22 日《文艺报》)

又及:拙文发表不久,日本《读卖新闻》曾致电于我,说是他们读了这篇文章,想与我当面谈谈。我回答说:"我跟你们没什么好谈,你们就好好学习我这篇文章吧。"

把退却变成胜利的行家

如果评选一九九一年的国际新闻明星,我想萨达姆当之无愧,他成了全世界新闻传播媒介的焦点。

据报纸披露,一九九三年一月十三号,巴格达时间十八点三十分,二百架美、英、法战斗机,空袭了伊拉克南部地区。

在联军的行动中,伊拉克遭到了严重的打击。

法国《费加罗报》评介说:"萨达姆是善于把退却变成胜利的行家。他曾把他的军队在科威特沙漠中遭到的惨败,说成是胜利之母。"

这个评介也许言之有理。可是你让萨达姆怎么办?承认自己地痞流氓、草菅人命、指挥无当、治国无方、践踏公理、奸诈成性、犯了方针政策上的错误?……

纵观世界上的领袖,哪一位这样干过?一旦上升到万人之上,对也是对,错也是对。再说,他要是不这样做,芸芸众生谁还听他的指挥,又怎能叫坚持就是胜利?

戈培尔说过,谎言重复一百次就变成事实;有人就发扬光大为,谬误坚持下去就会变成真理。

你要是书生气十足,非要说黑就是黑,白就是白,且不说对领袖有什么好处,对国家利益又有什么好处?既然没什么好处,你再咬定不放,不把你的舌头割了又怎么办?

因此,有时候我觉得这种领袖并不难当。

再看从科威特撤走的一幕,更是惊心动魄,一把笸子笸走了科威特大部财富,一把火几乎烧光了科威特全部的油井,何等的气魄!至于燃烧后的有害气体如何扩散,如何危害全球的现在和未来,你跟老子说不着。

不知有人估算过没有,这一把火的危害,抵得上工业社会多少年的污染和危害,多少致力于环保工作的人努力以及精心研制的各种环保措施,也许还不够这把火的祸害。

不要说人道、人权那样的花拳绣腿不屑一搞,就是国家公法也不放在眼下,无论世界舆论如何沸沸扬扬,老子就这样!舆论不过是舆论,"爱国者"(导弹)都不怕,还怕舆论?更要看看哪个记者、哪张报纸、哪个和平组织、哪个绿党红党蓝党红黄蓝白黑党,能钻到伊拉克、钻进宫殿、钻到床底下,把老子的蛋咬了去!

真所谓大智大勇,真正的从必然王国到了自由王国,真可谓活得挥洒自如。比之萨达姆,希特勒战败之后没脸活下去的想法,显然不符合时代精神。

希特勒的不论是在天、在地之灵,一定没想到自己居然成了落伍者。

二次大战后把希特勒骂了个狗血喷头,其实也是多余,大部分情况下,希特勒还是一些人的借鉴、楷模,甚至小巫见大巫。借用"文化大革命"时期的一句行话,叫作"何其相似乃尔"。不管有多少美妙的空想、幻想,这仍然是一个制造暴君、独裁者的世纪,而且是暴君、独裁者横行霸道的世纪。人道、人权、人这个、人那个,对此全都无能为力。

中国有句俗话,叫作"横的怕愣的,愣的怕不要命的"。现在不如改成"横的怕愣的,愣的怕不要命的,不要命怕不要脸的"。

如此而已。

1993 年 4 月 15 日

谁为我们养育了烈士

一九九三年第三期《时代文学》头条,是年维佳同志的纪实文学《共和国不会忘记》。

逐字读下,不觉热泪盈眶。

文中写到杨子荣烈士和王杰烈士身后的一些境遇,让人扼腕。

仅仅忘记杨子荣烈士为这个共和国的诞生牺牲了自己的生命倒也罢了,"文革"期间,还诬陷他是投敌的逃兵。就在"文革"结束后,杨子荣烈士的老母因为不服强加给儿子的这个诬陷,还被村干部打了一枪托。老人告到县里,仍然没有讨得一个公道的说法,她积怨成疾,中风偏瘫在床,最后贫病交加含冤而去。

似乎也不能说我们忘记了烈士。

杨子荣烈士的纪念馆就有八处之多,投资也很慷慨。仅兴建海林县杨子荣纪念馆,投资就有五十万元,至于"文革"中排演以杨子荣为题材的样板戏,就有二十多万个专业和业余文艺团体,耗资三亿。虽然"亲密的战友"抓过几把的样板戏《智取威虎山》,"史无前例"之后寂寞了一个时期,近两年可又三十年河东三十年河西地"火"了起来。

据县里说,海林县对烈士家属相当照顾,丧失劳动力的,每人每月可拿到四十元至五十元抚恤金。

奇怪的是,杨子荣烈士的家属,不要说收到,连听都没有听说过这笔抚恤金。

无独有偶,烈士的儿子、妻子,以及为共和国抚养了英雄的母亲,都是因为无钱就医,在他们不该离开人世的时候,离开了人世。老人衣食无着,曾外出行乞讨食。临终前,七十多岁的老人,不得不长跪在地,将烈士的独子托与烈士儿时的好友、乡亲,并对给过她一锅南瓜汤的乡亲,叩拜不已。

直到一九九一年七月一日后,县里每月才给烈士的哥哥八元人民币,而全县一年用于抚恤金的总额,却有一千六百万人民币。想必该县的烈士多如繁星,平均到杨子荣烈士家里,只剩下这样一笔。

少年时代,我极其向往英雄业绩,渴望为国捐躯,就是年过五十以后,还多次对母亲说,妈,要是万一发生战争,我一定第一个报名上前线,我现在虽然打不动了,做一名战地记者还是可以的。您从来为他人着想,想必也会让自己的女儿在这种时刻一马当先。

母亲一言不发,只用潮湿的眼睛看着我。

真是不折不扣的浪漫。

1994 年 3 月 26 日

以一百一十八条命的名义

随着"库尔斯克"号核潜艇惨绝人寰的沉没,有些人却不得不浮出海面,或是说不得不走出虚拟世界。不管他们在虚拟世界中隐藏得多么深,表演得多么出色,特别在表演亲善小品方面,几乎比肩世界上最优秀的演员。诸如:与群众掰掰腕子、跳一场舞、来两下拳击、抱住哪位小姐无伤大雅地啃一嘴……

不过一旦落实到哪怕拉屎撒尿这样具体的小事,就得走出虚拟世界,进入有茅房的物质世界。网民们这才知道,在虚拟世界中云山雾罩、被崇拜得五体投地的人物原来和自己一样,不但拉屎放屁,可能比自己放的屁还臭。

天有不测风云,人有旦夕祸福。相信俄国当局也不愿意发生"库尔斯克"号核潜艇沉没的事故。应该说,这是"库尔斯克"号核潜艇沉没事故中,我们唯一可以相信的原始。

除此,我不知道我们还可以相信什么?

孤立的事件通常是没有意义的,很容易被"偶然"搪塞。如果将事件的前因后果以及相关的因素综合起来看,每每会有

"不看不知道，一看吓一跳"的收获。记得当年日本天皇裕仁过世，我不过根据新闻媒体的报道，将各国政府的态度，包括我国政府的态度，联系二战历史排列对比了一下，竟对比出过去一直不求甚解的原则性问题。然后写了一篇随笔《从裕仁之死说到引导舆论》，发表在当年的《新观察》杂志上，题目与内容做得比较疏离，毕竟时代不同，只能拜托读者了。

很快，日本最大媒体《读卖新闻》打电话来，说是他们对我那篇文章很有兴趣，希望对我进行一次采访，就这个题目深入地谈一谈。我回答说："没什么好谈的，我要说的全在那篇文章里了，你们只需好好学习那篇文章就是。"

何况"库尔斯克"潜艇沉没，涉及一百一十八条生命，关注这一事故的每一进展，更是自不待言。

不能说俄国人不想营救那一百一十八条生命。最理想的结果是，既能营救一百一十八条生命，也能保住他们的核机密。可惜世界上的事往往不能两全。

相信俄国当局在第一次营救失败后，就已经知道他们完全没有营救受困官兵的技术能力。

而"库尔斯克"号核潜艇的自行爆炸，也说明了类同八艘核潜艇技术上的严重缺陷。

俄国当局不得不面对"生死抉择"的严峻时刻：为了一百一十八条生命而接受外国救援，或为保全核机密、包括核潜艇技术上的严重缺陷，置一百一十八条生命不顾。

他们只好根据这一严峻的事实，进行救援行动的系统设置。

纲举目张。而后的行动、舆论、对外发言，只能按既定方针办。

事故发生在二〇〇〇年八月十二日,海军总司令库罗耶多夫八月十四日才向国家元首汇报。这个时间上的埋伏,不能不引起人们的注意,至少会问一个为什么。

就在他向国家元首汇报的这一天,俄国海军向摩尔曼斯克市的一家工厂,下达了紧急制作一百二十具棺木的秘密订单,棺木标准制定得也很具体,士兵为一般材质,军官为贵重材质。

也就是说,一百一十八名被困人员早就死定了,而且死得非常符合计划经济的原则。

然而每天每天,我们都能听见俄国海军新闻发言人信誓旦旦的保证:"当前的任务是不惜牺牲一切代价,营救艇内官兵。"

在这个系统设置下,海军方面封锁消息、掩盖事实,一直拒绝公布被困人员名单,甚至不通知被困人员的家属。俄罗斯《共青团真理报》为了得到这份名单,向海军官方支付了六百五十美元(我还以为是六百五十万呢),才得以出版一份特别专刊,用来刊登"库尔斯克"号核潜艇上被困人员的名单。

在这个系统设置下,事故的原因几起几落。

初始说与美国舰只相撞,或遭遇二战遗留水雷,或与巨型干货船相撞。

如今军事科学技术已经发展到了什么地步?哪个海域下猫着几条潜艇,个个门儿清,没有战事的情况下大路朝天各走一方。

世人都知道一艘核潜艇不像一颗人体炸弹那样可以信手拈来,还没见过哪个国家牛×到不惜用一艘核潜艇来进行自杀性冲撞,把生命看得高于一切的美国人更不会。

又,二战时期的水雷如何可以达到两吨炸药的威力,并对

"库尔斯克"号核潜艇造成毁灭性的打击?

用不着外界人士说三道四,针对黑海舰队司令、苏联英雄巴尔金上将关于"库尔斯克"号核潜艇是与俄国一艘干货船相撞失事的说法,俄国交通部北海航运公司负责人十八日发表声明:在军事演习期间,没有一艘民用运输船只在该海域出现。

作为一个海军上将,居然说出这种连一只傻头傻脑的猪都不肯使用的托词,使人不得不对整个俄国海军的建制发生怀疑。

终于有人承认事故原因是"库尔斯克"号核潜艇自爆,可是紧接着又有人说是与英国潜艇相撞。

…………

除了在虚拟世界,要想在真实世界找到那只具有替换作用的羊,真还不易。

在这个系统设置下,营救失败的理由最初为气候不佳、水下能见度差,而后突然又被"救生舱盖接口损坏,救生艇无法对接"所替换。

我非常注意这个营救失败理由的替换,果然就有这样的舆论出台:既然救生舱盖接口损坏,谁也对接不上,外国人更是没辙。

为这一托词的"名分",二十一日,俄国指挥官与挪威救援行动指挥官之间,有过一场严重、激烈的争论。俄国方面坚称:救生舱盖已经损坏,无需动用英国救生艇,因为已经于事无补。挪威潜水员则坚持救生舱盖基本无损,完全可以派英国救生艇下海救援。

后来的后来,当挪威潜水员打开潜艇后部的九号救生舱,发现该舱已被淹没,艇上人员全部遇难。这一分歧已经没有意义。

此时,俄国当局又声称从未拒绝过任何国家提出参加营救的要求,之所以迟迟未能达成协议,是因为俄国与外国的一些技术标准不一。

英国LR5救援艇好像是"库尔斯克"沉没五天之后,也就是八月十八日俄国决定接受英国救援那一刻,才按照俄国技术标准制造出来。

再者,俄国当局为什么不在与外国救援行动接触之始,即刻请求LR5型深海救援艇提前进入该海域待命?一旦俄国决定接受援助,救援艇便可立即进入救援行动,而不必在俄国决定接受援助后,长途跋涉、花费两天时间赶往事故发生地,在"库尔斯克"沉没七天后才到达北极圈内的巴伦支海。

一道道"时间"上的埋伏,足够"库尔斯克"沉没n次来回。

开着LR5救生潜艇的英国人和挪威救援人员乘兴而来、败兴而归,应该是意料中的事。你们这些好事的人道主义者,难道没听清楚那句掷地有声的"既然我们俄国人打不开,外国人也没辙"?居然异想天开地想和这个系统设置比试比试,懵懵懂懂地协助俄国当局,友情出演了一场很有看头的戏。

在这个系统设置下,国家元首才能继续留在度假胜地,理由是:"在事故发生后,我曾想立即飞往出事地点,但我打消了这一念头。现在我认为没有去是正确的,因为高级官员在场不能帮忙只能添乱,大家都应在各自的岗位上。"

真是匪夷所思,换了任何一个国家的元首,都会马上飞赴事故现场。

如果将此理解为贪图享受胜过对生命的关切,就太善良了。因为亲临"时间就是生命"的残酷现场,将无法逃避,必须马上做出请求外援的决定。

所幸早年在克格勃打下的基础,否则世界上还有哪颗肉质的心,面对一百一十八条生命的消亡,能够这样无动于衷、说出这样的话？

除了希特勒。

…………

整个事故中，我从来不曾怀抱"希望"。希望谁，这个系统设置吗？

只有过对奇迹的梦想——生命在面临灾难时，某种无法估量的爆发力，比如"坚韧"。

我坐卧不安，丢三落四，打碎杯子，割破手指，到处打电话，购买各种报纸，守在很少打开的电视机旁，不能坐下来写一行《无字》……为一百一十八条生命，也为世间竟有如此残酷的系统设置而义愤填膺。

八月二十一日晚上，在挪威潜水员打开救生舱盖之后，我放弃了对奇迹的梦想，然后将相关的剪报收入文件夹。有朝一日它们将像哈姆雷特父亲的阴魂，在适当的时候显现。"库尔斯克"号核潜艇的沉没以及俄国当局的系统设置，必将以高量级的丑闻载入国际社会的史册。

俄罗斯今夜无人入睡，除了那些系统设置者。他们声称不能开启救生舱盖，不过可以开启一瓶香槟，干杯，然后睡一个好觉，不要指望这样的人会做噩梦。

俄罗斯战士，是世界上最优秀的士兵之一，他们英勇战斗、不怕牺牲的精神，在二战中照亮过世界的历史，为消灭法西斯、拯救世界和平做出过伟大的贡献。"库尔斯克"号核潜艇上的船员，更是俄国核部队中的精英，在早期的报道中有过这样一则消息："为避免核放射性污染的危险，被困者关闭了艇上的两座核反应堆，这意味着潜艇上的空气将无法得到补充。"——牺牲自己，保卫人民，是俄罗斯战士的天职。

正是这样的一百一十八名精英,为系统设置者们妄图重现核威力的无力挣扎……驾着一堆破铜烂铁驶向了不归之路。

看一看世界核潜艇的海难情况,就可以知道俄国人在世界军备竞赛中的原则——到目前为止,十七起事故中俄国人独占十三起。

深夜,我点上蜡烛,想为屈死的、冤死的一百一十八条生命唱一支"安魂曲"。

《国际歌》吗?怕是文不对题了。

2000年8月22日

后记:此文发表不久,即有苏文洋先生著文。为聚多家之言,转载如下:

库尔斯克启示录

库尔斯克号核潜艇的沉没,引起了全世界的政治家、军事家、技术专家乃至平民百姓的思考。最奇怪的当属中国作家张洁,不但撰文《以一百一十八条命的名义》,还于八月二十一日深夜点上蜡烛,"并为死去的一百一十八条命唱一首《国际歌》作为他们的'安魂曲'"。不知道欧仁·鲍狄埃是否同意她这样干,我是觉得把《国际歌》当俄国水兵的"安魂曲"有点不搭界。正是"古怪年年有,今年古怪多"。

其实,对一百一十八条生命的逝去,全世界每一个人都会深感惋惜与哀悼,包括普京总统。但从世界战略的格局和军事对抗的角度看,这件事也实属正常。马路上开车还死人呢,潜到一百多米水下与导弹为伍的军人死亡,难道值得大惊小怪地唱《国际歌》?

倘若说到库尔斯克的经验教训,或曰给我们什么启示,那就是人类的知识还远远没有达到随心所欲的地步。记得大约二十年前,我采访钱学森时听他说过,卫星上天的技术并不是最难的,最难的是接收技术,让它落在什么地方就落在什么地方(大意)。我的理解是,没有准确的接收技术,把人放在里面放上天,回来就不知道哪去了。核潜艇的问题是,下去不容易,上来更难。

世界上的很多道理是相通的。就说网络经济吧,花钱办个网站或上网并不难,难的是上网之后如何盈利。换句话说,网络并不等于经济,网络不难经济难,我相信,现在所有的网络公司包括亚马逊的贝佐斯,遇到的问题都不是网络问题,而是经济问题。

(原载 2000 年 9 月 3 日《北京晚报》17 版)

投降，行不行？

因为写过《方舟》，它又被西方列为中国第一部女性主义小说，所以出国访问期间，常常受到女权主义者的款待，不得不一次次被推上宣讲女权主义的讲台。

我不敢说自己是个多么诚实的人，但，不在迫不得已的情况下，我不喜欢撒谎，在法制观念极强的西方，就更不愿意撒谎。

所以每每上得讲台，首先声明我不是女权主义者，之所以写出《方舟》，不过出于作家的视点。好比某作家惟妙惟肖地写了一个杀人犯，并不等于那个作家就是杀人犯或是赞同杀人。

一九八六年，有位美国记者采访我后写道："对任何一个社会来说，张洁都是一个批判者。"她并没有因为我写了《沉重的翅膀》，就简单地将我划分到某个特殊的行列中。

我觉得她说得不错。

我虽不是女权主义者，但并不反对女权主义，并且愿意对女权主义者的理论进行一些补充。那就是女人所遭受的不平等待遇，根本原因固然是社会与男性对女性的不公正，不过女人自己的问题也不少，这一方面也是绝对不可忽视的。

比如,正因为这是一个男权社会,"女"字成为最畅销的一种商品,有些女人把这个"女"字卖得淋漓尽致,如鱼得水。最常见的例子是,如果老板恰巧是男性,一个会卖"女"字的女人,她得到的机会,要比同等能力,甚至更高能力的男人多得多。

这,对男人公平吗?

正因为这是一个男权社会,社会也好、家庭也好、子女也好,都要求男人是个顶梁柱。如果某个男人没有能力当这个顶梁柱,如果某个男人不想当这个顶梁柱,那么他就像是得了"阳痿"症,在他人面前抬不起头来。

…………

女权主义运动固然可以帮助妇女解决某些问题,但并不能从根本上解决女人的问题。女人所受到的不公正待遇,不仅仅是女人问题,它像就业、种族歧视、社会暴力、战争、饥饿、环保等等问题一样,是社会问题的一部分,要靠全社会的根本进步来解决。

除了恋爱和购买衣饰的时候,我不大想到自己是个女人。现在老了,恋爱不谈了,衣饰也不常购买,感觉自己是个女人的机会就更少了。

我的意思是:当你的心脏健康时,你不会感觉到它的存在,只有在它生病的时候,你才会觉得它疼了、跳得快了、跳得慢了,或是有了间歇……

每当我说到这些,立马就会看到与会者不悦的面容,简直像温度计那么灵敏。等我讲完话,下了台,马上就会有个女权主义者跳上台去批判我,用语既不冷静也不礼貌。

我只好一再讨饶:虽然我不是……但我不反对……

可你既然敢说你不是女权主义者,还敢指出女人自己的问题也不少,再说什么也白搭,大局就这么定了!

多次被封杀后,心里就憋着一句话:"简直像个独裁的政党,谁不加入就封杀谁。"

可我不敢明说,只能改为:"今后我再不参加这样的讨论会,再参加这样的讨论会,我就是个不折不扣的傻瓜。"

2000年冬

就此道别

——张洁画展开幕致词

三十多年前,冰心先生对我说过一句话,她说:"在我们这些老朋友之间,现在是见一面少一面了。"而现在,轮到我来说这句话了。我们的文字中,常常会用到"永远"这个词儿,但永远是不可能的。长江后浪推前浪,花开花落自有时,适时而退,才是道理。

我一直盼望有一个正式的场合,让我郑重地说出这些话,但这个机会实在难以得到。非常感谢中国现代文学馆,当然现代文学馆的后面其实是中国作家协会,还有我的"娘家"北京市作家协会,为我组织了这个画展,给了我这个难得的机会,让我表明我的心意。说是画展,对我来说,确实是一个告别演出。

除了感谢中国作协、中国现代文学馆,以及我的"娘家"北京作协支持外,我还非常非常惭愧。为什么这么说?因为从小母亲就告诉我,对所有人的给予都应该回报,我也是努力这样做的。但有些给予真是无法回报。其实我很想跟我母亲讨论这个问题:您觉得所有的给予都能回报吗?有些给予其实是回报不了的。这就是我面对那些无法回报的给予时,常常会非常惭愧的缘故。于是这些无法回报的给予，就成了我的心债，让我的心不得安宁。今年春天，我把这些心债写成一篇稿子，但被退稿了，这是我今生第二次被退稿。我也知道它确实难以发表，因为涉及许多历史人物和历史背景。可是没关系，这些事都记录在我的日记里，我想在我离开这个世界之前，它一定会得到发表的机会。

我这辈子是连滚带爬、踉踉跄跄地走过来的，从少年时代起，当我刚能提动半桶水的时候，就得做一个男人，又得做一个女人，成长之后又要担负起"做人"的担子，真累得精疲力竭。可是这一次画展——也可能是我办的最后一件大事，承办人却没有让我花一分力气，没有让我操一分心思，没有让我动一根手指头……一个累了一辈子、已然精疲力竭的人，头一次遇到这种情况，心里是什么感受？那真是千言万语无从说起。此外，我还要感谢两个具体办事儿的人。一个是兴安，说老实话，兴安这个家伙不太靠谱，但是他为这次画展做的画册相当漂亮，还为了画展前前后后地奔波。另一个是我的邻居任月华女士，我不在京期间，许多细枝末节，画册的清单、交接，都由她代劳，和现代文学馆的计蕾主任商量办理。很多人认为我是个非常各色、不好相处的人，可是我们邻居二十多年，从来没有发生过一点儿矛盾。

如果你们喜欢我的画，我很高兴，如果你们不喜欢，臭骂一顿，我也不在意。我现在的状态是云淡风轻。很多年前，我写过一篇短文，我说当我离开这个世界的时候，希望我只记得那些好的，忘记那些不好的。这话说起来容易，做起来可太不容易了。就在七八年前，睡到半夜，我还会噌的一下坐起来，对着黑暗大骂一句，然后再咚的一声躺下。可我现在真的已经放手。我从不相信任何宗教，但我相信一些奇怪的事。我常常会坐在一棵

437

树下的长椅子上，那个角落里的来风，没有定向，我觉得那从不同方向吹来的风，把有关伤害、侮辱、造谣、污蔑等等不好的回忆，渐渐地吹走了，只留下了有关朋友的爱、温暖、关切、帮助等等的回忆。我还认识了一只叫 Lucy 的小狗，它的眼睛干净极了，经常歪着小脑袋，长久地注视着我。当它用那么干净的眼睛注视我的时候，我真觉得是在洗涤我的灵魂。我非常感谢命运在我的生命快要结束的时候，给了我这份大礼，让我只记得好的而忘掉那些不好的回忆。

最后我还想说的是，我在一家很好的律师事务所留下了一份遗嘱，我死了以后，第一不发讣告，第二不遗体告别，第三不开追悼会。也拜托朋友们，不要写纪念我的文章。只要心里记得曾经有过张洁这么一个朋友，也就够了。至于从来就没停止过诅咒我的人，就请继续骂吧，如果我能在排遣你的某种心理方面发挥点作用，也是我的一份贡献。

再次感谢各位来宾，张洁就此道别了。

2014 年 10 月 23 日

小 诗 一 束

故　人

仔细端详，
附在信里的照片。
认出那把老椅子——
只是椅背上少了一根圆柱。
和桌上橘红色的杯，
——为什么只有一只？

信上说，
日子过得还好，
朋友们常来常往，
只是——
我们刚刚去过阿辛的墓地。

你说你很快活

你不在家。
桌上有你的留言：
一会儿就回。
我决定等你一会儿。

断了一条腿的桌子上，
放着你的眼镜。
左边的镜片上，
凝着几滴汁渍。

你哭过吗？
用你的一只眼睛。

说　　雨

下雨了，
今天早上。
啄木鸟不再叩击老橡树的树干，
松鼠们也不在老橡树的身上嬉戏。
我们坐在临着院子的厨房里，
喝茶；
谈约瑟夫梳得很光的头发
和脖子上的丝巾；
去年冬天的雪；

今年夏季的酷热。

你说什么?
我说……
哦,想不起来了。
再喝一杯好吗?

嘘!

摇上车窗,
便只剩下自己。
车速一百八十公里。
——其实哪儿也不去。

超过一辆又一辆,
匆忙的汽车。
——真有那么必要
又真有处可去?

对面开过来的汽车,
多如飞弹不及瞬目。
——照旧与你无缘。

打开收音机,
摇滚歌手对你说:
只有车里这一方天地才是你的。
——算他说对了。

车轴不停地缠绕着,
这条没有颜色的带子。
——愿它永远没有尽头。

上哪儿去找,
高速公路给你的这份自在。
——好好受用着吧,您哪。

到《呼啸山庄》去

——1986年秋访英国勃朗特姐妹故居

总是赶上阴雨天气。
天幕低垂。
风黑且急。
寒冷的云从荒原上急剧地滑下,
将我和周围的一切,
淹没在它的荒凉里。
四野的山石依旧峭立,
狰狞而阴沉地打量着,
思量着,
一刀一刀地切割着
抽打着它和行人目光的疾风。

墓地里的灯光,
苍老、昏沉。
蹒跚地穿过,

又是风,
又是云,
又是雨的荒地。
铺上她已经长满青苔的
屋舍和院落。
而将生者带进死者的坟墓,
讨论爱情的必要或无稽,
在如此绵长的雨中。

雏　　菊

到山那边去,
穿过森林。
绿色的太阳,
如夏日带着露水的早晨。
跳跃的山溪,
如此殷勤相伴。
不停地招着手儿……
便停下车,
摘一朵溪边的雏菊,
给她,
给 Margazita①。
"数一数,
他爱我,
他不爱我。
他吻我,

---

① Margazita:雏菊。

他不吻我……"

下车时,
雏菊已经枯萎。
是啊,
她怎么偏偏叫了 Margazita?

仇　敌

太阳熄灭了,
只剩下一天烧焦的云,
俯视着同归于尽的荒原。

可是还有一棵树呢,
你没有想到吧?
足够做我的墓碑了。

女 友 们

你一定也在看着,
晨曦如何渐渐地点亮窗户,
便不为什么地,
想要给我打一个电话。
你沙哑的声音,
让我想起那些冬日,
以及冬日的早晨。

凛冽的风,

潮湿的云，
暖和的被窝，
和被窝里夜晚的脏气
——我自己的。
和你一样，
总是自己的。

然后 TAXI 来了，
它又将把我送往，
这个或是那个机场。

过　客

你不过是一列
夜行的火车。
呼啸着穿过
人们的睡梦。
也许有人会从梦中惊醒，
睁开蒙眬的双眼，
对着模糊的窗
或远的天花板发一会儿愣。
然后翻一个身，
又安详地睡了。
而你，
依旧不得不在
黑夜里穿行。

1987 年于维也纳